KUWEI
酷威文化

"现在的生活
不是最好的生活"

"现在的你
就是最好的"

—春风榴火

深情可抵岁月长

SHENQING KEDI
SUIYUE CHANG

春风榴火——著

江苏凤凰文艺出版社
JIANGSU PHOENIX LITERATURE AND ART PUBLISHING

目录

NTS

第一章

跟我回家

寒风瑟瑟的街头，几个橙衣清洁工正在打扫着路面。不远处的校门口，有卖三角粑的小推车，车上飘来甜腻腻的香味。

陆嫣嗅着空气中飘荡的香味，情不自禁地咽了口唾沫，感觉肚子里像是养了只小猫咪，一饿就挠她，没个消停。她捂了捂肚子，走到三角粑推车前，可怜兮兮地对小贩说："我要一个，谢谢。"

"好嘞！五毛钱。"小贩给她装了一个热气腾腾的三角粑。

陆嫣踌躇片刻，从包里摸出她仅有的那张"金灿灿"的百元红钞递给小贩。

小贩拿着红钞翻来覆去地看了好几遍，不解地问："这是什么钱啊？没见过啊，是假的吧。"

"不是假的。"陆嫣连忙解释，"就……你把这张钞票保存二十年，哦不，十五年，它就能用出去了。"

小贩像看神经病一样看着她，见她皮肤白皙莹润，模样清纯可人，一看就是有钱人家温厚水土养出来的娇小姐，不像是骗子。

小贩终究还是没有收她的钱。

"离家出走可不是好事，快回去找你爸妈吧，他们得多着急啊。"

"哦，谢谢！"

陆嫣拿着热乎的三角粑，站在墙边大口地吃了起来。

这是她来到这里的第三天，现在饿得饥肠辘辘，活下去都成了问题。

那场意外车祸导致陆嫣重度昏迷，在那沉沉的黑暗里，她仿佛回到了十五岁。

她本来以为自己可以重新开始奋斗，好好学习，摆脱富二代娇气包的人设，学点儿真本事，不至于在她爸被对手算计破产后，什么忙都帮不上。

万万没想到，她回到的不是自己的十五岁，而是她爸的十五岁！

北城还是那个熟悉的北城，街道也还是曾经的街道，只不过，这里没有任何一个人认识陆嫣，因为她还没有出生。

陆嫣作为一个还没有出生的人，在2000年年初的街头游荡了三天，真实感受了一把什么是讨生活。

她爸当年破产，她一夜之间从富二代变成穷光蛋的时候，都没这么落魄过。如果再找不到年轻时的老爸陆臻，她可能就真的要饿死街头了。陆嫣一路打听，来到了老爸陆臻当年就读的中学——北城三中。北城三中是北城历史最悠久的中学，后来还被评为了重点中学。陆嫣念的也是北城三中，经常听老爸提起，这里有他不堪回首的轻狂往事。陆嫣为这句话吐槽了好久。

现在，她站在北城三中校门口，看着那极有年代感的绿漆大门，忽然有点儿兴奋。这里面，藏着老爸多少“不堪回首”的轻狂往事？

陆嫣在学校门口蹲了三天，连老爸的影子都没见到。

“同学，请问你认识陆臻吗？”

“陆少啊，他不常来学校。”

“那到哪里可以找到他？”

“可能在娱乐街，劝你不要去，那里太乱了。”

陆嫣还是决定继续在校门口等陆臻，以她现在的状况，实在不宜乱跑。

在校门口一连等了三天，陆嫣都没有等到陆臻，听说这位陆大少爷并不是每天都来学校，逃课对于他来说是家常便饭。那个严厉高冷的总裁父亲，感觉和他们口中的“陆少”根本不是同一个人。

陆嫣蹲在街头，百无聊赖地等老爸，丝毫没有察觉到周围有女孩也正盯着她。

她生得貌美，出车祸前，她初入大学校园便被誉为“校花女神”，迷倒了无数宅男。即便现在的陆嫣只有十五岁，过人的美貌也足以让周围女孩心生嫉妒，从而渗透出本能的敌意——

“听说她每天都来三中校门外呢！”

“逢人就问陆臻。”

“啧，真是的，都找到学校来了。”

陆嫣知道老爸那个年代的男孩女孩单纯保守，对上眼神都要脸红心跳好一阵。她这样明目张胆地在学校外面等陆臻的行为，在女孩们看来，是非常大胆出格的，加之陆臻在学校里实在是太受欢迎了，因此，陆嫣这种等人的举动，实在引人注目。但是她能怎么办，她要吃饭啊！除了老爸，她不知道该求助谁了，警察局肯定不能去，否则她不是被送进福利院就是被送进精神病院。

女孩们窃窃私语的声音没完没了，偏偏还让她听到了——

“真是执着，天天在这儿等，殊不知陆臻和人家校花天天有说有笑呢！”

陆嫣的耳朵立刻竖了起来，她仔细地听她们讲八卦，好奇这个校花姓甚名谁。

“咦，听说舒梦绯和陆臻不说话了。”

“为什么啊？”

“听说，只是听说啊，舒梦绯最近和那个人走得很近。”

“那个人？”

“沈括。”

女孩们同时安静了片刻。

“舒梦绯疯了吗？居然接触那个人。”

“那么阴郁的男生，想想都让人毛骨悚然。”

“关键是沈括还穷。”

听到沈括这个名字，陆嫣本能地哆嗦了一下，后背都冒了冷汗。

沈括，多年后北城权势熏天的豪门新贵，蛰伏数年，精心谋划，硬是将陆臻原本蒸蒸日上的公司推向破产的边缘，将他踩在了脚下。

陆嫣怕死他了！

没想到，沈括和陆臻这两个死对头，竟然是高中同学！

听那几个女生的意思，一向和陆臻关系很好的校花最近和沈括走得很近？

“嘘，别说了，陆臻来了！”

陆嫣恍然抬头，看到陆臻骑着摩托车，跟几个打扮新潮的少年出了校门。

他穿着白衬衫，衬衣的领口微微敞开，袖口卷到手肘处，露出了好看的小麦色皮肤。陆臻的五官精致俊逸自不必说，最勾人的却是他那双桃花眼，微微上挑，多情又风流。

陆嫣一双动人美眸和她爸是如出一辙。以前就有家人开玩笑说，生了这样一双眼睛，父女俩可都是祸水呢。陆嫣远远地望着陆臻，感觉年轻时候的老爸比她可“祸水”多了啊！

陆臻是北城三中公认的校草，自带富家公子光环，既会打扮又会耍帅，走在2000年年初的街头，回头率是百分之百。

陆嫣不知道自家那个严肃稳重的老爸，年少时竟然是这副模样！

眼瞅陆臻的摩托车就要从她身边一晃而过，陆嫣连忙扑过去，挡住了陆臻的去路。

陆臻一把按下急刹，车轮在距离陆嫣半米的位置停了下来。

“我说，你活腻了！”

看到亲爱的老爸，想到三天来受的委屈和苦楚，陆嫣的眼眶顷刻间红了，“爸爸”两个字含在喉咙里，伴着哭腔，呼之欲出。

“你碰瓷你还哭，你哭什么啊！真撞上了就该我哭了好吗！让开！”

陆嫣没有让，死死地抓住了他的车龙头。

“不走是吧！”陆臻伸手掏出钱包，开始数钞票，“我赶时间，说吧，要多少医药费才肯滚？”

陆臻说话相当不客气，很有浪荡不羁败家子的范儿。

陆臻身边的好友梁庭拍拍他的肩膀，让他别这么暴躁：“人家小姑娘被你吓到了，你温柔点儿，不是钱的事儿。”

他说完，递给陆嫣一块黑色的手绢：“同学，擦擦脸。”

“谢谢梁庭叔叔，不用了。”

梁庭顿住了，叔叔？

陆嫣非常熟练地接过了老爸递过来的两张钞票，同时握住他的手，一顿哭：“爸，嫣嫣好饿啊，两天没吃饭了，您老人家能不能再多给点儿？”

陆臻呆住了。

两个人对峙半晌，陆臻迫于无奈，一连给了四五张钞票，陆嫣收下钱之后，哭哭啼啼地对他说：“不是钱的事儿，我真的有重要的事情要跟你讲。”

陆臻嘴角抽了抽，你讹我这么多钱，然后才说不是钱的事儿？

陆嫣提议：“咱们找个饭馆，坐下来慢慢讲，行不？”

“讹了钱，还想蹭饭啊，脸皮也太厚了吧！”

陆嫣求助一般望向老爸的至交好友梁庭：“梁庭叔叔，你帮我说说话！”

梁庭“叔叔”挠挠头，对陆臻说：“那啥，陆哥，看她挺着急的，要不咱们就听听她要讲什么？”

陆臻掰正了车龙头，极不耐烦地道：“要是每个堵我的女人，我都要给钱又请客，我早就破产了！”

陆嫣心说，你迟早要破产，但是如果你耐心地听我讲，也许未来还有机会翻盘。不过这话她没敢讲出来，她可怜兮兮地望着陆臻：“爸……”

梁庭打量着陆嫣的模样，不过十四五岁，鹅蛋脸柔润乖巧，淡淡的一字眉顺着眉弓舒展着，细密的睫毛宛如小刷子一般，微微缀着水珠子，看得惹人怜爱。还真别说，她这眼里眉间的味道，和陆臻还真是神似。

梁庭看看陆嫣，又望望陆臻。

陆臻烦躁地说：“你看什么！”

梁庭怔怔地说：“陆臻，她跟你长得好像啊！”

陆臻终于正眼打量陆嫣了，陆嫣仰着脖子，又把鬓间的头发掖到耳后，让她爸看清楚点儿，这绝对是如假包换的亲女儿啊！

她露出了白皙如雪的鹅蛋脸，雪白的耳垂因为着急而有些泛红。陆臻是急性子，着急上火的时候，耳垂也总是挂着红。所以这父女俩的四只红耳垂，跟樱桃似的挂着，还真是如出一辙，更遑论那神似的五官。

陆臻脸色稍稍有了点儿变化，想到了两年前走失的小妹，算起来，年龄和这女孩一样大，模样也像……

就在这时，腰间的手机响了起来，他拿起来看了看，眼神微沉：“沈括那小子已经到桌球室了！”

几个男孩说着便要骑车离开。

陆嫣无助地望着陆臻，踌躇道：“爸，那我……”

陆臻很有大哥风范地对她道：“先上车，我们要去找个人，回头再处理你的事。”

就这样，在无数女生羡慕与嫉妒交杂的眼神下，陆嫣坐上了陆臻的后车座。

哈雷摩托车是非常拉风的外国潮牌，全校目前也只有富二代陆臻拥有这样一辆价格不菲的摩托车，有多少女生想坐上这辆车，在校园里兜兜风啊。

连舒梦绯都没有坐过他的摩托车，倒没有别的原因，舒梦绯性格清高，不愿意被人指指点点。所以陆嫣误打误撞，成了第一个坐上陆臻车后座的幸运儿。

女孩们嫉妒得嘴唇都咬紧了。

陆臻载她离开，纯粹是因为觉得她像当年走丢的小妹，准备等事情处理完，把她带回家，让老爸认认。

陆嫣迎着夕阳和微风，心情非常美丽，欣赏着沿途街道的风景。这些曾经只能在电视剧里看到的场景，现在真实地出现在她的视野里，这感觉真奇妙啊。

陆嫣自然而然地抱着陆臻劲瘦的腰，将脸蛋贴了上去。

在陆嫣的成长岁月里，老爸从来没有骑车载过她，因为家里有轿车，陆嫣的出行几乎都是豪车接送，且老爸工作一直很忙，几乎没有时间陪她。只有她在学校闯祸以后，陆臻才会匆匆赶到学校，大发雷霆把她骂一顿，有时候还揍她。

母亲在她很小的时候便因意外去世了，是陆臻这个暴躁老爸把她一把屎一把尿地拉扯大的，小时候她可没少挨揍。等到陆臻人到中年，性格终于沉稳下来，才开始有了几分当老爸的样子。

只可惜，他终于学会当爸爸的时候，女儿却已经长大了。能见到少年时的父亲，陆嫣其实挺开心的。

“陆臻，舒梦绯是个什么样的人啊？”

“你问这个干嘛？”

“不干嘛，就是想知道你喜欢的人是什么类型的，顺便推断一下我妈是什么样的，毕竟我还没出生，我妈就死了。”

边上的梁庭没忍住，笑喷了："哈哈哈，你还没出生你妈就死了！哈哈哈哈！"

陆臻没有笑，神情更加复杂了。他家里那个走丢的小妹，是个智障儿。说不定这女孩还真可能是他当年走丢的妹妹。

他漫不经心地回答："舒梦绯天下第一清纯。"

"哇。"

老妈是老爸心里的隐痛。

她离世之后，老爸消沉了好多年，对于母亲，他从不向陆嫣提及只言片语，因为那是他放在心底独占的珍宝。

陆嫣真的很好奇，能让爸爸学会刻骨铭心，放在心底珍藏这么多年的女孩，究竟是什么样的人。

陆臻看了看手表，加快了速度，朝着桌球室飞驰而去。

二十分钟后，一群少年气势汹汹地出现在了娱乐街的桌球室前。

这条娱乐街也是很有年代感的。在陆嫣生活的时代，街上早已经没有了歌舞厅和桌球室，取而代之的是各式各样风格独特的休闲娱乐区，陆嫣经常和一些朋友在那里玩。

没想到年轻时的老爸居然在这条娱乐街上当过"扛把子"，真是不同的年代，同样火辣辣的青春啊！

陆臻带着陆嫣穿过一条狭长的地下通道，周围小混混的目光总落在她的身上。她模样生得乖巧，在那个女孩都不怎么会护肤的年代，她鹤立鸡群，皮肤白嫩得都快捏出水来了，想不惹眼都难。

陆嫣紧紧地跟在陆臻身后，害怕地攥住了他的衣角。陆臻当然也不想让这个疑似自己智障妹妹的女孩走丢了，所以揽住了她单薄的肩膀，带着她穿过鱼龙混杂的人群，来到了桌球室。

桌球室里摆放着十多张球桌，人很多。桌上有白色的顶灯照明，周围的光线偏暗。

穿衬衫的少年沈括站在台球桌边，缓慢而从容地将桌球圈在三角框里。他的手指颀长，手背皮肤白皙，淡青色的血管脉络一直延伸到小臂。

沈括低着头整理桌球，丝毫不在意周围为什么突然安静下来。他额前几缕刘海随意地垂着，深咖色的眸子掩在眉弓阴影中，显得越发深邃。在顶灯白光的照耀下，他英俊的五官分外鲜明。

少年时的沈括，即便站在那里什么都不做，气场依旧逼人，更别说多年以后他的成熟魅力了。他是北城商界的传奇，从一无所有到泼天富贵，只用了十年。

……

陆臻看到沈括，气不打一处来，扭头看向身边的椅子，沈括察觉到他的目光，单手按住那把椅子。陆臻扯了几下，居然收不回来了。

沈括长年劳动，手臂肌肉力量并非陆臻这种富家公子哥儿能比的。

“沈括，你松手！”

沈括抬起狭长的眸子，冷冷地睨了他一眼：“椅子摔坏了，要赔。”他的嗓音低醇，声音平淡如水，波澜不惊。

陆臻又摸出了他的钱包，扯出几张票子拍在球桌上，豪气冲天地说：“今天我就砸了，砸坏的桌椅板凳，都算我陆臻头上！”

沈括垂眸，轻飘飘地睨了那几张票子一眼，眸底泛起冷色。世界就是如此不公平，有人食不果腹，就有人挥霍无度。他攥紧了拳头，指骨间泛了白。

就在这时，一只纤细白皙的小爪子伸了过来，嗖的一下，将桌上那几张票子都拿走了。

陆臻和沈括同时回头，看到陆嫣那小丫头将钱仔仔细细地叠好，揣进了自己的裤兜里。

见所有人都盯着她，她眨巴眨巴细密的眼睫毛，只好又讪讪地将钱放了回去。

“梁庭，把这丫头弄走。”陆臻冲身边的哥们儿喊了声。

梁庭连忙走过来，将陆嫣拽走，叮嘱道：“你站远点儿，别被误伤了。”

陆嫣扯着陆臻的衣角说：“爸，别动手啊，你打不过他的。”

陆嫣当然知道自己老爸不是沈括的对手，做生意他不敌沈括，耍心机、搞阴谋也不是沈括的对手，就连打架，他都打不过常练搏击的沈括。

基本上，她老爸的一生就是被沈括同学全面碾压的悲摧人生。

陆臻望向沈括：“沈括，过去的恩怨就不说了，你能不能当个男人，勾搭舒梦绯算什么本事？”

“我不知道你说的人是谁。”

“舒梦绯！”

沈括面无表情地道：“不认识。”

“学校里传得有鼻子有眼，你还不承认？！”

“说完了？”沈括的眸子平静无波，“我要上班了。”

陆臻眼角肌肉颤了颤，手攥成了拳头，看起来真是怒火中烧，气得不行了。

“你能耐啊，还上班。”陆臻说完夺过了他手里的三脚架，扔在一边。

沈括脸色很冷，额间暴起青筋，但他一言未发，紧抿着唇，狠狠地望着陆臻：“捡起来。”

“我偏不。”陆臻走过去拍了拍他的脸，“还真别不服气，跟我斗，你还欠十年火候。”

十年火候，这句话倒真是一语成谶。

沈括用十年时间追上了陆臻，又用十年将他踩在了脚下。

难道……当年沈括对陆氏集团的疯狂报复，就是因为年轻时陆臻对他的羞辱吗？

虽然陆嫣知道一家人应该同仇敌忾，但她还是受不了自家老爸这样欺负人。陆嫣甩开梁庭，正要上前阻止陆臻，这时候，不知谁吼了一声：“警察来了！”

“跑啊！”

桌球室的人四散奔逃，一片混乱，门外的确传来了警察的声音：“站住！”

“不准跑！”

“陆臻，又是你！”

……

陆嫣和陆臻走散了，她被人流挟裹着，踉踉跄跄地朝着出口奔去。

她也怕被警察抓走，这些男孩被抓了顶多关一晚上，她要是被抓了，拿不出身份证明，天知道她会被送到哪儿去。

周围男人身上的汗臭、狐臭味扑面而来，熏得她眼冒金星，脚下踩空，摔倒在地。

陆嫣的左手被人踩了一脚，她惊叫：“啊！别踩我！”

这些人跑起来哪里还听得见她的喊叫，眼看着混乱的人群蜂拥而至，这时，一个高大的身影忽然挡在她的眼前，护住她的脑袋，替她挡住踩踏的人群。

陆嫣战战兢兢地抬头，看到沈括那脉络分明的脖颈。从下往上看，少年的五官极立体，轮廓硬朗，下颌上是淡青色的胡茬。

沈括双手撑在她的身体两侧，格子衬衫垂在她的手边，被她紧紧攥住。她贴着他的胸膛，甚至能听见他沉稳有力的心跳声，鼻息间能嗅到他身体有淡淡的烟草味，还混杂着一丝中药的苦味。

趁着这拨人流过去，沈括站起身，拉着陆嫣朝后门跑去。

陆嫣纤细的手腕被他有力的大掌攥住，鬼使神差地跟着他一起跑，完全把她老爸给忘记了。沈括拉着她跑到后院，用钥匙打开了紧锁的铁门，出门之后，是一条狭窄潮湿的筒子楼小巷。沈括带着她在小巷里七拐八拐，跑了十多分钟，喧嚣的人声终于渐渐远去了。

天色渐晚，黑夜如潮水般漫延。沈括停下来，松开了她的手腕。

女孩的手腕纤细若竹，与她单薄纤瘦的身子倒是很相称，漆黑的头发垂在肩头，尾端若有若无地扫着她漂亮的锁骨。她看他的时候，眸子里带着畏惧之意。

沈括的心思深沉而敏锐，他自然察觉到了女孩对他的防备。

任何女孩见了他，第一反应就是害怕。他这样的人，生来不讨喜。

陆嫣害怕沈括是有理有据的，当初沈括搞她爸爸公司的时候，手段何其强势霸道，几乎把陆臻的尊严踩在了脚底下。她能不怕他吗？

沈括把玩着一个打火机，动作透着几分嚣张。

他没正眼看她，随口问道："你喜欢陆臻？"

"不、不是，我是他女……妹妹。"

"妹妹。"沈括轻喃了声，漫不经心地转身离开了。

"沈叔，不是，沈同学，请等一下！"

陆嫣走上前，从包里掏出陆臻刚刚给她的几张钞票，数了数，给了沈括三张，自己留了两张。不过她纠结了几秒，又把剩下那两张也全给他了，其中还包括那张没发行的红钞票。

"我哥砸了你的场子，这些钱当我给你赔礼，他真不该那样做，我代他向你道歉。”

沈括有些意外，陆臻竟还有个这么讲道理的妹妹？她眸子澄澈，眉宇间坦荡而磊落，一看就是活得很真实的那种女孩。而沈括却早已经丢掉了这份真实，习惯见人说人话，见鬼说鬼话。

这个世界上，并不是谁都有真实地活着的资格，至少，他没有。

沈括对她生出了几分舒适感。

“我以前不知道您为什么多番针对他，现在我知道了，一切都是他不对，太欺负人了，您大人有大量……千万别记仇。”

陆嫣把钱一股脑塞进沈括的口袋里，请求他的原谅。

沈括将这些钱拿到眼前看了看，眼里忽然划过一丝嘲讽。这次陆臻闹场，他在桌球室的这份工作，只怕是保不住了。

陆嫣知道，沈括心高气傲、手段狠绝，更是睚眦必报，这点儿钱就想买他不记恨，恐怕不现实。她甚至都做好了准备，等沈括将钱重重地甩在她的脸上。

沈括冷笑一声，将钱一张张折叠好，揣进了上衣胸前的口袋。世道艰辛，他在底层摸爬滚打多年，还能跟钱过不去？

望着他渐渐消失在小巷夜色里的萧索背影，陆嫣冲他挥了挥手，可惜他没有看到。

华灯初上，娱乐街的各种歌舞厅也开始热闹起来。

陆嫣抱着膝盖，蹲在雨后湿漉漉的街头。路边有小贩在卖烤串，她吸吸鼻子，肚子又开始叫了。早知道她就不把钱全部给沈括了，现在她身无分文，晚饭又成了问题。

陆臻连带他那一帮兄弟，都被警察抓走了，她现在也不知道去哪儿找老爸。陆嫣叹息着站起身，摸摸肚子，走进了离她最近的那家歌舞厅。

那时候的歌舞厅与现在的酒吧有异曲同工之妙，只是设施比较简陋，地上铺着拼花地板，天花板上装着一颗一颗的星星灯，旋转的玻璃球折射着五颜六色的光斑。

舞池边有卡座包间，摆放着折叠式桌椅，几个摇头电风扇懒洋洋地吹着。人们在中间的舞池跳舞，不像现代酒吧里那样群魔乱舞。那时候跳舞，跳的是交谊舞。

陆嫣找到歌舞厅经理，问他有没有自己可以做的工作。

经理问她："你会推销酒吗？"

陆嫣呆呆地摇了摇头。

"算账会不会？"

她依旧摇头。

"那你会什么？"

"我会唱歌。"

经理忙着招待客人，没空搭理她："我们这里不缺唱歌的。"

陆嫣看着台上那个扭动着身子唱歌的女人，诚实地说："我唱得比她好听。"

此言一出，经理回头打量她一眼，见她衣服脏兮兮的，一脸落魄的模样，笑了："别吹牛，莹莹是我们这里的专业歌手，你算哪根葱，能唱得比她好听？不自量力，走走走，别影响我工作。"

周围几个服务员脸上浮现出轻蔑的神情，像看笑话一样看着陆嫣。

"莹莹是我们这里最受欢迎的歌手，说自己唱得比她好听，这不是砸场子吗？"

"她就是吹牛皮吧。"

"真上台，怕是一个字都吐不出来了。"

陆嫣没理会他们的嘲讽，她一贯不爱与人争执。她说自己唱得比台上那女人好听，不是在说大话，她甜美的歌喉绝对是老天爷赏饭吃的那种。

曾经，她在直播视频中弹唱民谣一炮走红，之后就有不少经纪公司想签她，然而陆臻坚决反对，为此甚至不惜把她关了禁闭。陆嫣也和父亲闹过、吵过，甚至绝食抗议，然而，陆臻态度坚决。她听梁庭叔叔说起过，父亲这般厌恶娱乐圈，似乎和自己母亲的死有关。

陆嫣想到无数个长夜里，陆臻坐在沙发上抽烟的孤独背影，她终于不再和父亲吵闹了。她放弃了自己的梦想，放弃了做最爱的事情。

她来到 2000 年，或许是她重拾梦想的契机。

就在陆嫣陷入回忆之际，“这里最受欢迎的歌手”莹莹却出了点儿乱子，场子里有客人打断了她的演出——

“怎么翻来覆去都是这些歌啊，能不能有点儿新鲜的？”

“这些歌都听腻了，换点儿新的。”

莹莹很不爽，皱眉望着他们：“你们要听什么呀？”

“唱点儿新鲜的呗。”

“这些都是歌单上的歌，要听新鲜的，你自己上来唱啊！”

此言一出，客人闹起来了：“你会不会说话啊？！我们上来唱，还要你干什么啊！”

莹莹平日里被捧惯了，是有脾气的主儿，当即撂下话筒不干了：“爱听不听。”

眼看着场子就要乱起来了，经理急得宛如热锅上的蚂蚁，看见陆嫣还没走，连忙把她叫过来：“你不是会唱歌吗？他们要听新歌，你能唱吗？”

新歌？她以前在直播里唱火过的每一首歌，放在现在来说，不都是新歌吗？

“会啊，但你不是说我不自量力吗？”

经理急切地道：“哎呀，只要能救场，今晚佣金你随便开。”

若是换了从前，以陆嫣的脾气，说不定会挤兑挤兑这狗眼看人低的经理，但是现在她饿得不行了，索性直接上了台。

经理问她：“你要什么伴奏，都可以说。”

“不用，我要的伴奏你们没有。”

陆嫣回头，看到舞台上有一架钢琴，于是径直坐到了那架钢琴前，调了调音。

莹莹的眼神带了些复杂的意味。她是这里的台柱子，她要是撂挑子不唱，今晚这些人就别想跳舞了。本来她想等着他们求着她上台，却没想到经理居然这么快就找到替补的人了，而且这个替补歌手还会弹钢琴？

要知道，这个年代会弹钢琴的可不是普通人啊，钢琴是书香门第富家小姐的标配，可不是从大街上随便拉个人都会弹的！陆嫣调好了音，很快便开唱了，唱了几首比较擅长的情歌，场子里无论男女，所有人同时望向她。

这是他们从来没有听过的歌曲。

陆嫣的嗓音清润动人，配合着钢琴轻快活泼的旋律，将歌舞厅的气氛推上了高潮，这里从来没有这么热闹过。

沈括恰好路过歌舞厅门口，斜倚在门边，望着舞台正中间弹钢琴的女孩。女孩脸上挂着甜美的微笑，唇畔两个清甜的小酒窝，褐色的眼眸清澈，透着干净无邪的意味。

这样的眼神，一看就知道是没吃过苦头的富家乖乖女。只有自小被宠爱呵护着长大的女孩，眼里眉间才会有这般爽朗愉悦的神态。不似他，即便是笑，都笼着一层虚伪。

沈括别开目光。

经理付给陆嫣三十块钱的出场费，对于这个吃一碗粉只要两三块钱的年代来说，三十块已经够她生活好几天了。

经理像是挖到宝了似的，相当兴奋，想让陆嫣来他们这里当歌手，价格随她开。

陆嫣回头望了望咬牙切齿、心有不甘的莹莹，笑着拒绝了，只说有时间的话，可能会来这边兼职。

经理欣然同意，还说他们歌厅经常有星探来，如果陆嫣来这边唱歌，以她天籁般的歌喉，肯定会被星探发掘。但对她来说，现在最重要的是找到她老爸！

陆嫣拿着钱，走到一家大排档，要了碗羊肉汤粉，吃了起来。她琢磨着，今天晚上还能去小旅馆住一夜，不用露宿街头了。

算起来，这三十块钱，还是她人生的第一桶金呢！她想以前去和闺蜜们去一次娱乐会所，随便刷卡都是四位数乃至五位数，每天过的是挥金如土的奢靡生活，真是恍如隔世。

就在陆嫣忆甜思苦的当口，几辆摩托车轰隆隆地停在了大排档门口。陆嫣眼睁睁看着她英俊伟岸的老爸从哈雷摩托车上下来，走到她的面前，把护目头盔往桌上一搁，拎着裤子大大咧咧地坐下来，叫了碗羊肉粉，只要羊肉不要粉。

“我到处打听，总算找到你了。”

“爸！”

陆嫣感动至极，没想到陆臻居然还能想到她，她果然是亲生的！

陆臻捧着陆嫣的脸，左看看，右看看，又把她的刘海往上撸了撸，露出光洁饱满的额头，仔细打量着……像，真像，真的太像他走失的妹妹了，连这智障的眼神都一模一样！

陆嫣眨眨眼："爸，你在看什么？"

陆臻拍拍她的脸："来，告诉我，你叫什么，家里几口人，还记得小时候的事吗？"

陆嫣不明所以："我叫陆嫣，家里只有我和爸爸，小时候就是我和爸爸一起生活。"

"你爸爸呢？"

"就是你啊。"

陆臻的眼神有些复杂，似乎陷入了沉思，热腾腾的羊肉粉端上来后他都没顾得上吃。

"你很有可能是我多年前丢失的妹妹。"陆臻严肃地对她说，"我妹妹脑子不太好，是先天智障，我看你和她真的很像。"

她恍然想起来，她爸以前说过，他的确有个妹妹，也就是她的小姑姑。有次陆臻带妹妹一起去游乐场玩，结果妹妹被人贩拐走，音讯全无。

妹妹的丢失让陆臻这么多年来一直处于极度的愧疚和自责中，乃至陆嫣出生后，陆臻给她取了妹妹的名字——陆嫣。

后来，陆嫣慢慢长大，全家人都说她越长越像小姑姑。

陆嫣看到过小姑泛黄的旧照片，她们真的长得很像，尤其是那秀气水灵的眉眼，如出一辙。侄女长得像姑姑也是有的，尤其是现在两个人处于年龄相仿的阶段，被认错也很正常。

原来陆臻真把她错认成了自己的妹妹，这才马不停蹄地四处寻找。但是陆嫣不想将错就错，必须得跟陆臻把话说明白。

"爸，我不是小姑姑，不是你的妹妹，我是陆嫣啊，是你在这个世界上唯一的独生女。"

陆臻像看傻子一样看着她，和梁庭商量道："就是她了。"

"嗯，很像你妹妹。"

陆嫣深吸一口气，继续道："虽然这样说可能会被当成智障或精神病，但是我还是要告诉你，我二十岁那年出车祸了，然后就到了这里。听起来很不可思议，但你相信我，我真的是你女儿啊！"

她一口气说完这番话，然后期待地望向陆臻，然而，他只是伸出手揉了揉陆嫣的脑袋："我妹妹的病好像更严重了。"

陆嫣见他仍不相信，快速思索着怎么向他证明自己说的一切都是真的。

"对了，爸，我妈叫简瑶，你身边有叫简瑶的女生吗？她就是我妈妈呀！你很疼她的！"

陆臻和梁庭对视一眼，表示都没听过这个名字。

"我有心仪的人了，不是你说的那个人。"陆臻不满地说，"你这丫头到底怎么回事，再说胡话我不管你了啊。"

陆嫣可怜兮兮地看着他："我没有说胡话。"

梁庭指了指脑子："你妹妹不是这里有毛病吗？她能讲明白什么，你就暂时当她'爸爸'，先把她弄回家，到时候做个亲子鉴定就真相大白了。还有，你家老陆不是想女儿都快想出毛病了吗？就算亲子鉴定判定不是，这么像你妹妹的女孩，留在家里养着，当个干女儿，你家也不缺那口饭吃。"

陆嫣望着梁庭，愣愣地说："梁庭叔叔，原来你年轻的时候就这么聪明啊！"

梁庭"叔叔"扯着嘴笑了笑，不好意思地挠挠头："谢了啊。"

陆嫣知道老爸的至交好友梁庭叔叔是个高智商的男人，老爸后来和爷爷闹掰，脱离家庭独自出来闯荡，全靠梁庭这个军师帮他运筹帷幄，才顺风顺水地把公司做到了世界五百强。

年少时的陆嫣很叛逆，经常和老爸在家里对着干，有一次陆臻骂她是废物，于是她反击陆臻："你倾其一生不过都在向爷爷证明你不是废物，有什么资格说我？！"

陆臻为这句话伤心了好久。

后来梁庭告诉陆嫣："你错了，你爸爸当初毅然离开家，独自在外面闯荡，住过地下室，吃过白水泡盒饭，他不是为了向任何人证明什么，他只是想成为你妈妈和你这个小公主永远的靠山。"

陆嫣情不自禁按住了陆臻的手。

总之，她回来真是太好了。她居然能够见到少年时的老爸，真是太好了！

陆嫣再度看向陆臻，发现他的眼睛居然有些红。他不会是要和她抱头痛哭吧，陆嫣情绪都还没酝酿到位呢。

陆臻盯着小丫头看了许久，一言不发地拉着陆嫣走出了羊肉汤粉店，来到摩托车边。找到失散多年的妹妹，他那因为极度自责而备受煎熬的心终于放了下来。

“爸……你哭了吗？”

“我没哭。”

陆臻说着揉了揉通红的眼睛，将护目头盔戴在了陆嫣的脑袋上，拉着她上了自己的哈雷摩托车。

“跟我回家。”

陆家老宅，一栋明显带着复古欧式风格的洋楼建筑，在北城寸土寸金的市中心地段，算得上地标性建筑。这里是陆嫣爷爷的大宅，但是陆嫣从没有踏足过此地一步，因为爸爸和爷爷曾经断绝了父子关系。

陆嫣的爷爷名叫陆简，是陆氏集团的董事长，是个在世纪之交，为陆氏集团开辟出一代地商风云历史的人物。在陆嫣的印象中，爷爷陆简是个相当威严的男人，不苟言笑、神情肃穆。自从他的女儿，也就是陆嫣的小姑姑走失以后，脸上就更难见笑容了。后来他又与儿子陆臻断绝了父子关系，积郁成疾，早早地离开了人世。

大宅门口，陆臻停好摩托车，摘了陆嫣的头盔，问道：“你还记得咱爸吗？”

“记得，爷爷很凶，以前都不搭理我。”

陆臻无奈地揉了揉她的脑袋，眸子里划过一丝无奈：“是爸爸，不是爷爷。”

“哦。”

他带着陆嫣朝大宅走去，陆嫣有些紧张，牵住了陆臻的手。陆臻现在完全拿她当自家小妹，疼爱地按了按她的手，示意不要害怕。

大宅内部装修是奶白色的欧式风格，这也和爷爷陆简早年间在欧洲留学有关。别说二十多年前，哪怕是陆嫣生活的时代，这样富丽堂皇的家居装修也是难得一见。

“陆臻，你怎么回来了？”一个娇媚绵软的声音从楼梯上传来。

说话的人是施雪娴，爷爷陆简的第二任妻子，她保养得当，三十多岁的年纪却像二十多岁的小姑娘似的，肤白胜雪，又比小姑娘多了些成熟的韵味。对于中年男人而言，她这样的女人是极有诱惑力的。

陆嫣看着施雪娴，琢磨着应该叫她什么，后奶奶？

陆嫣知道，老爸陆臻和爷爷陆简的关系一直都非常糟糕，这其中也有后奶奶施雪娴的“功劳”。乃至后来陆简离开人世，偌大的陆氏集团竟全落入了施雪娴的手中，一分钱都没有留给陆臻。可想而知，这女人手腕的厉害。

“这里是我家，我不能回来？”陆臻脸色略沉，声音也冷了八度。

施雪娴盈盈一笑，说道：“你是大少爷，你想回来就回来，想走就走，我虽然是当妈的，到底也管不了你啊。”

施雪娴腔调里带着明嘲暗讽的意思，陆臻是男人，自然懒得和她计较，但是陆嫣受不了这个后奶奶这样对老爸说话。

“人家的妈妈是孟氏集团正牌的大小姐，你算陆臻哪门子的妈呀，可别太抬举自己了。”

此言一出，施雪娴脸色骤变，但到底还是端着当家主母的范儿，板着脸对陆臻道：“把女孩子带到家里来，让你爸知道了，你可没好果子吃。”

陆臻现在更加确定了，陆嫣一定是他的亲妹妹，不然她怎么知道自己的母亲是孟氏集团的大小姐。只是这么多年没见，这傻小妹居然变得伶牙俐齿起来，不再是以前那个总受欺负的小屄包了。

他将陆嫣揽到自己身边，说道：“看清楚，她是我妹妹，我爸的亲生女儿，小嫣。”

施雪娴脸上挂着狐疑之色，仔细打量了陆嫣一番，的确，像是真的像，可……怎么可能呢！她不是都已经……

施雪娴摇了摇头，对陆臻道：“街上随便找来个野丫头，长相有几分相似，就说是陆家的大小姐，未免太荒唐了吧。”

“她是不是陆家小姐，等陆老头回来，自然有定论。”

“今晚你爸有一个重要的项目，不会回来。”施雪娴抱着手肘，冷冷地道，“他最近身体不大好，劝你别再惹他生气了，赶紧把这丫头送走，还真以为随便找个什么人来，就能冒充大小姐啊？！”

陆臻将陆嫣往自己身后拉了拉，摸出手机：“我现在就给陆老头打电话，告诉他妹妹找到了。”

施雪娴忽然夺过了陆臻的手机，脸色变得很难看：“今晚你爸要谈的项目非常重要，我劝你不要打扰他。”

陆臻忽然冷笑起来：“我知道了，前段时间陆老头说准备和你弟弟谈一个项目，不会就在今天晚上吧？你弟弟那么个小破公司，还爆出过偷税、漏税的丑闻，够格和我们陆氏集团合作吗？”

施雪娴脸色很难看，眼睛里都快冒出火星子了，但她依旧控制着自己的情绪，说道：“这是你爸爸的决定，你无权干涉。”

陆嫣以前听说过陆家这位厉害的后奶奶，家里亲戚都说，是后奶奶给爷爷吹枕边风，潜移默化地离间父子俩的关系，这才让父子后来反目，爷爷一点儿遗产都没有留给老爸。

闻名不如见面，今天陆嫣总算见识到这位后奶奶的气势了。

只是陆嫣有些不懂，施雪娴为什么这么极力地想把她赶走？若是换了别的人家，见到与丢失的小姑姑这么像的女孩，肯定也要问清楚。

她凭什么就能肯定，自己一定不是小姑姑？

就在这时，二楼的房门打开了，一个女孩拿着随身听走出来，皱眉道：“妈，好吵啊，害得我都不能专心复习英语了。”

陆嫣回头望了望那个女孩，她穿着粉红色泡泡袖上衣，配着浅色的网纱裙，腰间用软罗线系了一个蝴蝶结，打扮得像个小公主。

陆嫣对她还有印象，她是后奶奶施雪娴带来的小孩，名叫施雅。

施雅并不是陆家的孩子，但是后来也一直住在陆家，管陆简叫叔叔。

陆嫣也是小时候听家里的亲戚讲的，说施雪娴一直想让施雅改姓陆，叫陆简爸爸，但陆简不同意。

施雅打量了陆嫣一眼，陆嫣的长睫毛又卷又翘，唇瓣红润如珠，因为那双与陆臻如出一辙的桃花眼，使得整个五官都生动起来，好看得令人心颤。

施雅脸色微变，防备地问母亲：“妈，她是谁呀？”

施雪娴说：“你哥从外面带回来的，非要说是当年走丢的陆小妹。”

施雅一听那个智障女儿回来了，本能地对陆嫣产生了敌意，脸色骤变：“妈，是真的吗？”

施雪娴冷冷地说：“她不可能回来了，不是她。”

施雅这才稍稍放心。

陆臻却完全没有理会施雪娴，给老爸陆简发了条短信，简单地说了一下情况，然后张罗着让仆人给陆嫣安排房间。

施雪娴虽然是后母，但好歹也是一家主母，当即说道：“不行，事情没弄明白以前，你不能把这个来历不明的小丫头留在家里过夜。”

“为什么不能？”

“你爸可收藏了不少价值连城的古董，万一丢了怎么办？”

陆嫣看了施雪娴一眼，她美则美矣，也的确比陆臻妈妈年轻几岁，但是在心胸眼界上，跟大户人家出来的孟氏大小姐相比，差得太远了。

施雪娴举手投足间都透着一股子小市民气息，难怪陆简很少将她带到正式场合，因为她上不得台面。

陆臻说：“丢了我赔就是。”

“你赔？你的钱还不是陆家的钱啊！”

陆臻忽然笑了：“说到底都是我陆家的钱，你瞎操什么心。”

施雪娴被他戗了一下，一时间竟不知该作何回应。

施雅拎着宽大的裙摆下了楼，走到陆嫣面前，盯着她看了又看，然后又望了望陆臻，还真别说，两个人真的很像。

她心里有些打鼓，以前她就不喜欢陆家那个智障妹妹，毕竟一个家里有两个女儿，亲生的那个肯定是最受宠的。好不容易这两年陆简叔叔对她稍微有些关心了，她可不想让这个亲生女儿回来，抢了她的宠爱。

施雅拉着母亲的衣角，急切地说道：“妈，你可不能让她留下来啊！”

施雪娴拍了拍女儿的手背，示意她安心，然后走到沙发边坐下来，摆出当家人的姿态，对陆臻好言相劝——

“小臻，你能百分之百确定她就是你走失的妹妹陆嫣吗？”

陆臻不能百分百确定，但有百分之七十的把握。

“这两年，你父亲好不容易从丢失女儿的悲痛中走出来，现在你带这样一个身份不明的女孩回家，给了你父亲希望，万一亲子鉴定出来，她不是，你觉得你父亲能承受这样的打击吗？”

陆臻脸上透出些许难色。

的确，陆嫣以前就听家里人说过陆简有多么疼爱他的小女儿，那真是含在嘴里怕化了，她要天上的月亮，陆简都能给她摘下来。

女儿走失以后，陆简派人四处寻找，夜夜不得安寝，鬓间的头发就是这两年熬白的。

见陆臻动摇，施雪娴趁热打铁：“还是把这女孩送回去吧，这么晚了，她父母也会担心的。”

陆嫣攥紧了陆臻的手，连忙说道：“这里就是我的家，你们要把我送哪儿去。”

施雪娴脸色一冷：“你以为我们陆家的门这么好进吗？”

陆嫣简直要被这个后奶奶气死了，当年小姑姑走失，家族里有不少风言风语，说或许跟这个后妈有关，那时候陆嫣还是个“傻白甜”，不相信世界上有这么恶毒的人，现在看到施雪娴这模样，她有点儿信了。

“反正我不走。”陆嫣攥紧了陆臻的手，低声恳求，“你别让我走。”

施雪娴拍案而起，厉声道：“你要是不走，我就让人把你撵出去了！”

就在这时，门外传来了汽车的声响，一道明亮的车灯光透过窗户扫了进来，正好照在陆嫣的脸上。

陆嫣本能地用手挡了挡眼睛，看到奔驰车上匆匆走下来一个中年男人。

陆简赶回来了。

第二章

对台戏

陆简下车后，急匆匆地朝大门走来，外面下着小雨，助理要给他撑伞，都被他挡开了。

施雪娴见陆简回来了，知道是陆臻给他通风报信，自家弟弟的项目多半又被耽搁了。

她的脸色变得很难看，愤愤地瞪了陆嫣一眼。

陆简见到陆嫣，显然不敢相信自己的眼睛，步履蹒跚地走到她面前，颤抖的手抚上了她的脸蛋，唤了声："嫣嫣啊！"

如今的爷爷不过四十来岁的光景，保持着年轻时候的匀称体形，丝毫没有中年男人大腹便便的油腻感，鬓间略有白霜，但依旧丰神俊朗，目光如鹰，极有神采。陆嫣心里暗叹：年轻时候的爷爷，也太帅了吧！

她呆呆地唤了声："爷爷。"

陆简的眼眶都湿润了，脸上却挂着笑，激动地说："没错，这是我那呆女儿嫣嫣！是她！"

陆臻笑了笑："是吧，老子一眼就认出来了！"

陆简沉浸在宝贝女儿失而复得的喜悦中，完全没有听到陆臻一口一个"老子"，换了平时，早就一脚踹过去了。

陆简拉着陆嫣的手，和她一起坐在沙发上："嫣嫣，快告诉爸，你是怎么回来的？这些年过得好不好？"

陆嫣真的不知道该怎么回答，她不想冒充小姑，只想让老爸和爷爷知道事情的真相。可是这天方夜谭般的真相，没人相信。

"那个……爷爷，我是陆嫣，是您的孙女，他的女儿。"陆嫣指了指陆臻。

陆臻挑挑眉，早已习惯陆嫣一口一个老爸喊得亲亲热热。

陆简爽朗地笑了起来，点了点陆嫣的鼻子："没错，这就是嫣嫣，除了嫣嫣，世界上再也找不出这么傻的丫头了。”

陆嫣才知道原来百口莫辩是这种滋味。

施雪娴见陆简已经认定了这个丫头是他的女儿，于是变脸跟翻书似的，亲热地坐过来，牵起了陆嫣的手——

“哎哟，我瞧瞧，这么久没见嫣嫣，都快认不出来了。”

施雪娴满目柔情，爱抚着陆嫣的脸：“嫣嫣这些年在外面吃了不少苦吧，真是叫人心疼。”

陆嫣没怎么搭理她，陆臻的白眼都快翻到天花板上了。

川剧变脸都没这么快。

施雪娴似乎有意要在陆简面前表现她的母爱，于是拉着陆嫣不肯撒手：“嫣嫣，你还记得我是谁吗？”

“记得啊，后奶奶。”

陆臻“扑哧”一声笑出来，连陆简也开怀大笑。

施雪娴却垮下了脸，脸色难看至极。

奶奶的称呼姑且当她是个智障儿的戏言，问题在于“后”这个字，时时刻刻提醒她，连这个傻子都知道她只是个继母。

施雪娴终究是施雪娴，脸上的不悦很快便一扫而空，抱着陆嫣说：“我是妈妈，叫妈妈呀。”

陆嫣快被她身上浓郁的香水味熏吐了，嫌弃地推开她，只觉得恶心。

陆简见小女儿非常抗拒施雪娴，沉着脸道：“够了，她有自己的妈妈，不要乱教，她爱怎么叫就怎么叫，不要勉强。”

施雪娴见陆简不悦，不敢说什么。

陆简问陆嫣：“今晚你想睡哪个房间啊？我们家最不缺的就是房间，选一个自己喜欢的。”

陆嫣不想太麻烦家里人，索性说道：“住小姑以前的房间就好。”

此言一出，站于旁侧的施雅显得更加不悦：“现在那是我的房间。”

施雪娴立刻给她递眼色，笑着缓和气氛：“既然妹妹已经回来了，小雅，你把房间让出来。”

施雅憋闷地说：“我现在住得好好的，凭什么她一回来，我就要把房间让出来啊，这也太不公平了。”

她的声音压得很低，兴许自己都知道没有底气。毕竟，她不姓陆。

陆嫣看着施雅憋闷的模样，心说家里这么多房间，偏偏她就住进了小姑的房间，多半也有取而代之的意思。

如此一来，她倒是偏不能让这个女孩得逞了。

当初爷爷离世以后，施雅这么个外姓的继女都分到了不少遗产，甚至还包括一家经营得不错的公司，可是她爸爸陆臻却一毛钱都没有拿到。可见这对母女是何等长袖善舞。

施雅说已经在那个房间住习惯了，不想搬，妹妹回来了可以再收拾一间客房出来。

施雪娴见施雅都快哭出来了，看上去柔弱又可怜，很难不让人动容，便不再言语，只是用眼神不住地打量陆简。

然而陆简还没开口，陆嫣就闷声道："我为什么要住客房？"

施雪娴朝陆嫣投来锐利的一瞥。

"爷爷，我不想睡客房。"陆嫣望向陆简，"我能睡自己以前的房间吗？"

陆简当即便对施雅说："去把你的东西收拾一下，搬到客房，让嫣嫣住回原来的房间。"

施雅的眼泪说来就来，她紧咬着牙，真是委屈极了，然而陆简却没有看她一眼。他不是慈善家，更不是冤大头，当初若不是施雪娴苦苦哀求，说女儿没有人照顾，他亦不会同意外姓人住进陆家大宅。

陆家的女儿是陆嫣，她就算想要天上的星星月亮，陆简都会给她摘下来，更遑论区区一间房。

施雪娴想来也是意识到了这一点，走过来轻轻拍了拍施雅的后背："哭什么哭，没出息，陆叔叔让你去收拾东西你去就是了，陆家这么多客房，随便挑一间喜欢的。"

"可我就喜欢现在那间。"

"那不是你的房间！"

"怎么不是！"

施雪娴生怕她再说出什么任性的话来，平白招了陆简的厌恶，推推搡搡地将她带回了房间，帮她一起收拾东西，顺带也轻声细语地安慰她。

一个小时后，陆嫣去了那间属于小姑的房间，不由得再一次感叹，小姑果然是这个家里最受宠的人，她的房间几乎是原来陆嫣房间的三倍大，梦幻的粉色壁纸，还有一个衣帽间和洋娃娃房，甚至角落里还有帐篷屋。不过陆嫣也看明白了，后来陆简能把这样的房间给施雅住着，足见施雪娴在这个家里的本事。

如果她想帮老爸和爷爷改变将来父子反目的局面，施雪娴肯定是她不容小觑的对手。

后来好几次吃饭的时候，施雪娴都有意无意地提醒陆简，让他带陆嫣去做亲子鉴定，但这个提议每次都被陆简无情地驳回。

不必做亲子鉴定，他已经认定了陆嫣就是他走失的小女儿。退一万步讲，哪怕不是，陆简也不想承认。陆嫣是他好不容易失而复得的女儿，他不容许任何意外发生。

那几天陆简都在帮着陆嫣联系学校，陆嫣闲来无事，在街上闲逛。

这世纪之初的风物人情与她的时代大不相同，绝大部分居民还住在筒子楼里，曲折的小巷随处可见，不过主干道上也在修建高楼大厦，随处可见挖掘机，轰隆隆的声音伴随着飞扬的尘土。

陆嫣在街上买了一口袋米泡筒，准备带回去给爷爷吃。

她看到小贩将小米舀进一个黑乎乎的机器里，几十秒后，机器便吐出了一节节白色的米泡筒，米泡筒散发着香味，倒是陆嫣以前从来没见过的新鲜玩意儿。

她嚼着脆脆的米泡筒，进了一家游戏厅。

游戏厅可不像她去过的电玩城，这里所有的街机都是要站着玩的，大头设备看上去很老，一个游戏厅有十来台这样的机子，不少社会青年和学生簇拥在游戏机前，砸币玩游戏。那些游戏都是魂斗罗一代、街头霸王、升龙版街霸……

陆嫣用 Ipad 玩游戏也算是能上钻石段位的级别，不过玩这些古老落后的游戏机，就显得力不从心了。

这些机器类似赌博机，赢了能吐钱，输了就吞钱，陆嫣转眼就把身上的钱输了个精光。

就在陆嫣垂头丧气地转身的时候，店老板，一个不怀好意的文身男叫住了她。

“别走啊小丫头，再玩两局呗。”

“我没钱了。”陆嫣摸摸空荡荡的口袋，“你们这儿的游戏机，太难玩了。”

这时候，文身男挡住了她的去路：“哎，输了钱就想走啊。”

他指了指游戏机，界面显示是负数。

“七十五块，还了才能走！”

陆嫣从来没遇到过这样深的套路，简直不可置信：“这么多！”

她今天一共就带了十多块钱，刚刚输光了，怎么一下子负债变成了七十五!

这是什么鬼游戏机啊?

文身男狡诈地笑着：“不还钱，你就别想走了。”

就在陆嫣进退两难的时候，忽然看见了沈括。他穿着一件单薄的白色 T 恤衫配过膝短裤，路过游戏厅门口。

男人穿这种 T 恤衫其实很危险，哪怕平日里看上去是正常身材的男人，也很容易变成猥琐排骨男。

沈括完全不存在这种情况，肩颈饱满的肌肉线条撑起了这件衣服，手臂看上去极有力量感。他单膝半蹲，正在小贩的篮子里挑选梨子，垂着头，刘海轻扫着那对漆黑深邃的眸子，格外认真。

买了梨子，沈括起身离开。

陆嫣忙不迭地冲出大门，截住他，却没想到起步太急，半个身子都撞进了沈括的怀里。

沈括甚至都没反应过来，她的脑袋就结结实实地砸在了他硬朗的胸脯上。

沈括嗅到一阵甜香，来自她怀中的那盒米泡筒。不过米泡筒已经成了粉末，粘在她的胸襟上，也粘了他一身白色的碎末。

“哎呀！”

陆嫣惊呼一声，连忙走过来，拍打着他胸前的碎屑：“抱歉啊！”

沈括本能地往后退了退，避开了她的手，兀自理了理上衣，将碎屑抖落。他的衣服虽然旧，但都是干干净净的。

陆嫣蹲下身拾起那盒米泡筒，澄澈的眸子带着几分歉疚：“真的抱歉，刚刚输了个精光，现在脑子还一团糨糊呢。”

她挺不好意思的。

沈括抬眼看她，阳光下，她的皮肤白皙通透，一双酷似陆臻的桃花眼明净清澈，乌黑的发丝垂在单薄的肩头。

沈括的视线淡淡地落在她的身上，轻轻一扫，随即便移开了。

这冒冒失失的小丫头，跟陆臻一模一样。

他抬眸望了望乌烟瘴气的游戏厅，淡声问：“在这里打游戏？”

“是呀，总是输，还被人坑了，他不放我走呢。”

陆嫣说到这里，文身男就追了出来，指着陆嫣凶狠地说道：“想跑，把欠的钱还了！”

沈括本能地将女孩拉到自己身后，迎向他：“欠了你多少？”

文身男抱着手臂，拉长了调子说：“不多不多，也就七十五块而已。”

沈括看出来了，小丫头初来乍到，让人坑了。

“还有钱吗？”他回头问陆嫣。

“没了。”

她不仅没钱，还欠了一大笔呢。

沈括摸了摸口袋，里面还有几枚硬币，够玩上一轮了，他抬腿朝着游戏厅走去。

陆嫣可不敢再进这坑人的游戏厅了。

“沈……沈括，别去啊，他们太坑了。”

门口，沈括手揣兜里，回头说道：“别怕，带你翻盘。”

喧闹的游戏厅里，陆嫣看着游戏机哗啦啦疯狂地吐着钱币，目瞪口呆。

沈括的袖子卷到了手肘的位置，一截白皙的手臂露了出来，他左手快速地击打操作，右手则稳稳地控制着游戏机手柄。

他脸色很冷，漆黑如夜的眸子里有些许微光。他并不像周围其他玩家那样大喜大悲，似乎游戏并没有带给他特别的乐趣，但是他做着这件事，便专注地将它做好，仅此而已。

陆嫣看着沈括面若冰霜的表情，根本不像是在娱乐，倒像是在工作。

文身老板看着自己的机器疯狂往外面吐钱，心疼得不行。

不过几局的工夫，陆嫣欠的钱全部还上了。

这家伙到底是何方神圣啊？！

陆嫣挑眉望向老板，老板干笑着，后悔不已。

陆嫣抓起几枚游戏币，跑到前台换成钱币，又出去买了几根米泡筒，回来的时候掰了一段递到沈括的嘴边。

沈括眸子低垂，望了望米泡筒，又望了望陆嫣，不明所以。

陆嫣笑了笑："请你吃。"

"不。"他生硬地拒绝了，很不习惯别人把食物递到嘴边的感觉。

"别啰唆，快吃。"陆嫣直接把米泡筒戳进了他的嘴里，"真的好吃。"

米泡筒入口即化，甜甜地粘在舌尖。

沈括终究还是接过了那块米泡筒，嚼了嚼。

陆嫣大声嚼着，像只小仓鼠，还时不时地冲他微笑。

这是沈括第一次吃这样的零食，他不会把钱用在这些东西上面，零食只是消遣，他没有时间消遣。

陆嫣倒是很自来熟，从他的口袋里拿出一个梨子，一口咬了下去。

沈括侧眸望了望她，她连忙说："我请你吃米泡筒，吃你一个梨，不会生气吧。"

沈括想说，又不是他自愿的，只是舌尖的甜腻还没有散去，他顿了顿，只说道："梨子要洗干净。"

"哦。"

陆嫣耸耸肩，又咬了一口。她忽然觉得，少年时的沈括其实没那么可怕。

陆嫣又递了一个米泡筒给沈括，沈括没有多言，拿着吃了。他很少有这样单纯的开心时光，还是和死对头的妹妹，沈括感觉有些不可思议。可是他又很难拒绝这姑娘，尤其是……她对他笑的时候。

好巧不巧，他们刚到大街上，便与过来打游戏的陆臻和他的几个哥们儿撞了个正着。

陆臻看到沈括，脸色已经沉了下去，一偏头，居然又看到了跟在沈括身边的陆嫣。陆臻怒上心头，二话不说，一拳冲沈括的脸砸去。

沈括猝不及防，结结实实地吃了陆臻这一拳头，带动得整个身体都往旁侧歪了歪，靠墙勉强稳住了身体，手里装梨的袋子也飞了出去，梨散落了一地，有的滚到街道中央，被汽车轧坏。

陆嫣愣了几秒，连忙跑到沈括身前，张开双臂挡住陆臻："你怎么不问青红皂白就打人！"

陆臻拎着她的后衣领，怒道："你知不知道他是什么人，你还敢跟他搞到一起！"

陆嫣一把甩开陆臻的手，气呼呼地反驳："我看到的就是你在仗势欺人！"

陆臻将陆嫣甩给身后的几个哥们儿护着，走上前，踢开了沈括手边的梨子，拎起他的衣领将他撞到墙边，一字一顿地道："你可以动我身边的任何女人，但是这个丫头，你敢碰她，我让你死。"

沈括的眸子里泛过一丝寒意，倏地，他竟然扯了扯嘴角，笑得邪气横生："好啊。"他答应得非常爽快，以至于陆臻都有些不敢置信，但不想再和这家伙纠缠，重重地扔开他，抓着陆嫣的手大步流星地离开了。

陆嫣被他扯得踉踉跄跄，不住地回头，看到那个沉默的少年弯腰捡起了地上的梨子，拍了拍灰尘。她的心有一瞬间被他隐忍的眼神刺痛了。

陆臻拉着陆嫣往家的方向走去，巷子口，陆嫣挣开了陆臻的手，气得像只鼓起脸的小仓鼠，愤声质问："我没有想到你以前竟然会是这个样子！"

即便她是个娇生惯养的富二代，但也知道不恃强、不凌弱，做人就该坦坦荡荡、光明磊落，而这些，还是她爸一字一句地教给她的。她怎么能想到，那个正直稳重的老爸，年轻时居然这样欺负人！

"爸，你真是太让我失望了！"

陆臻伸手拍了拍她的后脑勺："说你傻你还真傻了啊？我从小到大就这德行，你要怪就怪你真正的老爸心里只有事业，没把咱们兄妹俩教好。"

陆嫣看着陆臻这烂泥扶不上墙、誓要一辈子当流氓的架势，真是很难想象，他究竟经历了什么，才会蜕变成未来的正人君子。

"不管怎么样，以后我不准你接触沈括。"陆臻严肃地说，"再让我逮到，有你好看的。"

陆嫣不服气地问："你为什么这样讨厌他？"

"因为他本来就讨厌，装模作样，虚伪至极，根本不是什么好人。"

"他怎么不是好人了？"

陆臻正要开口，忽然想起了什么，止住了话头："反正你少和他来往，他不是好东西！"

陆臻不肯明说，陆嫣当然更好奇了，这事说到底，解铃还须系铃人，要弄清楚老爸和沈括的恩怨，才能从中化解他们的矛盾。

陆嫣觉得自己这个当女儿的也真是太操心了吧。

因为是早产儿，她自小体弱多病，老爸放弃了自己所有的生活和娱乐时间，把全部精力都花在了她的身上，为了给她灌苦涩的中药，父女俩每天都在上演追逐战……

无论如何，陆嫣也必须把她爸拉回正轨，阻止沈括对他的复仇。

以前小姑因为智商问题，上的都是特殊教育学校，可陆嫣是正常人，不想去特殊教育学校念书。

吃饭的时候，陆嫣提出想跟哥哥一起去北城三中念书，陆简还没来得及说话，坐在桌尾的施雅便"扑哧"一声笑了出来。

全桌只有她一个人笑了，陆简板着脸问："你笑什么？"

施雪娴瞪了施雅一眼，施雅立刻收敛了笑容："啊，我……我只是想到昨天朋友给我讲的一个笑话而已。"

陆嫣抬头看了施雅一眼，施雅眼底的嘲讽明明白白，她觉得陆嫣是智障儿，没有资格念全省城最好的北城三中。

陆简问陆嫣："嫣嫣，为什么想去北城三中？"

"我想和陆臻一起念书。"

她得待在他身边看顾着他，顺便弄清楚他和沈括之间到底发生了什么。

作为一名合格的叛逆少年，陆臻绝大多数时候是不回家的，此刻幸好他不在这里，否则肯定要坚决反对了。

"在学校里，我还能帮爷爷管着他一些。"陆嫣真挚地说。

陆简笑了笑，给陆嫣夹了一个鸡腿："过好你自己的生活，管那浑小子干什么。"他对儿子已经相当失望了。

陆嫣肯定不希望陆简放弃陆臻，于是说道："他有时候还是听我的话的，还有，我也想努力当个正常的小孩。"

陆简有时候真觉得陆嫣除了一会儿哥哥，一会儿爸爸，一会儿爷爷地乱叫，从其他方面看来，女儿还是个相当正常的小孩，他被最后这句话戳了心窝子。他同意了陆嫣的请求，而这时，施雪娴也跟着说："雅雅也在备战北城三中的自主招生考试，可以让她把复习资料借给嫣嫣，两姐妹一起温习。"

施雅也接嘴道："可以啊，我可以把资料借给她，嫣嫣，三中自主招生考试很难的，你可要加油啊！"

陆嫣知道，施雅是故意在嘲讽她，小姑姑是智障儿，别说入学招生考试，恐怕连做最简单的加减乘除都困难。

陆简也没指望她能学到什么，好歹进了学校，有同龄人在身边陪伴，对她的成长是好事。

施雅是故意嘲讽陆嫣，但施雪娴不是，她有更长远的打算。

果不其然，陆简说："嫣嫣不必准备什么入学考试，三中的校长是我多年的老友，说一声就行。"

施雪娴连忙道："啊，那真是太好了，雅雅，你的考试准备得怎么样，有把握吗？"

施雅接收到了施雪娴传递的深意，说道："题目很难，不过我会努力的，这几天我都在熬夜温习功课呢。"

"不要太辛苦了，你看你，都瘦了。"

"妈妈，不辛苦的，我真的很想上北城三中。"

这母女俩一唱一和地表演着，想让陆简松口，和校长打招呼的时候，顺便也带上施雅。

陆嫣抢在陆简开口前说道："不用托关系啊，我自己也能考。"此言一出，施雪娴和施雅同时望向陆嫣，眸中带着诧异之色。

陆简问她："嫣嫣，你确定？你要自己考？"

"嗯。"

施雪娴笑着说："嫣嫣也学会开玩笑了。"

陆嫣面无表情地说："我没有开玩笑，我自己考，能考上就念，考不上就算了，托关系对其他同学不公平。"

施雪娴的脸色有些难看，她刚刚暗示想让陆简托关系的时候也帮帮施雅，现在陆嫣说这样的话，摆明了是在打她的脸。

陆简却笑了起来，欣赏地说："果然是我陆家的女儿，好样的，既然你有信心，那就自己考，老爸不管你了。"

"好的。"

施雅咬着下唇，愤愤地看了陆嫣一眼，她倒要看看，这智障儿到底要怎么考！

三中的入学考试难度可以说是五颗星级别的，施雅平时也算勤奋努力了，要考三中都有些勉强，更别说这智障儿，她就等着看陆嫣的好戏吧。

以前，陆嫣的成绩在学校里属于中等水平，但是那会儿的北城三中师资力量雄厚，老师对学生的要求比现在严苛百倍，因此学校的重本升学率高达百分之九十。在那样的环境下，陆嫣即便没有太用心，成绩也没差到哪里去，再加之陆臻对她的学习方面看顾很紧，每天晚上下班了还会翻她书包检查作业，看看老师的评语。

陆嫣算是被赶鸭子上架，高考也考上了省内的一本院校。

现在北城三中的入学考试题目对陆嫣来说，算是相当遥远的课业知识了，不过好在她基础扎实，只要买些教辅资料温习温习，通过考试应该不成问题。

那天下午，陆嫣独自去了书店，准备买几套教材。

城中心的书店一直到陆嫣念中学那会儿还一直开着。

这会儿的书架上没有那么多五花八门的书，图书的种类整体较少。

陆嫣找到教辅资料类书架，取下了一本厚厚的数学教材配套练习册。透过书架的缝隙，她看到了一个五官英俊的少年，正站在对面的书架前，低头做笔记。陆嫣顿住脚步，倏地，来到书架拐角处，朝他望去——

沈括穿着一件白色的衬衣，清秀干净。他手里拿着钢笔，正翻着一本教辅书，在泛黄的笔记本上抄着什么。

陆嫣宛如做贼般轻手轻脚地走过去，看清楚了……他正在抄写教辅书上的几道数学题目。

他写得非常专注，以至于陆嫣都站在他身后了依旧毫无察觉。半晌，他合上了崭新的教辅书，重新放回书架。陆嫣连忙躲到架子后面，避开了他。

沈括经过陆嫣身边的时候依旧目不斜视，看都没看她一眼，但是他的脚步明显顿了顿。

待他离开，陆嫣走到他刚刚所在的位置，拿出了那本《高考数学全解析》。

这本教辅书的价格不算太贵，他却将资料上的题目抄写回去，足见他的家境有多不好。

陆嫣终于意识到，这个男人为什么能够用短短十年时间，靠双手打下一片江山，一跃成为北城上流社会的豪门新贵。

他心性沉稳，能屈能伸。跟他比起来，现在幼稚又暴躁的陆臻简直就是个被按在地上碾压的存在。

陆嫣桌上堆了厚厚一摞教辅资料，开始每天早起晚睡备战入学考试，高考她都没有这么努力过。

施雪娴好几次让施雅去陆嫣那里探探风，看看她的复习情况如何，但是施雅觉得妈妈真是想太多了。

“她就是一个傻子，加减乘除都算不清楚，还想通过招生考试，别开玩笑了。”

施雪娴却并不这么认为，她清楚地记得陆嫣过去是什么模样，天真痴傻，结结巴巴连话都说不清楚。以前施雪娴在陆简这里受了气，偷偷掐过陆嫣的手心，陆嫣除了哭，什么都说不出来。而这次回来的陆嫣，跟过去的陆嫣大不一样。可若说她不是陆嫣，她又怎么会知道家里的这么多事情呢？施雪娴心里难免有些担忧。

“如果她考不过招生考试，你陆叔叔肯定会找关系让她进三中，到时候顺带也能把你捎上。”施雪娴叮嘱施雅，“你最好摸清楚她的底细。”

施雅却不以为然：“你觉得她还真能考得比我好啊，太不相信我了吧。”

施雪娴想想也是，陆嫣是先天智障儿，或许流落在外时变得机灵了些，但智障就是智障，变不回正常人。

当然，不仅仅是施雪娴，其实连陆简对陆嫣都没什么信心，他也不指望她能考什么名牌大学，只要她能在学校里过得开心，他就满足了。

等待学校录取通知的日子里，施雅也是信心满满，每天都很兴奋，和施雪娴计划着收到通知书后要去游山玩水。

陆嫣考完之后心里却没底，这次考试的难度大大超乎她的预料，本以为时光倒退二十年，学习会轻松一些呢，没想到……这也太难了吧！

那天清早，邮递员送来了一封录取通知书，施雅一阵风地跑下楼，欢天喜地地接过了录取通知书，冲屋里大喊：“妈，陆叔叔，我考上了！”

陆嫣从房间出来，站在二楼的栏杆前，望着客厅里喜不自胜的施雅。

施雅手里只有一封录取通知书，自己没考上吗……

陆嫣有些泄气，虽然以前她对学习从来不上心，但这一次也是铆足了劲儿，却还是没考上，看来学习还是不能一蹴而就啊。

陆简和施雪娴听到施雅的声音，走出了房间。

施雪娴望了望站在栏杆前垂头丧气的陆嫣，眸子里划过一丝不易察觉的轻蔑之色。

“雅雅真棒。”她走过去轻抚她的脑袋，夸赞道，“听说这次考试非常难，我好几个牌友都说自家的小孩落榜了，没想到咱们家雅雅这么争气！”

陆简问施雅：“只有一份吗？”

“是啊，只有我这一封录取信呢！”

陆简耸耸肩，倒是也没觉得失望，这本就在他的意料之中。

施雪娴催促施雅：“快拆了信封，给你陆叔叔好好看看。”于是施雅跟仆人要来了剪刀，拆开了录取通知书的纸壳信封。

施雪娴对陆简说：“我想给雅雅办一场盛大的升学宴，宴请亲朋好友，还有你的合作伙伴，一起庆祝雅雅考上三中，毕竟三中这样的重点中学可不是随便什么人都能考上的，你面上也有光。”

陆简没有回应，说到底施雅又不是他的亲女儿，为继女办升学宴，他面上能有什么光。

施雅满心欢喜地打开了信封，一看通知书的抬头，写的竟是“陆嫣”两个字，她傻了。

施雪娴见女儿嘴唇惨白，一把夺过录取通知书，也跟着傻眼了。这份录取通知书，属于陆嫣。

陆嫣下楼来到他们身边，拿过施雪娴手里的通知书，看到了自己的分数——六百一十四分。

她情不自禁地说了声："我也太厉害了吧。"

从小到大，陆嫣就没考过六百以上的分数。

陆简更加不敢相信，拿着通知书翻来覆去地看了又看，然后沉默地给校长打了电话，向他证实。

校长笑着说道："陆总真是太谦虚了，今年的招生考试题目很难，参考人数两千人，只有十八人考到了六百分，令爱可是名列前茅，考了六百一十四分啊！"

"你……你确定？"

"若是如您所说，她没有在学校修习过初中课程，能考到这样的分数，哪里是智力有问题，她就是天才啊！我们不仅要让她入学，还要给她奖学金呢！"

陆简晕晕乎乎地挂了电话，反应不过来，智障女儿居然变成了天才女儿？

这几个月，陆嫣买了大摞的参考资料回来，每天把自己关在房间里埋头苦学，他还不以为意，只当女儿心血来潮。没想到，她居然真的考上了！

施雪娴连忙问施雅："只有一封吗？你的录取通知书呢？"

施雅受了不小的打击，跺脚道："我怎么知道！"

"你不是说题目很简单，能考上吗？！"

"你问我，我问谁去啊！"施雅被气得跑回房间，重重地关上了房门。

陆简站在阳台边打电话，给亲戚们报喜。

陆嫣考上了，施雅没考上，施雪娴想让陆简帮忙找关系给施雅入学都不好意思开口了。

施雪娴回过头，正好撞上了陆嫣的目光。她面无表情地望着自己，嘴角微微挑了挑。施雪娴能看出她眸中的讽刺，感觉这小丫头似乎是有意针对她，难道当年她走丢的事情，她知道了什么吗？施雪娴忽然感觉背后出了一层细密的冷汗。

陆简后来还去咨询了医生，医生说或许陆嫣的病情正在慢慢好转，这种情况万里无一，但也不是一点可能性都没有。

陆简真是高兴得不行，甚至办了一场盛大的升学宴，宴请了不少合作伙伴一起分享陆嫣考上北城三中的喜悦。

开学前几日，陆臻神秘兮兮地将陆嫣带到大宅后院，说要给她一个惊喜。

陆嫣好奇地随他走过去，赫然发现青绿色的草坪上放着一辆崭新的捷安特自行车！

说实话，陆嫣已经好多年没有骑自行车了，从高中开始，老爸为了防止她放学之后出去鬼混，每天都派司机来学校接她。

其实陆嫣打心眼里羡慕那些有自行车的同学，可以一起骑车上学、放学。

现在陆臻送了她一辆崭新的自行车，某种意义上来说，或许算是一种补偿。陆嫣兴奋地抱了老爸一下，迫不及待地骑上了这辆秀气的女式自行车。

车子不大，跟她娇小的体型也相当配，陆臻是典型的“直男”审美，觉得女孩子都喜欢粉红色，所以选了一辆颜色特别粉嫩的自行车。而这样的“直男”审美一直保持到他的中年时期，无论是陆嫣小时候的衣裙还是她的房间设计，都是粉粉嫩嫩的少女款式。

陆嫣喜欢骑着自行车出去瞎逛，那个时候满大街的自行车都是老旧款式，能拥有一辆小众潮牌自行车，是相当有面子的事。

现在的北城市周边还没有规划，所以格外小，大马路上随处都能遇见熟人。

陆嫣拐过一个街角，忽然看到了沈括那高挑的背影。

他穿着工字背心，拎着一袋黄澄澄的雪梨，朝着旁边筒子楼巷道走去，似乎是要回家了。

陆嫣踩上脚踏板，连忙跟了上去，保持着离他十多米的距离，避免被他发现。

小巷里住了不少居民，很多人家为了图方便，直接在巷子里烧蜂窝煤做饭，还有晾晒衣服的，小孩子拿着纸飞机跑来跑去……这样的小巷总是弥漫着浓浓的人间烟火气。

沈括挺拔的背影在夕阳下，被笼上了一层淡淡的柔光。

周围那些四处奔跑的顽皮孩子一见到他走过来，纷纷大喊着坏蛋来了，一哄而散，躲得远远的。

正在巷子口晾晒衣服的女人，在沈括经过之后，故意大声骂道："家里有个病秧子，成天瞎叫唤，吵得小孩都没法专心学习了，早点儿死了对谁都好。"

沈括脚步蓦然一顿，回头冷冷地睨了她一眼。

那女人被他寒凉的目光一扫，心里有些惧怕，但仍强撑着胆子骂道："本来就是，还不让人说了啊，真是的。"

沈括没有与她计较，转身朝小巷另一端的筒子楼走去。

陆嫣骑车经过小巷，故意加快了速度，朝那女人身边的水洼骑去。

"哗"的一声，自行车溅起水洼里的泥污，溅在那女人刚刚晾晒的被单上，惨不忍睹。

女人猝不及防，被气得柳眉倒竖，冲陆嫣大喊："没长眼睛啊！"

陆嫣冲她挑衅地笑了笑，踩上脚踏板，一阵风似的离开了。

女人想追她，不过那肥胖的体态，没跑几步路便累得气喘吁吁，只能站在路口泼妇骂街。

陆嫣以前没见过这么凶悍的泼妇，第一次这样被追着骂，其实有些怵，不过见沈括被人欺负，她心里不太好受。

他就像一根绷得紧紧的弹簧，不知道什么时候会触底反弹。

他所有锐利的锋芒，后来都会刺向陆臻。譬如那些年沈括对陆臻的疯狂报复，短短数年便让陆臻倾家荡产。

陆嫣骑车进了沈括住的筒子楼，猝不及防地被一双手拎住了衣领，直接将她从自行车上扯了下来。

陆嫣惊呼一声，还没来得及看清楚，就被男人有力的胳膊肘按在了墙边。

"为什么跟着我？"他的声音低沉有力。

陆嫣望着他近在咫尺的五官，心跳骤然加速。

他的五官线条格外硬朗，眉峰如刃，眼底寒意森森，浑身上下都透着一股生人勿近的味道。

"刚刚看见你了，想跟你打招呼来着。"陆嫣心虚地说，"你把我的手弄疼了。"

沈括目光侧移，果然，她纤细的手腕被他捏着，白皙细腻的皮肤迅速漫开一道敏感的红痕。

女孩子不像男孩，身娇体软，轻易碰不得，尤其是这娇生惯养的小丫头，更是如此。

他稍稍松了松手，却凑近了她的脸，看着她闪躲的黑眸，说："怎么，对我有兴趣？"

陆嫣背靠着墙壁，眨巴着一双明媚的眸子，傻愣愣地望着他。

"是啊。"她坦率地承认，"以后能再一起去游戏厅玩吗？"

沈括冷笑了一声。

他有自知之明，像她这样娇生惯养的富家女，是不可能对他这样的穷小子有想法的。

"我没时间，想玩，叫你哥……"他话音未落，陆嫣伸手触上了他带有瘀青痕迹的唇角。

"是我哥干的？"

沈括一怔，立刻退后了两步，唇畔还残留着少女指尖的微凉感。

"不是。"他偏过头，不再说话。

这时，旁边的门里传来了重重的咳嗽声，一个嘶哑沉重的中年男声传来："小括，你在和谁说话啊？"

"同学。"

陆嫣朝那黑漆漆的门缝投去一瞥，沈括立刻伸手将门掩上，对她道："快走，不要再来了。"

陆嫣讨了个没趣，将地上的自行车扶起来，又回头望了望他住的地方。

潮湿的一楼，窗户里黑漆漆的，看上去沉闷又压抑。

"对了，我考上三中了，以后会经常见面了。"陆嫣冲他微微一笑，"沈括叔叔，请多指教。"

"快滚。"

陆嫣忙不迭地骑上自行车，加快速度离开了小巷。

他望着她渐渐远去的身影，嘴角淡淡地扬了扬，说了句："谁是你叔叔。"

陆嫣来到新教室的那天，看到施雅穿着施雪娴为她精心准备的裙子，端端正正地坐在前排。

施雅的成绩没有到北城三中的分数线，不多不少，正好差了三分。

施雪娴见陆简似乎没有要帮她的意思，只好以陆太太的身份，觍着脸去求了北城三中的校长。她没有想到，那校长竟然和陆简的前妻认识，他们不仅认识，还很熟。施雪娴在他那里平白遭了不少讽刺，但她也只能一个劲儿地赔笑脸，毕竟有求于人。

那天下午从校长办公室出来，她被气得瑟瑟发抖，嘴唇都苍白了。

不过好在校长看在陆简的面子上，同意让施雅入学，施雪娴的气总算是没有白受。

施雅和陆嫣分到了同一个班级，不过陆嫣并没有打算搭理她，径直走到了教室后排落座。

过去陆嫣念高中的时候，也总是爱坐在教室后排的休闲娱乐区，跟女孩们看看美妆视频，或者和男生们打打游戏。

前面有几个熟识的女孩围坐在一起，叽叽喳喳地低声议论着什么——

“我听说陆氏的小女儿也在我们班啊！”

“真的假的，陆臻的妹妹在我们班？！”

“对啊，不知道是谁。”

“要是和她成为朋友，是不是就可以常常见到陆臻了！”

“哈哈哈，那有什么用，能见不能吃。”

“咦，你太不纯洁了，要是能和他妹妹成为朋友，说不定就能认识他了呢！”

……

陆臻在学校的确是风云人物，相当受欢迎，毕竟这种模样英俊、个性阳光外向的小伙儿谁不喜欢，连不少女老师都偏心他。

女孩们左顾右盼，四处寻找，猜测谁是陆臻的妹妹。

陆嫣把脑袋垂了垂，她与陆臻容貌相似，但她不想成为众人的焦点。而施雅却把脖子伸得老长，仰得跟只天鹅似的，脸上那神情仿佛生怕别人不知道她和陆臻有关系。

闺蜜秦芹一眼就看出了她的心思，于是故意抬高了声音道：“雅雅，听说你哥陆臻今晚要开音乐 party（聚会），好想去啊！”

她的声音控制得恰到好处，能让周围的女生都听见，又不会显得那么故意。

女孩们立刻朝施雅投来好奇的目光，施雅伸手掖了掖耳鬓的发丝，下颌抬得更高了，捏着嗓子说：“你也知道，不是一个圈子的人，我哥是不会邀请的，但如果你想去看的话，我也可以跟我哥说一下。”

秦芹挽着施雅的胳膊，微笑着说道：“谢谢雅雅。”

施雅因为性格极度自卑又极度要面子，所以身边的朋友不多，秦芹是她的初中同学，因为知道她住在陆家，总是有意无意地讨好她、捧着她、奉承她，因此两个人倒是成了气味相投的“好闺蜜”。

在秦芹的“宣传”下，班上一半的同学知道了施雅是校草陆臻的妹妹，也有不少女孩坐到了施雅身边，主动与她搭话，夸她的裙子好看等等。

“裙子是妈妈买的，是巴黎的品牌呢。”

“我哥不是经常回家，我和他见面的机会也不太多。”

“他没有来送我啦，你们也知道我哥那人，表面上对人爱答不理，但其实心里也是很疼我的。”

施雅非常享受这种被关注的感觉，因为施雪娴是早年间未婚生子，这在当时来说简直是惊天丑闻，施雅自小遭受了不少冷遇，极度渴望得到别人的关注。

陆嫣只是觉得好笑，在家里，她的母亲施雪娴想方设法离间陆臻和陆简的父子关系，这会儿她倒成了陆臻的好妹妹。

当然，施雅能够在新学期先声夺人，成为班级里备受瞩目的女孩子，不仅仅是因为她是陆臻的妹妹，更因为她是陆氏集团的小女儿。

陆氏集团从很久以前便开办实业工厂，发展至今，经历了不少改革和结构升级，从现在来看，在全国范围内名头都是响当当的，是真正的豪门世家。

这些光环足以让施雅的虚荣心无限膨胀。

陆嫣不想听前排那些女孩和施雅的聊天内容，戴上了耳机。

这时，身边一个女孩凑近了，好奇地问：“这是你的随身听？”

陆嫣抬头望向她，她容姿姣好，一双盈盈的杏眼，笑起来宛若月牙般甜美。

陆嫣将随身听取出来，递给女孩，女孩兴奋地接过，说道：“我也好想有一个随身听，不过这玩意儿价格太贵了，家里不给买。”

“我哥送的。”

现在的陆臻宠她完全没有下限，自行车、随身听、游戏机……只要她想要，陆臻都会想办法给她弄到手。

若是过去，想让那个严苛的老爸送她一台游戏机，除非太阳打北边出来。所以当妹妹和当女儿的待遇还是很不一样的。

“你在听谁的歌啊？”

“张国荣的。”

“啊！我也超喜欢他，我能跟你一起听吗？”

陆嫣见这个女孩性格挺开朗，于是将耳机递给了她，那时候女生的友谊总是很简单，听完一首歌，两个人便熟悉了起来。

女孩名叫齐玉嬛，不过以前班上的男生总是喜欢拿她的名字开玩笑，叫她杨贵妃，这让她非常苦恼。可惜名字是爸妈取的，她也没办法。

陆嫣问她：“你是初中部升上来的学生吗？”

“对啊。”

“那你认识一个名叫简瑶的女孩吗？”

齐玉嬛愣愣地摇头：“不认识，怎么了？”

“我想见见她，她是对我很重要的人。”

毕竟那是她素未谋面的妈妈。

陆嫣想来北城三中念书，还有一个很重要的原因，就是简瑶。

“她是我们学校的学生吗？”齐玉嬛问。

“照理说应该是。”

“几年级？”

“不知道啊。”

齐玉嬛是个热心肠的女孩，想了想，说道：“高一好几个班都有我的初中同学，我可以让他们帮忙留意一下，看能不能找到。”

“谢谢你！如果能找到，那你真是帮了我大忙了。”

“别客气呀。”

就在她俩说话间，窗边忽然有女孩惊呼：“陆臻来了！”

班上近乎半数的女孩伸长了脖子望向窗外。

作为酷炫 boy（男孩），陆臻打扮得相当前卫，黑夹克配紧身裤，一双黑色皮质高帮鞋，鞋带松垮散乱。

以陆嫣现代的审美看来，他的紧身裤简直辣眼睛，但她周围的女孩却觉得他潮爆了，像看明星一样看着他，集体犯花痴。

他无所顾忌，大步流星地走进了高一（2）班。

所有人都以为陆臻是来找施雅的，然而他目不斜视地走过了施雅的位置，径直朝着陆嫣走了过去。

陆嫣还戴着耳机听音乐，陆臻毫不客气地扯掉了她的耳机，脚踩在凳子上，俯身望着她。

“谁让你把随身听带到学校的？”

“怎么不能带了呀？”

“让陆老头知道，非得揍我。”

陆嫣嘻嘻一笑，说道：“我不会让他知道的，这是我俩的秘密。”

作为兄长的陆臻自然不会对妹妹太过苛责，坐在她前排的空位上，将两张纸票递到她桌上。

“今天晚上有 party，来给你爸……不是，来给你哥捧场。”

他都快被她一口一个“老爸”给带偏了。

陆嫣收了票，爽快答应：“好啊！”

陆臻也没废话，起身离开，顺带拍了拍她的后脑勺，让她把随身听收起来。

陆嫣抱了抱头，冲他的背影撇撇嘴。

周围女同学见两人这般亲昵自然地相处，自然意识到他们之间的关系不简单，目光落到施雅身上，变了味儿——

“怎么回事啊，她不是说陆臻是她哥哥吗？怎么都不搭理她，还把演出票给了别人啊？”

“冒牌的吧，陆嫣和陆臻长得才像呢，而且都姓陆。”

“听说陆家不是有个继母吗？这位该不会就是继母带过来的女儿吧。”

“拜托，继妹和亲妹妹差了十万八千里好吧，她还真有脸说呢。”

“差点儿就让她骗了。”

……

施雅涨红了脸，手紧紧地攥住裙角，下唇咬出了粉白色。

所谓自作自受便是如此，别人能给她多少赞美，就能给她多少难堪。

陆嫣感觉，不需要她出手，施雅就能把自己给作死。真正难对付的是她那位还算有些头脑的母亲，她的手腕可是让陆家父子反目成仇。乃至风云一生的陆简晚年缠绵病榻之时，那一双儿女成了他此生最大的遗憾。而陆臻也最终不复少年时的意气风发，丧父、丧妻、丧女……他成了真正的孤家寡人。

陆嫣既然回来了，就绝对不会再让她在意的人受到半点儿伤害。

齐玉嬛一双水灵灵的杏眼期待地望着陆嫣，准确来说，是期待地望着她手里那两张票。

陆嫣大方地将票递给了齐玉嬛："晚上一起去吧。"

"好哇！"齐玉嬛高兴得眉飞色舞，"今晚有好戏看了。"

陆嫣不解："什么好戏？"

"你不知道吗？你哥办音乐 party，是为了和沈括唱对台戏啊！"

"他和沈括唱什么对台戏？"

"听说沈括跟几个朋友搞了个歌舞厅，今晚开张，就在娱乐街，陆臻知道以后，就租下了对面的地下室，也搞了个歌舞厅，而且是免费的，大家都可以进去玩，摆明了要跟沈括唱对台戏呀！有免费的，谁还去付费的歌舞厅，你们家真是有钱！"

陆嫣皱了皱眉："真的假的？"

陆臻做这些事，可是半点儿口风都没有跟她透露。

"今晚去看看不就知道了。"

"好。"

放学后，沈括背着斜挎包，踏着疏懒的步子走出校园。

一阵风吹过，陆臻的音乐 party 宣传单飘到了他的脚下，正好被他的左脚踩住。沈括捡起宣传单看了看，眼里泛起一丝冷意。

他和朋友一起开的那家歌舞厅，花掉了他这些年打工挣来的全部积蓄，而那位陆少爷的免费歌舞厅，摆明了是要和他作对，挤垮他的生意。半晌，沈括将宣传单扔进了苍蝇环绕的废旧垃圾桶，然后朝着娱乐街所在的方向走去。

第三章

君子之风

放学后，齐玉嬛带着陆嫣骑车七拐八绕，穿过小巷，绕近路去了娱乐街。

“你一点儿也不像北城人啊，对这里完全不熟悉。”

陆嫣笑着说：“二十年后的北城我很熟悉，到时候我带你玩啊。”

“你说话可真逗。”

陆嫣看着周围陌生的街道，二十年后，这里的变化太大了。她机缘巧合地回到了二十年前，想改变的事情也太多了。

两人骑着自行车，来到了娱乐街的歌舞厅门口。

两家歌舞厅门对门，门口都放着开业大吉的花篮。

看得出来，陆臻这边要热闹许多，门庭若市，都是过来玩的年轻人；而对面的歌舞厅因为要收费，门庭冷落，门前站着几个年轻男人，脸色非常难看。

她又朝他们望了望，却没看到沈括。

陆嫣将自行车锁好，和齐玉嬛一起走进了陆臻的歌舞厅，心里隐隐有些担忧。

地下室场地不大，地面是用黑白相间的圆形地砖装饰的，天花板挂着好看的星星灯，很有氛围。

陆嫣环顾四周，这里有桌椅卡座也有吧台，甚至还有音乐设备。很难想象她爸到底花了多少钱布置这一切，而这一切仅仅只是为了挤垮对门沈括的歌舞厅生意。

陆嫣想，如果她是沈括，何止让陆臻破产，她可能会忍不住劈了他！

陆臻还请了乐队过来演奏，请来的乐队很卖力，在舞台上又唱又跳，而台下年轻的同学们也跟着音乐的节奏扭动身体。

陆嫣看到梁庭正在跟一个男生讲话，走过去问道：“梁庭叔叔，我爸在哪儿啊？”

梁庭抬头，看见是陆嫣过来了，脸上浮现出笑意，他现在已经很习惯当陆嫣的“叔叔”了。

“对面。”

陆臻站在最高处的 DJ（唱片骑师）台，环望四周，露出满意的神情，宛若巡视江山的帝王。

陆嫣翻了个大白眼。

陆臻看到陆嫣，立刻走下 DJ 台，朝她走过来，颇为自豪地说：“怎么样，这里还不错吧？”

陆嫣问他：“你开这个歌舞厅花了多少钱？”

“不多，场地和设备都是现成的。”

“那租金肯定很高。”

“你管这个干什么，再高我也拿得出。”

“所以你打算租多久？”

“什么时候把沈括的歌舞厅搞垮，什么时候结束。”

陆嫣嘴角抽了抽：“你……何必做这种损人不利己的事。”

“千金难买我高兴。”

陆臻跟着音乐节奏扭了起来，还抓着陆嫣一起扭。

“你别碰我。”

陆嫣实在没有唱歌跳舞的心情，现在满心担忧，只怕老爹又把沈括得罪了，以后真的不好收场。

“我出去透透气。”

“嘁，扫兴。”

陆嫣撇撇嘴，心说就扫你的兴，怎么了，本来这件事就做得特别不厚道。

就在陆嫣转身要离开的时候，忽然嗅到一股焦煳的味道。

她好奇地东张西望，就在这时，后面忽然有人叫起来：“着火了！”

陆嫣回头，果不其然，后台的小门飘出浓浓的黑烟，火苗已经蹿了出来。

“着火了！快跑啊！”

人们惊慌失措，纷纷涌向狭窄的出口，现场顿时乱成了一团。

陆臻立刻脱下衣服罩在陆嫣身上，护着她朝地下室通道出口挤去。跑到门口，他将陆嫣推了出去，又义无反顾地往回冲。

陆嫣一把拉住他，着急地大喊："你干什么！"

"大家都往外面挤，根本挤不出去！"陆臻急切地说，"我得把他们全部送出去，一个都不能出事！"

陆嫣被吓坏了，脸色惨白，本能地死死攥住陆臻的衣角："不行，下面都烧起来了，太危险了！"

好不容易有机会重新回到老爸身边，陆嫣无论如何也不能让他以身涉险。

"我不让你走！你要是出任何意外，我……我回来有什么意义！"

陆臻用力抱了抱女孩瑟瑟发抖的身体，沉声道："他们来我的场子，我得负责，明白吗？"

说完，他丢下了陆嫣，转身朝着浓烟滚滚的地下室冲去，声嘶力竭地大喊："梁庭！去开后门！"

梁庭捂着嘴，穿过滚滚浓烟，和秦皓一起推开了后门，组织人流有秩序地疏散。

地下室冒出滚滚浓烟，大火很快便烧了起来，整个舞台都着火了，而且火势蔓延迅速。

陆臻将最后一个男孩带出了地下室，回头问梁庭："还有人吗？"

梁庭大口喘息着，上气不接下气："没了，这里最后一个。"

街口，消防车开了过来，整个地下室都已经烧了起来，所有的设备毁于一旦，不幸中的万幸，这次火灾因为疏散及时，除了有一个女孩子的手肘被轻度烧伤送去医院以外，没有伤亡。

陆臻整张脸都被浓烟熏得焦黑，站在湿漉漉的街道口，捂着嘴，弓着身子剧烈地咳嗽。

陆嫣冲进陆臻的怀里，死死地抱住了他的腰，战栗着，轻微地抽泣……对于她来说，没有任何事比老爸的安危更重要。

陆臻轻拍着她的肩膀，轻轻地安抚着怀里受惊不小的女孩，抬头望向那间地下室。

火情已经被控制住了，没有波及周围的店铺，只是他们的所有设备尽数毁于一旦。

梁庭望着浓烟滚滚的地下室，失魂落魄，喃喃地道："完了。"

对面歌舞厅的几个男人看到陆臻这边着火了，眼底划过一丝快意，倚在门边看戏。

陆嫣寻思着怎么安慰自家老爸，偏头却望见了对门的沈括。

天色已晚，他疏懒地倚在歌舞厅的霓虹灯下，左手有一搭没一搭地扣着一个打火机，漆黑的双眸隐在沉沉的阴影中，令人捉摸不透。

陆臻也看到了沈括，而当他的视线落到沈括左手的打火机上时，顿时炸了！他猛冲过去，一把拎住沈括的衣领，将他重重地撞在墙上，胳膊肘抵在他的颈处，用力压着，愤声质问："是你放的火！一定是你！"

沈括那狭长的丹凤眼里面满是冷冽的嘲讽，睨着他，嘴角扯开一丝冷笑——

"不是我。"

"你说谎！"

丧失理智的陆臻挥着拳头就要揍他，陆嫣连忙抱住了陆臻的胳膊："问清楚啊，别冤枉好人。"

"问什么问！除了他还能有谁！"

梁庭和秦皓他们也赶紧跑过来，将盛怒的陆臻拉开了："陆哥，冷静一下。"

沈括理了理被弄乱的衬衣领口，脸上挂着似笑非笑的神情。

陆臻一口咬死了火是他放的，然而陆嫣觉得，沈括纵使讨厌陆臻，也绝对不至于放火伤人。

那些年，沈括极尽手段地对付陆臻，但他所做的每一件事都是合情合法的，行事磊落坦荡，做什么都是摆在明面上的，从来不曾暗箭伤人。

"爸，不是他做的。"陆嫣死死地攥住陆臻，"如果是他，他会承认的。"

陆臻怒道："你和他才认识多长时间，你凭什么相信他！"

"我……"

陆嫣顿了顿，坚定地说："不凭什么，就是相信！"

当初，她曾经找到沈括，苦苦哀求他放过陆臻。

那时，已过中年却依然英俊的沈括捏着她的下颌，说可以，你留在我身边，我放过他，并帮你们清还所有债务。

陆嫣看着老爸每天被讨债的人追得东躲西藏，狼狈不堪，终于痛下决心，搬进了沈宅，她甚至都已经做好了被这个大魔头欺负的准备。可令她不承想到的是，沈括谨守君子之风，连她一根头发丝都没有碰过。他只是想利用她让陆臻痛苦罢了，并没有乘人之危。

无数个夜晚，陆嫣走出房门，都能看到沈括站在偌大的落地窗前，背影孤独。有些时候，她甚至对这个大魔头动了恻隐之心，觉得他心底肯定藏着巨大的悲伤。

陆嫣信誓旦旦地替沈括担保，他说不是他做的，那就一定不是，如果是，他会承认的。

陆臻显然不相信沈括，只觉得陆嫣这小丫头绝对是看沈括长得帅，胳膊肘往外拐。

面对陆臻的质问，她只能咬牙不语。

沈括敛眸，看着挡在自己身前的小女孩，心里很烦躁。

是啊，她才认识他几天，凭什么相信他。

梁庭也劝陆臻道：“我也觉得沈括不会做这样的事，你冷静一下。”

陆臻激动地说：“就算不是他，那也绝对是他那几个兄弟，摆明了他们的生意不如咱们，就要这种阴谋诡计！”

沈括偏头望了望自己身后幸灾乐祸的几个人，沉声道：“如果真是我的人干的，我会把放火的家伙揪出来。”

“我凭什么相信你！”

“信不信随你，反正也不是为了你。”

“那你为了谁？”

沈括看了陆嫣一眼，小丫头的脸蛋被浓烟熏得有点儿脏，看上去颇为狼狈。

他眉毛挑了挑，睨着陆嫣，冲陆臻挑衅一笑：“你猜啊。”

“你猜啊。”

沈括嘴角挂着一抹轻狂雅痞的微笑，望向陆嫣。

陆嫣避开他的视线，心脏跳动骤然加快，虽然知道他是为了激怒陆臻才故意这么说，但……没有女孩能够抵抗沈括这般直白的目光。

他毫不掩饰的炽热眼神彻底激怒了陆臻。陆臻猛冲过来，一拳砸向沈括："你敢打她的主意！我弄死你！"

沈括敏捷地退后一步，偏头躲开。

陆臻眸子通红，活像一头愤怒的狮子。

沈括对陆嫣意图不轨，这让陆臻暴躁无比，梁庭他们几乎都快拉不住他了。幸而警察及时赶来，拉开了陆臻，见他意图寻事，索性直接将他押进了警车。

陆臻怒吼道："放火的人是他！你们抓我干什么！抓他啊！"

没有证据，警察当然不能随便抓人，陆臻的意图寻事可是被逮了个正着，而且他反抗拘捕，所以民警直接上手铐了。

陆嫣见陆臻被抓，急得不得了，还想跟他一起上警车，被梁庭及时拉住。

忙乱中陆嫣回头，沈括远远地望着她，单手理了理衣领，嘴角依旧挂着笑意。

很多时候，陆嫣能感觉到，这两个男孩之间的针锋相对，其实并不简单。

陆臻性子直来直去，讨厌沈括的原因可能很单纯，仅是简单的看不惯。但是沈括，他的心很小很小，爱与恨于他而言都很奢侈。

陆嫣不知道陆臻到底做了什么不可饶恕之事，能让他蛰伏十多年，谋划这一场复仇。

若他只是因为少年时这些鸡毛蒜皮的事，似乎太简单了，不足以酿成刻骨的恨意。

那天晚上，正好赶上陆简出差，人在美国，陆臻是被后妈施雪娴从警局提出来的。

大宅里灯火通明，施雪娴板着一张脸坐在沙发上，陆臻站在大厅正中间，陆嫣则站在他的身后，冷冷地望着施雪娴。

陆简不在，这个家终究是由主母施雪娴说了算，陆嫣看施雪娴这来势汹汹的模样，恐怕是不会轻易放过他们了。

"杀人放火，陆臻，你可真能耐啊！"

施雪娴完全没了在陆简面前温柔客气的模样，板着脸，冷冷地看着陆臻："赔钱事小，要是有人死了、伤了，你可是要进去吃牢饭的。"

陆嫣从老爸身后探出头来，辩解道："警察都说了，是有人故意纵火，但是跟陆臻无关，你可别乱讲。"

施雅坐在母亲身边，挽着她的胳膊，添油加醋道："是在他租的场子里出的事，他就必须负全责！妈，既然陆爸爸让你管家，这件事你可不能不管，必须给他点儿教训！"

陆嫣翻了个白眼，什么陆爸爸，施雅未免自我感觉太好了吧，陆简可从来没认过她。

施雪娴按了按女儿的手，大概是让她放心的意思。

"陆臻，平时你在外面胡作非为，我从来没有说过一个字，但你今天闯出这样大的祸，作为你的继母，我也不能不管。"

施雪娴站起身来，走到陆臻面前，清了清嗓子："按照你爸定下的家规，我是要对你进行惩罚的。"

"随你的便。"

陆臻困极了，打了个哈欠，说道："要罚就快罚，我要睡觉了。"

施雪娴让仆人拿了棍子过来，陆嫣看到那拇指粗的棍子，吓了一跳。

在她的年代，家长一般不会体罚小孩子，但是在她爸成长的年代里，小孩挨打那可是家常便饭。

施雅看了一眼躲在陆臻身后的陆嫣，说："妈，这件事陆嫣也有参与，她当时也在歌舞厅，要罚就该两个一起罚！"

施雪娴问陆嫣："你也在？"

"在、在又怎么样！"陆嫣壮着胆子说，"这根本不关我们的事，如果不是陆臻当时冲进火场及时疏散人群，肯定会有人受伤，你不能不分青红皂白地打人！"

施雪娴淡淡一笑："既然你也参与了，那就跟你哥一起受罚。"

陆臻将陆嫣护在身后，冷冷地看了施雪娴一眼，压着声音道："你敢。"

"长辈惩罚晚辈，就算你爸回来，也不能说我的不是！"

施雪娴当然不会自己动手，她将棍子交给了身边的一个男仆，下令道："给我打！"

男仆还有些犹豫，不太敢动手，若是陆简开口，他肯定毫不犹豫就打了，但是施雪娴……说白了她不过是个继母。再者，陆臻就算了，小姐可是陆简的心头宝，要是打坏了，那还得了。

施雪娴见自己使唤不动仆人，怒不可遏，高声道："有什么问题我担着，你要是不动手，今天晚上就给我滚蛋！"

男仆见自己的饭碗不保，终于还是拿着棍子走到了陆臻身边，扬手落下一棍，打在陆臻的手臂上，上面立刻出现一道清晰的红痕。他咬了咬下唇，身体一缩，感觉整个手臂都麻了。

陆嫣见施雪娴竟是来真的，愤怒地道："就算是爷爷，平时也不会轻易对陆臻动手！你一来就上棍子，太过分了吧！"施雪娴听见陆嫣反驳，更加生气，因为极度的憎恨，她的眼角轻微战栗着，沉声道："这小丫头也给我打！"

陆臻眼疾手快，将陆嫣护在怀中，背后又结结实实地挨了一棍子。他闷哼一声，显然很疼。

陆嫣恶狠狠地看着施雪娴，说道："我不会放过你的！"

施雅操着尖锐的调子说："妈，快打她！朝她脸上打！"

陆臻抱着娇小的陆嫣，整个身体都成了她的保护墙，没让她被伤及分毫。

就在这时，两辆奔驰驶入大门，传来两声喇叭声。

施雪娴诧异地问："谁来了？"

仆人匆匆进屋，慌张地说："是夫人！夫人回来了！"

"什么夫人？！"施雪娴冷声道，"我才是这个大宅的夫人！"

她话音刚落，几个穿西装的保镖陆续进屋，为首的那人走上前直接拿走了仆人手里的棍子，重重地扔在地上。

陆嫣好奇地朝门口望去，只见一位身穿小西服、一字裙的直发女人走了进来，女人的年纪约莫比施雪娴稍长一些，打扮相当干练。跟她的气质相比，平日里只会打麻将的主妇施雪娴就逊色多了。

陆嫣盯着她那妆容精致的脸看了半晌，恍然想起来，这位不就是她的奶奶孟知宁吗？

虽然陆臻和陆简关系不好，可是小时候，这位慈祥的奶奶却经常来家里陪她玩儿，每次都给她带好多零食和新裙子，可疼她了！

奶奶是孟氏集团的独女，自小能力出众，年纪轻轻便继承了孟氏地产，现在是孟氏地产的董事长。

或许也正是因为她的能力太强，性格刚烈，以至于和同样能力出众的陆简水火难容，日子才会过不下去，早早地离了婚，各自生活。

那些年陆臻的事业也多亏了奶奶的帮助，才会顺风顺水地一路做大。

孟知宁走进屋，全屋的仆人同时噤声，管家端了茶水走过来，尊敬地唤她一声“夫人”。

施雪娴脸色骤变。这一声“夫人”，结结实实地打了她的脸。无论如何，孟知宁才是陆家两个孩子的母亲，即便离了婚，她也是这个大宅的正牌夫人。

“妈。”陆臻像是泄了气的皮球，再也没了刚刚理直气壮的模样。他不在乎施雪娴怎么看他，可是他很在乎孟知宁对火灾这件事的看法。

“我的嫣嫣啊。”孟知宁看见陆臻怀里的小女孩，柔声说，“快过来给妈妈抱抱。”

陆嫣赶紧过去抱了抱孟知宁。

“奶……不是，妈妈……”

“妈妈好想你啊，这些年你过得好不好？在外面受苦了吗？”

陆嫣顾不得跟奶奶闲话家常，只是怨恨地看了施雪娴一眼，连声告状：“妈，她还要打我和哥哥呢！”

孟知宁刚从美国回来，听说自家女儿找到了，马不停蹄地赶来了陆宅，却没想到刚进门便撞上了这一幕。她站直了身子，走到施雪娴面前，冷声质问：“你打我的儿女？”

施雪娴见了孟知宁就心慌，她家境不好，学历不高，也没什么见识，面对这位高门贵女，气势自然就矮了一大截：“我作为陆、陆家的女主人，孩子做得不对，严厉管教，有什么不对！”施雪娴只能靠拔高音量来给自己壮声势。

孟知宁睨了施雅一眼：“你可以管教你自己的孩子，但我的孩子轮不到你来管教！”

施雪娴当然也不是吃素的，当下便说道：“我是陆简的妻子，是这个家的女主人，我在自己家里管教我丈夫的小孩，需要你一个外人同意吗？”

“你是这个家的女主人？”

孟知宁冷笑道：“有件事情，我想你需要搞清楚，这座宅子是我孟知宁的陪嫁，房产证上写的也是我孟知宁一个人的名字，跟陆简离婚的时候，我把这座宅子留给了我的孩子们住，所以，你永远成不了这个家的女主人，明白吗？”

此言一出，施雪娴立刻变了脸色。

“你……你说什么了！”她现在住的房子，竟然是丈夫的前妻的！

在场所有的仆人都看着，这样的屈辱，足以让她一辈子都抬不起头了。

陆嫣看着真是爽死了，她的这位孟奶奶什么没见过，对付施雪娴，真跟踩死蚂蚁一样容易。

孟知宁看了看施雪娴，又望了望她身边的施雅，淡淡地道：“你们母女俩，立刻滚出我的家。”

“你……你不能这样做！”施雅高声道，“陆爸爸要是知道了，不会同意的！”

“陆爸爸？”孟知宁冷笑道，“陆简极度重视家族血缘，你算他哪门子的女儿，随便乱认爸爸也不怕咬着舌头。”

施雪娴拉了拉施雅，低声说：“雅雅，去收拾东西，今晚我们出去住。”

“妈！怎么可以……”

“听话！”

施雅只能愤愤地转身，回房间收拾东西。

临走的时候，施雪娴狠狠地剜了孟知宁一眼，眼底泛起无尽的恶毒，今天的所有屈辱她都会记得，来日必一一回报。

孟知宁闭上了眼，懒得搭理她。

这种市井小女人，仗着自己有几分小聪明，就敢在她面前耀武扬威，她孟知宁见惯风云，几时将这种人放在眼里过。

施雪娴母女俩被扫地出门，这个家总算清静了。

孟知宁拉着陆嫣坐在沙发上，嘘寒问暖、关怀备至。

陆臻站在沙发旁，踟蹰半晌，好几次想插话，都被孟知宁凌厉的眼神吓退。

陆嫣知道，她爸自小天不怕地不怕，就怕孟知宁。这位孟奶奶调教儿子的手段，那真是花样百出，不带重样儿的。所以陆臻讪讪地站在边上，不敢吭声，一个劲儿地给陆嫣使眼色。

陆嫣会意，把火灾的前因后果告诉了孟知宁。不过她说得很有技巧，详略得当，重点描述陆臻怎样不顾危险、英勇救人，这才换来了孟知宁一句："算他还像个男人。"

陆臻松了一口气，坐在沙发扶手上，别别扭扭，分明想跟老妈亲近，又不太好意思。毕竟儿子不同于女儿，女儿可以随便撒娇耍无赖，儿子总抹不开面子。

陆嫣看懂了陆臻的心思，将他拉到孟知宁身边坐下来，说道："陆臻也好想妈妈的，妈妈以后多来看看我们吧。"

孟知宁叹息了一声，轻轻拍了拍陆臻的手背："我也想来，但是看见那姓施的我就来气，你爸的眼光真的有问题，那女人摆明了是来捞金的，他怎么就看上她了。"

陆臻立刻嚷嚷道："我爸就是睁眼瞎，我妈这么好，他居然还要跟我妈离婚！"

孟知宁拍了拍陆臻的后脑勺："瞎说，是我跟他离婚的好不好！"

陆臻揉了揉脑袋，憨憨地笑着："我就说，我妈这么温柔善良大方高贵，哪个男人舍得离婚。"

"贫什么。"

陆嫣从来没有见过自家老爸这样卖乖讨巧的模样，居然还撒起娇来了。

果然，无论多叛逆桀骜的男人，总会有柔情似水的那一面，这一面只会给他生命中最重要的两个女人——母亲和女儿。

陆臻对母亲千依百顺，和父亲却积怨已深，中间又有施雪娴作梗，破裂的关系不是轻易能够修复的。

陆嫣忽然想，如果她能撮合孟知宁和陆简复婚，是不是就能改变未来所有人命运的走向？

"妈，你有男朋友不？"陆嫣好奇地问孟知宁。

孟知宁倨傲地一笑："追你妈妈的人能从公司排到家门口了。"

“那妈妈有喜欢的人吗？”

孟知宁没有回答，反嗔道：“你这丫头，小小年纪脑子里怎么装了这么多不健康思想呢！”

“嘿嘿。”

陆嫣听陆臻说起过，孟知宁和陆简从小青梅竹马、门当户对，不过两人见面就吵架，算是一对欢喜冤家。她其实能够理解，为什么离婚这么多年，孟知宁还单身。

这个世界上，像陆简这样有本事的男人可不多，孟知宁眼光高、能力强，经历过与陆简的婚姻，想再找一个比他还能干的男人是难上加难。然而，他们的婚姻也是败于此，施雪娴纵然千般不好，但有一点，她懂得扮柔弱，温柔解语。

陆简不是看不出她的小心思，但他选择睁一只眼闭一只眼，只要她别太过分。毕竟，男人都需要有人崇拜自己，仰慕自己，虽然有时候他是挺看不上她的，但他还是娶了她。

人就是这样，充满矛盾且永不满足。

几日后，陆简回了家，施雪娴也终于搬了回来，在陆简面前一通哭诉。

陆简什么都没有说。

那个人是孟知宁，是他青梅竹马的暴躁小姐姐，动起怒来六亲不认，连他都揍。陆简打心眼里敬她，也怵她。

陆臻心里有鬼，害怕老爸责罚，直接收拾东西搬到孟知宁家里去住了。

歌舞厅着火的事，陆简虽然气愤，但也没胆子去孟知宁那里要人，只能等下次见到陆臻再狠狠地揍他一顿。

陆臻把过去所有的积蓄都赔给了房主，却还差得远。

孟知宁虽扬言不会帮他收拾烂摊子，但好歹是亲骨肉，说了气话之后，还是帮陆臻承担了其他的赔偿。

陆简则断了陆臻的零花钱，生活费也给得特别少，仅够温饱，让他长长教训。

陆臻只能向孟知宁要钱，孟知宁说：“找你爸要去，法律把你判给他了，我才不管你。”

陆臻憋屈道："妹妹不也是判给老爸了，但我昨天明明看到你给妹妹零花钱了！"

孟知宁理直气壮地说："你跟嫣嫣能一样吗？嫣嫣比你乖，老娘爱给她钱花，不服气，忍着！"

陆臻真是没话说，感觉自己不是亲生的。

那段时间，陆臻连吃饭都要靠陆嫣救济，落魄极了。

屋漏偏逢连夜雨，那天下午，陆嫣买了薯片从小卖部出来，看到梁庭和秦皓站在小花园的树后，探头探脑宛若做贼。

秦皓、梁庭和陆臻三人，在学校里组成了公不离婆、秤不离砣的"三剑客"，兄弟情谊维持了几十年，他俩都是陆嫣很熟悉的叔叔。

这次两人行动，却没有看见陆臻。

陆嫣好奇地走过去，拍了拍两位叔叔的肩膀："嘿，你们在看什么呢？"

梁庭连忙将陆嫣揽过来，捂住她的嘴，低声说："嘘，看你爸的好戏。"

陆嫣压低了声音："什么好戏呀？"

"你爸的女神舒梦绯来了，正在和他说话。"

"舒梦绯来了？"

陆嫣的好奇心比猫还强烈，她跟两位叔叔一起扒拉着树叶子，朝小花园望去。

只见陆臻手揣兜里，倚在爬满了青苔的墙边，气急败坏的样子。他身边站着一个扎马尾的女孩，女孩穿着白色的长袖衣裳，配了一条格布裙。她眉毛细长，眼睛乌黑发亮，齐刘海平平整整地盖在额上。清纯动人的长相，是绝大多数男生比较喜欢的类型。

两人说了一会儿话，陆臻抓住了女孩的肩。

舒梦绯用力挣开，皱眉说："你最好放尊重一点儿。"

陆臻松开了她："放尊重一点儿？我还不够尊重你？你想要什么我没买给你，现在你要和我划清界限，连一句解释都没有，到底谁不尊重谁？"

"陆臻，你以为钱就可以买来一切吗？"

舒梦绯清高地睨着陆臻，露出了特别不屑的表情："我感觉我们的思想观念真的特别不合，你太物质了。"

陆臻其实挺无辜的，他不过是想把一切舒梦绯喜欢的东西都买给她，何错之有?

“你跟我思想观念不合，和沈括就合吗？”

骤然被揭穿心事，舒梦绯的脸顷刻间涨红：“说我们两个的事，你提沈括干什么！”

“学校里所有人都在传你和沈括走得近。”陆臻沉痛地说，“一年半了，我从来没有凶过你，你要什么我都给你，我陆臻自认为是很对得起你了。”

舒梦绯讪讪地不讲话。

“舒梦绯，你扪心自问，现在说和我不合，真的不是因为沈括？”

“是又怎么样！”她终于被逼急了，口不择言地道，“沈括比你更加懂得生活的艰辛，你就是个纨绔富二代，一辈子都是废物，你和他比差远了！”

陆臻踉跄着往后退了两步，似乎受伤不轻。

言辞有时候比刀子更能伤人，尤其是在乎之人的话，那真是一刀一刀地往人的心肺里戳啊。

陆嫣摇了摇头，暗骂自家老爸真是没出息，尊严都让人踩在脚底下了，却还是这么𡞞。情这个字，从来都是他的软肋，陆臻是个相当重情且长情的男人。

梁庭低低叹了口气，说道：“现在说思想观念不合，也不想想这一年陆哥在她身上花了多少钱，给她买了多少东西，数都数不过来，她身上这套衣服还是陆哥从香港给她带回来的呢。”

“是吗？”陆嫣诧异地回头，“她接受了？”

“怎么不接受，一年前她还是个丑小鸭，跟着没良心的养母，辍学打工挣钱。如果不是陆哥明里暗里地接济她，她能到北城三中念书，能学唱歌学跳舞，能成为三中的校花？”

陆嫣的嘴角抽了抽，她本来以为这些八卦只有自己那个年代才有，没想到时光倒回二十年，这种事也不少见啊。

“现在养清高了，觉得陆哥没出息，觉得别人哪哪儿都好，呵。”

梁庭鲜少对别人发表评论，显然，舒梦绯是真的让他生气了。

陆嫣不爱与人计长短，但也受不了这个女孩如此虚伪的做派，梁庭一个没拉住，她就径直朝着舒梦绯和陆臻走了过去。

“爸，这谁啊？”

陆臻一看这个小丫头的眼神，就知道她是过来蹚浑水搅局的。他不自然地说：“这儿没你的事，回家去。”

陆嫣完全无视了他，言笑晏晏地望着舒梦绯，夸赞道：“小姐姐好漂亮啊。”

舒梦绯脸色铁青，质问陆臻：“她是谁？”

“我闺女……不是，我妹妹。”陆臻差点儿说错了。

舒梦绯早就听说过陆臻有个智障的妹妹，她打量陆嫣的眼神有些不屑，但出于礼貌，还是对陆嫣伸出了手：“你好，我是舒梦绯。”

陆嫣轻飘飘地一巴掌拍掉了舒梦绯的手，笑眯眯地说：“不好意思，我只和想认识的人握手。”

舒梦绯见她来者这不善的模样，知道陆嫣是为兄长打抱不平来了，但她不想把事情闹大让别人看笑话，索性转身离开。

陆嫣叫住舒梦绯：“既然小姐姐这么唾弃金钱，这身用万恶的金钱买的衣裳肯定也是一分钟都穿不下去了，脱了再走呗。”

舒梦绯神情骤变，脸色一阵红一阵白，咬住颤抖的唇：“你说什么！”

“我说，小姐姐你知不知道狼心狗肺四个字怎么写啊？”

舒梦绯听到“狼心狗肺”四个字，差点儿被气晕过去。

在周围同学的眼中，她一直优秀且勤勉，美丽又善良，被当作清纯励志女神，大家都很喜欢她，从来没有人对她说过这样重的话。

“你太侮辱人了！”舒梦绯的眼眶都红了，全身颤抖，仿佛受了天大的委屈一般。

陆嫣面不改色，继续道：“你如果觉得这是侮辱，那我告诉你，当你以好朋友的身份心安理得地享受陆臻带给你的一切资源和好处的时候，也请你有点儿自觉，别吃着碗里的还望着锅里的。”

“你……”舒梦绯向前走了一步。

陆臻立刻将陆嫣往自己身后拉了拉，怕舒梦绯因为一时气愤而出手伤人。他本能的反应却让舒梦绯无法接受，平时那样宠她的陆臻，这会儿竟然会护着这个出言中伤她的女孩。

“你一句话也不说吗？”舒梦绯难以置信地看着陆臻，“任由她这样说我？”

陆臻有点儿尴尬，不知道说什么，陆嫣平日里总和他拌嘴，打打闹闹，没想到关键时刻还挺维护他。说实话，他心里很感动。

“其实……她也没说错。”

陆臻小声说出的这句话，成功把舒梦绯给气走了。把她气走以后，陆臻又开始跟自己生闷气。

陆嫣看着陆臻颓废的模样，知道他其实很在意舒梦绯。

他一贯是个重感情的男人，否则也不至于在母亲离世后二十年里一直未娶。毕竟，作为一个正值盛年、身居高位的英俊总裁，各个阶层都有不少女人向他示好，挤破头想给陆嫣当妈妈。但陆臻不曾多看她们一眼。

那个叫简瑶的女人，她拥有了陆臻一生的忠诚。

梁庭走过来，陆臻不爽地睨他一眼：“谁让你把她带过来的？净给我捣乱。”

梁庭笑得没心没肺：“我觉得我干女儿说得没毛病，舒梦绯本来就有点儿……那什么，白眼狼。”

“你还说！”

陆臻气急败坏，一直在骂梁庭，对陆嫣却半句责怪都没有，梁庭还挺委屈，说祸是陆嫣闯的，你骂我干什么啊。

陆臻望了陆嫣一眼，小丫头靠墙站着，秀气的眉心微微往中间聚拢，攥着衣角还挺无辜，完全没了方才得理不饶人的嚣张模样。

他正要开口象征性地骂两句，却不想小姑娘直接扑进了他怀里，抱住他的腰，撇嘴咕哝道：“我爸爸好可怜呀。”

小丫头想安慰他：“没关系，拜拜就拜拜，下一个更乖。”

她铆足了劲儿拍着他的背，都快给他拍出内伤了。

陆臻咳嗽着把她的手扯开了：“乖你个头。”

陆臻低头一看，陆嫣将白皙的鹅蛋脸贴在他的胸膛处，闭着眼睛，漆黑的眼睫浓密卷翘。她轻轻战栗着，紧紧抱着他，给他加油打气。她不像是在取笑他，反而像是真的心疼他。

“没关系的，以后路还长，只要老爸振作起来，变成更好的自己，肯定会有好女孩喜欢爸爸的。”譬如她的妈妈。

小丫头一边拍着他的背，一边说着暖心的话。这让陆臻感觉方才的难过缓解了不少，心窝渐渐被另外一种感动而温暖的力量占据了。不管在外面受了什么气、什么委屈，其实家人才是他永远的港湾。

陆臻揉了揉陆嫣额前的碎刘海：“好了，多大个事，没有什么大不了的。”

“你能振作起来就太好啦！”

陆臻望向梁庭和秦皓，严肃地说道：“这次地下室着火，咱们哥几个算是元气大伤了，还欠了一屁股债，得想办法搞点儿钱。”

“沈括不是说会帮咱们把放火的家伙揪出来吗？”

“信他就有鬼了，指不定就是他贼喊捉贼！”

“那倒不至于。”梁庭理智地分析道，“我还是信他的，他不会轻易承诺做什么事，但只要答应了，肯定就会做好。”

陆臻不以为意：“靠谁都不如靠自己，现在开始，咱们得想办法挣钱了。”

陆臻现在被老爸断了经济来源，虽然孟知宁帮他还了钱，但还有部分钱是他、梁庭和秦皓向亲朋好友借的，这些钱也必须还。

陆嫣好奇地问：“爸，你们到底欠了多少人的钱啊？”

陆臻掰着手指头数了数，十根手指头都数不过来，最后挥了挥手道：“哎呀，不关你这小丫头的事，你甭管。”

陆嫣皱了皱眉头，叹息一声：“真是自作自受。”

那天下午，沈括下班以后看到街口的那家车行门口放着一辆粉红色自行车。他朝车行望了望，却没看到陆嫣的身影。

门口，车行老板和修理工正议论着怎么处理这辆车。

“这车九成新，牌子也好，年轻人喜欢，挂个高价卖了，没问题。”

“刚刚那丫头也是急用钱，两百块就卖了，咱们至少得挂三百吧。”

“三百，开玩笑，少五百想都别想。”

沈括眉心微蹙，他知道陆嫣很喜欢那辆自行车，每天都会擦拭一遍，因此自行车始终保持如新。他不用想也知道，她为什么要卖了那辆自行车。

沈括摸了摸裤子口袋，还有钱，不过，买下自行车的念头转瞬即逝。他真是荒唐。

他凭什么玩那些有钱少爷的浪漫把戏，贫穷如他，有什么资格。

沈括转身离开，刚走了两步，就听到有人询问："这自行车真好看啊，多少钱啊？"

"五百。"

"太贵了吧，四百我买了，给我女儿当生日礼物。"

车行老板还没开口，沈括折返回去，摸出五百块甩到店家手里，沉着脸将自行车推走了。

夕阳下，他推着粉红色的自行车，走在凹凸不平的小巷子里。他身形高大，推着小巧玲珑的自行车，还得微沉着肩，显得非常不搭。巷子里有几个顽皮的小孩单脚立地，盘着膝盖相互撞击，玩"斗鸡"的游戏。他们看到沈括过来，停下了游戏，望着他手里的那辆自行车，眼睛里流露出渴望艳羡的神情。在这个年代，每个小孩最大的梦想就是拥有一辆属于自己的自行车，但不是所有家庭都买得起。

沈括将自行车推进了筒子楼，然后拿了干净的抹布，将自行车从车身到轮胎，每一处都擦得锃亮无比。

他神情认真，目光前所未有的温柔。

门内传来了咳嗽声——

"小括，回来了？"

"嗯。"

沈括清洗了抹布，挂在水槽上的钢丝上，然后进屋拿了药罐子，走到院子里，将院子里晒干的中药放进去。

父亲沈建旬从房间里颤颤巍巍地走出来。他脸色枯黄干瘦，连眼白都是干黄的颜色，缀着一些斑迹，眼瞳很混浊。他佝偻着身子坐在椅子上，手里拿着破旧的蒲扇，瘦得仿佛一阵风就能将他吹倒。

"药太苦了。"沈建旬说话的时候还带出了咳嗽声。

沈括将熬好的中药倒进碗里，递到父亲手边，又从屋里拿了清肺的雪梨出来，仔细地削着皮。

在家里，他的话不多，做事却很多。父亲生病，家务基本由他来做。

沈建旬叹息了一声："有时候我觉得，可以不用吃药了，拖累你这么多年，我于心不忍。"

沈括将雪梨递到沈建旬手边，淡淡地道："不要说这样的话，会好起来的。"

"我问过医生了，尘肺治不好。"

"会治好的。"沈括固执地说，"现在不行，以后可以。"

沈括从小到大都是如此，认定的事情就不会改变，这么多年的艰难生活，让他变得更加固执，也越发隐忍，宛如一根绷得紧紧的弦，不知道什么时候会断掉。

"对了，邻居陈阿姨今天来过。"

沈括眼神冷了冷："她又来做什么？"

"把家里打扫了一遍，还买了些菜。"沈建旬小心翼翼地说，"她是好人。"

好人？

沈括并不这样觉得，无利不起早，这个世界上没有谁会无缘无故地对你好。

这段时间，邻居寡妇陈月琴来家里格外殷勤，必定是看沈建旬时日无多，盯上了他那笔救命的工伤赔偿款。

沈括锁好了门，生硬地说："下次她再过来，把她赶走。"

"伸手不打笑脸人，"沈建旬低声说，"我怎么说得出口。"

"你不赶她走，让我看见，我也会把她赶出去。"

沈建旬沉沉地叹息了一声，转头看到门边那辆自行车，问道："那是谁的车？"

"我买的。"沈括漫不经心地解释。

"这是……女孩子骑的车？"

"嗯。"

沈括没有多解释，沈建旬也没有追问。他很了解自己的儿子，沈括极少任性地做什么事情，尤其是在花钱方面，格外谨慎。

沈建旬猜测这辆漂亮的自行车可能是一份礼物，毕竟，儿子是青春正好的年纪。

“是上次路过家门的那个女同学？”

沈括没有回答，算是默认了。

“下次请她进屋里坐坐吧。”

沈括垂着眼，将细长的小刀洗净，用纸巾擦干了水，收了起来。

“她不会再来了。”

家徒四壁，他是不会让她进屋的，这是他最后的尊严。

“我不干涉你的事情，你也不要干涉我和陈阿姨的事情，行不行？”沈建旬用商量的语气对沈括说道。

沈括嘴角咧了咧。

他的事……他和陆嫣什么事都不会有。

第四章

放手

放学后，陆嫣背着书包跑到陆臻的班级，将两张崭新的百元票子递到他的手里："拿去，把欠的钱还上！"

"你哪儿来的钱？"

陆臻知道，陆嫣过去存的所有零花钱都给他拿去还房主的钱了，现在她手头也是紧巴巴的，哪里还有余钱给他？

陆臻望向自行车棚，想了想，沉着脸问："你把我送你的车卖了？"

"咱们家离学校挺近的。"陆嫣心虚地望他一眼，"我觉得骑车完全没必要啊。"

陆臻不知道哪来的一股子邪火，将钱往陆嫣怀里一塞，转身便走，走了几步，又气急败坏地折返回来，夺过那两张票子。

"爸，你干什么啊。"

"车卖给谁了？"他沉着脸说，"重新买回来！"

"买不回来了，店家说已经转手了。"

陆臻转身一脚踹在树干上，气急败坏地道："谁让你自作主张了！我还没落魄到要你这小丫头卖车给我还钱！"

陆嫣眨巴眨巴眼睛，眼周红了一圈，湿漉漉的，很是委屈。

梁庭看不下去了，走过来把陆嫣拉到身后，责怪陆臻道："你凶人家小姑娘做什么，她也是为了帮你啊。"

"你跟舒梦绯一样，也当我是一无是处的废物，是不是？"

"不是，我没有。"

就算所有人都说陆臻是没出息的阔少，被养废了，但陆嫣从来没有这样想过。

她见证过老爸创业时期的艰难，比任何人都懂，这个男人狠起来能把自己逼到什么程度。

梁庭走过来，拉了拉陆臻："就算你最近情绪不好，也不该拿你妹妹出气。"

"他总是这样。"陆嫣抽了抽气，眼周红了一圈，闷声说，"他总是这样，把最糟糕的一面留给最亲近的人。"

如果不是陆臻这坏脾气让爷爷寒了心，任施雪娴如何耍手段，也不至于令父子离了心，不再来往。爷爷可只有他这一个儿子啊！

陆臻冷静下来，看着小丫头这委屈的模样，心一下子软了下来，什么脾气都没有了。

他看着手里已经被捏得皱巴巴的两百块钱，又心疼又着急。谁让她卖自行车给他还钱了，他即便再落魄，也不至于让这小丫头砸锅卖铁给他筹钱。

"就卖了两百块？"

陆臻没好气地拍了拍陆嫣的脑袋："那车我买的时候花了一千，你就卖两百，太败家了吧。"

"呜……"

他嫌弃归嫌弃，好歹是接受了那两百块钱，大大咧咧地揽着她的肩膀："真是败家啊！"

"还不是因为急出。"

"我将来有钱了，再给你买一辆新的。"

陆嫣顺势靠在他的身边，亲昵地倚着他的手臂："爸，无论遇到什么困难，都别放弃，就算所有人都不理解你，嫣嫣也会一直在你身边的。"

以前陆嫣在成长岁月里遇到困难一度坚持不下去的时候，陆臻就是这样跟她说的——不要放弃，就算全世界都不喜欢你，老爸也会一直陪在你身边。

陆臻挪开手臂，嫌弃地说："太肉麻了。"

陆嫣笑着蹭过去，抓起他的手揽住自己的肩膀。陆臻把她拉扯大，既当爸，又当妈，所以陆嫣从小就黏他。

梁庭笑着对陆臻说："沈括能挣钱，咱们也能挣，挣得比他还多！"

陆臻望着远处的夕阳，忽然像是打了鸡血一般，站起来，挥拳大喊道："我要挣一百万！"

秦皓也受了他的感染，和他一起迎着夕阳大喊："挣一千万！"

陆嫣和梁庭面面相觑，感受着周围人投来的怪异的目光，觉得太丢脸了！

陆嫣知道，她老爸年少轻狂的时候犯过不少蠢，是个彻彻底底的中二病（青少年自以为是的思想、行动和价值观）少年。过去陆嫣只能通过叔叔们口中的讲述去想象，现在能亲身经历，感觉挺有意思的。

那天晚上，陆嫣放学回家，看到家门口低垂的绿萝枝下停着一辆粉色的自行车。她加快脚步走上前，发现那辆车竟和她之前卖掉的那辆一模一样！陆嫣好奇地四下张望，周围除了邻居以外，没有别人。

妈呀！它怎么又回来了？

陆嫣赶紧骑上自行车，在草地上骑了几圈，确定这就是她卖掉的那辆。她很喜欢这辆自行车，现在失而复得真是惊喜又意外。她索性直接骑着车，赶到了车行，询问店老板怎么回事。

店老板很熟悉这辆车，说道："之前有个帅小伙儿把这车买走了，怎么又到你手里了？"

"是谁买的呀？"

"我只负责卖车，哪能知道买主是谁，看着年纪跟你一样大。"

"跟我一样大啊。"

陆嫣推着车回家，心下甚是疑惑。

那个人不可能是陆臻，陆臻这段时间穷得在食堂吃免费汤泡饭，自身难保，可没钱赎车。

高挑的少年站在副食店门口，远远地望着陆嫣娇小的背影。

沈括绝对不是做好事不留名的人，恰恰相反，他世故又圆滑，做了就一定会让别人知道，让别人领情。

这世界上穷人的路很窄，他想把路走宽，就必须积攒人情。但这次不一样。

他回想开学的时候，他桌上莫名其妙地多了一本数学辅导练习册，是他一直在书店抄题的那本，却始终舍不得买。陆嫣帮他买了，偷偷放在了他的桌上。

沈括不明白陆嫣为什么要这样做，或许……只是富家小姐同情心泛滥，就像在路上喂了一条流浪狗，甚至她可能都忘了帮助过他。

沈括也知道自己不该想太多，不该不自量力地开心，更不该以为这个世界上或许会有女孩在意他甚至喜欢他。

沈括从来不会欠人什么，这次就当还了她无心的善良。他无声地转身离开。

那天下午，陆嫣拿着一张宣传单，兴致勃勃地往陆臻班级门口跑，有重要消息要告诉他。

没承想，她刚过楼梯转角，就迎面撞上了一个男人。

男人的胸膛很硬，而且是那种硬邦邦的肌肉块，撞得陆嫣脑门都疼了。

她捂着额头，晕晕乎乎地抬起头，迎上了沈括那双狭长的深咖色眸子。

他不笑的时候，五官带着某种特有的冷淡气质，总是给人一种生人勿近的感觉。

“哎呀，痛痛痛痛！”

一见是沈括，陆嫣立刻进入影后状态，捂着脑袋大叫：“好痛啊！”

沈括似乎刚刚上完体育课，额前的刘海微湿，陆嫣能感受到他身体散发出来的男性热力，在源源不断地侵占着她的感官。

“我没撞你，自己扑上来装什么装。”沈括毫不留情地拆穿了她。

陆嫣不装了，低头抿嘴笑了笑。反正在沈括跟前，她必须多多“碰瓷”，赖着他，好让他以后大人大量、高抬贵手。

沈括看不明白这丫头到底存了什么坏心思，漫不经心地问：“你跑什么？”

“找我哥，有重要消息要跟他汇报。”陆嫣扬了扬手里的宣传单，冲沈括扬眉一笑。

沈括眼底暗潮汹涌，修长的手指忽然伸了过来，陆嫣立刻向后躲去，全神戒备，紧张不已。他的眸光原本平和而温柔，见陆嫣这样，眼神冷了冷，又缩回了手。

陆嫣回想当年，四十岁的沈括很少会用这样柔和而炽热的目光看她，仿佛永远站在阳光照不到的阴影中，平静而冷漠地注视着她。少年时的沈括少了几分世故与阴鸷，倒是多了些热忱。

“嗯……”

陆嫣往后退了退，略显防备。

“他在操场，可能心情不太好。”

“你又怎么他啦？”

陆嫣本能地觉得沈括又惹他了，每次沈括轻飘飘的一句话，都能把陆臻气得暴跳如雷。

沈括淡笑了一声，没有回应，松了松衬衣领扣，隐约露出一截白皙的锁骨。

陆嫣轻轻说：“你别欺负他。”

他眉眼挑了挑：“如果我偏要呢？”

“如果你一定要欺负陆臻，我也会给你好看的！”陆嫣冲他比了比拳头，不过她的小拳头白里透粉，丝毫没有威慑力。

沈括眼角的笑意更甚了，他拖长了调子，一字一顿地道：“哦，给我好看。”

陆嫣发现自己有点儿傻，于是赶紧收回了拳头，又软绵绵地说道：“只、只要你放过他，我会报答你的。”

沈括发现，这小丫头是真怕他。他自觉好像也没对陆臻做过什么特别可怕的事情，即便要做，也不是现在。他低头凑近了她，薄唇落在她的耳畔，嗓音低沉：“你要怎么报答我？”

“还、还没想好，以后再说啦！”

陆嫣错开他的身子，跑下了楼梯，避免让他看到自己火烧火燎的脸庞。

沈括回头凝望着小丫头单薄纤瘦的背影，嘴角浅浅地抿了抿。

绝大部分时间，他的笑容都不是真心的，但面对她，他是真的愉悦。

陆嫣在操场边找到了三个垂头丧气的少年。

陆臻穿着红色篮球服，不爽地将篮球扔出去，球滚到了陆嫣的脚下，被她踩住了。

陆嫣一看就知道这些家伙是被高手吊打了。

“我不打篮球了，这辈子都不打了。”

“陆哥，别放弃，虽然我们篮球打不过人家，成绩也不如人家……”

陆臻愤懑地说：“那就是样样不如他了是吧！”

秦皓连忙说道：“但是我们以后会成为大老板！全方位碾压他！”

陆臻揉了揉鼻子，不甘地说：“等我成了大老板，有他好看的。”

陆嫣其实很想说，事实上，等有朝一日你成了大老板，沈括依旧一根手指头就能把你给踩死，就像踩死一只蚂蚁那样轻松。

陆臻偏头问陆嫣：“你来干吗？”

“哦！”陆嫣连忙将手里捏得皱巴巴的宣传单拿出来，“‘新秀杯’校园才艺大赛！”

陆臻将宣传单接过来，漫不经心地看了看：“什么鬼东西？”

“就是一个唱歌跳舞的才艺比赛，听说学校每年都办的，有一千元奖金啊！”

“你要去唱歌？”

“对呀！”陆嫣期待地看着他，“我肯定能拿奖，到时候咱们欠的钱都能还上，爷爷也会高兴的。”

陆臻和梁庭他们交换了个眼神，捧腹大笑起来。

“干吗呀！”陆嫣皱眉，“笑什么呀。”

陆臻拍了拍陆嫣的肩膀：“闺女，初中的时候，你上台去唱草蜢的《失恋阵线联盟》，车祸现场有多惨烈你忘了吗？”

她又不是小姑姑，才不会跑调呢！她可是差点儿C位出道（形容艺人实力强）的女人！当初多少经纪公司争先恐后地想要签她呢！

“哼，你别瞧不起我！”

梁庭也说：“还真不是陆臻瞧不起你，从初中到现在，这个比赛舒梦绯每届都参加，已经蝉联两届冠军了，今年踌躇满志地要拿三连冠，你想把她拉下来，那是白日做梦……”

“你这么说，那我必须参加了。”陆嫣说，“今年我就把她拉下来，让她的三连冠落空，给我爸报仇！”

虽然陆臻和两个叔叔都不看好陆嫣，但陆嫣还是报了名，到时候肯定让他们大吃一惊。

陆嫣说要参加“新秀杯”才艺比赛，宠女狂魔陆简当然是一百个支持，还给她买了价格昂贵的吉他。不过这把吉他，陆嫣都还没有来得及用，就被她那不省心的老爸陆臻拿去开创他的挣钱事业——街头卖艺。

陆臻特意把卖艺地点选在了距离学校很远的人民公园，避免被同学们看到。

当陆臻还是个忧愁的青春期中二少年时，为了追女孩，他学过几天吉他，也会弹一些简单的曲子，比如《小星星》。

梁庭毫不留情地吐槽他：“你想用这吉他卖艺赚钱，还不如直接将吉他卖了换钱，这吉他不便宜吧？”

他说着伸手来摸，陆臻一把打开了他的手：“卖什么卖，这是嫣嫣的，我只是暂时借用一下。”

话音未落，陆嫣气势汹汹地杀了过来：“陆臻，把吉他还给我！”

陆臻连忙躲到梁庭身后：“哎，我只是借用！不会弄坏的！”

“不弄坏才怪，你根本不会弹吉他！”

“胡说，你又不知道。”

“我当然知道。”

谁还能比你女儿更了解你。

陆臻就是个五音不全的“KTV 杀手”，陆嫣深深地怀疑，自己能拥有这么一副天生的好嗓子，全是她妈的功劳。

陆臻拨弄琴弦，开始弹奏了：“一闪一闪亮晶晶，满天都是小星星。

“小兔子乖乖，把门开开……

“ABCDEFG……”

他翻来覆去就这几首儿歌，甚至连字母歌都唱出来了……

人民公园的大爷大妈经过他身边的时候，都皱起眉头，捂着耳朵匆匆离开。他唱得太难听了，儿歌都能让他唱出噪音的感觉。陆臻特别挫败。

夕阳下，陆嫣靠坐在陆臻的身侧，看着那空空如也的吉他盒，撇嘴道：“我就说吧，谁还能比我了解你，你就是五音不全。”

陆臻一个爆栗敲在陆嫣脑袋上，陆嫣捂着头，满脸委屈。

梁庭笑着说：“别歧视五音不全的人，五音不全的人就没有资格热爱音乐吗？”

陆臻看着那空空的盒子，皱了眉头，深感挣钱之困难。

沈括那家伙到底是怎么做到靠双手就能养活自己的？

陆嫣提议：“要不让我来试试？”

“别了别了！”

“还是算了！”

“No！ No！ No！”

三个少年联名反对，陆嫣唱歌的“车祸现场”可比陆臻惨烈得多啊！

初中的时候，她在舞台上唱草蜢的《失恋阵线联盟》，边扭边唱，结果硬是让主持人打断了把她送下了舞台，可见她唱得多么天怒人怨。

陆臻那会儿无情地嘲笑过她，小丫头虽然脑子不好使，也是有气性的，生了好多天的气，陆臻为了让妹妹开心，便带她去游乐场……这才发生了意外。不过好在人总算是找回来了。

“别看不起我呀，我会让你们大吃一惊的！”

陆嫣说完，接过了陆臻手里的吉他，拨了拨弦，吉他发出一串悦耳的声音。

陆臻和梁庭同时用手捂住了耳朵，脸埋进膝盖里，省得待会儿丢脸。

陆嫣不满地撇撇嘴，见只有秦皓一人微笑着支持她，索性说道：“秦皓叔叔，帮我打节奏。”

秦皓花两块钱买了个玩具手鼓，跟着陆嫣的旋律试了试，倒是一拍即合。

陆嫣开唱了，清透的嗓音极有穿透力。陆臻和梁庭同时放下捂耳朵的手，诧异地看向她。

她唱得居然不难听，不，是非常好听，超级无敌好听！

陆嫣坐在石凳上，微微倾斜着身子，额前几缕柔顺的刘海落下来，覆在她漂亮的桃花眼上。

她唱了一首《小宝贝》，那清甜的嗓音伴随着朗朗上口的歌词和悠扬的旋律，吸引了公园里不少饭后消食的路人。

陆嫣边弹边笑，脸颊上挂着两个甜美的小酒窝，靠在陆臻身边，满满的温情与幸福。

情绪是可以通过音乐传染的，周围观众也能够感受到陆嫣用音乐传递出来的小幸福。

她唱完这一首，周围掌声如雷，很多观众自觉地往吉他盒里放了零钱。

陆臻不可置信，翻找陆嫣的衣兜：“你是不是带随身听假唱了？”

“哪有！我自己唱的，你别瞧不起我。”

“这也……太好听了吧！”

陆嫣得意地笑了笑：“我都说了，你还不相信。”

那段时间，每天黄昏时分，人民公园都异常热闹，因为听说那里有个唱歌特别好听的女孩。

那时候没有短视频平台也没有网络小说，大家伙儿的娱乐方式还相对比较简单，在公园里听陆嫣唱歌，也成了大家伙儿的一种精神享受。

以前，陆嫣在直播平台有自己的账号，每当她开直播唱歌的时候，直播平台的流量都会异军突起，呈现一个峰值。可见她人气有多高。

公开演出对于她来说简直就是信手拈来，即便抱着简单的吉他，坐在公园的石凳子上，没有化妆也没有美颜效果，她依旧那般光彩动人。

梁庭看了看甜美微笑的陆嫣，又望了望周围痴迷的观众。毫无疑问，男女老少各个年龄段的路人都已经被她圈粉了。

娱乐圈里唱歌好听的人有很多，但如陆嫣这般一颦一笑都带着观众缘的是少之又少。她仿佛天生就该吃这碗饭。

那段时间，陆嫣成了人民公园的小“网红”，而沈括也是去医院给父亲拿药的时候，经过公园无意间听见了她的声音。

她在唱一首深情的情歌，嗓音淡淡的，吉他声也格外温柔——

“往后余生，风雪是你，平淡是你，清贫也是你……”

沈括从来不喜欢凑热闹，尤其不喜欢去人多的地方，但是他被她的声音吸引了，挤进人群中，看见了她。她抱着吉他安静地坐着，路灯柔和的灯光笼着她的脸庞，细密、卷翘的眼睫毛宛若小刷子般，在眼睑处投下一片阴影。她轻轻拨着弦，很温柔的样子。

“想带你去看晴空万里，想大声告诉你我为你着迷，往事匆匆，你总会被感动，往后的余生，我只要你。”

沈括的心忽然被什么东西触动了，巨大的波澜掩藏于他平静的黑眸之下。他从来没有想过他的余生应该是什么样子，深陷泥沼之人，眼前只有家徒四壁的困窘，未来无限渺茫，更没有希望，没有光。可那天以后，沈括心里开始有了一束光——她笑起来的样子。

陆臻转头，看到沈括站在人群中，立刻坐不住了。他拍了拍裤子，走到沈括面前，以高大的身形隔断了沈括望向陆嫣的视线。

沈括无视了他，往左侧挪了一步。

陆臻仿佛故意找碴似的，也跟着往左边挪了一步，偏不让他看到陆嫣。

沈括眼角微颤，吐出了一个字："滚。"

"我偏不。"

陆臻大大咧咧地挡在他前面，嚣张地说："想看我们家姑娘，给钱啊。"

沈括的视线落到草地上的吉他盒里，里面零零散散有十多块钱。

陆臻知道这家伙放学兼职了好几份工作，挣钱跟不要命似的，而且他平日里吃穿用度格外节省，根本不会胡乱花钱。

陆臻有意给他难堪，扬了扬调子，说道："舍不得花钱就快滚，像你这样的家伙，多看我们家姑娘一眼都是侮辱她，癞蛤蟆想吃天鹅肉，痴心妄想。"

沈括的心被刺了刺，不是因为陆臻侮辱他，而是因为陆臻说的是实话。他配不上这个姑娘。

"陆臻！"陆嫣停下弹奏，带着怒意斥责他，"你乱讲什么呀！"

"我乱讲，我哪里乱讲，本来就是！"

"闭嘴！"

陆嫣望向沈括，抱歉地笑了笑。

沈括倒是没有犹豫，手伸进了包里，掏出一张一百元的钞票。

陆臻看着那张钞票，讥讽道："我们可不找零。"

"不用找。"

沈括错开他，甚至毫不客气地撞了他的肩膀一下，撞得他一个趔趄，险些被绊倒。

他没有把钱放进吉他盒里，而是走到陆嫣面前，灵巧的手将钞票规规整整地叠好，放进了陆嫣身前的小荷包里，低头在她耳畔说了几句话。说完之后，他冷淡地斜睨了陆臻一眼，转身离开。

陆嫣摸了摸荷包，脸颊微微泛红，点了点头。

“真给了？”陆臻赶紧跑过来，想从陆嫣包里摸出那张百元钞票，“他铁定是拿的假钞！快给我看看！”

陆嫣连忙捂住了自己的荷包：“他给我的！”

“什么给你的！”

“沈括自己说的，这是给我的钱，让我拿去买米泡筒吃。”

“就知道吃，这钱够买十车米泡筒了，撑不死你啊！”

对于二十年前而言，一百块的价值差不多能翻个七八倍，所以陆臻才会这般反应。

陆嫣望着沈括渐渐消失在夕阳下的颀长身影，她印象中的他阴鸷、冷漠、笑里藏刀……可是他刚刚把钱放进她的荷包里，让她拿着钱去买米泡筒吃，那深咖色的眼眸……真是温柔到极致了。

晚上，沈括从自家院子出来，邻居的寡妇陈月琴正在巷子口晾晒衣物。

“小括在家呢，吃晚饭了没？”陈月琴殷勤地对他说，“我们家炖了鸡汤，我给你们父子俩盛一碗去？”

“不用。”沈括冷淡地拒绝。

陈月琴脸上依旧堆满了笑意：“那屋子里有没有脏衣服，都拿给陈阿姨，陈阿姨帮你洗了。”

沈括当然知道陈月琴打的什么主意，他的父亲沈建旬因为在水泥厂长时间无防护劳作而染上了尘肺病，工厂赔付了一大笔钱，用来后期治疗和调理。

陈月琴没有工作，也没有收入，自然看上了那笔钱。

沈括将房间门锁好，转身的时候，冷冷地睨了陈月琴一眼：“以后，你不要再来我家了。”

“哎哟，白天你在学校，晚上又在外面打工，你爸没人照顾可不行啊。”

陈月琴抖开一件碎花罩衫，晾在铁丝上：“我听见你爸难受的呻吟，心里头也难受啊，怎么忍心不闻不问呢，你不让我来，要是你爸在家里有个三长两短，可怎么办啊？”

“我会请保姆。”

陈月琴笑意更深：“花那冤枉钱做什么，我在的时候就搭把手呗，你爸也有个人说说话。”

沈括也不知道陈月琴给沈建旬灌了什么迷魂汤，让他以为这个女人是真心实意地要和他过日子。但是沈括看得明白，这女人没安好心，她这样的市井无赖，越是和她好好说话，她越是蹬鼻子上脸，这样的人沈括见得多了。

“你真想嫁给我爸？”

“哎哟，你说这话……”陈月琴含羞带臊地说，“也就是相互搭个伴，说什么嫁不嫁的呢，多难为情。”

沈括冷冷地笑了，眼底泛着寒意：“听说你还有个女儿。”

感受到沈括的不善，陈月琴忽然有些紧张：“你、你想干什么？”

沈括慢慢走近，以只有她听得见的声音沉声说：“我也真的很想……多个妹妹。”

他故意在“妹妹”两个字上加重了，脸上轻浮的神情让陈月琴全身一紧，哆哆嗦嗦话都说不出来。这小子邪得很，可不是善茬啊！

沈括收拾了陈月琴，踩着清冷的月光，转过了几道曲折狭窄的街巷，来到一家破旧的门铺前。

铺子门上的锁虚扣着，他推门而入，发出一声刺耳的吱呀声。

天花板上是冷色的白炽灯，光线昏暗。狭窄的房间里堆满了五花八门的碟片，几个麻布口袋捆束着，胡乱地堆在角落。

沈括走进来便碰倒了面前的一摞光碟，弄出一阵哗啦啦的声音。

穿黑背心的男孩正躬身整理麻布口袋，听到动静，回头看见沈括，惊喜地说：“沈哥，你怎么来了？”

“过来看看。”沈括掩了掩鼻子，忍住喷嚏。

“嘿，我这儿刚进了货，你随便坐。”

男孩名叫钟恺，与沈括年龄相仿，早年间退了学，现在做着各式各样的小生意，天桥下的摆摊小贩里经常能见到他的身影，钟恺总想拉沈括跟他一起下海做生意。

“沈哥，怎么有时间到我这儿来坐坐了？”

因为是发小，沈括也不跟他拐弯抹角，说道：“我想跟你一起做生意，挣点儿钱。”

钟恺挑挑眉，好奇地问：“你不是和吴强他们搞了个歌舞厅吗？怎么，歌舞厅不赚钱？”

“不是，很赚钱。”沈括眼色冷了冷，“但是我准备退股，退股之后，和你一起做点儿生意。”

“为什么？”

放着挣钱的买卖不做，不像沈括的作风。

“他们做了一些不太好的事情，”沈括沉声道，“我会找到证据，让他们付出代价。”

钟恺对于娱乐街火灾的事情也有所耳闻，那个吴强平日里就是个地痞流氓，那场火多半跟他有关。

钟恺当然支持沈括退股，远离这些地痞流氓。

“不过沈哥，做生意是很辛苦的，早出晚归，你要上学，可能没那么多时间。”

沈括拎了把椅子坐过来，漫不经心地道：“这学期结束就退了。”

“啥？！退学？”

钟恺看着沈括的神情，心里忽然有些没底，以前他总想让沈括退学和他一起干，沈括一直没松口。

沈括不像钟恺，钟恺是自己读不进去书，所以辍学做生意。

沈括不仅喜欢念书，而且脑子够用，成绩好，即便课余时间被工作耽搁，他的成绩也是数一数二的。现在他忽然说不念了，倒是让钟恺心里有些慌。

“是不是叔叔病情又恶化了？要有啥困难，你跟兄弟开口！”

沈括沉吟了片刻，只说了几个字：“想挣点儿钱。”

“你不是一直在挣钱吗？”钟恺打破沙锅璺到底，“再说，叔叔的病有工厂给的钱养着，你完全没必要辍学啊！”

“太慢了，不够。”沈括敛着眸子，摇了摇头，“我太穷了。”穷得连多看她一眼，他都觉得是冒犯，是配不上。

钟恺认识沈括有十年了，即便家里条件不太好，他也一直很自信，因为他足够努力，想要的一切都能靠双手挣来。这是他第一次在沈括的眸子里看到这种浅淡的迷茫和自卑。

沈括会迷茫，只有一个原因。

钟恺难以置信地看着他："难不成，你看上谁家姑娘了？"

沈括随手捡起一张光碟，是张国荣和梁朝伟的电影《春光乍泄》。他敛着眸子，长睫毛微颤，没有回应。

下午，陆嫣去娱乐街找沈括，想把她哥撺掇沈括给她的那一百块钱还回去。

沈括工作很辛苦，一百块于他而言不是小数目。

那家被烧的地下舞厅还没有修好，楼梯通道外墙上依旧能看见被火熏黑的痕迹，这样一场大火竟没有人员伤亡，陆嫣真是很庆幸。明眼人都看得出来，那场大火跟对面的歌舞厅脱不了干系。

警方也过来调查过那家歌舞厅的几个合伙人，譬如最大的股东吴强和赵甚，但是怀疑归怀疑，没有证据警察也只能作罢。

纵火者明知道地下室着火，疏散人员很难，稍有不慎很可能就会有伤亡，却毫不在意，可见他们有多恶毒。

陆嫣心里这样想着，忽然看到沈括那颀长的背影进了对面的歌舞厅，没来得及叫住他，他便消失了。陆嫣无奈，也只能跟着他走进歌舞厅。

这家歌舞厅是正经开门做生意，因此各方面的设备也都更高级，场地很大，装饰也较为奢华。因为那场大火，这家歌舞厅的生意很好，圆弧形的场地里有不少年轻男女在跳舞，正中间的高台上有乐队在演出。

她听齐玉嬛说过，这家歌舞厅也有沈括的股份，所以他会经常来这里，不足为奇。

正中间的圆弧形卡座里，有几个男人正在喝酒，陆嫣一眼就认出他们是歌舞厅的几个股东，其中脸上有疤的那个叫吴强，他身边坐的就是赵甚，听说都不是什么好人。

吴强见沈括过来，冲他扬了扬手："小沈，来这边坐。"

沈括走过去，吴强身边穿亮片短裙的女人立刻给沈括让了座，同时还给他倒了满满一杯啤酒，端到他面前。

吴强嚷嚷着："迟到了要罚酒的啊！"

沈括脸上浮起一丝虚伪的笑意，接过酒杯一饮而尽。

"痛快！我就喜欢跟小沈你这种痛快人打交道！来，小妮，再给他倒一杯。"

那个穿亮片裙的鬈发女人又给沈括倒了好几杯酒，他也没拒绝，有一杯便喝一杯。

周围的男人纷纷叫好。

他们喜欢灌沈括酒，一则是看他还是学生，逗逗他；二则人喝了酒，说话也会变得无所顾忌。

陆嫣看沈括和他们这么玩得好，估计抓纵火凶手的事情也不能指望他了。其实陆嫣也能理解，毕竟这个歌舞厅还有他的股份，人都是这样，趋利避害。就在陆嫣感到无趣准备离开的时候，忽然听到沈括说了一句："吴哥，对面歌舞厅的事干得挺漂亮。"

她的脚步蓦然顿住，她不敢相信沈括居然会这样说。

吴强眼底透出几分防备之意，又给他倒了一杯酒："你在说什么，我可听不懂。"

沈括拿起酒杯，轻轻碰了碰吴强的杯底："吴哥，没必要瞒着我，陆臻那小子是冲我来的，抢了咱们开业的头彩，我也恨他。"

吴强睨着沈括，见他的确微醺，稍稍放下心来，只说道："陆臻那小子是自作自受，仗着自己老爹有点儿钱，就敢跟咱们对着干，没把他烧死在里面算他走运。"

陆嫣听到此处，握紧了拳头。

就在这时，一个服务生走到她面前，问她要喝点儿什么。

陆嫣戴上卫衣的帽子，将衣领往上拉了拉，然后漫不经心地溜达到他们旁边的单座，点了一杯鸡尾酒。

沈括给赵甚倒了一杯酒，笑着问："赵哥怎么说？"

赵甚头脑比较简单，几杯酒下肚，便开始吹嘘道："是我叫人放的火，哼，我就是杀鸡儆猴，要让这条街上的人都知道，跟咱哥几个作对，没有好果子吃！"

陆嫣手里的酒杯蓦然落地，发出一声碎裂声。

幸而，歌舞厅里人声鼎沸，音乐喧嚣，没有人注意到这里的动静，只有沈括偏头朝她所在的方向望了望。

吴强直接泼了赵甚一脸酒，咋咋呼呼地道：“说什么呢，你是喝高了吧，陆臻的歌舞厅着火跟你有什么关系，别在这里胡扯了。”

赵甚被泼了一脸酒，也顿时清醒了不少，嘿嘿地笑着说：“是，我胡说，胡说呢！”

陆嫣站起身准备离开了，必须要赶快把刚刚听到的事情告诉警方，纵火的凶手就是赵甚和吴强这帮人。就在这时，一个小青年走到陆嫣身边，问道：“小美女，赏脸跳个舞呗！”

“不跳不跳，我要回家了。”陆嫣将衣领往上拉了拉，侧身离开。

小青年似乎不打算放过她，纠缠道：“这么早就回家啊，太没劲了吧！”

“因为家里有事。”陆嫣只想赶快离开，避免被吴强他们认出来。

“玩玩再走也不迟嘛！”小青年抓住了陆嫣纤细的手腕，看样子是要耍流氓了。

吴强注意到隔壁桌男女的纠缠，对手下道：“去看看什么情况，这段时间风声紧，别出事。”

“我去。”

沈括率先站起身，大步流星地朝陆嫣走过去。

陆嫣皱着眉头，死命挣脱那个男人的手。她不想引起别人的注意，压低声音道：“放手！”

小青年像是喝醉了，纠缠着陆嫣不肯放手。就在这时，一只手落在了小青年的手腕上，生生将他的手从陆嫣的手腕上扒了下来。

小青年不忿地冲沈括嚷嚷：“喂，先来后到懂不懂，这姑娘是我先看上的。”

若是换了沈括平日里的性子，指不定就直接折了他的脏手，但是现在他不想惹出太大的动静，因此，他伸手揽住了陆嫣的肩膀，将她往自己怀里带了带，沉声说：“不好意思，我的女人。”

陆嫣惊讶地望向沈括，少年脸色阴沉，目光如剑，说出这句话的时候，没带半点儿表情。

那小青年听沈括如此说，又见陆嫣这么乖地依偎在他怀中，虽然不甘心，但也不好坚持，只能作罢。

陆嫣跟个小鹌鹑似的缩在沈括怀里，由着他带自己走出歌舞厅。然而就在这时，身后的吴强忽然道：“沈括，你等一下，这女孩看着面熟啊。”吴强说完站起身，朝他们走过来。

陆嫣察觉到沈括搭在她肩上的手微微一紧，他下意识地将她往身侧揽了揽。

吴强和赵甚他们领着人过来，打量着沈括身后的女孩，笑着说：“真挺面熟的，那天火灾现场，她也在吧，好像还跟陆臻那臭小子站在一起，难不成跟陆臻关系不浅？”

沈括见陆嫣已然被认出来，立刻将她拎到面前，单手扯开她耳侧的发丝，另一只手捧着她的后脑勺，装作打量她的样子。他的动作有些粗暴，陆嫣感觉自己耳侧的头皮都被扯疼了。

他捧着陆嫣的脸看了几秒钟，回头说道：“哦，这丫头我认识。”

吴强望着沈括，眼底含着一丝深意：“小沈，你认识她啊？”

“陆臻的妹妹，是个智障儿，以前走失了，最近才被找回来。”

陆嫣领会了沈括的意思，连忙躲到他身后，抱着他的手臂假装害怕。

“傻子？看着不像啊？”

赵甚走过来，凑近了观察陆嫣，没承想，陆嫣抄起身边的酒杯，甩手泼了他一脸酒。

“哈哈哈！”她拍掌大笑起来，“真好玩啊！”

她的这一系列操作，让沈括都吃了一惊。

这丫头火暴的脾气跟陆臻如出一辙，骤然发难，显然是为了报复。不过她的演技居然还挺在线，装智障装得很像。

“这傻子……”

赵甚被泼了一脸酒，非常生气，上前揪住陆嫣的衣领：“活腻了！”

陆嫣挣扎着躲到沈括的身后，露出黑漆漆的大眼睛，防备地盯着他，真像个小孩似的。

吴强不似赵甚这般头脑简单，一直在观察陆嫣的举止、神态。

“来歌舞厅玩的傻子可不多啊。”他冷笑着说，“沈括，你确定她脑子有毛病？咱们刚刚讲的话，她可全都听见了。”

沈括反问他：“我们刚刚讲什么了？”

吴强咧了咧嘴角。他知道，沈括是个聪明的家伙，和沈括打交道，必须十万分小心。

“既然这位傻小妹来了咱们歌舞厅，咱们总得尽尽地主之谊，好好招待招待啊。”吴强说完，对身边的手下使了眼色，要将陆嫣带走。

陆嫣死死地抱着沈括的手臂，低低地唤了声：“沈叔……”

沈括听出来了，这丫头是真的害怕了。

“还叫叔叔呢，看来真是傻子啊。”赵甚笑了起来，望向沈括，“沈括，咱们这儿这么多人，你看她就只抱着你不撒手。”

吴强半开玩笑道：“你还真别嫉妒，谁让我们小沈模样标致呢，你看看我身边这些女人，一见他来，个个眼睛直勾勾的，跟饿久的豺狼见了肥肉似的。”

沈括淡淡地笑了笑，手落到陆嫣的脸上，使坏般掐了掐她的脸颊：“不然怎么说是傻子呢，谁不知道我跟她哥水火不容。”

吴强对手下说：“把她带到包间去，反正是傻子，也不怕她出去乱讲话。”

“没必要吧，吴哥。”沈括睨着他，说道，“她爸陆简不是好惹的，咱们做生意，和气生财，没必要为了一时快活，跟陆氏集团结仇。”

吴强手里把玩着一个空瓷杯，犹豫片刻，判断着他话里的意思：“放她走也行，但是为了保险起见，必须要检测一下，看看她是不是真的什么都不懂。”

沈括眼风一凛：“怎么检测？”

吴强点了一根烟，然后将烟头凑近了陆嫣的脸：“既然是傻子，自然也不怕破相了。”

陆嫣能感受到烟头那滚烫的高温一点点逼近，黑乎乎的大眼睛眨巴眨巴，脸色天真从容，俨然一副“不知道他们在做什么”的模样。天知道，她内心都快崩溃了。

烟头烫到脸上肯定要破相，但现在的情况是，如果她不撑下去，小命都保不住了。这些家伙不是善茬，能干出放火那样可怕的事情，杀人对他们而言也不算什么吧！

陆嫣心里决绝，谁让她今天犯在人家手里了呢。只要能将这些家伙绳之以法，她破相就破相吧，大不了以后再去做微整，让陆臻出钱！

千钧一发之际，沈括抽走了吴强手里的烟，反手摁在了他的手背上。“刺”的一声，一股皮肉烧焦的味道传来。

吴强猝不及防被烟头烫了，握着手惨叫了一声。

沈括拉着陆嫣的胳膊，抓着她一路狂奔，冲进舞厅混乱的人群中。

吴强反应过来，对门口的手下大喊：“拦住他们！”

几个男人冲到沈括面前，挡住他的去路，有人甚至摸出了刀子。

沈括的身手极好，他护着陆嫣，三两下便打倒了这帮人。

陆嫣紧张又害怕，混乱中什么也看不见，步履踉跄地跟着他往外跑。穿过狭窄的楼梯通道，两个人跑出混乱的歌舞厅，混杂着烟酒味的浑浊气息瞬间被雨后清新的空气取代。沈括用力拉着陆嫣的胳膊，朝娱乐街尽头一路疯跑。

吴强的手下也追了出来，看这架势，是不打算放过他们了。

吴强当然不能放过他们，他俩现在手里握着吴强的把柄，今晚势必鱼死网破。

陆嫣体力不太行，跑了一公里就扶着墙气喘吁吁：“我不行了，沈叔，我……我跑不动了，你别管我。”

沈括回头望了一眼，扯着她躲到了旁边的阴暗小巷里。这条小巷极窄，只能容纳一个人通行，陆嫣躲在里面，一动不敢动，沈括的身体也紧紧贴着墙壁。

那帮人一路追过来，四下张望，寻找着两人的身影，却没有注意到那条狭窄的小巷。

陆嫣背贴着凹凸不平的墙壁，面前便是沈括那硬邦邦的胸膛，她感觉自己快被挤成肉夹馍了。沈括的手按住了她的后脑勺，将她的脸按在自己的胸膛上，小心翼翼地侧头望了望巷口。

那帮无脑追砍的男人好像已经跑远了。

她看了看巷口，小声问：“他们走了吗？”

沈括面色阴沉，没有回答。

陆嫣感受到他身上盘旋的低气压，诧异地抬头看了看他："沈……"

她话音未落，沈括忽然攥住了她的衣领，用力地将她压在墙上。

陆嫣的脊背重重地撞在凹凸不平的墙面上，她"嗷"地叫了一声——

"好疼啊！你干吗！"

沈括那深咖色的眸子里是轻微的怒意："谁让你到那种地方去的！"

"我……我是来找你的。"

"谁让你来找我！"

陆嫣不明白沈括为什么会忽然这么生气，急促地辩解道："我是想把那一百块钱还给你，我……"

话卡在喉咙里说不下去了，因为她感觉到沈括的身体在轻微地战栗，全身肌肉都在发抖。他好像很害怕的样子。

陆嫣从没见过沈括这般恐惧的模样，他可是沈括啊，那个心思缜密、手段狠辣的男人，那个从不信命也不信天的男人，他竟然也有害怕的时候吗？想想也是，刚刚真的很危险，他们差点儿没命了，正常人都会害怕吧。

陆嫣轻声安慰着沈括："沈叔，你别怕，没事了。"

沈括全身都很硬，听到她轻柔的声音，心却软了下来。

天知道，刚刚看到吴强那样对她，他有多恐惧。

他曾在心底挖了个坑，把所有的真挚、热爱、渴望……全埋了起来。

他见人说人话，见鬼说鬼话，八面玲珑、长袖善舞，可是就在刚刚，他所有的伪装原地爆破。他什么都顾不得了，吴强要用烟头烫她的脸，沈括就想要吴强的命……

此刻，陆嫣完全不知道沈括在担心自己，以为他只是被那帮人吓到了。

"陆嫣，放开我。"他的嗓音低沉。

陆嫣听话地放开了他，小巷狭窄，两个人站在一起略显局促。

陆嫣视线平视之处就是沈括的胸膛。两个人这样近距离地站在一起，空气潮湿又燥热。

沈括咽了口唾沫，喉结滚了滚，发出轻微的吞咽声，在安静的小巷里格外清晰。

少年转身，抬腿离开。

陆嫣追上他："沈叔，你去哪里？"

"回家。"

"不是，我找你还有事。"

他没有停下脚步，独自走远了，陆嫣无可奈何，只能赶紧追上去。

"沈括！"

"别跟着我。"

夜幕已至，沈括七拐八拐，穿过几个筒子楼，回到自家门前，单手从包里摸出钥匙，开门。

陆嫣一路跟着他，跟到了家门口。

沈括像是没看到她似的，"砰"的一声将她关在门外。

陆嫣被关门声吓了一跳，往后缩了缩。

她吃了闭门羹已经很惨了，偏偏这时候，天上又哗啦啦下起了雨。

大雨伴随着电闪雷鸣，来势汹汹。

陆嫣赶紧躲到屋檐下，踮着脚，尽可能地贴墙根站着，避免檐下滑落的雨珠淋湿衣裳。

她好倒霉……

天空阴沉沉的，周围的筒子楼都亮起了灯光，饭菜香味飘了过来。

陆嫣咽了口唾沫，捂了捂肚子，肚子已经在咕咕叫了。

屋子里，沈括捂着手臂，从架子上取下医药箱，走到桌前。他抬头便看到窗外的少女站在檐下。屋檐很窄，她的裤脚都已经被雨水淋湿了。

沈括默了片刻，终是不忍心，打开了房门。

门开了一条缝，等了几分钟，陆嫣没有进来。沈括忍不住出门望了望，见这丫头不知从什么角落翻出来了一把破伞。

伞的骨架都已经生锈破裂了，撑开以后，一半的伞布还耷拉着，她也顾不了这么多，直接往大雨里冲。

"你回来。"

陆嫣回头，看到沈括一脸无奈地站在门边。她战战兢兢地迈出去的脚又缩了回来。

"进屋。"

沈括的声音简洁有力，他说完转身回了屋。

陆嫣犹豫片刻，磨磨蹭蹭地进了屋。屋子里只有一个灯泡，因为是阴雨天，天还没黑，但是光线很暗。

屋子很小，家具一个挨着一个，越发显得空间狭小。潮湿的空气里弥漫着一股淡淡的中药味，难怪陆嫣总能嗅到沈括身上有中药味，她还以为是错觉呢。柜子上也搁着一些药物。她看得出来，这个家里有病人。

这时，屋里传来了咳嗽声，一个身形瘦削的男人颤颤巍巍地走出来，嗓音沙哑地问："小括，谁来了？"

"同学。"

"哦，招待同学坐吧。"

陆嫣礼貌地唤了声："叔叔好，打扰了。"

"好……同学留下来吃晚饭吧。"

沈建旬说完这话，忽然看到桌上的医药箱，诧异地问："小括，拿医药箱干什么？"

"淋了雨，吃点儿感冒药。"

沈括拿了医药箱，将陆嫣推回了自己的房间，关上了房门。

"待在屋里。"

"哦，好。"陆嫣乖乖点头，打量着沈括的房间。

他的房间比较狭窄，东西不多，推拉窗外就是一面长满青苔的墙，让整个房间显得非常压抑。窗边有一张像是手工做的书桌，看上去很旧，边缘被磨得很光滑。屋里没有书架，桌上摆满了书本，课外书不多，都是教材，唯一的一本教辅资料还是陆嫣偷偷送给他的。和其他教材不一样，那本书没有卷边也没有折，看上去还像新的一样，但是摊开的那一页上密密麻麻写了许多笔记。

两个人的目光同时落在那本书上，随后他们又心照不宣地对视了一眼。

门外又传来咳嗽声，陆嫣问他："沈叔叔身体不好？"

"嗯。"

"那雨停了我就走，不要打扰他休息。"

沈括见女孩的刘海因为淋雨湿漉漉地黏在一起，她局促地站在桌边，看上去乖巧极了。

外面的雨越下越大，短时间似乎不会停了。他转身，准备给她倒杯水。

就在这时，陆嫣赫然发现沈括右手臂的袖子颜色变深了许多，走过去诧异地摸了摸，发现竟然是湿的，她的掌心有血迹。

陆嫣低呼："你流血了！"

沈括掀开袖子，刚刚混乱中，他的右臂被划了一刀。

陆嫣急切地说："我带你去医院！"

"不用。"

"为什么啊？"

"不想去。"

从小到大，他就没有去过几次医院，有个头疼脑热的，就自己捂着被子睡一觉，咬牙也能撑过去。医院里挂号、拍片、拿药，一趟下来，要花掉不少钱。

沈括背过身，将衣服脱了下来扔在一边，准备自行处理手臂的刀伤。

陆嫣帮不上什么忙，又劝不动他，只能站在边上看着。

他转过身去，只给她留了背影。

沈括背上紧致的肌肉完全不同于陆嫣在健身房里看过的那些肌肉猛男，他这身肌肉是长年劳动形成的，充满了力量感。

他处理伤口的方式很粗暴，直接拿酒精往伤口上浇，虽然伤口不算深，但见了血，就这样直接用酒精浇，那可不得疼死啊！

陆嫣甚至没来得及阻止他，他的身子就因为剧痛而轻微战栗起来，额间也渗出了细密的汗珠。

"你疯了吗？"陆嫣跑过去，用干净的纱布擦拭他手臂上的酒精和血迹，急切地说，"肯定疼死了都……"

怎么会不疼，沈括嘴唇都白了。

"消毒。"他低声说。

"没见过消毒直接把酒精往伤口上浇的！你不会处理就去医院啊！"

"不想去。"沈括睁开眼睛，有气无力地说，"缓缓就好了。"

陆嫣一边责怪他抠门，一边擦干净了伤口四周的血迹和酒精，然后找到止血的云南白药膏，用指尖搽了一点儿，轻轻抹在他的伤口上。

因为害怕弄疼他，她涂抹药膏的时候还会凑近了，轻轻地吹伤口。沈括感受着丝丝凉风抚过手臂皮肤，痒痒的。

陆嫣给他包扎了手臂，虽然她也不专业，但好在伤口不深，应该没有大碍。

“以后生病或者受伤，还是要去医院的。”

沈括没有回应，盯着她看了许久。她长相虽与陆臻神似，但是眉眼间带一点儿天然的呆萌，无论说话还是做事，都是认认真真的，似乎她对每一个人都是这么好。

沈括从来不知道，被女孩子精细地照顾着会是这样一种软软的感觉。

自从家里唯一的女人离开以后，十多年来，沈括的生活一直冷冰冰、硬邦邦的，再也没有感受过一丝一毫的柔软。而陆嫣自小受宠，本来也不会照顾别人，性子大大咧咧，更算不上那种体贴细腻的女孩，却在无意间把仅有的温柔都给他了。沈括像是第一次尝到糖果的小孩，很贪心，想要霸占她所有的好。

这女孩是真的单纯，如果他使些手段，也未尝不能将她据为己有，但是这疯狂的念头转瞬即逝。

她美好得就像雨后青草上的露珠，他舍不得对她有一丝一毫的玷污。他终究配不上她。

沈括沉浸在自己的情绪中，陆嫣却想起了刚刚的事情，问他：“你是不是早就知道是吴强他们放的火？”

沈括微微一愣，点了点头。他心里一直怀疑，但刚刚才确定。

“那……你还和他们喝酒？”

沈括看着小丫头义愤填膺的模样，淡淡地一笑：“终于想起来兴师问罪了？”

陆嫣抓起他的衣袖往外拽：“你得跟我去警局报案，帮我做证，听到他们说放火了。”

沈括漫不经心地道：“不想去。”

“为什么？”

“我只答应陆臻找出真凶，现在真凶找出来了，怎么处理是陆臻的事，与我无关。”

“可……你要是不帮忙做证的话，警察不会相信我的话。”

陆嫣想到陆臻这段时间只差没把内裤赔出去就难受，好不容易抓到凶手，决不能再让那些家伙逍遥法外。她憋屈又愤懑，盘着腿往沈括的床上一坐，耍赖道："我……我不走了！"

沈括往床上一倒，躺在了她的身边："不想走，今晚可以住在这里。"

"你！"陆嫣真是要被他气死了，"谁要住在你这个老东西的家里！"

沈括的左臂挥过来，粗粝的指腹钳住了她的下颌，捏得她嘴巴都嘟了起来。

"又是沈叔叔又是老东西，你到底对我的年龄有什么误解？"

有时候他真觉得这丫头是个傻子，但有时候看着又挺机灵的，捉摸不透。

陆嫣嘟哝着："本来就是。"

算起来，他的年龄都快大她两轮了好吗？

"你不帮忙就算了，我自己去报警。"

陆嫣说完起身，推开了卧室门。沈建旬见陆嫣出来，连声道："同学，留下来吃晚饭吧，我刚刚叫了馆子送吃的过来。"

"啊，不用麻烦了，叔叔！"

"不麻烦不麻烦，你坐，马上就开饭了。"

沈建旬的精神状态一直不是很好，家里难得来客人，他很高兴。

沈括走出来，也说道："坐吧，吃了饭再走。"

沈父都叫"外卖"了，陆嫣自然不好回绝，也只能留下来。

雨在八点时停了下来。

陆嫣感觉特别不好意思，不请自来就算了，还让沈父这样破费地招待她，所以她尽可能地多吃一些，不辜负人家的热心。

沈建旬看上去是个老实人，极易相处，只是脸色不好，看得出来是长年生病。

"小括朋友不多，从来没有女同学来过我们家，咳咳咳……"

他话还没说完，又剧烈地咳嗽起来。

沈括连忙给他倒了水，拍着他的背给他顺气。

"爸，去床上躺着。"

"成，那我进屋休息一会儿，不打扰你们聊天。"

沈建旬佝偻着身子回屋躺着，陆嫣和沈括站在客厅里，面面相觑。

"沈叔叔生了什么病呀？"她好奇地问。

“尘肺。”

陆嫣知道这种病，长年暴露于污染环境，肺部吸收太多灰尘，就会染上这样的病。

“叔叔以前的工作是……”

“水泥厂工人。”

“哦。”

这种病很难治，基本没有痊愈的可能，只能活一天算一天。

这个家里散发着浓浓的中药味，就连沈括身上都沾染了中药的苦味，想来也是长年熬药的缘故。

这时，陆嫣的手机响了，来电是陆臻，问她为什么这么晚还没有回家。陆嫣没敢说她在沈括家里，只敷衍说在同学家吃饭，让他不要担心，这就回了。

陆简长年出差，过去那个玩世不恭的陆大少爷几乎承担了所有照顾陆嫣的所有责任，长兄如父。

有时候沈括不得不承认，陆臻这家伙其实真不坏，重感情，对家人、朋友都好得没话说，但是……他和陆臻的恩怨也绝不是轻易就能翻篇的。

陆嫣临走的时候，站在门边磨蹭，抱着最后一丝希望，抬头问他：“你真的……不能帮忙做证吗？”

沈括将她推出去，一字一顿地道：“永远不要奢望我帮陆臻做任何事。”

陆嫣看着沈括关上了房门，失望地转身。她其实能理解，本就是陆臻有错在先，仗着有钱有势，他没少欺负沈括。人家不乐意帮忙，也是人之常情。

纱窗边，沈括看着小姑娘的身影渐渐消失在光影笼罩的巷口。他沉默了片刻，从书包里取出了一台带录音功能的复读机，缓缓搁在桌上……傻丫头，没证据告什么啊。

第五章

偷藏一份喜欢

陆嫣在报纸上看到吴强和赵甚被捕的新闻后，久久没有回过神来。报纸上说，是经群众匿名举报，用复读机录音的方式搜集到了赵甚招认犯罪事实的证据，这才人赃并获。

主犯吴强一开始还嘴硬，抵死不肯认罪，不过赵甚没有熬住，被抓的当天晚上便对纵火的事情供认不讳。

陆臻和梁庭他们几个看到报纸后，自然是狠狠地出了一口恶气，痛快极了。

陆臻每天都在念叨着天网恢恢疏而不漏，人民群众的眼珠子真是雪亮的，让犯罪分子陷入人民战争的汪洋大海中，有他们的苦头吃了。

陆嫣却觉得事情没那么简单，什么样的人民群众会用复读机录下赵甚的失口之言？这也太巧了。

复读机这东西也挺有意思的，除了学生，谁会用这玩意儿?

后来，陆嫣去过娱乐街几次，歌舞厅已经被查封了，听说沈括现在在天桥底下摆摊做生意。

傍晚放学，陆嫣来到了天桥下。

天桥下有不少摆摊的小贩，卖什么的都有，内衣袜子、男鞋女鞋、衣裳皮包……各式各样，五花八门。

陆嫣好奇地逛了一圈，在摊尾的位置看到了沈括。他穿着深色的 T 恤，蹲在石头上。他的身边有一辆红色的三轮车，车上摆着各式各样的光碟。

陆嫣溜达过去，抓着裙子蹲下身，好奇地打量那些花花绿绿的光碟。光碟这种东西，她只有小时候在老爸床头的 DVD 上见过，后来互联网发展，资源共享，这些东西就被淘汰了。

见陆嫣过来，沈括站起身迎向她。

“有事？”

“听说沈叔叔在这里做生意，我来看看，对了，你的胳膊好些了吗？”

“好了……”

他话还没说完，小姑娘就自来熟地牵起了他的胳膊，掀开袖子检查。伤口换了新的纱布，只是包扎得极其不上心。

陆嫣秀气的眉毛蹙了起来：“这样不行，待会儿我帮你重新包扎一下。”

沈括抽回了手：“不用。”

“沈叔叔就别跟我客气了。”

沈括眉心舒展，伸手要拍她的脑袋：“叫什么叔叔。”

陆嫣偏头躲开，笑着说：“陆臻是我爸，你当然是我叔叔。”

沈括顺着她的话说：“陆臻生不出你这样的女儿。”

“为什么呀？”

他像是逗小孩似的，轻松地说：“他太丑了。”

陆嫣绽开笑容：“陆臻才不丑，在学校里他很受欢迎的。”

沈括收敛了本就淡淡的笑意：“是他陆家少爷的身份受欢迎，不是他受欢迎。”

“也不全是，你要是多了解他，说不定也会喜欢他。”

“永远不可能。”

陆嫣耸耸肩，不再进行这个话题了，沈括和陆臻的矛盾也不是她三言两语就能化解的。

她又问他：“那个交给警方的匿名复读机，是你的吧？”

“不是我的。”

“肯定是你的。”小丫头漆黑的眼眸认真地看着他，“你瞒不了我。”

沈括将碟片一一整理好，固执地说道：“不是。”

陆嫣知道沈括是嘴硬，除了他，没人会做这样的事。

“沈叔叔，你真是个大好人。”

“好人？”

沈括眼底划过一丝荒谬的神色。

这些年，别人对他的评价一直都倾向于负面，学校里无论是男同学还是女同学都不太愿意靠近他。他身上戾气太重了，这种戾气不是陆臻那种表现在外的暴躁或者坏脾气，而是常年艰辛岁月赋予他的锋芒。

他望向她，淡淡地道：“别太自以为是了，我不是你以为的那种人。”

“不管你承不承认，我都得来跟你说一声谢谢。”陆嫣真诚地看着他，字字句句发自肺腑，“谢谢你了，沈括。”

沈括无所谓地说：“随便，反正是白捡的人情。”

陆嫣大方地笑了：“给你捡给你捡，以后你有什么事儿，尽管吩咐，我肯定竭尽全力帮你。”

沈括嘴角扬了扬，觉得这小丫头看似憨憨的，其实挺聪明。

就在这时，不知是谁气壮山河地吼了一声：“城管来了！”

沈括动作极快，将碟片全部收进车里，推着车便要离开。

周围混乱，陆嫣险些被身边一个骑摩托车的男人撞到，幸而沈括一把拽住她：“哎？”

城管的小车开过来了，沈括来不及多说什么，直接将陆嫣扔进三轮车里，然后转身骑上车，快速离开了。

“沈叔……叔。”

沈“叔叔”没空搭理她，踩着脚踏板飞驰而去。

她看着他迎着夕阳骑车的背影，肩宽体阔，T 恤之下的肩部肌肉因为发力而紧绷着，极有力量感。

她回头望向渐渐远去的天桥。小贩们收拾着东西，推车的推车，跑的跑，当然也有不少来不及跑的小贩被城管抓住，只能垂头丧气地认罚。

“沈叔叔，被抓住了会怎样啊？”

“全部没收，可能还会交罚款。”

“那岂不是血本无归啦？”

“嗯。”

以前，陆嫣的生活光鲜亮丽，自然也远离市井，超市都很少进，哪里见识过这样混乱的场面。直到今天，陆嫣才渐渐明白沈括生活的艰辛与不易。

在这个世界上，不是所有人都能像她一样含着金汤匙出生，不用为生活奔波，尽情去实现自己的梦想，做任何想做的事。

陆嫣看着周围花花绿绿的碟片，心里有些难受。她总算知道为什么沈括只用十年时间便赶上陆臻了。

当陆臻还在学校里搞事情的时候，沈括已经开始拼着命计划未来了，所以陆臻绝对不会是他的对手。

陆嫣爬过那堆碟片，坐到了车头的位置，在沈括身后，轻轻地叹息了一声。

“陆嫣，不要可怜我。”沈括非常敏感地察觉到了陆嫣的心思。

“我没有。”

她也不知道自己这是怎么了，心情忽然很低落：“沈叔叔，以后你别卖光碟了，改做电脑方面的事情吧。”

“嗯？”

“你在游戏编程方面能挣很多钱。”

“什么意思？”

“我的意思是……”陆嫣想了想，说道，“这是个新兴产业，很有前景，以后光碟、磁带什么的全会被淘汰，互联网资源才是主流趋势，你可以了解一下。”

“哦。”

沈括虽然没有完全听懂，但还是感觉她所描述的东西挺新奇的。

陆嫣说了之后，又有点儿后悔。

以前，沈括就是做电脑软件和游戏编程起家的，开发了一款极受欢迎的社交软件，随后又依托这款软件攻下了游戏、视频等产业，形成了沈氏集团的产业链。如今，陆嫣一直暗暗谋划着怎样让沈括错开互联网行业……

不管他和陆臻有什么恩怨，只要沈括无力翻身，他们家就不会破产。

她终究还是对他心软了。

这段时间，北城在评清洁城市，北城三中作为国家重点中学，率先迎来领导的检查。而这时候的学校，不似陆嫣读书那阵子，会聘请专业的清洁团队每天打扫学校卫生，这会儿全靠组织同学们放学之后分小组打扫校园卫生。

沈括跟舒梦绯碰巧分到了一组，共同负责学校小花园的公共区域。公共区域人来人往，惹人注目，没几天，学校开始流言纷飞。

陆嫣在食堂吃饭或者在操场散步的时候，都能听到不少。

“舒梦绯到底在想什么呀，陆臻那样好，人又帅家境又好，她怎么跟沈括在一起啦？”

"沈括也很帅，很有男人味儿好吧。"

"就是家境太差了，脾气也不好，江湖市井气太重了，俗气。"

"现在像梦绯这样不拜金的女孩子已经很少啦！"

"他们在一起了吗？"

"很明显啦，他们每天都在花园里做扫除，舒梦绯可是校园女神啊，沈括那种穷小子有什么理由拒绝啊。"

陆嫣每天都能听到关于舒梦绯的话题，同学们对她抛弃有钱少爷而选择穷小子的决定给予了极高的评价。毕竟那时候，拜金主义绝对是会被舆论给锤死的存在，有钱天生是原罪。

那天下午，陆嫣做完清洁以后，找陆臻一块儿看电影。

按照同学所指的方向，她在教学楼一楼的花台区找到了陆臻。

陆臻手里拎着一块黑乎乎的抹布，站在花台边，看着小花园的方向出神。

陆嫣悄悄走到他的身侧，猛拍他的肩膀，想吓唬他。然而，陆臻毫无反应，依然目不转睛地盯着前方的小花园出神。

陆嫣顺着他的目光望去，只见对面的小花园里，沈括拎着扫帚，正低头清扫地上枯黄的落叶。他的动作认真，神情专注。

沈括一直都是个认真的男人，无论做任何事，只要他做了，就一定会做到最好。

舒梦绯拿着扫帚，漫不经心地画着大字，似乎非常焦虑，时不时地抬头看看沈括，脸颊绯红，内心戏很丰富。她的上下嘴唇一直在动，不过因为距离比较远，听不见她在说什么。

沈括没什么反应，也没见回应，只是在认真地扫地而已。

陆嫣侧头望了望陆臻，他落在身侧的手攥成了拳头，攥得紧紧的，还在轻微地战栗。

他这吃醋的模样，似乎还是放不下呀。

"老爸，不是说带我看电影嘛，走啦。"陆嫣轻轻拉了拉他的衣袖，想拉他离开。

陆臻死死地盯着沈括，紧咬了下唇，嘴唇都快被咬破了。

陆嫣蹙起了眉目，知道自家老爸肯定是伤心了。

好歹舒梦绯也跟着陆臻混了一年半，现在才闹掰几天啊，她居然跑到他死对头跟前去献殷勤。这对陆臻而言无疑是双重打击。

陆嫣望着对面神态羞涩的舒梦绯，说了声："讨厌。"说完就抬腿朝他们走了过去。

陆臻见她这个模样，暗道不妙，连忙伸手拉她，不过手滑没有拉住。

"喂！回来！你想干吗？"

"气死啦，帮你拆散他们！"

舒梦绯左手拎着长裙子的一角，右手拿着扫帚，扫帚尾部轻飘飘地在地面上扫过。连路人都看得出来，她现在心不在焉、想入非非。

沈括扫完了花园步道以后，径直去清扫先贤雕像小道。

虽然他们被分在同一组，但整组的活儿基本上是沈括一个人做的，舒梦绯就跟个花瓶似的，半点儿忙都没帮上。

沈括晚上还有事，所以打扫得很快。

舒梦绯同组的女同学附在她的耳畔低声说："沈括肯定是担心你累着，所以一个人把活儿都干了。"

舒梦绯脸颊微微泛红："别胡说了，哪有。"

"肯定是啊，不然他干吗这么卖力？"

舒梦绯看看远处弓身扫地的沈括，眸底漾着羞怯之意："我觉得他很上进，虽然家境不好，但是足够努力，我其实能理解他的处境。"

"那看来你们还是 soulmate（灵魂伴侣）啊。"

那时候女孩子们大多沉迷于港台言情剧，"灵魂伴侣"时常挂在嘴边，成了比较流行的词汇。

"我觉得，他比某人好多了。"

闺蜜们都知道舒梦绯嘴里的"某人"指的就是全校女生的梦中情人——陆臻。

"绯绯，有陆臻这样的男孩子对你好，学校多少女孩嫉妒你啊！你可倒好，说拒绝就拒绝了，半点儿不带犹豫的。"

舒梦绯脸上挂着不屑："在我看来，家世不重要，父母挣再多的钱也不是自己的，人要靠自己努力，那才是真的厉害。"

"那些拜金的女生啊，真该跟绯绯好好学学了。"

"绯绯，沈括在看你呢！"

舒梦绯抬起头，恰好看到沈括朝她这边投来轻飘飘的一瞥。被喜欢的人注视，她全身一紧，顿时连手脚都不知道该往哪儿搁了。

沈括没有看她，只是看到站在对面教学楼里的陆臻罢了。看陆臻躲躲闪闪、畏畏缩缩的样子，沈括嘴角浮起一丝嘲意。

太重感情一直都是陆臻的软肋，沈括不费吹灰之力，仅仅是站在这里，便足以让陆臻嫉妒得快要发疯了。

"绯绯，陆臻还在对你死缠烂打，这会儿连沈括都快成为你的倾慕者了，真羡慕你啊。"

"乱讲什么呢。"

舒梦绯虽然嘴上否认，但眸子里的喜色是掩饰不住的。

"哎？那女的找沈括干吗？"闺蜜中有人惊呼了一声。

舒梦绯抬头，赫然看到陆嫣背着手走过来，笑眯眯地站在沈括身边。她穿着蓝色的牛仔背带裤，扎着特别好看的蝎尾辫儿。

女孩们其实都挺羡慕陆嫣的，不仅是因为她生了一双桃花眼，还因为她特别会打扮，会扎各种好看的小辫儿，每次都会让学校的女孩们羡慕不已。原来校服还能反着穿，原来裤子还可以剪破洞，原来头发除了马尾和麻花辫以外，还能有这么多花样啊！

舒梦绯默默地评价了一句："哗众取宠。"在她看来，陆嫣就是博眼球，想抢她的风头，不过，单凭这点儿小聪明就想动摇她的地位，简直是痴心妄想。

舒梦绯能成为三中的校花，靠的可不只是漂亮的脸蛋，还有歌舞方面的才艺。她是文艺部的部长，目前而言，学校没有任何一个女孩子在才艺方面能比过她。

"她在和沈括讲话。"

周围的女孩低声议论起来："他们站得好近啊。"

"在说什么呀，还笑得这么开心。"

“沈括不是都不爱搭理女生的嘛，怎么好像在和她聊天？”

“绯绯，咱们要不要过去看看啊？”

“我只是单纯欣赏沈括而已啦。”舒梦绯故作淡定，微笑道，“再说，我相信陆嫣和他只是同学间的正常交往，不用担心什么。”然而就在她刚说完这句话后，陆嫣竟然抓住了沈括的手。

舒梦绯的眼睛像被针刺了一下。

当事人的沈括，跟她不咸不淡地聊了几句之后，小丫头眼底浮起一丝狡黠之色，笑着说：“沈叔叔，你跟女孩子拉过手没有？”

沈括摇头，不明白她为什么会这样问。

“那我让你拉一下。”

不等他反应，陆嫣一把抓住了他的手指头。

沈括的手被攥住的那一刻，他显然慌了一下，想抽出来，奈何小丫头抓得很紧，居然没抽回来。

沈括的脸有点儿红了，但是陆嫣没有发现，她全部的注意力都搁在对面舒梦绯的身上。

舒梦绯假装低头扫地，但是陆嫣知道她肯定被气坏了。

“陆嫣，放开。”他喉结滚了滚，嗓子干痒难耐。

她笑了起来，抓着他说：“沈叔叔，我把你当亲叔叔，你陪我演演戏呗。”

谁要当你亲叔叔？

陆嫣煞有介事地说：“那个校花小姐姐，我想气气她。”

她的掌心冰凉柔软，紧紧地抓着他，他感觉很舒服。但沈括终究是沈括，他矜持而克制地将手抽了回来，说了声：“无聊。”

小姑娘也不在意，以商量的语气对他道：“沈括，你不要理舒梦绯，好不好？”

“为什么？”

“她是我爸的女神，你也知道，女神喜欢上死对头这种事很伤自尊的……要是你对校花小姐姐没想法的话，就别理她，成吗？”

小丫头调子软软的，近乎是在求他了。沈括望向回廊边咬牙切齿的陆臻，下颌抬了抬：“我凭什么要维护他的自尊？”

陆嫣眨巴着黑亮亮的大眼睛，可怜兮兮地哀求道：“沈括。”“括”字竟被她叫出了柔肠百转的意味。

这丫头是被陆臻自小娇纵着养大的娇气包，没别的本事，撒娇耍赖绝对是一把好手。

有时候，沈括挺羡慕陆臻的，有这样一个人愿意无条件护着他，不让任何人伤害他。如果有一天，她也能这样对他……沈括立刻掐断了这个荒唐的想法。

“求你了，真的，帮帮忙吧。”

沈括望了望舒梦绯，面无表情地说：“我不认识她。”除了他们被分到一组扫地以外，他几乎没有和舒梦绯说过话。

“答应你，以后也不会和她有来往，这样满意了？”

陆嫣笑逐颜开，真是太满意了。人人都说沈括心胸狭隘、阴鸷冷酷，她真没想到他会对自己这般言听计从。

“你对我真好，我都想认你当干爹了！”

沈括嘴角抽了抽。这丫头到底是什么智障星人转世，谁要给她当干爹！

沈括伸手拍了拍她的后脑勺，说了声：“滚吧。”

“不行，还得演戏呢，就做全套呗。”

“你还想干什……”他话音未落，陆嫣忽然踮起了脚尖，慢慢地凑近了他的脸颊。

一股淡淡的牛奶甜香混合着清新的花草味，慢慢地潜入了他的鼻息，沈括的手猛地攥紧。

她在距离他脸庞稍远的位置停了下来，四目相对。

沈括微垂着眸子，长而细密的睫毛微微颤着，漆黑的眸子映照着面前的小姑娘，她眉宇间的神态温柔极了。

陆嫣吐气如兰，轻轻对他说道：“我借位一下，你不要动！”她说完，微微侧头发出“吧唧”的一声。

从舒梦绯的角度来看，就是陆嫣主动踮脚亲了沈括的脸颊。

周围的女孩都惊呆了，诧异地说：“陆嫣她……她怎么能这样……”

舒梦绯的温柔女神人设终于维持不下去了，她咬着牙，愤愤地看着陆嫣。

没有女孩子敢做这样大胆的事情！

沈括淡淡地道：“太假了。”

“啊？”

他不等她反应，用低沉的嗓音道：“我从不玩假的。”

陆嫣睁大了眼睛，看着少年的英挺五官，心跳开始加速，脑袋不住地往后仰，脑子里却循环播放着他那句“我从不玩假的”。

沈括的模样虽然不及陆臻精致，但是带着一种硬朗的气息，白皙的皮肤和漆黑的眉眼，形成格外鲜明立体的质感。此刻的沈括，眉眼间满满都是少年气。

可是陆嫣知道，多年以后那位翻手为云覆手为雨的沈爷，眼底却盛满了阴狠，无人敢亲近他。

陆嫣红唇微启，声线都有些战栗：“你要和我假戏真做啊！”

放纵自己的欲望是一件轻松的事情，克制才是最难的。沈括修长的五指攥了攥，戏谑地淡笑了一下：“吓到了？”

陆嫣听见他这般开玩笑的语气，捂着胸口，松了口气：“还真被吓到了。”

一直躲在回廊墙后的陆臻终于看不下去了，冲过来想要阻止沈括，却没想到速度太快，不小心将路边的舒梦绯撞倒了。

陆臻稍稍停了停，回头望了她一眼。

舒梦绯倒在草地上，难以置信地看着陆臻，那模样楚楚可怜。陆臻眉头皱了皱，只犹豫了两秒，就不再看她，朝着沈括冲过去，要挥拳头揍他了。

“离她远点儿！”

沈括敏捷地往后退了退，避开了陆臻的拳头。

陆臻将陆嫣扯到自己身后，宛若母鸡护小鸡崽一般，恶狠狠地瞪着沈括。

沈括冷笑，没理他。

陆嫣连连拉扯陆臻的衣角，低声告诉他：“我和沈括在演戏，不是真的。”

陆臻当然不相信，因为他看到了沈括眼底毫不掩饰的神情。

“离她远点儿！不然我弄死你！”陆臻真是被气得快发狂了，即便是舒梦绯和沈括亲近，他都没这么生气过。

“弄死我，尽管来试试。”沈括嘴角绽开一抹淡笑，眼神却冰冷到了极致，迈着懒散的步子转身离开。

陆嫣拍了拍老爸的后背，给他顺气。

“动不动就死啊活的，幼不幼稚？”

陆臻揪起了小丫头的耳朵，使劲儿用衣袖擦她的嘴："刚刚他碰到你没？"

"哎呀，没有没有，说了是演戏的嘛！"

陆嫣嫌弃地呸呸呸，推开他的胳膊："牺牲我自己，帮你出了一口气，还不快谢谢我。"

"谁要你帮我了！蠢货！"

"不识好人心。"

舒梦绯艰难地扶着膝盖站起身，看着兄妹俩在花园里打闹、拌嘴，她的眼神里透着怨愤与不甘。

陆臻已经完全无视她了，现在他眼里只有他那个智障妹妹。

这时，舒梦绯的几个闺蜜走过来，安慰她道："刚刚肯定是假的，绯绯，你不要放在心上。"

舒梦绯望着那兄妹俩离开的背影，死死捏着衣角，骨节发白。她当然知道陆嫣和沈括在演戏，但是……那个在学校里从不和女孩接触的阴冷少年，看向陆嫣时，眼底那般热忱又克制的神态，是根本藏不住的。

有女孩走到舒梦绯身边，轻轻拍了拍她的肩膀："绯绯，告诉你个好消息，我听说这个陆嫣也报名了'新秀杯'才艺比赛，到时候给她点儿颜色瞧瞧。"

舒梦绯眼底泛起一丝冷意："她也报名了？"

"可不是，我听说她初中上台唱歌，还被主持人轰下场了，要多丢人有多丢人。"

"不然怎么说是傻子呢。"

"你们别这样说，好歹她也是陆臻的妹妹，只希望她不要太出洋相。"

"绯绯，你就是太善良了。"

舒梦绯的脸色终于缓和了一些，虽然嘴上依旧保持着善良，但她心底已经暗自筹谋着，要在"新秀杯"才艺比赛上狠狠给陆嫣一个下马威。

晚上，陆嫣被渴醒了，迷迷糊糊地下楼喝水，忽然看到落地窗外蹲了个男人。她全身一个激灵，还以为家里进贼了，不过仔细一看，那男人的背影有些熟悉，是她的中二老爸陆臻。

“爸，大晚上的你不睡觉，做贼呢？”

陆臻被吓了一跳，剧烈地咳嗽起来。

“你干吗？”陆臻捂着胸口，脸都咳红了。

陆嫣眨巴眨巴眼睛，一脸呆萌：“你干吗呀，大晚上不睡觉，在这里装颓废少年？”

“你……”陆臻涨红的脸颊浮现出尴尬的神情，“谁装颓废了，我才不颓废。”

陆嫣问道：“心情不好啊？”

“没有，心情好得很。”

“还是为了舒梦绯？”

“谁、谁说的？那样的女人，我都不想多看一眼！”

话是这样说，眼神却出卖了他，他心里难过得很。

陆嫣坐在他身边，轻轻扯了扯他的袖子，柔声说：“爸，将来你会遇到一个更好的女孩，懂你、爱你、陪你走过漫长的青春，还会为你生下一个像我这么可爱的女儿……”

陆臻拧着眉毛望向她，评价道：“我要是真生个跟你一样皮的女儿，我肯定天天被气得吐血。”

这话倒是说得没错，以前陆嫣在学校搞事情的时候，每次都是她老爸帮她各种收拾烂摊子。

陆臻摸了摸女孩的脑袋，女孩眼睛微眯，像猫儿一样蹭了蹭他的手。现在她也要帮她老爸收拾收拾这乱糟糟的青春旧事才行啊！

“爸，你别跟沈括斗了。”陆嫣真诚地说，“他不是坏人。”

一听她提到沈括，陆臻就是一肚子邪火，警告陆嫣：“那家伙骨子里已经坏透了，表里不一的伪君子，你最好离他远点儿！”

陆嫣漫不经心地说：“沈叔其实挺正义的，这次赵甚、吴强落网，就是他匿名举报的呢！”

她把事情的经过简单说了一遍，当然隐去了自己险些落入那帮人手里的事情，满心希望她老爸知道以后，对沈括的态度能有所改变。

陆臻并不惊讶，只是说道：“他们都是一伙的，窝里斗罢了。”

陆嫣叹了一口气：“你就是对他有偏见。”

陆臻望着漫天的璀璨星辰，淡淡地道：“经过这件事，我现在总算想明白了。”

陆嫣充满希冀地看着他：“想明白不和沈括斗了吗？”

陆臻站起身，冲着夜空挥了挥拳头，说：“我不能再这么浑浑噩噩地混日子了，沈括能做的，我陆臻照样也能做！而且我会比他做得更好！”

陆嫣嘴角抽了抽：“你、你想干啥……”

“他干什么，我就干什么！我跟他杠上了！”

陆嫣差点儿给她爹跪下了。你醒醒！你杠不赢这位大佬的！

“新秀杯”校园才艺比赛即将开始，孟知宁把陆嫣约出来，说是要带她试裙子。

陆嫣在商业城的一楼见到她的孟奶奶，孟知宁今年三十九岁，可是因为保养得当，看上去还跟二十多岁的小姑娘似的，格外年轻。她穿着一件米色宽松衬衫，配上高腰阔腿裤，发型蓬松微卷，垂落于肩头，大地色眼影加上暗红色的口红，带着当时极其流行的港风色彩。

陆嫣跑过去，亲切地挽住了孟知宁的手。

“既然是学校的歌舞比赛，不要穿得太正式，什么高定礼裙，那些就算了，太隆重反而不适合校园，挺傻的。所以老妈选了几条比较适合的裙子，带你去看看。”

陆嫣连连点头。

在这个年代，孟知宁作为一名性格鲜明、特立独行的事业型女性，穿着打扮也是从来不落窠臼，有自己的想法。

“嗯！听奶奶的！”

“什么奶奶，叫妈妈。”

“嘿……”

孟知宁宠溺地揉了揉陆嫣的脑袋：“我的傻女儿哟。”

陆嫣要改口管陆简叫爸，孟知宁叫妈，陆臻叫哥，其实不难。但是她心里总有道过不去的坎，她怕自己真的适应了小姑姑的身份，就忘记自己是谁。

她不是小姑姑陆小嫣，她是陆嫣，是陆臻的女儿，这是永远不能改变的事实。

孟知宁带陆嫣走进一间设计师服装店，店门前刻着 Paris（巴黎）的字样，明明白白地显示这家店里的衣裙都是上过时装秀的。

陆嫣刚走进来，就看到施雪娴带着女儿施雅在里面试裙子。

施雅也报名了“新秀杯”比赛，施雪娴得知以后，特意拿出了自己的私房钱，要给她定制一套华丽隆重的礼服，好好地挣挣面子。

她们骤然见面，施雪娴脸色变了变。

经过上次的事，她早已经对孟知宁恨得牙痒痒了，恨是恨，不过她也不敢跟孟知宁撕破脸。

毕竟，这位可是北城孟家的掌上明珠，就连陆简都不敢对她说一句重话。

上次施雪娴被孟知宁赶出大宅，曾经无数次给陆简吹枕旁风，说没脸见人了，想要讨一个公道。对此，陆简只有一句话：“孟知宁是我孩子的母亲，也是我永远不会动的女人，你想惹她可以试试，但我保不住你。”只这一句话，施雪娴就明白了，自己惹不起孟知宁。

施雅穿着一件少说有七八层的蓬松蕾丝长礼服，从试衣间走出来，这件礼服是淡金色调，镶嵌着晶莹的碎钻，隆重而华丽。

“妈，好看吗？”施雅拎着裙子转了一圈，看到站在门口的陆嫣，脸色沉了下来，“你也来了。”

陆嫣扫了施雅身上的裙子一眼，嘴角漾着笑意：“这是要隆重出场啊。”

“那当然。”施雅挑挑眉，“我妈说了，我身材好，穿这样的裙子最好看了。”

施雅的身材确实不错，随了施雪娴，胸大、水蛇腰，看上去就跟美人蛇似的。相比于施雪娴的火辣身材，孟知宁则显得乖巧玲珑许多。

施雪娴对孟知宁说：“孟小姐，上次的事情真是个误会，后来我先生也教训过我了，说我不该这么不懂事，不该惹孟小姐不高兴，还说带我登门道歉呢。孟小姐，你可不要生我的气啊，我也是被我们家先生惯坏了，不是故意要和你作对的。”

孟知宁那双漂亮的杏眼波澜不惊。她怎么会不知道施雪娴字里行间的意味，这是要在她这个前妻面前秀恩爱，给她心里扎刺。

孟知宁轻描淡写地说：“陆简这么疼你，看来嫣嫣和小臻很快就要有弟弟妹妹了吧。”

施雪娴闻言，拿包的手猛然一紧。陆简曾经明明白白说过，不会和她有孩子，因为不想给家里的两个孩子增添无谓的烦恼，也不希望将来有人跟他们争财产。

孟知宁淡淡的一句话，便狠狠地戳痛了施雪娴的心。

“我、我们很快就会有孩子的，借你吉言啊。”

孟知宁冷笑了一声：“哦，是吗？”

施雪娴看着孟知宁冷笑的模样，便明白她什么都知道！对于施雪娴来说，没有比这个更让人屈辱的事情了。

店里不只有她们，还有其他客人，而且都是上流阶层，因此孟知宁不会和施雪娴这样的女人逞一时口舌之快，自降身份。

她对店员说：“去把我前几天给嫣嫣定制的那几件裙子拿出来，让她试试。”

“是，孟小姐。”女店员恭恭敬敬地进了内间，取出几条风格独特的连衣裙，给陆嫣试穿。

陆嫣挑中了一款清新的棉麻裙子，因为她打算表演吉他弹唱，所以选清新文艺风比较合适。

“这是为陆小姐量身定制的日常款，很衬陆小姐的气质。”店员微笑着对孟知宁说，“她跟您真的很像。”

陆嫣知道，这就是对自己最大的赞美了，孟知宁“北城第一美人”的称号可不是白来的。能得她半分姿色，陆嫣就已经超级满足了。

“会不会太素了？”孟知宁问陆嫣，“要不要试试别的裙子？这边还预留了好几套。”

“没关系，我喜欢这套。”陆嫣看着镜子里的自己，这种森女系的文青裙在那个年代可不多呀，她很喜欢。

施雅看了看自己身上这件蓬松华丽的礼服，又看了看陆嫣身上那条布裙子，莫名感觉怪怪的。

她是上台去唱歌跳舞，不是上台去参加婚礼的，穿成这样不合适，而且裙子的款式不是最主要的问题，施雅是识货的。陆嫣那条裙子虽然简单，但是极有质感和设计感，看得出来价格绝对不低，相比之下，施雅身上的这套礼裙就有点儿摄影室出租服的感觉。

施雪娴对女店员说："把她的那几件也给我们雅雅试一试吧。"

"抱歉，施女士，陆小姐的那几条裙子是私定的款式，我们店里没有第二件。"

"私定？我前几天过来问，你不是说没有私定吗？"

"是这样的，只有我们这边的 VIP（贵宾）客户才能享受私定的服务。"

施雪娴不想在孟知宁面前丢面子，说道："那你也给我们开一个什么 VIP 呗。"

"是这样的，我们的 VIP 是消费到达一定数额之后，自动升级为 VIP 的。孟小姐是我们这边十多年的客户了，所以她能享受我们店所有开放的服务权限。"

施雪娴转头看了孟知宁一眼，她站在陆嫣身边，脸上的表情淡淡的。当然了，像孟知宁这样的豪门贵女，自小享受的都是最好的服务，而施雪娴不过是靠嫁了个好老公才跨越了阶层，跟孟知宁没法比。

施雪娴感受着周围那些名流贵妇的目光，刀子似的刮在她身上，仿佛她们每一个人都在嘲讽她，看不起她。施雪娴咬着牙说："直说吧，没有那么多时间年限，我要怎样成为你们这里的 VIP 客户。"

"这个……"

店员有些无奈地说："我需要跟我们经理商量一下，施小姐您是确定要加入？"

"快去，我赶时间。"

店员去前台给经理打电话，孟知宁从容地开口了："这家店平时挂出来的衣裳也不错，无论是日常款还是参加宴会都足以应付，再说，陆简应该也不会带你去太正式的场合吧。"

毕竟，施雪娴这样的身份和教养太拿不出手了，所以这些年，任何正式的场合陆简都是独自参加，没有带施雪娴出席过任何一场宴会，哪怕是公司年会。

施雪娴被气得嘴唇惨白，眼睛里都快射出毒液了。

这时，店员走过来对施雪娴道："是这样的施小姐，您可以成为我们的 VIP 客户，但前提是您要先在我们店充值十万元，这样可以吗？"

陆嫣暗自心惊，这个年代的十万与她那个年代相比，那可是要翻倍来计算的啊。

施雪娴这些年多多少少有点儿积蓄，但都是从牙缝里抠出来的，因为陆简虽然会给她零花钱，但是陆家真正的财产，她暂时是一分钱都摸不到，所以名义上她是嫁入了豪门，但实际上并不代表她很有钱。

“施女士，需要我们为您办理吗？”

“办！”

施雪娴恶狠狠地看着孟知宁，绝对不想在她面前丢人。十万元，差不多已经把她的小金库彻底掏空了。

“给我们雅雅选一套私定的裙子，要最好的晚礼裙！”

“是，我们会让您满意的。”

店员微笑着替施雪娴办理了 VIP 金卡。

孟知宁冷笑了一声，对店员说：“选好的衣服帮我们包好，直接送到陆宅。”

“好的。”

施雪娴立刻道：“我们雅雅这一套也是，直接送到陆宅。”

店员为难地说：“施女士，这恐怕不行，需要您亲自上门或者遣人上门来提。”

施雪娴脸色变了：“我不是你们的 VIP 客户吗？为什么她的可以送货上门，我的不可以？”

店员看了孟知宁一眼，解释道：“这……因为孟小姐是我们店的老板啊。”

施雪娴彻底傻了。她知道北城孟家做服装生意，却没想到随便进的一家高端服装店，竟然就是孟知宁家的！她刚刚把所有的积蓄拿出来跟孟知宁赌气，却没想到这些钱竟全部流入了孟知宁的口袋！

孟知宁接过 VIP 金卡，轻飘飘地走到她身边，将金卡装进她的手包里，道：“施小姐，祝你购物愉快。”

天桥底下，钟恺提着一个麻布口袋，神秘兮兮地走到沈括的光碟摊位前，兴奋地对他说：“我搞了点儿好东西，这玩意儿肯定比一般的碟好卖！价格至少翻两倍！”

TICKET
TICKET
POP CORN
BCSZ
10
深情可抵
SHENQING KEDI
SUIYUE CHANG
岁月长

沈括闻言，朝那口袋望了一眼，立刻明白了是什么东西。他淡淡地说："太恶心了。"

"恶心什么，你爸妈怎么生的你？"

沈括蹙眉："性质不一样。"

"能有什么不一样。"

钟恺蹲下来，劝道："这可是我好不容易搞到的，你试试吧，真的很好卖。"

沈括漆黑的眸子望向他，说道："我这里来来往往有不少学生。"

"要的就是学生！我跟你讲，你们这个年龄的高中生，最喜欢看这些东西了，就算不吃饭，都会把钱用来买这玩意儿！"

沈括翻了个白眼，推开他："我不会卖这种碟，拿远点儿。"

钟恺知道沈括这人说一不二，他不认同的事情，绝对不会做，因此也没有勉强。不过在沈括去上厕所的时候，他偷偷摸摸地将光碟取出来，混进了那一堆五花八门的电影碟里。

为了避免被沈括发现，钟恺还偷梁换柱，将这些碟和正经光碟换了壳子，这样混着卖，有人买回去发现是好东西，以后就会经常光顾他们的摊位了。

一个穿背带裤的女孩骑着粉色自行车，停在了光碟摊位前，望望他，脸上浮现出好奇之色。

"小姑娘，买碟啊？新出的美国大片，来看看？"

"沈括在吗？"

"哟。"钟恺笑了起来，"难得有妹子来找我们沈哥，你是他同学啊？"

"是呀。"

"他去厕所了，你等等啊。"

"哦。"

陆嫣不好意思地点点头，将自行车停在边上，站在车边等沈括回来。

钟恺好奇地打量着她，她眉清目秀，容颜娇俏，尤其是那双水灵灵的桃花眼，极其勾人。

"你好，我叫钟恺，是沈括的兄弟。"

"哦！我知道，你和他一起做生意，是他发小。"

钟恺眼睛弯了弯："知道得不少啊，你和沈括是朋友？"

陆嫣甜甜一笑："我们算是朋友吧。"

"真难得啊，居然有女同学会跟我们沈爷当朋友。"

"为什么没有？"

"他凶得很，而且不理人，尤其不理女同学。"

陆嫣像十万个为什么似的，一个劲儿地问为什么："为什么他不理女同学？"

钟恺凑近了陆嫣，低声说："因为他妈妈以前跟人跑了，他觉得全天下女人都是他妈那样的，都坏……"

钟恺话音未落，沈括直接插过来，隔开了他和陆嫣，把陆嫣揽到自己身边。

"凑这么近聊什么？"

"嘿，聊你啊。"钟恺看着他这护犊子的模样，又望了望陆嫣，俨然明白了什么，"我还有事，就先走了，你俩慢慢聊，妹子下次见啊，拜拜。"

"好的，拜拜！"

沈括打断了陆嫣和钟恺拜拜的手势，把她拉到摊位边，沉声问："又来做什么？"

"一放学你就跑没影了，我吃了饭瞎溜达，顺道过来看看你嘛。"

沈括蹲下身，整理着地上散乱的碟片："看我做什么？"

陆嫣也立刻蹲下身，帮他一起整理碟片："不做什么啊，就看看。"

沈括的手顿了顿，倏地，他扯过她单薄细瘦的肩膀，将她拎到自己面前。

陆嫣呼吸一窒，看着他近在咫尺的英俊五官，心慌意乱："你、你干吗？"

他薄唇微启："你不是要看我，给你看。"

陆嫣挣开了沈括的手，理了理自己的衣领，低声咕哝道："不是这么看的。"

沈括眉毛扬了扬："那你要怎么看？"

"就……跟你说不清楚。"

陆嫣蹲下身，看他的碟："你从哪儿弄来这么多碟片呀？"

"帮刚刚那位朋友卖的。"

"这是《英雄本色》，太有年代感了！"陆嫣抽出一张碟，"我没看过，但我爸特别喜欢，看过好多遍了，对了，你这是卖还是租啊？"

“卖，租也行。”

陆嫣狡黠地一笑：“我也喜欢看电影。”

沈括听出了这个小姑娘的言下之意，想蹭他的免费光碟。他没说话，安稳地坐在小椅子上，闲散地翻着英语书。

陆嫣伸手牵住了他的衣角，以平日里跟她老爸撒娇的调子说：“沈叔叔，能借我不？”

“能，但是有条件。”

“你说。”

“你喜欢看电影，我喜欢听歌。”

陆嫣听明白了沈括的意思：“你想听我唱歌呀？”

沈括没有回答。

“没问题的，我现在就唱给你听。”

陆嫣正要唱，沈括忽然伸手过来，捂住了她的嘴。他掌心温热，掌腹带有粗粝的质感，硬硬的。

“嗯？”陆嫣不明其意。

沈括道：“现在不用，下周学校的‘新秀杯’比赛，你在全校同学面前唱的那首歌，把那首歌送给我。”

陆嫣看着沈括的眼睛，里面有种说不清道不明的意味。她忽然有些不好意思，耳郭漫上红晕：“这、这样啊，你要我当着全校同学给你唱歌啊。”

她怎么感觉怪怪的呢。

“总得有个理由吧。”陆嫣小心翼翼地看着他，咬着唇低声说，“不然我会想歪的。”

“没有理由，你爱怎么想就怎么想。”

这也太敷衍了吧，让人做事还跟大爷似的，一张光碟换她一首歌，他赚大发了好吧。

小姑娘没讲话，在一堆碟片里东挑西拣，最终挑到一张周星驰的喜剧片。

“那就这个吧，我爱看周星驰的电影。”

沈括知道，小丫头嘴上不好意思说，但还是默认了他的提议。

一张电影碟换一首歌，她只为他唱的一首歌。

那天，是沈括的生日。

十七年来，他第一次动了想给自己过生日的念头。因为心里偷偷地藏了一个喜欢的人，所以沈括觉得，他的生命，应该是有价值的。

“新秀杯”比赛的前一天下午，齐玉嬛和几个女同学去小卖部买了零食回教室，神秘兮兮地告诉陆嫣：“我刚刚看到你的那个继妹施雅，在小卖部买了一包痒痒粉。”

痒痒粉，顾名思义，是一种撒在身上奇痒无比的整蛊道具。

在没有手机游戏、没有短视频、没有微博的2000年年初，陆嫣算是见识过各式各样的整蛊道具了，在学校小卖部就有一种叫“整人专家”的道具套装，里面有毁天灭地、寸草不生的臭蛋，还有放在身上奇痒无比的痒痒粉……

一般而言，这些玩意儿都是那些顽皮的男同学买，齐玉嬛看见施雅鬼鬼祟祟地买了一包痒痒粉，敏锐地察觉到事情不对劲，马不停蹄地跑来向陆嫣汇报。

陆嫣看了齐玉嬛一眼：“你怎么想？”

齐玉嬛偷偷摸摸地塞给陆嫣一小包痒痒粉：“她要是敢搞事情，你就以其人之道，还治其人之身。”

陆嫣接过看了看，痒痒粉白色口袋上面印着一个全身颤抖的卡通人。

当天晚上，陆嫣故意说自己要泡澡，将房间门虚掩着，然后站在浴室门后朝外看着。果不其然，几分钟后，施雅蹑手蹑脚地站在了陆嫣的衣帽柜前，鬼鬼祟祟地将一包痒痒粉拿出来，因为紧张双手颤抖，她撕了好几次都没能撕开。

陆嫣翻了个白眼。

施雅撕开了口袋的一角，然后打开衣帽柜门……

一声无比惨烈的尖叫声从陆嫣房间里传了出来。

施雪娴和陆简同时被动静吸引了过来，陆简最先冲进房间，急切地喊道：“嫣嫣，出了什么事……施雅？你怎么会在嫣嫣的房间？”

陆嫣见时机成熟，擦拭着湿润的头发走出浴室，只见施雅身上、脸上沾满了像肉松一样的痒痒粉。她痛苦地叫喊着，不住地用手抓啊挠啊，长指甲把细嫩的手背挠出了几道红印子。“好痒！痒死我了！”

施雅抬头，看到陆嫣优哉游哉地走出来，疯了一般喊道：“你整我！”

陆嫣耸耸肩：“我整你什么了？”

“你、你在柜子里放了这东西，我一打开柜门，这东西就……就掉下来洒了我一身！”

施雪娴捡起地上的痒痒粉口袋，又看了看满身起了红疹子的施雅，气不打一处来，转头质问陆嫣：“这到底是什么东西？你把你妹妹怎么了？！”

陆嫣一听施雪娴这般质问的语气，心里有点儿窝火，控制着脾气说：“我把她怎么了？那你不如问问她，大半夜鬼鬼祟祟地来我的房间做什吗？”知女莫若母，施雪娴看见施雅手里也攥着一包痒痒粉，心里头明白了大半。

“哎哟，雅雅，你看看你，这么大的人了，怎么还跟小孩子一样，还要来恶作剧，真是的……嫣嫣你也是，你们是女孩子，怎么跟男孩似的。”

陆嫣眼底闪过一丝嘲意。

陆简问道：“什么恶作剧？”

施雪娴连忙解释：“这不，俩孩子闹着玩呢，弄这些整人的小玩意儿，没什么大碍，雅雅，快回去洗个澡，把身上洗干净。”说完她推着施雅的后背，想把施雅带出去。

施雅抓着脸和手，愤愤不平地望了陆嫣一眼。

在母女俩即将走出房门的时候，陆嫣漫不经心地道：“施雅想在我的裙子上放痒痒粉，让我明天表演时出洋相。”

听到这话，陆简变了神情，沉声问施雅：“是这样吗？”

施雪娴连忙道：“哪有这么严重，就是小孩子闹着玩而已嘛，你看，嫣嫣不也没事嘛，还把我们雅雅搞得这么狼狈，都是小孩子。”

陆嫣说道：“十五六岁的人，也不小了吧，她半夜鬼鬼祟祟地来我的房间里，结果自作自受，跟我有什么关系。”

“你！你这个恶毒的女人！”施雅因为全身痒，脾气也变得无比暴躁，指着陆嫣大喊，“你太有心机了！”

陆嫣心说：论心机，我哪里比得上你那位好手段的母亲。

“够了。”陆简喝止住了施雅的话，说道，“在我们陆家，做错了事就要接受惩罚，每个孩子都一样，一视同仁，你先去把身上弄干净，然后到客厅来！”

施雅闻言，连忙抓住母亲的手臂：“妈妈，我不想挨打，妈，救我啊！你跟陆叔叔求求情！”

施雪娴正要求情，一直在门边看好戏的陆臻抱着手嘿嘿笑道：“是啊，做错了事就要接受惩罚嘛，前段时间因为火灾的事情，我身上可结结实实地吃了好几棍子，还是你妈用人动的手。”

此言一出，就更没有转圜的余地了。

陆简看了看满脸涨红的施雅一眼，冷声道：“你不是一直都想当陆家的女儿吗？在我们家，做错了事就要受罚，如果你不想领罚，今天晚上就可以收拾东西离开了。”

施雅哭哭啼啼地对施雪娴说：“妈，我们走吧，不要受这种窝囊气了，我们离开这里！”

就在这时，令所有人都没有想到的是，“啪”的一声，施雪娴一巴掌扇在了施雅的脸上。

“你做出这种事来，把你妈的脸都丢尽了！”施雪娴气愤地冲施雅喊道，“这里就是你的家，在家里做错事就要受罚！”

陆嫣看着施雅脸上的五道手指印，心说为了留在陆家，施雪娴还真是豁出去了，连自己的亲生女儿都下得去手。不过想想也是，她要是连这点儿耐性都没有，又如何成为陆家宅斗的最大赢家，生生将陆少爷扫地出门呢？

那天晚上，施雅被打了手心，哭喊声老远都听得到。可是没有人同情她，既然她想要在陆家受到一视同仁的对待，那么挨打受罚也应该一视同仁。

施雪娴全程紧紧攥着手帕，盯着陆嫣，恨不得把她撕碎了，脸色非常难看。陆嫣才不理她，现在她会守护好自己的家人，不会给施雪娴任何可乘之机。

开赛前一天，施雅挨了几个重重的手板，倒是没有伤着，不过心态崩了，再加上痒痒粉让皮肤过敏，只能退赛，家门都没有出。

大礼堂后台，准备上场的姑娘们化妆的化妆，换衣服的换衣服，忙得不可开交。

有女孩撑在梳妆台前，低声对舒梦绯说了施雅因病退赛的事情。

舒梦绯脸上露出同情的神色：“希望她早日康复吧。”

“绯绯，你真是太善良了。”

“虽然施雅挺可怜的，但绯绯没有了最大的竞争对手，这次比赛拿了冠军以后，就是‘新秀杯’比赛的三连冠，期待啊！”

舒梦绯脸上挂着得体的微笑：“说不定还有更强的对手呢。”

“绯绯你就别谦虚了，唱歌跳舞方面谁比得过你啊，那个五音不全的傻子吗？”

此言一出，几个女孩都笑了。

舒梦绯也笑了，不过笑得很克制，眸子里敛着锋芒——

“你们别这样说，低调些。”

有化妆的工作人员拿着腮红盘过来，给女孩们打腮红。

舒梦绯望向陆嫣，发现她没有让工作人员帮她化妆，而是一个人坐在高光灯前给自己化妆。

在这个年代，会化妆的高中生并不多；同样，这个年代无论是业余还是专业的化妆人员，技术似乎都不怎么好。当然，这跟时下流行的审美有关，这时的人们没有见识过未来的轻薄妆感，觉得现在的妆容就是最好看的。就连电视上那些明星的整体妆感都不太好，脸上不是腮红太重就是口红太艳，抑或眼影色度太浓。娱乐圈都是如此，更别说这种不算特别正规的演出场合了。

化妆师普遍喜欢给女孩们打厚厚的腮红，以至于陆嫣身边好几个女孩的脸上都挂着像高原红一样的腮红，别提多喜感了。

陆嫣给自己化妆，在周围这些女孩看来，都觉得挺不可思议的。

“她会化妆吗？”

“不知道，看着呗。”

“说不定很难看。”

等陆嫣化完以后，周围的女孩都惊呆了。

与周围人浓妆艳抹的舞台妆截然不同，她的妆感非常自然，但也丝毫不逊色于任何人，这样的妆容将她精致的五官轮廓勾勒得十分立体。

后台的化妆师连阴影都不会打，只是一个劲儿地给女孩们加粉底和眼影，现在女孩们看到陆嫣自然清爽的妆容，再对比自己的妆容，感觉真是车祸现场，可怕极了。化妆师见到陆嫣的妆，也惊得合不拢嘴。

她居然能把妆化得跟没有上妆一样自然，偏偏又完美地遮住了瑕疵，这技术不是一般的好啊。

很多女孩跑过去叫陆嫣帮自己重新补补妆，陆嫣反正也没事儿做，来者不拒，就当练习化妆技术了。

在场大部分女孩让陆嫣修了一下妆，看上去感觉要好多了。

舒梦绯看看自己脸上这猴子屁股似的腮红，顿觉惨不忍睹。虽然不甘心，但是为了待会儿不丢人现眼，她还是微笑着走到陆嫣面前，说道："陆嫣同学，能不能请你也帮我修一下妆？"

陆嫣直白地说："不能。"

舒梦绯脸色变了变，有些下不来台。陆嫣也并不打算给她任何台阶下，对付这种白莲花，最好的办法就是直接拆了她的台。

"你欺负陆臻，还想我给你化妆，这是多大的脸啊。"

舒梦绯勉强维持着体面的微笑，说道："我和你哥是有误会的，我们观念不合，但还是朋友，所以咱们也没必要闹得跟仇人一样嘛。"

陆嫣冷笑："得了，只有把人家的真心放在脚底下踩过一遍并且毫无愧疚的家伙，才会说还能做朋友这样的话，你知道陆臻心里有多难过吗？"

不等舒梦绯回答，陆嫣替她答道："你当然不知道，因为你眼里只有自己，别人都夸你清高、不拜金，对吗？可在我眼里，你就是个彻头彻尾的自私鬼。"

舒梦绯脸上的笑意终于不见了，她面对周围女孩疑惑的目光，不想再自取其辱，转身回到了自己的位置上。

陆嫣怼了舒梦绯，心里舒畅。恰在这时，齐玉嬛过来附耳对她说："你哥陆臻在门外找你呢。"

陆嫣走出化妆间，看到陆臻吊儿郎当地倚在窗边，眉心微蹙，嘴里叼着一支棒棒糖。

陆嫣走过去拍了拍他的肩膀："你注意形象，这里都是女孩，别跟个小混混似的。"

陆臻站直身子，左边脸颊被棒棒糖撑圆了："我形象一直很好。"

“找我什么事？”

“咱们上次的约定还算数不？”

“什么约定？”

陆臻凑近了她，在她耳边低声道：“重新撮合咱爸妈复婚的事。”

“当然算数。”陆嫣说，“能让他们复婚，把施雪娴那女人赶出去，我的任务就完成一半了。”

“那就达成共识了，这次他俩可都来看比赛了，你得唱首可怜巴巴的歌，比如‘有妈的孩子像个宝，没妈的孩子是根草’这类的，让咱妈知道咱兄妹俩有多可怜。”

陆嫣眉头拧了起来：“没必要唱《世上只有妈妈好》吧，我又不是幼儿园的小孩。”

“反正你得唱一首类似的，咱爸妈都来看节目了，这可是千载难逢的好机会，咱们得让他们知道家庭的重要性！”

“可是……”可是她答应了沈括，要为他唱首歌，人家把碟都借给她了，这样食言而肥可不好。

“可是什么可是。”陆臻拿出一颗崭新的草莓味棒棒糖，敲了敲陆嫣的脑袋，“让你唱首歌就这么难吗？”

“人家的歌都准备好了。”

陆臻见她这纠结的模样，将棒棒糖剥开塞进她嘴里：“我知道，让你临时换歌太突然了，但是咱爸妈好不容易聚到一起，你也希望咱们一家人能团团圆圆，对吗？”

“我当然希望，可是……”

“没有可是，哥这辈子没求过人，这次就当哥求你，一定要帮帮忙，好不好？”

陆嫣抬起头，看着陆臻那双真诚的眸子。

她也看得出来，陆臻有多么渴望父母能够重新在一起。不仅仅是他，可能全天下所有离异家庭的小孩，做梦都希望自己的父母能够和好如初吧，哪怕他们中有一人犯了错，或者已经组建了新的家庭。

“我、我考虑一下。”

陆臻按着她的后脑勺，把她的头重重往自己胸膛上砸了砸，把陆嫣脑袋都磕疼了。

陆嫣捂着脑袋回到了化妆间，满心惆怅。她都已经答应沈括了，这会儿说不定他都已经到礼堂了，坐在观众席等着看她的演出呢。

就在陆嫣纠结的时候，指导老师冲化妆间喊了声："下一个陆嫣，准备了，再下一个舒梦绯，也做好准备。"

"哦！"

陆嫣赶紧起身，整理了一下妆容，准备上场。

舒梦绯眼底泛起了轻蔑之意。

这样的出场顺序其实是舒梦绯故意向文艺部老师申请的，希望能在陆嫣后一个出场，理由是她和陆嫣是好朋友，想要挨在一起演出。但她的真实目的是让陆嫣先去演出，如果陆嫣出了洋相，那么她的表演就能够更加出彩。

陆嫣抱着吉他，缓步走上了舞台。聚光灯打在她的身上，她白得仿佛每一寸肌肤都在发光。

底下的男同学都被她惊艳了。以前他们不承认陆臻帅，更不承认他是校草，觉得他那双桃花眼太勾人、也太娘了。可是当他们看到跟陆臻几乎是一个模子刻出来的陆嫣，看到那双漂亮的桃花眼长在她的脸上……语言难以形容他们的惊艳，太美了，满天星辰见到她都会黯然失色吧。

陆嫣没有在意同学们惊艳的眼神，抱着吉他，环顾着整个大礼堂，寻找着那个熟悉的身影。

沈括，没有来。

陆嫣几乎找遍了整个礼堂每一个座位和角落，确定没有看到沈括。

沈括是那种站在人群中一眼就会被认出来的男人，不仅仅因为他容颜英俊，更因为他气质冷硬，与周围的人格格不入。

沈括没有来，陆嫣总算稍稍放心了一些。只要他不在，换歌就不算食言。

陆嫣的节目是不需要任何配乐的，而且这个年代的配乐效果非常不好，陆嫣宁愿用吉他自己弹旋律清唱。

"我演唱的这首歌你们没有听过，不是我写的……但我想把它送给我爸，我妈离开得很早，是老爸把我拉扯大的。

"他年轻的时候很狂妄，可是自从我来到这个世界，他也不得不学会长大，学着怎么去照顾女孩子。"陆嫣望着端坐在第一排的陆臻，嘴角淡淡地抿了抿，“我爸是全天下最好的老爸，我想把这首歌送给他。”

陆嫣轻轻地弹出优美流畅的旋律，正要开唱，而就在这时，礼堂的门忽然被人推开……

在强烈的日光照射下，男人逆着光走了进来。

陆嫣微微蹙眉，看清了他的脸——沈括。

沈括嘴角带着瘀青，衣服也是凌乱的。他似乎是一路狂奔而来，踉踉跄跄地走进了礼堂。

进来以后，他尽可能不影响演出，只是靠墙站着，用手背擦掉了嘴角淡淡的血迹，抬头迎上陆嫣慌张的目光。

幸好，他赶上了。

第六章

生日快乐

沈括去学校的路上，在巷口让一帮小混混给截住了。他认得他们，他们是吴强和赵甚的手下，以前在歌舞厅当保安。现在歌舞厅关门以后，他们丢了工作，一直在街头闲逛。

沈括瞥见他们手里拎着棍子，知道来者不善。

他们把丢工作的账算到了沈括头上，来找他的麻烦了。

沈括赶着要去看陆嫣的演出，没有时间和这帮人纠缠，只能速战速决。他身手很好，可是架不住他们人多，撂倒他们以后，沈括脸上、身上也挂了彩。

沈括来不及处理自己身上的伤，叫了一辆车火急火燎地去了北城三中，在校门口下车后，一路狂奔到学校西侧的小礼堂。他总算是赶上了。

今天是他的生日，他喜欢的女孩还会在聚光灯下为他唱一首歌，或许这将会是他十七年晦暗的人生里最美好的一天。

女孩坐在舞台椅子上，穿着素色的长裙，手里抱着原木色吉他，看上去清秀又文静。她缓缓开口，声音宛若天籁，全场的观众都被她的嗓音吸引了。她的眸光清澈而干净，没有沾染半点儿杂质，美好得仿佛全身都在发光，然而，沈括的脸色却渐渐沉了下去。

这首歌不是唱给他的。

陆嫣唱这首歌的时候，眉眼微弯，温柔的目光所及之处，是第一排的那个男孩——陆臻。

沈括的心蓦然变得空落落的，他只觉得自己可笑。相比于他这个阴暗角落里不起眼的臭小子，她的家人才是她最终的依靠。

沈括没有那样美好的家庭，这注定了他所有的一切都是残缺的，又凭什么奢望在她心底占据一席之地，可笑。

他看着陆嫣安安静静地唱完了那首歌，看着全场掌声四起，看着她鞠躬谢幕，看着陆臻跑上台，送上一大束盛开得无比灿烂的香槟玫瑰，还给了她一个大大的拥抱。她沐浴着阳光成长，周围萦绕着浓浓的爱。他不应奢望……

陆嫣看见墙边沈括的身影，看着他脸上失望的神情，感觉心像被针刺了一样。她明明都已经答应他了……

陆嫣下场以后，下一个节目就是舒梦绯的，舒梦绯被陆嫣刚刚的表现镇住了，上场的时候脚步都是虚浮不定的。她没有想到陆嫣竟然拥有宛若天籁的嗓音，而和她相比，自己的声音是真的很一般。她本来还想利用陆嫣的糟糕表现为自己的后续演出预热，却没想到陆嫣竟然会表现得这样好。

音乐前奏响起来，舒梦绯因为心不在焉，所以没能很好地跟上节拍，前面一旦开始出错，后面想要找准旋律就更加困难了，所以舒梦绯的这场演出算是砸在了她自己的手里。

观众不住地摇头，就连一直指导她的音乐老师都皱起了眉头，演出结束，掌声也是稀稀落落的。没有对比就没有伤害，她的演出跟刚刚陆嫣的惊艳表现比起来就如天壤之别。

陆嫣来到后台，陆臻早已经等在走廊边了。看到她，男孩扑过来就是一个拥抱，激动地抱着陆嫣原地转了一圈。

“我妹真是太棒了！”

“情况怎么样？”

“咱妈刚刚都抹眼泪了，爸还给她递了纸巾。”

“那不错，有戏吗？”

“嗯，还需要咱们再努力一把。”

陆嫣坐下来准备卸妆，懒洋洋的似乎心情不太好。

陆臻看着陆嫣这模样，凑过去揉了揉她的脑袋：“你怎么了？”

“没有啊，表现不太好。”

“不是吧，这还不好，刚刚你给咱爸唱的那首歌，连校长都带头站起来鼓掌了。”

陆嫣抹了一半眼影，转过头来对陆臻说：“这首歌是为你唱的。”

“不是说唱给老爸吗？”

“你就是我老爸啊笨蛋！”

陆臻嘴角抽了抽，揉着陆嫣的脑袋："我妹这脑子，时好时坏。"

"你先卸妆，待会儿我再来找你。"

"别来了你……"

陆臻刚离开没两分钟，又急匆匆地跑了回来，兴奋地说："爸妈过来了！"

陆嫣站起身，正要出去。

陆臻一把拉住她："不行，不能出去。"

"怎么了？"

陆臻环顾四周，来到狭窄无人的道具室看了看，狡黠地一笑，冲陆嫣道："我有个主意！"

"你想干吗？"

"他俩难得聚到一起，我要搞个大事情，你只管配合我就行了。"

陆臻说完，不由分说地把陆嫣塞到窗帘后面，让她藏起来。

"你别乱来啊！他们会生气的！"

陆臻冲她眨眨眼睛："放心吧。"

陆简和孟知宁真是一对冤家，陆嫣躲在窗帘后面，隔得老远就听到了两个人拌嘴的声音。

"臭男人，别跟着我！"

"我来看我女儿，谁跟着你了！"

"你离我两米远。"

"你别无理取闹嘛！"

陆嫣心里觉得好笑，爷爷陆简在家里一直都是非常严肃的，哪怕是对着施雪娴，都很少展露轻松的笑意，更遑论这样的嬉笑怒骂。

两人走进化妆间，却没看见陆嫣，只有陆臻笑嘻嘻地站在门口。

孟知宁问："儿子，你妹妹呢？"

"妹妹啊，她在道具室搬东西，爸妈，你们去帮帮她呗。"

"臭小子，你站在这里，让妹妹搬东西，你这个哥哥是怎么当的？！"

陆简教训了儿子一通，率先朝道具室走去，孟知宁也连忙跟了上去。

"嫣嫣，妈妈来帮你了。"

"嫣嫣，爸来帮你。"

两人刚走进道具室，只听"砰"的一声，道具室的大门被陆臻关上了。

“爸，妈，这个门好像坏掉了，你们等等啊，我去找人给你们开门！”

陆臻捂嘴笑着。陆嫣走出来，他不住地冲她比手势。

“臭小子，你干什么，快开门！”

“陆臻，快开门，不然有你好看的！”

道具室空间不大，两个成年人站在里面略显局促。

“你别碰我！”孟知宁尖声道，“警告你啊，离我远点儿。”

陆简鲜有这般奓毛的时候，砰砰敲着道具室的门：“陆臻，警告你啊，快把门打开，你妈有幽闭恐惧症，你别胡闹！”

陆嫣不住地拉陆臻的衣袖：“快打开吧，别闹了，不然回去挨板子我可救不了你。”

陆臻低声说：“就两分钟，两分钟没问题的。”

孟知宁缓缓蹲下，抱着膝盖坐了下来，她很紧张，全身哆嗦：“快、快，我不能呼吸了。”

“没事啊，没事没事。”陆简着急不已，脱下自己身上的西装披在孟知宁的身上，将她娇小的身躯裹起来，“别怕，我在这里。”

“滚开！”

孟知宁暴躁不已，推开了陆简：“脏死了。”

“脏什么脏！”

“你和那样的女人在一起，别碰我！”

陆简缓缓地站起身，揉了揉额角，颇为无奈地说：“我和她在一起，还不是因为……”剩下的话，他没有说出口。

陆嫣和陆臻面面相觑，感觉好像搞砸了。

两分钟后，陆嫣把门打开了，陆简将孟知宁扶起来，走出狭窄的道具室。

“你哥呢！”

陆嫣无辜地眨眨眼睛：“他……跑了。”

这次“新秀杯”才艺比赛，陆嫣拿了第一名。

谁能想到，陆臻那个据说是智障患者的妹妹，居然拥有这天籁般的嗓音。不仅如此，聚光灯下，她俨然就是女版陆臻，一双桃花美眸勾魂夺魄。

在场那些坚决不肯承认陆臻英俊的男生在看到陆嫣以后，果断地打了自己的脸。

陆嫣拿到了学校的一千块钱奖励。舒梦绯是第二名，第二名除了奖杯以外没有任何奖励，她死死地咬着嘴唇，衣角都快要被攥出褶皱了。这奖励本来应该是她的。

就在陆嫣接过荣誉证书的时候，忽然听到有女生站起来说——

“陆嫣家里这么有钱，她根本不缺这一千块吧。”

立刻有女生应和道：“是啊，绯绯家境不好，这钱本来应该是绯绯的。”

“如果我是学校领导，我会把一等奖颁给陆嫣，但是把这笔钱给舒梦绯。”

“这样安排很合理。”

陆嫣朝她们望去，认出来这帮女生正是舒梦绯的闺蜜的。

陆嫣深有体会，在这个年代，思想还不是很开放，贫富问题还是比较敏感的。谁弱谁有理这种观念，放在二十年后或许会被骂得狗血淋头，但是放在这时的社会，其实绝大部分时候，弱者是有理的。

既然有人提出来，且被大家听见了，那么校领导也不能充耳不闻。颁奖的校长是个微胖的中年男人，他轻咳了一声，说道：“我们把一等奖给陆嫣，奖励她今天带给我们的精彩演出，但是呢，我相信陆嫣同学拥有高尚的品德，愿意将这笔钱捐给更需要帮助的同学。”

全场鼓掌。

这绝对是赤裸裸的道德绑架。

全场观众都充满期待地看着陆嫣，希望她能将这笔钱捐给更需要帮助的舒梦绯。

舒梦绯丝毫没有觉得丢脸，反而得意扬扬地看着陆嫣。

陆嫣知道，这是赶鸭子上架，这笔钱她必须得捐出去，否则一定会被人诟病。

陆简看着陆嫣，似乎也在鼓励她，让她把钱捐出来，落一个热心助人的好名声。孟知宁也在冲陆嫣比嘴型，说这笔钱，老妈愿意帮你补上。

陆嫣抿了抿唇角，说道：“行，我愿意把这钱捐给需要帮助的同学。”

舒梦绯得意地笑了笑，走到陆嫣面前，真诚地说：“谢谢你了，真心感谢。”

陆嫣扬起下颌，冷冷地睨了她一眼：“说了是给你吗？”

此言一出，舒梦绯脸色大变：“什、什么意思？”

“我要把这笔钱捐给更需要帮助的同学，但不是你。”她上下打量了舒梦绯一眼，“你身上这件衣服的价格应该不低于五百吧。”

五百块什么概念，这时的物价几乎是陆嫣那个时代的十分之一，五百差不多就是五千块了。现在来看，这价格对于学生来说都不得了。一听这话，底下的同学叽叽喳喳地议论起来。

的确，舒梦绯今天穿的这条蓬松的紫裙子看上去漂亮极了，肯定不便宜。

陆嫣当然知道这条裙子的价格，因为这条裙子是陆臻给舒梦绯买的，她听梁庭说起过，以前每天放学，舒梦绯经过商业街的服装专柜，都会停下脚步看这条裙子。但她从不开口向陆臻要，把陆臻心疼得不得了……省了两个月的零花钱，还骗老爸说要买这个学习用品那个辅导资料，终于凑够了钱给舒梦绯买了这条裙子。

陆嫣当众戳破了舒梦绯这条裙子的价格，校领导和老师们不知道这些隐情，脸上浮现困惑的表情。但是了解舒梦绯家境的同学，也差不多猜到了这条裙子是谁给她买的。

舒梦绯紧紧咬着牙，很是下不来台。陆嫣一点儿台阶都没有给她留。

这时，校领导站出来，问陆嫣：“那……陆嫣同学，你要把这笔钱给哪位需要帮助的同学呢？

陆嫣扫了一圈整个礼堂，她不太了解这些陌生的同学的家境，唯一熟悉的就是坐在礼堂最后的那个男人。

“我要把这笔钱捐给……”

“沈括”两个字呼之欲出，然而就在这时，沈括忽然站起来，眼角微弯，以一种嘲弄的嗓音道：“一群人在这里强迫人家小姑娘把自己辛苦挣来的钱送人，这世上没这样的道理。”

此言一出，全场哗然。

这个时代，还没有“道德绑架”一说，众人更乐于见到这种无私奉献不求回报的剧情。

陆嫣抬起头，看向坐在最后排的少年，他单手疏懒地倚着椅背，脸上挂着冷淡的笑意，看起来轻狂不羁，与周围的同学格格不入。他是全场唯一一个站在陆嫣这边的人。

这时，有舒梦绯的闺蜜低声咕哝：“什么嘛，只是上去唱唱歌而已，说什么辛苦挣来的钱，太夸张了。”

沈括冷哼：“那你上去唱唱歌，看这钱会不会落你手里。”

那女孩被全校最不能惹的孤僻少年沈括怼了，脸涨红成了猪肝色，低头不再讲话。

校领导立刻道：“后排那位同学说得也有道理，咱们不能逼陆嫣把这钱捐出来，这样不对，那这件事就算了，如果陆嫣同学有心，可以私底下捐赠，当然，不捐也没关系，啊，没关系的。”

这钱陆嫣本来就打算给她爸陆臻，让陆臻去把最后那点儿欠款还上。

一场风波就此平息，陆嫣感激地望了沈括一眼，沈括没说什么，在比赛结束以后，转身离开了礼堂，背影略显倦怠。

陆嫣心有愧疚，立刻追了出去。

陆嫣随放学的人流追出校门，却不见了沈括的人影。这家伙闪得也太快了吧。

她重新返回学校，从车库里取了自行车，准备去天桥下瞧瞧。

她刚开了锁，陆臻匆匆走过来，叫住她：“晚上爸妈在世纪城订了包间，要一起吃饭给你庆祝。”

“啊，好的！”

陆嫣说完骑上车便要跑，陆臻眼疾手快地一把按住她的肩膀：“跑哪儿去！”

“急事啦，放手放手！”陆嫣拍开他的手，骑上车离开了。

“我知道你要去找谁！”身后陆臻冲她大喊道，“不准去！听到没有，我不准！臭丫头！”

陆嫣把陆臻抛在后面，骑车来到天桥底下，桥底的光碟摊位有人，不过不是沈括，是钟恺。

“钟叔叔，沈括不在吗？”

钟恺笑着说：“小姑娘，你要是不知道该怎么称呼，可以叫我一声钟哥或者恺哥，实在不行，叫钟钟或者恺恺也行啊，你这一声叔，哈哈哈哈，那我还真是占便宜了。”

“那个……恺哥，沈括回来过吗？”

“看到对面那座石拱桥没，你沈爷心情不好的时候，会去那里。”

“好的，谢谢恺哥！”

陆嫣重新骑上自行车，朝着石拱桥而去。

小桥横跨于护城河之上，两旁都是较为复古的低矮建筑，这一带在城市现代化的进程中还没有被开发，保留着原汁原味的古风面貌。

小河两边多是挑担子做生意的，有时候甚至还能看见赶着牛和马经过的农夫。

沈括坐在桥的石栏上，身子朝外，凝望着波光粼粼的河面，脚后跟有一搭没一搭磕着桥面。他那漂亮的深咖色眸子折射着日光，越发显得剔透而浅淡。

陆嫣将自行车停在桥旁，小心翼翼地走到他身边：“沈括，对不起，我食言了。”

“没什么对不起。”

沈括跳下栏杆，转身欲走。

陆嫣追上去，解释道：“因为陆臻说我爸妈都来了，说如果有机会让他们复合的话……”

然而话音未落，沈括忽然反手捏住了她的后脑勺，将她拉近了，看着她那双与陆臻神似的桃花眼，沉声说：“别太自以为是了。”

“啊。”

“你是陆臻的妹妹，天知道我有多讨厌你。”沈括的声音发狠用力，宛若拉紧的橡皮筋，“所以……不要以为你有多重要，你在我心里什么都不是。”

霎时间，女孩脸上楚楚可怜的神情消失了，取而代之的是一种微妙的被辜负的神情。

“你、你讨厌我还带我打游戏，还……还来听我唱歌。”她的眼角微微泛红，眼眸也染了湿漉漉的水色，“我还以为……可以当朋友。”

“当朋友？”沈括蓦然握紧了女孩纤细的手腕，“你哥没有说错，我玩你呢。”

陆嫣蓦然睁大眼睛，在她有限的人生经历中，从没有人对她说过这样的狠话。她身边满满的都是爱，家人、朋友的爱……她从没有被人这般伤害过。

“所以……你是说，你讨、讨厌我。”女孩的声音都哽咽了，断断续续的，话都说不清楚。

沈括松开她的手，一把推开她：“滚。”他转过身，强忍着胸腔里锥心刺骨的疼意，闭上了眼睛。

陆嫣低着头，颤抖的手在帆布包里摸啊摸，摸了好久，摸出一个巴掌大的蓝色小盒，用力塞到他手里：“生日快乐。”她带着哭腔说完，匆匆地跑下桥，骑上自行车歪歪斜斜地离开了，临走的时候还抹了一把眼泪。

沈括愣在原地，久久没能回过神来。他从来没有告诉过任何人自己的生日，她又怎么会知道？他用冰凉而僵硬的手拆开了蓝色小盒，里面躺着一枚做工无比精致的机械打火机。沈括摸出打火机试了试，“刺”的一声，细小的火苗跳动着蹿上来，又被风吹灭了。

施雪娴带着施雅，出现在了世纪城饭店门口。

施雅看着饭店门口豪华的金色狮子，战战兢兢地问施雪娴：“妈，陆叔叔没让我们来，咱们过来他会不会生气啊？”

“生气也得来，我就知道那个狐狸精对你陆叔没有死心，还想着要复婚呢，我绝不能让这种事发生。”

“妈，一般来说，狐狸精是原配对小三的称呼……”施雪娴瞪了施雅一眼，施雅立刻噤声。

穿着规整、待客有礼的服务生询问施雪娴有没有预订，施雪娴说了包间名字之后，他便带她们走了进去。

施雅觉得自己老妈真有本事，连他们在哪个包间吃饭都能打听清楚。

这次的聚餐，陆臻谋划良久，也是他好说歹说，才把老妈拉过来，一家人在一起团团圆圆地吃顿饭。他让老妈和老爸在包间里点餐，自己站在门口，当起了“门童”。

陆嫣无精打采地站在他身边，看上去不太对劲。

“喂，你怎么了？”

“别跟我说话。”陆嫣转过身，将脑袋磕在墙壁上，“被人讨厌了。”

陆臻揽住她的肩膀，漫不经心地问：“沈括？”

“嗯。”

“他脑子有毛病，你少搭理他。”

“爸，你干吗总和沈括作对啊？”陆嫣终于抬起头，好奇地问他。

“我跟他作对？明明就是他总跟我过不去好吧！”

提到这人，陆臻就是一肚子气：“从初一开始，那家伙就总跟我对着干！明里暗里陷害我！不然谁吃饱了撑的要针对他！”

“为什么呀？”

“嫉妒你哥长得比他帅呗。”

陆嫣嘴角抽了抽，单论长相，她觉得沈括可能还要更胜一筹吧，只不过他没陆臻这么讲究，所以皮肤没陆臻白，穿着打扮也没陆臻精细，但是仅看颜值，沈括绝对完胜。

“我觉得沈括针对你肯定是有原因的，你有没有想过跟他心平气和地聊聊，化干戈为玉帛呢？”

“化个锤子。”

“喂！我发现你这丫头，三句话离不开沈括。”陆臻拎着她的衣领兜圈子，“你想干吗，啊，看上他了啊？”

“没、没有，只是被讨厌了。”

“被讨厌就被讨厌，他这种人，全世界他都讨厌吧。”

陆嫣打了陆臻一下，陆臻立刻还手，就在他们俩在门口闹得不可开交之际，施雪娴牵着施雅出现在了包间门口。

“陆臻，你爸在里面吗？”

陆臻眉头蹙了起来：“你怎么来了？”

施雪娴笑着说：“一家人吃饭，我当然应该过来啊。”

“一家人？不好意思啊，今天是我爸妈给我妹庆祝，跟你没什么关系。”

陆嫣轻扯陆臻的衣袖，凑近他低声说：“会不会是爷爷叫她过来的？”

“不会吧。”

陆臻也拿不准，但是无论如何，他都不能叫这个女人破坏了他们一家人的团聚：“不好意思啊，施阿姨，请回吧，今天这顿饭跟你没关系。”

施雅走上前，不甘示弱地说：“陆叔叔都没叫我们走呢，你凭什么叫我们走啊。”

恰逢陆简走出来，问陆臻怎么还不进屋。他和孟知宁两个人待在包间里，尴尬得都要爆炸了。

“简哥。”施雪娴立刻贴了上去，温柔地揽住他的胳膊，“我听说你们在这边吃饭，就想着赶过来，咱们一家人一起请孟小姐吃个饭。”

陆简没想到施雪娴会过来，神情有些不自然，将手从她怀里抽出来，压着嗓子说：“今天的饭局是我和孩子妈妈一起给嫣嫣庆祝，你来做什么？”

“我……我也来给嫣嫣庆祝啊。”

“快回去。”陆简似乎也觉得不太合适，“回去让厨房给你做饭。”

“简哥，你看我这……我来都来了。”

陆简素来不喜欢女人擅自做主，脸色沉了下来：“回去。”他是说一不二的性子，施雪娴也不敢轻易惹他生气。

这时，孟知宁的声音从包间里传出来：“外面这么热，难得施女士顶着烈日过来守着自家老公，精神可嘉，进来坐吧。”

孟知宁都开口了，陆简当然也不好多说什么，让开了路让她进门。

陆臻和陆嫣对视一眼，陆臻的眉头皱得都能夹铅笔了。

施雪娴倒是挑了个好位置，进屋径直坐在了陆简和孟知宁中间。

吃饭过程没有陆臻预想的其乐融融，大家都闷声吃饭，气氛很尴尬。

施雪娴想跟陆简秀恩爱，不住地给他夹菜，陆简说了好几次，让她自己吃，不要给他夹。施雪娴对孟知宁说：“我们简哥就是这样，口是心非，咦，怎么没有点红烧肘子呢？他最喜欢吃红烧肘子了，对了，怎么有鱼腥草，难道不知道简哥最讨厌鱼腥草吗？”

孟知宁得体地微笑道：“这是你家先生点的。”说完她夹了一筷子鱼腥草，放在碗里，“桌上都是我喜欢的菜，如果不合施女士的胃口，那真是抱歉了。”

这话说出来，施雪娴的脸色就有些不太好看了。

她不甘示弱，继续说道：“现在社会上推崇什么女强人啊，我觉得那些都是胡说八道，女人最终的归宿还是家庭。如果连自己老公喜欢吃什么菜都不知道，也无怪现在离婚率为什么这么高了。”施雪娴冲孟知宁笑了笑，“孟小姐，你说呢？”

孟知宁面无表情地说：“既然施女士强调家庭的重要性，认为女性应该回归家庭，那么想必施女士做饭洗碗、拖地擦地肯定是一把好手。”

“我……”

陆臻及时道：“她在家里什么都不做好吧，成天出去打麻将。”

“话不是这么说的，我能让老公每天下班以后轻轻松松的，听老公的话，不和他吵架，这些就够了，是吧，简哥？”

陆简揉着额头，一言未发，很郁闷。

陆嫣看着爷爷这模样，能够理解他现在的心情，前任和现任在这里夹枪带棒地打嘴仗，他夹在中间，自然说什么都不对，护谁都不对。

经过这一遭，陆嫣的心情反而好了不少，饶有兴味地看孟知宁怎么收拾施雪娴。

“我懂了，那么施女士的意思是，女人的价值就是在家里像金丝雀一样，讨着丈夫的欢心，丈夫高兴了，就给你喂点儿小食儿，对吗？”

“难道不对吗？”

“以色侍人，如若有朝一日年老色衰，讨不了丈夫的欢心了，又该如何？”

“我、我什么时候说我以色侍人，你也太看不起人了吧。”

“别激动呀。”孟知宁从容地笑道，“再说，咱们只是讨论社会现状，我也没有点名说就是施女士你啊。”

施雪娴被气得胸脯一起一伏，不管她如何圆滑讨巧，她这点儿市井小聪明都不是孟知宁的对手。

“我是觉得，女人总在外面拼事业，不顾家庭、不顾小孩，这样是不对的。”施雪娴重新把话题拉回到正题上。

“我同意你的说法，但是人各有志，不是所有的女人都应该囿于家庭和厨房。如果丈夫不能给予尊重和支持，那么即便是离婚了，也没有什么可惜的。”孟知宁说完，看了陆简一眼。

陆简敛着眸子，漆黑的眼底泛起一丝波澜。

孟知宁望向陆嫣：“嫣嫣，你也要记得，女孩子永远不要为了爱失去自我，不管你多喜欢那个男人，你首先要爱的都应该是你自己。”

“嗯，我记得了。”陆嫣乖乖地点头。

施雪娴见孟知宁教育女儿，不甘示弱，转头对施雅说：“雅雅，你以后要以家庭为重，不要学社会上那些女孩，讲什么女权啊独立啊，不然到头来吃苦的还是你自己。”

孟知宁拿着包站起身：“这样，我也吃得差不多了，就先走一步，陆简，你陪你的夫人好好吃饭。嫣嫣，小臻，送妈妈出去。”

陆嫣和陆臻立刻站起来，准备送孟知宁离开，陆简抬头对她说：“关于陆氏和孟氏合作的事情，下次我来公司找你详谈。”

“先预约，”孟知宁睨了他一眼，“我还不知道有没有空呢。”

“嫣嫣找你，你说随时有空，我找你就没空了。”

“你能跟我女儿比吗？”孟知宁淡淡一笑，摸了摸陆嫣的脑袋，“是不是啊，乖女儿？”

陆嫣牵起了孟知宁的手，不得不说，她真是太喜欢孟奶奶的作风了，哪怕是放到二十年以后，这样的女人的魅力都无可抵挡。

孟知宁踩着恨天高，加快步伐走出了饭店，这才露出了真性情，被气得不轻：“你爸这是找的什么人啊，我也是见识了！”

陆臻和陆嫣面面相觑，异口同声地说：“你才知道啊。”

“就她这样教小孩，啊，真是太可怕了！”孟知宁摇着头说，“不行，我不能把你们留在你爸家，让这样的女人待在你们身边，还得了！”

陆臻见状，连忙说：“妈，你要是跟爸复婚，我们就不会被她影响了。”

助攻陆嫣也连连点头。

“复婚是不可能的，永远不可能，就算那个死男人跪在我面前求我，都不可能复婚！”

“妈，你也别把话说这么绝。”

“行了，回去了，你俩……”她沉吟片刻，说道，“我再去咨询咨询律师，至少我得把嫣嫣争取回来。”

陆嫣立刻抱住陆臻的腰：“我不要跟我爸……我哥分开！”

陆臻哭丧着脸：“妈，你只要妹妹，不要我吗？”

孟知宁拍了拍陆臻的后脑勺：“多大的人了，行了，走了。”

晚上，陆嫣独自坐在露台上，抱着她的吉他弹着不知名的调子。她心里闷闷的，不知道自己为什么那样在意沈括说的那番话。

以前，她以为沈括就是个没有任何感情的阴狠男人，人到中年，孤家寡人，全部的心思都放在怎样报复陆臻上。

这样的家伙何其可怕，陆嫣哪怕只是多看他一眼，都忍不住哆嗦。可是回到二十年前，她见证了他年少时的困顿与挣扎，偶尔也能见到他笑容里带着几分真挚。

陆嫣心里翻涌着许许多多的滋味，这些滋味落到她的指尖，就是一串清灵的旋律。

她想给他写一首歌，作为自己食言的补偿。

就在陆嫣缓缓抬头的时候，忽然看到不远处的街口，高个子的少年独自站在路灯下，半袖下修长的手腕拿着打火机，火苗在黑暗中忽亮忽灭。他抬起头望向她，眸子掩于眉峰之下的阴影中，看不分明。

陆嫣感觉自己的心跳忽然加快了几分，站起身，走到露台的栏杆旁，想挥手跟他打招呼，可是想到沈括说的那番话，她的手又缩了回去。

沈括说，讨厌她。

今夜无月，夜色浓得像是化不开的墨，陆嫣隔着浓郁的夜色，与他遥遥对视，只能看见他并不清晰的身影。

几分钟后，沈括将一个小口袋挂在了陆宅门口的铁栏杆上，转身离开，消失在了湿漉漉的长街尽头。

陆嫣连忙放下吉他，匆匆下楼跑出去，取下那个白色口袋。口袋里装着小巧的透明盒子，里面有一块草莓形状的小蛋糕。

陆嫣刚把蛋糕带回家，迎面撞上了下楼找东西吃的陆臻。

陆嫣本能地将蛋糕往身后藏，但还是没能逃过陆臻的火眼金睛。

“藏什么藏，我都看到了，什么好吃的老实交出来。”

陆嫣愁眉苦脸地把蛋糕交出来，只说道：“朋友过生日，给我送蛋糕来的。”

“什么朋友这么耿直？”陆臻夺过陆嫣手里的蛋糕盒，拆开，蛋糕的甜香四溢飘散。

“正好我饿了，替我谢谢你朋友。”

“哎，不是……”

她还没来得及阻止，陆臻这“大嘴王”就一口咬掉了半块蛋糕。

陆嫣无语至极，看着他端着蛋糕盘喜滋滋地回了房间。

为了报复他，陆嫣等他吃完了，才告诉他那块蛋糕是沈括的生日蛋糕，于是陆臻冲进厕所里催吐了无数次。

陆嫣冷眼看着他，说：“你太夸张了吧，至于吗？”

陆臻摆摆手，有气无力地说：“吃他的生日蛋糕，我宁愿吞砒霜。”

“本来也不是给你吃的。”陆嫣撇撇嘴，“人家专程给我送过来的。”

“他干吗要巴巴地跑过来给你送蛋糕？”

“道歉呗。”陆嫣抿起一丝笑意，“谁让他说讨厌我的话，肯定过意不去。”

“无事献殷勤，非奸即盗，你离他远点儿。”

那段时间，陆臻和沈括算是杠上了。见沈括已经开始自主创业，他也计划跟梁庭和秦皓凑凑钱，做点儿生意。他不想再被人说成一无是处的富二代，沈括能做到的，他也能做到。

陆臻真正开始创业，是在他大学时期跟陆简断绝父子关系之后。那时的陆臻，才算是真正一夜成熟起来，从零开始。其实他也不算真的从零开始，因为奶奶孟知宁一直明里暗里地在帮扶陆臻。至于这会儿陆臻嚷嚷着要做生意，纯粹是因为不爱学习。

陆嫣很想把她爸拉回学习的正轨上，以前陆臻苦口婆心地教育她好好学习的那一套，陆嫣全部还给了陆臻，说得口干舌燥，结果全部不管用。真是天道好轮回，以前陆臻操心她的学习，头发都白了，这会儿，换她尝尝“当家长”的滋味了。

陆臻觉得，要干就干大的，开个游戏厅，现在游戏厅的生意多火爆啊，不仅能挣钱，自己还能玩。

陆嫣坚决反对老爸开游戏厅：“绝对没有前途，未来年轻人都用电脑玩游戏了，这一批游戏厅的老旧设备过不了两年就会全部被淘汰掉。”

“小丫头片子懂个什么，我看游戏厅的前途光明得很，我进一批新设备，至少能用十年！”

陆嫣翻白眼："我有个不成熟的建议，未来二十年乃至三十年，世界都是属于互联网产业的，咱好好学习，大学念个电脑专业，将来无论是做游戏还是做社交软件，或者支付软件，肯定都赚钱！真的，你相信我，你不做，沈括都要去做的！"

陆臻不相信陆嫣的话："胡扯，什么互联网，你看咱家那台电脑，除了扫雷和蜘蛛纸牌，还能玩什么！无聊死了。"

"唉……"

陆嫣好说歹说都没用，气得心说活该你破产！

下午，陆嫣背着吉他溜达到天桥下，沈括依旧守在他的光碟摊前，手里捧着一本旧书，专心致志地看着。

陆嫣瞥见沈括手上拿的居然是一本电脑编程的理论书。书的扉页贴着省图书馆的标签，应该是他在图书馆借来的。

那日陆嫣随口提了一句，让他注意互联网方面的动向，没想到沈括竟然真的听进去了，再想想陆臻还一意孤行要开游戏厅，陆嫣真觉得二十年后沈括干掉她老爸，绝对是历史必然。

"咳咳咳。"

陆嫣站在摊位边，装模作样地咳了半晌，沈括修长漂亮的手指翻着书页，头都没抬，淡淡地道："感冒了去医院。"

陆嫣蹲到他身旁，闷声说："某人这么讨厌我，还请我吃蛋糕啊？"

沈括平静地道："买多了，吃不完。"

"那明明就是独立装的小蛋糕，你是特意给我买的吧？"

"不是。"

"就是！"

"我说了不是，离我远点儿，我还是很讨厌你。"

陆嫣才不相信，女孩的第六感通常都是相当准的。

沈括性格淡漠，讨厌一个人通常就是冷漠相待，绝对不会恶言相向，更不会一而再再而三地强调。

"沈括，当女生假装生气说讨厌一个人的时候，大部分情况是喜欢他，难道你也是吗？"

“做梦。”他反驳得相当迅速，英俊的脸庞骤然泛起不自然的红色。

陆嫣耸耸肩，不再继续这个话题。

沈括这样的未来互联网大佬，整个北城都要尊一声“沈爷”的男人，将来他身边少不了女人前赴后继地贴上去。陆嫣可要不起这样的大佬，而沈括也不可能喜欢她。她现在只想安安稳稳地帮她老爸化解仇怨。

陆嫣将吉他从盒子里取出来，对他说：“沈括，我给你写了一首歌。”

此言一出，沈括翻书的指尖蓦然一顿，他诧异地望向她。

“那天我食言了嘛，挺对不起你的，所以我为你写了一首歌，唱给你听啊。”她说着拨了拨吉他弦，“挺好听的。”

这首歌的调子淡淡的，带了点儿小民谣的意味，宛若冬日里的阳光轻轻洒落在发间，暖洋洋的。

沈括从来没想过，这般温暖的调子会是属于自己的歌。

他的手依旧保持着翻书页的动作，但是他的头抬了起来，视线落到了陆嫣身上。阳光在她的脸上打了一个光圈，耳垂因为燥热而染上绯红，宛若水樱桃一般，白皙的脸颊格外清透动人。

忽然，他攥住了陆嫣的手腕，止住了她弹吉他的动作。音乐声戛然而止。

他的掌腹有茧，略带粗粝的质感，这样用力地捏着她，她有些疼。

“沈括……”她不解地看着他，挣了挣手腕，“你弄疼我了。”

果然，她白皙纤细的手腕已经漫起了一层红痕。

她明明近在咫尺，可这个女孩……却是他可望而不可即的，不能肖想，也不能碰的人。他用力甩开了她的手，脸色沉了下去，冷声道：“别再做这样的事了。”

陆嫣不明白他为什么忽然翻脸，明明刚刚听她唱歌的时候还很温柔的。

他压低了嗓音，淡淡地道：“陆嫣，不要给我任何希望。”

陆嫣嘴唇微启，有些不明白他的意思。

沈括缓缓抬起头，视线落在她的身上，英俊的五官无比冷硬，一字一顿地道：“否则我这一生都不会……”我这一生，都不会放开你了。

后面半句话，沈括没有说出来，他的视线下移，落在了面前的钱盒上，盒子里有几块零钱，看上去真是落魄。他有什么资格对她说这样的话。

陆嫣不知道沈括为什么忽然又不理人了，他性格一贯如此，阴晴不定。

“这首歌还没取名字，你要是不喜欢，就当没有听到过吧。”

陆嫣背起吉他，转身离开了。

沈括坐在凳子上，薄唇轻轻抿了抿。

他喜欢……很喜欢。

陆臻打定了主意要开游戏厅，可是游戏厅需要购买的那些设备，资金不是小数目。

梁庭倒是听进了陆嫣的劝告，觉得游戏厅不靠谱，奈何陆臻一意孤行，十头牛都拉不回来。

周末下午，陆臻趁陆嫣和朋友出去逛街的时候，偷偷溜进她的房间，四处翻找，想找找这丫头有没有藏私房钱。私房钱没找到，反而找到了一张周星驰的电影光碟。

陆臻挑挑眉毛，来到客厅，饶有兴趣地将碟片取出来，放进了家里的VCD（视频压缩盘片）影碟机。

接下来电视画面里出现了少儿不宜的画面，陆臻整个人都蒙了，瞪大了眼睛，震惊无比，三观尽碎。

立体声环绕音响加持，把他正在午休的老爹陆简都引出来了！

“臭小子，你你你、你在看什么！”

发蒙的陆臻这才反应过来，连忙扑过去，手忙脚乱地挡住电视。

“爸……”

只可惜，他挡住了电视屏幕也挡不住音响里传出来的环绕立体声。

“爸，你听我解释……”

陆简从楼上下来，一脚踹在陆臻腰上，被气得鼻孔冒烟：“你看的什么鬼东西！你还有没有点儿羞耻心！你还在家里放，被你妹妹看见了怎么办！你你……我今天非要揍死你！”

陆简直接抓起脚上的拖鞋，追着陆臻打。

陆臻抱着头一边躲一边辩解：“爸，我没有……这光碟不是我的。”

“不是你的是谁的！”

“是……”“你女儿”三个字憋在喉咙里，他顿了顿，哭丧着脸说，“是梁庭的。”

“都不是什么好东西！一丘之貉。”

“爸……”

那天下午陆臻是结结实实地挨了一顿暴揍，满腔恶气没处发泄。第二天早读课还没下课，他就气势汹汹地冲到（10）班，直接将还在上课的沈括从教室里拖出来，一拳揍了过去：“臭流氓！”

沈括猝不及防结结实实地吃了他一拳，半张脸都麻了。

陆臻宛若发了狂的豹子一般将他按倒在地，拳头疯狂地砸下来。

“你敢给我妹看那种东西！

“我要杀了你！”

沈括昨晚熬了夜，早上脑子晕晕乎乎的，这会儿生生吃了陆臻一顿揍，清醒了不少。回过神来的他握住陆臻的拳头，用力一折、再一拐，陆臻立马被他按在了地上。

压制变成了反压制。

沈括站起身，揪住他的衣领，将他按在了五楼的阳台上，半个身子都探了出去。

（2）班，齐玉嬛急匆匆地跑进教室，将桌上昏昏欲睡的陆嫣摇醒：“醒醒，别睡了，沈括要杀陆臻！”

陆嫣迷迷糊糊地说：“杀吧杀吧，杀了我耳根清净。”

“哎呀，我没跟你开玩笑，真的！你快去看看啊！他快把你哥从五楼推下去了！”

陆嫣终于被她晃醒了，看到走廊上站着一排同学，全仰着头往五楼看。

“妈呀，太危险了吧！”

“他要是松手，不就出人命了吗？”

陆嫣打了个激灵，顾不得其他，连忙起身冲出教室，跑上了五楼。

阳台上聚满了看热闹的同学，陆嫣挤进人群中，看到沈括攥着陆臻的衣领，将他按在阳台的栏杆上。

陆臻急促地呼吸着，手死死地抓着沈括的衣角，生怕他放手。

沈括嘴角带着血迹，表情很冷，眼眸透着森然的戾气。

狂风四起，陆臻听到耳旁的呼呼风声，身体战栗，脸色惨白，嘴唇哆嗦。他从沈括冷冽的眼神里看到了愤怒。

陆嫣不顾一切地冲上去，握住了沈括的手臂，哀求道：“别、别伤害他！”

“嫣嫣，你……你让开。”陆臻嗓音都哆嗦了，却还硬要逞少年意气，“他有胆、胆子就把我推下去，不推不是男人。”

沈括的手猛地松了松，陆臻惊慌中死死地抓着他的衣角，身子又往外挪了几寸。

“不要！”

陆嫣被他刚刚松手的举动吓得眼泪滚了出来：“求求你，求求你不要伤害他，他是我唯一的亲人，求你了。”

女孩带着哭腔的话，打湿了沈括的心。

“他是我唯一的亲人。”

终于，沈括还是心软了，将陆臻拉了回来。他受不住陆嫣带着哭腔的哀求，只感觉心肝都被揉碎了一般。

陆臻被他扔在地上，惊魂未定，脸色惨白如纸。

陆嫣连忙扑过去，抱住了陆臻的脖颈：“吓死了，我以为你要死了！”

陆臻轻轻拍了拍她的背：“哭什么哭，没出息。”

“我不能再失去你，永远不能……”

“他、他就是吓唬人，他才没胆子真的把我推下去。”

陆臻望了沈括一眼，沈括的眸子里凝上了一层寒霜。即便此刻已经脱离危险，陆臻也感觉脊背发凉，后怕不已。

因为清早五楼阳台的这一场风波，陆臻和沈括两个人都被叫到了教务处办公室。由于是陆臻先冲进教室动的手，还扰乱了早读的课堂秩序，造成的影响极其恶劣，因此，即便是后来他让沈括教训了一顿，但两个人责任均摊，谁也别想逃。

两个人都被罚了，大中午顶着烈日在国旗底下擦拭礼台的墙砖。

陆大少爷自然是十指不沾阳春水，坐在礼台阶梯上，拿着一片巨大的梧桐叶子给自己扇风。

沈括专注地擦拭墙砖上的污渍，炎炎烈日下，汗水顺着他高挺的眉宇落下来，他的 T 恤胸前都湿了一大片，他丝毫未曾察觉。

无论任何事，不管有偿或无偿，只要沈括去做了，认真和用心的程度绝对是百分之百。

陆臻瞄准了他，将手里的抹布朝他扔过去。沈括敏捷地偏头躲过，看都没看他一眼。

“沈括，我说了，你不把我推下去你就不是男人。”陆臻半躺在阶梯上，跟个二大爷似的，冷声道，“真没种。”

沈括漫不经心地说：“陆嫣救了你。”

一听沈括提到陆嫣，陆臻的火气就不打一处来，他冲上前拎起沈括的衣领：“从今以后，你的脏口不准提她的名字，不准见她，更不准和她说话！”

沈括扯开他的手，眼角勾起一抹不屑的嘲意，说了一个字：“滚。”

“你是不是还想挨揍？”

陆臻说完就要动手，却被沈括反制住，重重地按在了墙砖上：“看在陆嫣的分上，我放过你，你别蹬鼻子上脸。”

“你给我妹妹看那种恶心的碟片，我以后见你一次揍你一次，你完了，我跟你说！”

沈括微微一愣，还没反应过来，就在这时，下课铃响了，陆嫣撑着一柄遮阳伞匆匆跑过来：“爸，热不热，我买了矿泉水，快解解渴！”

沈括松开了陆臻，陆臻理理衣领，走过去将她拉到一边：“这么热的天，瞎跑什么？”

“给你送水。”

陆臻拧开矿泉水瓶盖，故意喝了很大一口，睨了沈括一眼：“真解渴啊！”

沈括懒得理他，继续擦墙砖。

陆嫣踌躇了片刻，从包里摸出另外一瓶汽水，递到沈括手边：“你也喝水。”

沈括有些诧异，倒是没想到自己也有，然后拒绝道：“不必了。”

“你拿着嘛，我特意给你买的。”陆嫣拧开瓶盖，将汽水递到沈括嘴边，“尝尝，很解渴。”

沈括从小到大，真的从来没有喝过汽水，不知道那是什么味道。虽然他也好奇过，但是他更有自制力。汽水是属于有钱少爷们的享受，不属于他。

他柔声对陆嫣说：“你自己喝，我不爱喝这个。”

小丫头撒起娇来：“快拿着，你这样我很没面子。”

沈括顿了顿，终究还是接过了汽水，仰头喝了一口。

陆嫣脸上挂着笑意："好喝不？"

"嗯。"

他喉结上下滚动着，小口小口喝着，感觉喉咙里仿佛有无数小气泡在跳舞，每一口都极尽滋味。

陆臻看不下去了，冲陆嫣嚷嚷道："你给我买矿泉水，给他买汽水！你……谁才是你亲哥！"

陆嫣说："今天是你先找沈括的麻烦，我给他买水，赔礼道歉。"

"你什么都不知道！"陆臻气呼呼地嚷嚷道，"我揍他是有原因的！"

"那你说呀！你要是说不出个所以然来，就得给沈括道歉。"

"他……他……"陆臻指着沈括"他"了半晌，老脸臊得通红，偏偏就是一句话都说不出口。他没法当着陆嫣的面揭露沈括的"罪行"，说出来都脏了他妹妹的耳朵。

"算了！算我倒霉！"陆臻泄气地扔了抹布，指着沈括威胁道，"我盯上你了，你要是敢对我妹妹做什么……"

"行了行了，快走吧你。"陆嫣冲沈括尴尬地笑了笑，赶紧将陆臻推走，省得他在这里瞎放狠话，让她之前讨好的劲儿白白浪费。

沈括和钟恺天桥下卖碟属于倒班制，沈括上学的时候钟恺守摊位，而放学时间则由沈括守着。

那段时间生意异常火爆，几乎每天都能有上百块的收入，这些收入绝对是沈括过去打工的好几倍。所以钟恺没有说错，这年头，做生意才是王道，别看现在是小本买卖，放眼未来二十年，将来发家致富的说不定都是他们这些做小本买卖的，但沈括也渐渐发现了一些不对劲的地方，最近过来买碟片的人，好像以男人居多。

不仅如此，他们买碟时的神情很奇怪，瞻前顾后、鬼鬼祟祟，仿佛是在干什么见不得人的勾当，比进街边的红灯发廊还小心。好几次，沈括瞧他们拆了碟，挑来拣去，一买就是十多张。

某天，他终于忍不住询问一个买了有二十张碟的男人："你昨天才买的吧，现在又买这么多，看得完吗？"

那男人连声说："看得完看得完，我一晚上看十部！"

沈括眼角抽了抽，这些家伙是把看碟当饭吃呢！

一开始，沈括百思不得其解，直到后来陆臻莫名其妙地跑来找他吵架，他匆匆赶去天桥下找钟恺，又看到一个干瘦的中年男人和钟恺起了争执：“你就不能直接把我要的碟给我吗？”

钟恺露出老奸巨猾的笑容，拍拍他的胸脯：“当然不行，我这儿卖碟有规矩，好碟坏碟自己拣，全凭运气，且不退换。”

“你太坑了吧！真是无商不奸！”

“我唯一可以保证的是，你买十张碟，至少有两张一定是你想看的内容，我做生意是讲原则的。”

那瘦子似乎妥协了：“行吧，你给我来十张，要是里面没有，我找你算账！”

“没有你来找我，我免费送你一张！”

瘦子正要掏钱之际，沈括走过来，一把揪住了钟恺的衣领，冷声问：“你到底在卖什么？！”

钟恺蓦然一惊，解释道：“哎，沈哥，我没……没卖什么啊，我卖的都是正经的电影光碟。”

沈括已经猜到他背着自己在干什么勾当了，将瘦子手里的十张碟夺过来，翻了一遍，找到了不对劲的地方，其中有三张碟包装得非常粗糙，一看就不是原装碟，好一招偷梁换柱。

沈括甚至还没来得及质问钟恺，就看到几个工商部门的执法人员和穿制服的警察一起朝他们走了过来。

钟恺手忙脚乱地收拾摊位，后来见实在来不及了，索性丢了摊位拔腿就跑。他一跑，民警立刻追了上来：“站住！”

一辆警车也从另一端的街道口驶来，堵住了钟恺的去路。

小商贩们以为又是城管来了，连忙收摊逃跑，现场一片混乱。

“你们凭什么抓我啊？！我做什么了！”钟恺大声嚷嚷道，“放开我！”

“有群众举报你们出售非法碟片！跟我们回去接受调查！”

“谁卖非法碟片了，你别冤枉好人！”

从始至终，沈括都没有挪动过脚步，以至于执法人员险些将他当成了顾客：“工商执法，闲杂人等让开路！”

沈括淡淡地道："我不是闲杂人等，这摊位是我的……"

执法人员兴许没见过这么主动交代的违法小贩，愣了愣，立刻将沈括带走了。

钟恺知道沈括的性子，出了这样的事，他不可能让钟恺一个人担责。

钟恺死命挣扎着，激动地大喊："跟他没关系！你们别抓他，他不知情！"

"有没有关系，等回局里自然一清二楚。"

他们没收了光碟，拍了照留了证据，然后将沈括和钟恺押上了车。

陆嫣骑着自行车优哉游哉地过来，恰好撞见沈括被按进车里的一幕，手里的甜筒冰激凌都掉了。

沈括上车的前一秒，抬头望见了她，眸子笼上了一层阴云。

沈括被关了一晚上便出来了，因为这件事的确与他无关。不过这摊位他也入了一半的股，这次他算是赔了个血本无归。

不仅如此，当时抓捕现场来了当地媒体，第二天这件事便见了报纸头条，那时候可没什么马赛克，沈括那张冷峻的脸庞也跟着上了报纸，和非法光碟的字样摆在了一起。

这件事宛若水滴落入滚油中，在学校里炸开了锅。所有女生都对沈括避之唯恐不及，而男生在看他的时候，脸上也时常浮现出意味深长的表情。

沈括依旧如故，每天上学、放学，找活儿干挣钱，丝毫不在意别人对他的看法。学校的流言蜚语却愈演愈烈。

"天啊，沈括居然卖那种碟！难以置信！"

"有什么难以置信的，为了钱，他什么都能干，你忘了，上次陆臻歌厅着火的事，据说跟他脱不了干系。"

"以后看见他，还是离他远点儿吧！"

"想想真是恶心啊，绯绯，亏你以前还帮他说话呢，现在知道他是什么样的人了吧。"

舒梦绯心里跟明镜似的，她知道这件事和沈括没关系，不过她也不可能为他辩解什么。

她随声附和道："我以前也没想到呢，看着他挺正人君子的。"

"幸好你不搭理他了，真的，还是陆臻比较好，虽然玩世不恭，但至少算正人君子吧。”

舒梦绯笑而不语。

“听说这次就是陆臻向工商部门检举揭发的呢。”

“想想也是啦，陆臻肯定还对绯绯余情未了，现在把沈括的伪装撕下来，希望绯绯回心转意呢！”

“绯绯，要不你还是跟陆臻和好吧？”

“是呢，他为你做了这么多。”

就在这时，一声淡淡的冷笑从身后传来：“有些人啊，挺会给自己脸上贴金的，你这是开后宫呢，真当全校男生都把你当个宝了是吧？”

女孩们转身，看到陆嫣推着自行车站在梧桐步道边，不知她听到了多少。

舒梦绯脸色一阵发白：“你乱讲什么？”

“你也知道话不能乱讲。”陆嫣骑上自行车，扬声道，“碟片的事情，沈括并不知情，你们这样乱讲话，属于诽谤。”

“谁乱讲啦，报纸都出新闻了。”

“就是。”

有时候，人只看得到自己想看的“真相”，陆嫣翻了个白眼，不想与她们多费唇舌。

当她骑着车与舒梦绯擦身而过的时候，不知怎么，舒梦绯忽然摔倒在地：“哎哟！”

舒梦绯的手肘被擦破了皮，她委屈地抬头，看着陆嫣，脸上浮起一丝哀怨之色。

周围的女孩连忙扶起了舒梦绯，质问陆嫣道：“你……你做什么啊？”

陆嫣脚尖点着地面，稳住自行车，回头看她：“喂，别碰瓷啊，我可没动你。”

打打嘴仗而已，她还不至于跟女生动手。

“我没事的。”舒梦绯连忙说，“你们别怪她，我相信陆嫣同学也不是故意的，不小心罢了。”

她越是这样说，周围的女孩越觉得陆嫣欺负人。

“绯绯，你就是太善良了，你看她这样，肯定是故意的！”

“没错，你越是退让，她就越是嚣张！”

“你们别这样说。”舒梦绯望向陆嫣，“我相信陆嫣会跟我道歉的。是吗，陆嫣？”

“陆嫣，你快道歉，不然我们就去教务处了，说你欺负同学！”

“按头道歉啊。”陆嫣啧啧叹了声，冷笑道，“我已经好多年没见过开得这么灿烂的盛世‘白莲花’了。”

难怪陆臻曾说舒梦绯世界第一清纯，舒梦绯这样的女孩，在“直男”的眼中那是真的好“清纯”啊。

“你……什么意思？”

陆嫣抬起下颌，望着舒梦绯：“‘白莲花’懂吗？夸你是朵花儿呢！”

舒梦绯知道陆嫣不可能夸她，肯定是拐着弯儿骂她呢！

“陆嫣，我知道，因为你哥哥的事情，你一直不喜欢我……可我和他早就说清楚了，我、我真的不知道自己做错了什么，这样招你讨厌。”

周围的女孩见舒梦绯都被陆嫣给欺负哭了，义愤填膺地说：“陆嫣，你真的太过分了！”

“今天我们必须得给绯绯出口气，让她知道，咱们也不是好欺负的！”

女孩们一哄而上，扯着陆嫣的衣裳，想将她从自行车上拽下来。

“放开！别碰我！”

“怕了？怕了就赶快给绯绯道歉！”

“道什么歉……”

她们仗着人多，把陆嫣从车上拽了下来，用力扯她的头发。

舒梦绯故作柔弱，连连摆手：“你们别这样，别打，有话好好说！”她话虽这样说，却丝毫没有上前阻止的意思，眼里反而浮现出一丝快意，任由这些女孩七手八脚地将陆嫣的马尾辫儿都扯散了。

就在这时，扯着陆嫣头发的女孩忽然发出一声尖叫。所有人停下了动作，望向那个女孩。

她被一个高个少年掐住了脖颈，脸色无比惨白，满眼恐惧，来人竟然是沈括。所有女孩都倒吸了一口凉气。

沈括单手掐着她，直接将她提了起来，她的双脚离开了地面。他目光凶狠，整个人充满了戾气。

终于在那女孩受不住快要晕厥的前一秒，沈括松了手，她重重地摔倒在地，剧烈地咳嗽了起来，眼泪都咳出来了。

沈括走过来，扶起了路边的粉色脚踏车，望向陆嫣。

一场大战之后，小姑娘的脸颊泛着不自然的潮红，精心梳理的马尾也散乱不已，白皙的手上有几道红印子，看上去狼狈极了。她从没和别人打过架，站在边上，吸吸鼻子，有点儿委屈。

沈括眸子微沉，良久，从嗓子里挤出三个字："伤到了？"

"才没有。"陆嫣不服气地咕哝，"她们别想伤到我。"

沈括回头睨向包括舒梦绯在内的一众女孩，温柔的眼神顷刻间收敛，取而代之的是刺骨的寒意："你们想死跟我说一声。"

他望了望那个险些断气的女孩，嘴角勾起一抹阴鸷的冷笑："我可不懂什么怜香惜玉。"

女孩们方才一个个伶牙俐齿，这会儿被吓得跟鹌鹑似的瑟瑟发抖，一句话都不敢讲。

她们怕沈括，真的是怕到骨子里了。

舒梦绯一边抹眼泪，一边对沈括说道："都、都是误会，沈括，你别生气了，都是我不好，我没有拉住她们，才让陆嫣险些受伤……"

沈括狭长的眸子扫了她一眼，她心头一凛，哭泣声顿时卡在了喉咙里，仿佛她心里隐藏的所有事都逃不过他的眼睛，伪装之下，丑态毕露。

舒梦绯真的不甘心，凭什么他看向陆嫣的时候，眼神可以那样温柔，可是面对自己的时候，却是这般冷漠。他和她……明明都是一样的人，而陆嫣算什么，一个什么都不懂的富家女，他为什么对她那样好？

舒梦绯还想要说点儿什么，沈括却没有给她机会，薄唇微启，说了一个字："滚。"

所有人都离开以后，梧桐步道顿时安静了下来，只有风吹树叶发出的沙沙声响。

"你出现得真及时！那一招也太帅了吧，看她们以后还敢不敢再这样对我……"

她的话音未落，只见少年忽然伸手解开了她头上的皮筋。乌黑的发丝如瀑布般垂于白皙的肩头，弄得她的锁骨痒痒的。

陆嫣不解地抬头，只见他低垂着眸子，咬住了皮筋，扯开，重新替她将头发束起来。

粗粝的五指穿过她的发梢，轻刮，发丝从指缝间流溢出来。

“沈括，你做什么呀……”

“别动。”

感受着他细致的动作，陆嫣脑子一片空白，脸颊泛起了红晕。

除了老爸陆臻以外，沈括竟是第二个给她扎头发的男人。

他束得很紧，动作很是生涩，因此陆嫣感觉头皮都紧绷绷的，不过他的心很温柔。

第二天清早，陆嫣跟班主任请了假，去了一趟工商部门。

工商局前厅办公室有很多过来办手续的商贩，陆嫣在大厅转了一圈，有点儿茫然。

这时候，有穿制服的工作人员走过来，问她：“小姑娘，你找谁啊？”

“我找领导。”

工作人员神情和缓，笑了笑：“还没见过一上门就找领导的，你想找哪位领导啊？”

陆嫣也不知道：“就是前两天，你们不是没收了非法光碟吗？我想找管这件事的领导。”

那个男人挑挑眉：“巧了，那事儿是我负责的，怎么，你也买到那种光碟了？”

“不是不是！”陆嫣连连摆手，向他说明了自己的来意。

两天后，有几位工商部门的人员来到学校，在校长办公室里向校长和老师解释清楚了事情的来龙去脉。

“涉事光碟的事情的确和沈括同学无关，当天晚上他的同伙就承认了，是自己一手操作，沈括并不知情。但是报纸已经报道了这件事，给沈括同学的名誉造成了极大的影响，我们这次过来，也是希望学校能还这位同学一个清白。”

校长见工商局的刘局亲自过来，也意识到了问题的严重性，立刻叫来了负责广播站的同学，发公告替沈括澄清。

巧的是，他们离开的时候，正好在篮球场旁边见到了沈括，沈括抱着篮球，远远地望着刘局。

刘局朝沈括走过去，宛若对待晚辈一般，拍了拍他的肩膀。

沈括固执地避开了。

他们澄清又如何，他并不稀罕。

刘局对这个倔强又固执的男孩的印象很是深刻。

“别指望我会感谢你们。”沈括转身便要离开。

刘局叫住他：“你要感谢的人当然不是我们，前两天有个女孩来工商局，信誓旦旦地向我们担保，说沈括行事光明磊落，绝对不会做违法的事情，希望我们能向学校澄清此事，恢复你的名誉。”

沈括忽然顿住了脚步。

他光明磊落……

她凭什么这般笃定？她又凭什么为他担保？

“这些事做了就是做了，任何人担保都没有用；相反，没有做，我们也不会让任何人蒙受不白之冤。”

刘局走过来，拍了拍沈括的肩膀：“你跟我儿子一样大，但你比他有出息，年纪轻轻便承担了生活的重担。”

沈括眼角划过一丝戏谑。他还不需要这些人的同情和怜悯。

刘局知道这少年看似沉默，实则叛逆，宛如悬崖上坚硬的顽石。

“哪怕背后是悬崖，但生活永远向前，不要放弃你自己。”刘局看着他，沉声说，“因为这个世界上总有人会理解你，并且义无反顾地相信你。”

他们离开以后，校园广播站再次播出了那条为沈括澄清的短新闻。

一阵风拂过，头顶的树梢沙沙作响，阳光透过树杈间隙，在地上投下斑驳的光影。

沈括转身，将手里的篮球投入篮筐之中。

哪怕背后是悬崖，但生活永远向前。

或许，他也应该相信自己。

第七章

与你无关

桌球室里，陆臻俯身凝视着白球，“砰”的一声，白球入网，整个桌球台都在震动。他眼里浮着怒意。

“到底是谁，居然连工商部门的人都请得动，亲自到学校帮他澄清。”

秦皓不甘地说：“好不容易扳回一局，现在又扯平了。”

陆臻撑着杆子直起身：“这次举报没把他干掉，还有下次、下下次，是人就会露出马脚。”

“沈括行得端、坐得正，咱们想拿他的把柄，不容易。”梁庭坐在球桌旁，手撑着脸，沉思道，“沈括很记仇，咱们去工商局举报他，他会反击的。”

“来就来，我还怕他吗？”陆臻翻了个白眼，“现在我只想弄死那个帮他说话的家伙。”

陆嫣坐在台球桌边，端着汽水的手哆嗦了一下。

陆臻看向她：“你知道是谁吗？”

“这种吃里爬外的东西，我上哪儿知道啊！”陆嫣摆摆手，笑得很心虚。

梁庭忽然望向陆嫣：“吃里爬外？这词用得有意思啊，你怎么知道那人吃里爬外？”

陆嫣都要哭了，惨兮兮地看了梁庭一眼，眼神明明白白在哀求他——叔，放过我。

梁庭笑了笑，在陆臻还没回过味来的时候，把话题转到了游戏厅的事情上。

提起这个，陆臻就懊恼，他想开游戏厅的想法，终究还是因为资金短缺而胎死腹中。

梁庭说：“没事，咱们开不了游戏厅，还可以干点儿别的，三百六十行，行行出状元，沈括卖碟都能挣那么多，咱们三个诸葛亮，还顶不上一个沈括吗？”

“你的意思是，咱们也去搞点儿碟来卖？”

“卖碟只是一个思路嘛，你看，就连咱们丫头去人民公园弹吉他唱歌，都能挣到钱呢，这个世界上赚钱的路子太多了。”

“说得也是……”

陆嫣无语地看着他们：“爸，你就不能听爷爷的话，好好学习，将来乖乖地继承公司吗？”

陆臻撇撇嘴：“那我多没面子！”

梁庭拿遥控器打开了桌球室的电视机，电视机里正在放一场斯诺克桌球的直播比赛。

陆嫣认得电视里的选手，是如今最具潜力的斯诺克天才杨峰。

陆臻是斯诺克爱好者，以前在家里搜集了不少斯诺克明星的照片和周边，所以陆嫣也知道杨峰。

“这局没得看，杨峰肯定赢！”

“乔治绝对不是他的对手。”

陆嫣幽幽地说：“他会输。”

“讲什么呢小丫头！”陆臻扯了扯她的小辫儿，“别乱说。”

“我记得比分好像是18:9，杨峰失误了。”

男孩们并没有将陆嫣的话放在心上，然而很快，杨峰领先乔治的比分便被迅速拉平了，男孩们脸上的笑容也渐渐消失了。

最终的比分果然如陆嫣所说，是18:9，陆嫣之所以会记得，也是因为这次遗憾，让陆臻人到中年都还挂在嘴边时常喟叹。

比赛结束，球室里，男孩们彻底安静了。

陆臻难以置信地回过头，望向陆嫣：“你……你怎么会知道，是瞎猜的吗？”

空荡荡的球室里，陆臻将小丫头放在桌上，三个男孩围着她，像是观赏国宝大熊猫似的，前前后后里里外外地将她打量了一遍。

“你……你真的是我闺女吗？”

陆嫣耸肩：“2003年抗击肺炎，2008年北京奥运会、汶川大地震、金融危机……这些都会被时间证明。”

秦皓打断了她，一针见血地问："下期体彩号码是多少？！"

这种事，我上哪儿去记得啊！

秦皓和梁庭问了陆嫣很多很多事情，陆嫣把自己记得的都告诉了他们。

从始至终，陆臻都很安静，全程目不转睛地盯着陆嫣。

陆嫣被他看得浑身发毛，说道："你看什么？"

良久，陆臻居然轻轻地叹了一声。

"你叹气干吗，见到你女儿很失望吗？"

梁庭笑了起来，对陆嫣说："哪个男人不想生个性格温柔、举止文雅的贴心小棉袄，你可能让他的梦想有点儿破碎了。"

体育课，陆嫣的（2）班和沈括的（10）班正好赶上同一节课，陆嫣经过篮球场，远远望见沈括一个人在打篮球。他不像其他男孩那样穿着球服，只有一件洗得褪色的黑 T 充当运动衫，看上去像个孤军奋战的小黑蚁。

其他几个半场都是热热闹闹好些男孩，恣意挥洒汗水，偏偏沈括一人，占了半个球场。

没人和他打篮球。

沈括早已经习惯了这样的孤独，在他成长的过程中，绝大部分时候是孤独的，他从不与人分享，将情绪深埋于心底。

陆嫣心里挺不是滋味的。

正在这时，一个篮球飞了过来，连篮板都没有挨着，撞在杆子上，又反弹了回来，滚进了草丛里。

沈括回头，只见穿着白色网球裙的小姑娘，脸颊红扑扑的，冲他莞尔一笑。她扎着双麻花小辫儿，小辫儿垂在肩头，修饰着白皙又漂亮的锁骨。

沈括迎着阳光，眼睛微微眯了眯："有事？"

"对呀！"陆嫣捡起了篮球，冲他道，"我要和你来一场 battle（对战），敢不敢应战啊？"

沈括挑挑眉，顺走了她手里的篮球，三步上篮，动作一气呵成，帅极了。

"你会拍球吗？"

"哇，你也太小看人了吧！"陆嫣捡起篮球，笨拙地拍了拍，"这有什么难的。"

沈括淡淡地一哂："来吧，阻止我上篮。"他说完，就是一个假动作，陆嫣反应迅速，追上去一把攥住他的衣角，硬是没让他起跳。

"你犯规了。"沈括无奈地垂眸，"没人打篮球还抓衣服的。"

"现在就有了！"

陆嫣伸手去夺他手里的球，沈括一个转身，小姑娘整个环住了他的腰。

她似乎全然未曾察觉，松开他以后，又似游鱼一般钻到了他的身前，拖着不让他上篮。

这场比赛，与其说是 battle，不如说沈括全程都是在逗着她玩儿。他一直控制着力道，避免伤着她。

娇花儿一样的小丫头要跟他一对一玩篮球，他全身都得收敛着，一不小心磕着碰着她，他舍不得。然而，陆嫣接连几次扑空之后，竟然也使起性子了，非得要从他手里把球夺回来。

就在沈括起跳投篮的一瞬间，陆嫣伸手去捞，结果脚底一滑，整个人扑在了沈括身上。沈括稳稳地接住了她。

两个人隔着咫尺的距离，对视着。

沈括那深咖色的瞳子在阳光下越发剔透，陆嫣从他的眼瞳里看到了自己。

近距离看沈括，他仿佛也没有平时看上去那么高冷和不近人情，五官也没有那么硬了，眉宇间溢着温柔之色。

"沈括，你……放开我。"女孩的声音好似蚊蚋。

沈括听话地松了手。他捡起地上的篮球，拍了拍，对陆嫣道："我懂了。"

"你懂什么了？"

"你不是在跟我打球。"他嘴角扬起一丝浅淡的笑意，"你是在跟我撒娇。"

陆嫣："没有没有！"她的声线有些不稳，脸色涨红，"我……从不撒娇！"

这话说出来似乎没什么底气，毕竟从小到大，她都是在老爸怀里撒着娇过来的。

两个人玩得很开心，这让周围不少男孩看着，心里莫名有些不是滋味。

陆嫣自从在"新秀杯"才艺比赛崭露头角之后，在学校里几乎能够称为全民女神。至少，在男孩子心目中，学校里没有任何女孩能比得上陆嫣带给他们的青春期躁动。

她胜在美而不自知，一言一行都透着青涩与可爱，简直戳爆了学校里一众单纯少男的心。可是现在，他们心目中的女神却在和沈括这个被打上了耻辱“烙印”的家伙打篮球。他们眼睛里透出了不甘和嫉妒……

这时，隔壁半场有几个男孩朝他们走过来，来者不善。为首穿红球衣的男孩是北城三中的学生会会长——潘明远。

高中的学生会不比大学，基本上属于摆设。不过这位学生会会长平日里总端着高姿态，极有领导的派头，无论走到哪里，身边总有一堆男生。这倒是跟舒梦绯很像。

潘明远走过来，冲沈括道：“我们要打全场了，麻烦你让让。”他的语气很嚣张，让人感觉不舒服。

沈括偏头问陆嫣：“还想玩吗？”

陆嫣点了点头，她不喜欢玩篮球，但她想陪沈括玩。

沈括将球传给陆嫣，走到篮筐下：“来，教你投篮。”

“好呀！”

几个男孩见自己被无视了，很不爽地嚷嚷道：“听不懂人话吗？我们要打全场了，沈括，你给我滚开……”

话音未落，一个篮球砸过来，稳稳命中了出言不逊的男孩的胸口。他闷哼一声，身子往后趔趄了好几步。

沈括冷冷地说：“嘴巴放干净点儿。”

潘明远走出来，冲沈括道：“你是不是耳朵不好使，我说我们要玩全场。”

沈括面无表情，看也没看他，回道：“你耳朵似乎也有点儿聋，我朋友说了还想玩。”

几个男孩闻言，忽然笑了起来，笑得前俯后仰。

“你听见他说什么了吗？”

“沈括，你也不照照镜子，就你这样的，想和陆大小姐当朋友，你也配？”

陆嫣皱眉，觉得这些家伙未免管得太宽了。她还没来得及说话，沈括忽然扔了球，朝潘明远走过去。

几个男孩似乎很怵他，连着往后退了好几步，生怕惹毛了他，他会做出什么可怕的事情来。

沈括冷冷地看着他们，用低沉的嗓音一字一顿地道：“配不配，我自己说了算。”

陆嫣诧异地望向沈括，他平日里很低调，倒是很少见他展露这般刺眼的锋芒。

男孩们被沈括的气场镇住，不敢惹恼他，见他执意不肯让出球场，也只好作罢。

其实潘明远几个过来找碴，倒也不是真的要让沈括让出场地，只是看不惯他和陆嫣在一起玩球。

平日在学校里，哪个男生都想和陆嫣成为朋友，只可惜，陆嫣礼貌有余，对他们却很是疏离。偏偏她又选了沈括当朋友，让这些男生怎么能甘心？

沈括是什么人，要钱不要命，一身世俗气和社会痞气，令人不齿。

潘明远对陆嫣说道：“陆嫣同学，劝你离他远点儿，他可不是什么好人。”

陆嫣是真的不知道沈括到底做了什么十恶不赦的事，为什么全世界都在劝她离他远点儿？

她心里其实挺生气的，这是个人们普遍不敢承认自我的时代，也是一个普遍虚伪的时代。

沈括所有的“十恶不赦”，也不过是因为他想什么要什么都明明白白地摆出来了，比其他人活得更真实罢了。

陆嫣听着潘明远这副正人君子的腔调，怼天怼地的大小姐脾气又上来了：“潘明远同学，你倒是说说，沈括怎么就不是好人了？你要是说不出个所以然来，我就当你堂堂学生会会长恶意出言中伤别人。”

潘明远没想到陆嫣会忽然反问，真要让他把沈括的“罪行”罗列出来，还真找不出来。

沈括没有在明面上做过任何坏事，就算前段时间的光碟事件都有工商部门的人亲自来学校为他澄清。

“你要是说不出来，就得跟沈括道歉。”

潘明远猛然抬头：“道歉？”

他怎么可能跟沈括道歉，传出去他这个学生会会长的面子还要不要了！

陆嫣冷冷地看着他：“不道歉也行，明天早上的校园广播，我会把今天的事情原原本本地说一遍，谁对谁错，到时候自有公论。”

虽然同学们都不太喜欢沈括，但是潘明远这种偶像包袱极重的人，肯定不想让这件事闹到人人皆知。

陆嫣很较真，逼视着他。

他咬着牙，不甘心地冲沈括道："对不起。"

沈括捧着篮球，看都没看他。

陆嫣故意道："太小声啦，听不到！沈括你听到了吗？"

沈括淡淡地道："我耳朵不太好。"

潘明远终于放开了嗓子喊道："对不起！"

半个操场的人朝他投来了好奇的目光，周围几个找碴的男孩脸都涨红了，恨不得挖个地缝钻进去。

待他们离开以后，陆嫣笑着对沈括说："大获全胜，来，give me five（击个掌）！"

沈括望着小丫头伸过来要和他击掌的手——白皙细长，指甲莹润如玉，掌心上是细密的掌纹。他眨眨眼睛，伸出手指，轻点了一下她的掌心。

陆嫣："呃。"

他不会击掌吗？

陆嫣将自己以前的事情说破以后，那几天时间里，陆臻总是有意无意地躲着陆嫣，见着她时不时还会脸红，挺不好意思。

有好几次陆嫣在操场上见到陆臻，叫了他一声，陆臻将手里的篮球扔了就跑，连滚带爬跟见了鬼似的。

梁庭对陆嫣说："毕竟我陆哥年纪轻轻就当了爹，有点儿小羞涩是正常的，你多给他一点儿时间，让他把心态转变过来。"

陆嫣也能理解，这种事情任谁都很难接受。

那天下午，陆嫣出乎意料地在校门口见到了钟恺，钟恺正在卖冰糖葫芦和麻团。

"小丫头，过来。"他冲陆嫣招了招手，取下一串冰糖葫芦递给她，"请你吃。"

"谢谢钟恺哥。"陆嫣接过冰糖葫芦，舔了一口，笑道，"钟恺哥，你这行业跨度挺大的啊。"

"那是，生意人就是万金油，什么都能卖。"

“也不是什么都能卖，别忘了上次的教训。”

钟恺不好意思地笑了笑：“你别打趣我了，上次是我的错，全部家当赔了个精光，我以后不会干那些违法的勾当了。”

“嗯，做正经生意也会成功的。”

“借你吉言啦，来，再吃一串儿。”

陆嫣知道钟恺会成功，因为他是跟着沈括一路起来的兄弟，沈氏集团的商业帝国绝对有他重要的一席之地。

钟恺不好意思地挠挠后脑勺：“我现在卖糖葫芦也是过渡，再等几天，等沈括的退学手续办好以后，我们准备再做点儿别的生意……”

陆嫣愣住了：“沈括要退学？”

“他没告诉你啊，这学期念完，他就要退学了，跟我一起做生意。”

“他为什么要退学啊？”

钟恺笑着说：“还能为什么，早点儿出来多挣些钱呗！”

“可……那也不能不读书呀。”

“嘿，小丫头，这你就不懂了，当一个男人断绝所有退路，玩了命地想要证明自己的时候，只可能有一个原因。”

“什么原因？”

“嘿，不告诉你。”

陆嫣的情绪一下子低落了，脸上的笑容也消失殆尽：“不管怎样，都不能退学啊。”

这个年代和陆嫣的时代不同，学生退学是非常普遍的情况，许多人在初高中便退学另谋出路了。

“可不是，我也不希望沈括退学，太可惜了，他是读书的好苗子，说不定将来还能当个科学家。”

“他不会当科学家。”

陆嫣闷闷地说完，离开了，看着有点儿失魂落魄。

回家的路上，陆嫣心里涩涩的，感觉总有一股郁气堵在胸口，挥之不去。

即便每天放学去打工摆摊，深夜回家后才能有一点儿学习时间，可是沈括的成绩依旧名列前茅。他不仅努力，还是个天才。

他不会当科学家，但他会改变人类的交流方式乃至生活方式，在这个风云跌宕的社会转型期，他会成为创造历史的男人。

在未来的十多年里，沈括会成为方兴未艾的互联网领域的一匹黑马，甚至成为整个行业的领头人物。可是陆嫣记得，沈括并没有退学。不仅如此，他考上了全国数一数二的知名学府，学习与互联网有关的专业，大学期间就已经开始创业了。

陆嫣看过他的个人传记，那时候的他，没有资源、没有人脉，也没有钱……他仅靠着无与伦比的天赋与一点点机遇，赤手空拳打拼出了属于他的沈氏帝国。可现在，事情的走向似乎有些失控。

如果沈括真的在这个阶段退学去做生意，或许将来他能成功，变得很有钱，但他绝对不会成为那个令整个北城上流阶层都要尊称一声“沈爷”的互联网新贵。

陆嫣感觉，命运的十字路口已经悄然降临了……

如果这个时候她什么都不做，任由沈括退学离开校园，或许将来陆臻破产的命运就会得以改变。可是，她真的可以什么都不做吗?

那天晚上，陆嫣躺在床上，望着天花板发呆，迟迟没有睡意。

楼梯口传来了脚步声，她不用细听也知道是她爸陆臻回来了。对于老爸的声音，陆嫣总是非常敏感，因为以前家里只有她和老爸两个人，每天晚上她都能听到老爸上楼的脚步声。

他下班回家，会在她的房间门口站几分钟，听着她若是睡了，便不打扰；若是没睡，他总要敲门叮嘱几声，叫她别熬夜。

陆嫣打开房门，探出脑袋喊了声：“爸，你又和梁庭叔他们上哪儿鬼混去了？”

陆臻一把捂住陆嫣的嘴，压低声音说：“嘘，别乱叫，我告诉你，这事儿千万不能让你爷爷听到！不然非吓得他高血压不可。”

陆嫣耸肩，并不在意，反正爷爷也不会相信，就像陆臻之前也一直不相信一样。

陆嫣咕哝道："到底有什么大事情啊，每天都回来这么晚。"

"大人的事，小孩别管。"

"嘁。"

现在就开始跟她装大人了。

比起前几天的无所适从，现在的陆臻俨然已经有了几分当父亲的样子，说话做事也不再像以前那样无所顾忌，甚至连粗口都改掉了。至少，在陆嫣面前，他绝对不会再说脏话。所以当老爸和当兄长，还是很不一样的，兄长可以肆无忌惮地欺负她、压榨她、抢她的零花钱，但是父亲不能这样。

陆嫣踮脚拍了拍他的肩膀，说道："别忘了，老爸现在只比我大一岁！"

"一岁又怎么样，就算只大你一分钟，你爸爸永远是你爸爸。"

陆嫣无力反驳。

陆臻回了房间，全身疲惫地躺在床上，陆嫣立刻跟了进去，坐在床边。

陆臻连眼皮都懒得抬了，懒洋洋地问："这么晚还不睡觉，想干吗？"

"遇到一些事情，想听听老爸的意见。"

以前陆嫣成长过程中遇到任何事情，她都会向陆臻求助。因为她的成长岁月中没有别的长辈，陆臻是她唯一的标杆和榜样，遇到任何事她都会问他。现在依旧不例外。

陆臻已经困得眼皮打架了，不过初为人父的他还是耐着性子坐起身，揉揉陆嫣的脑袋："跟我说说。"

"就是……假如有一个人，你明明知道他将来发达了会欺负你，甚至伤害你最亲的人，可是你现在眼睁睁地看着他走在一条错误的道路上，却又觉得良心不安，毕竟他现在对你……还蛮好的。"

以陆臻让人头疼的智商，他还没有达到能够听懂这隐晦暗喻的程度。

他义正词严地说："欺负我可以，但是绝对不能伤害我的家人，不管他现在对我多好都不行，这是底线。"

是的，家人是陆臻的底线。

陆嫣沉吟片刻，目光变得坚定了许多："我明白了，爸。"

说到底，她也只是为了保护自己的家人。

陆嫣不再纠结了，富贵由命，一切都是沈括自己的选择。

"爸，我去睡觉了，晚安。"

“小嫣……”他忽然叫住她，踌躇了半晌，问道，“长大以后的我，是……是个好爸爸吗？”

少年问完这句话，白皙的脸颊顷刻间涨红，恨不得找个地洞钻进去！

陆大少居然会问这么矫情的问题！可是……他真的好想知道，想知道自己未来会变成什么样子，想知道在女儿的心目中，自己算不算一个合格的父亲。

“你想知道我小时候的事情吗？”

陆嫣盘腿坐在床上，理理裙摆，做好了讲故事的架势。

陆臻也睡意全无，抱了枕头过来，专心致志地听她讲述。

“我们家杂物间里有一个宠物猫兜。”陆嫣在自己的肚子前比划了一下，“小时候你经常把我装在里面，无论是出差还是开会，你都会带着我，随时随地喂奶换尿布，是超级奶爸。”

陆臻眉头拧了拧：“我是不是脑子被门夹了，还超级奶爸，难道我不知道请保姆吗？”

陆嫣笑了起来，他居然吐槽自己，也是没谁了。

“以前也请过保姆，不过听梁庭叔叔说，有一次保姆不小心把你刚满周岁的宝贝女儿摔了，你大发雷霆并辞退了她，自那以后……关于你的宝贝女儿也就是我的任何事，老爸都是亲力亲为了。”

陆臻挑挑眉，神情颇有几分得意：“那看来我也是很优秀的老爸嘛。”

“除了好几次把尿不湿弄反或者去超市买奶粉买成了猫咪奶粉，还有把高额支票暴躁地甩在我高中暗恋的男孩脸上这些事以外，嗯……你还是个优秀的老爸。”

谁还没有第一次了！

那天晚上，陆嫣倒在陆臻的肚子上追忆过往，说了很多很多话，其实很多珍贵的回忆，若不提起来，她自己也快忘了。

这个世界无论重叠几次，时空如何轮转，爱是唯一不会改变的东西。

高三前的最后一次摸底考试成绩出来，沈括居然拿了年级第一名，这让同学们都感到不可思议。

学校里，沈括经常自习课早退，除了上课时间以外，他的学习时间几乎全部被工作挤压了。

就这样，他居然还能考到年级第一，他的脑子也太好使了吧？！

陆嫣听着同学们讨论沈括的成绩，想到他即将退学，心里还是觉得难受。可是她已经打定了主意，不会再插手此事了。若非生死攸关，她不会再对他的决定乃至他的人生多做置喙。

关于沈括要退学的消息，也和他年级第一的成绩捆绑在一起，在学校里传得沸沸扬扬。甚至沈括的班主任上门做了家访，和沈括的父亲聊过，了解了他家里的困难之后，还想让全校同学为他捐款。

沈括知道了这件事，脸色难看至极，径直走到教务处，对年级主任直言道："我没缺胳膊少腿，不需要任何人的捐款。"

年级主任当然不想让沈括这样一个好苗子离开学校，苦口婆心地劝道："沈括同学，有什么困难说出来，大家一起想办法解决嘛，何必要闹到退学呢？"

"老师，你就说，退学申请你批不批？"

"这个……你如果执意要退学，学校也不可能拦着，但……"

"那就行了。"

沈括不等他把话说完，转身离开了办公室。

走廊里，他独自站在天窗边，看着外面枝繁叶茂的梧桐树，手攥成了拳头，因为太过用力，他的身体轻微地战栗着。他不需要任何人的同情，从来不需要。

家境不好不是他的错，父亲染病也不是他的错，但贫穷至此却喜欢上那样一个丰厚水土里养出来的女孩，这是他的错。

每个夜晚，那不断膨胀的占有欲让他的身体都快要爆炸了。他不知道自己这样的决定是对是错，可是如果他证明不了自己，那就远离。

沈括转身，却看到了一身白裙的舒梦绯。他脸色微沉，没有理会她，径直离开。

舒梦绯却叫住他："沈括，听说你要退学，是真的吗？"

沈括没有回答，算是默认了。

舒梦绯眼角有些泛红，攥住了他的衣袖："叔叔的病情一定特别严重，需要人照顾，但是无论如何也不能退学呀，如果……如果你觉得我可以，我愿意和你一起照顾叔叔……”

沈括没有被她的言辞打动，只垂眸看了看被她紧攥着的衣袖，冷声说：“放手。”

舒梦绯嗓音战栗：“沈括，我们都尝过生活的苦难，那些有钱人家的孩子，他们什么都不懂，但是沈括，我懂你。”

沈括扯开了她的手，嘴角绽开冷笑，一字一顿地道：“我不需要你懂我。”

舒梦绯被无情否定，感觉无地自容，冲他的背影大喊道：“你要退学的事，全校都知道，但是陆嫣还假装不知道，你不是跟她要好吗？她却装聋作哑什么都不说，甚至不劝你，这样的人，你指望她能懂你吗？”

舒梦绯话音未落，沈括忽然转身，抓住了她的衣领。他眼神冷冽，宛如刀锋一般。

任何人诋毁他、污蔑他，他都可以置之不理，甚至一笑而过，偏偏她提到陆嫣，戳到了他心里最柔软的地方。

舒梦绯被吓得魂不附体，哆哆嗦嗦地看着他：“你……你想怎样，我说的是实话。”

沈括终究没有怎么样，用力甩开了她，转身离开了。

舒梦绯被他的力道推得往后趔趄几步，捂着胸口，似吓得不轻。

沈括身上的戾气极重，但偏偏……这样的男生对于女孩来说，有着致命的吸引力。

舒梦绯知道，学校里那些害怕沈括的女孩，那些嘴上说着讨厌他的女孩，那些奉劝她离沈括远一些的女孩，她们诋毁沈括，无非是因为自己得不到，也不想让别人得到罢了……

暑假如期而至，陆嫣接到孟知宁的邀约，今年盛夏，孟氏集团旗下的男装品牌“傲狼”会举办一场大型时装秀，希望陆嫣能够参加，孟知宁想将她介绍给合作伙伴。

陆嫣欣然同意。她能看出孟知宁隐隐有栽培她的意思。

孟知宁还问陆嫣喜欢哪个明星，咱们家的男装品牌代言人就请他，到时候还能让嫣嫣和喜欢的男明星认识认识。

那个时候，高中女生十个有八个爱追星。

陆嫣想了想，以她独有的审美眼光给孟知宁提出建议："我觉得，秦玉骁的气质挺合适咱们家品牌的，不过他挺火的，不知道肯不肯来。"毕竟秦玉骁近年来持续走红，热度不减，成了娱乐圈最具潜力的新星。

不想孟知宁干脆利落地道："行啊，既然嫣嫣喜欢，那到时候咱们就请秦玉骁做咱们男装的代言人。"

"呃……"她倒不是喜欢秦玉骁，只是觉得他合适而已。

孟知宁不管这么多，满心都想多宠宠她的宝贝女儿，弥补女儿多年以来缺失的母爱。

世纪城饭店，钟恺穿着一身黑西装，站在门口，焦急地等待着。看到沈括淡定地走过来，他急忙迎上去："不是让你好好拾掇拾掇吗？怎么还是这样子。"

沈括淡淡地道："这是我最正式的衣服了。"他身上这件干净的白衬衣，就是他最正式的衣服了。

"这次机会可是千载难逢啊，我搭了好多人脉才帮你争取到的。"

"嗯？"

"孟氏旗下的'傲狼'男装品牌，最近要开一场盛大的展秀，招男模特，没别的要求，英俊、高大、帅气，衣架子身材，我托了好几层关系，才把你的照片递上去，人家看中了这才约见面，你能不能上点儿心啊！要是成了，一天的工资抵得上你下苦力挣半年了！"

沈括微微蹙眉："当模特？"

"对啊。"

他转身就要走，钟恺一把拉住他："干吗？跑什么！"

"我不干那种事。"

沈括天生不喜欢镜头，想到要在镜头前走模特步，他就难受！

"哎呀，你真是……放心好了，人家是请了大牌男明星过来走 T 台的，就算你想走 T 台露脸，还不够格呢。"

钟恺好言劝道："也就是穿着人家的衣服，给男明星当背景板罢了，都不会有人注意你的。"

沈括还是不太想做，当模特什么的，听着都让他起鸡皮疙瘩。

钟恺说："这次咱捏着鼻子把钱挣了，做生意的本钱也就有了，沈括，你不是还想着那姑娘吗？没钱没房子，一穷二白，你拿什么娶她？"

沈括沉默了良久，终于回过头，问钟恺："多少钱一天？"

钟恺比了一根手指头。

沈括终于还是心有所动："一百块，是挺多。"

钟恺见他心动了，补了一句："一天一百，你想太多了。"

沈括就知道没这样的好事，问道："一天十块？"

钟恺这才咧嘴一笑："孟氏集团是什么样的大企业，你要选上了，就是大明星秦玉骁的背景板，一百，那是一个小时的费用。"

沈括虽然不喜欢这种抛头露面的事情，但是经历了歌舞厅和光碟生意失败，也差不多把他之前存下来的积蓄败了个精光。

钟恺对沈括那是超级歉疚，想方设法要给他谋点儿挣钱的路子，这不，一听到消息说孟氏这边在高薪聘请资质好的男模，第一时间给沈括报了名，又塞了好多红包，才将沈括的照片递到了孟氏集团管事儿的人手里。

世纪城饭店的包间高档雅致，小桥流水的浮雕屏风后，圆桌边坐了十来个年轻英俊的男人，都是过来一起竞聘展秀的男模。

钟恺殷勤地向管事的方总监敬酒，不住地拉扯沈括，让他一起敬酒。

"方总，这次真是太感谢你了！"

"先不要忙着谢我。"方总监摆摆手，"我们孟总挑人眼睛毒得很，这次'傲狼'又是她亲力亲为的主打品牌，你们能不能过她这关，还不一定呢。"

"虽然话是这样说，但谁不知道，能不能最终选上，还不是方总您一句话的事儿，来，方总，我敬您！"

周围几个年轻男人朝钟恺投来轻蔑不屑的眼神，像他这种酒桌上的阿谀奉承之辈，素来是被这些心高气傲的年轻人看不起的。

钟恺并不在意其他人的目光，他进入社会早，看尽了世态炎凉、人情冷暖，少年心性也早已磋磨没了。别人凭什么用你，不就是因为你比其他人更加努力去争取吗？

"方总，你看我这兄弟，这身板，这长相，这腰，这臀……就算是比男明星也丝毫不差啊。"

方总监睨了沈括一眼，的确，这少年的身材资质是真的好，模样清秀英俊，尤其是这结实的身子骨，的确是比周围这些同样来应聘的男模好得多，就是看着气质挺冷，安安静静的，不太爱说话。

钟恺解释道：“我这兄弟还是学生，挺腼腆，但是男人嘛，一切都在酒里，来，敬方总。”

他轻轻拍了拍沈括的背，沈括知道，摆明了这次饭局就是方总监过来选人的，在场有十来个人，真正能选上的也不过三四个人罢了。他一没资源，二没人脉，赚钱的机会永远不会自己找上门来。

“没钱没房子，一穷二白，你拿什么娶她？”钟恺的这句话深深地刺痛了沈括。

沈括望向方总，淡淡地道：“我不爱喝啤酒。”

方总脸色微变，而下一秒，沈括立刻道：“为表敬意，方总喝啤的，我喝白的，先敬方总三杯。”他说完，拿了白酒给自己斟满，火辣辣的三杯酒下肚，一滴都没有剩下。

方总脸色舒缓，笑了起来：“好，年轻人就是好酒量。”

钟恺松了口气，还担心沈括这性子会惹方总不高兴，没想到这小子还挺上道。

接下来，沈括一杯白酒换方总一杯啤酒，喝得他心情舒畅，直对钟恺夸沈括，说你这个好兄弟，将来必成大器。

钟恺看沈括这样子，心里有些不是滋味。

他这几天心情很低落，钟恺看在眼里。他是在故意灌醉自己啊。

华灯初上，陆嫣骑着自行车，迎着夏日的丝丝凉风，晃晃悠悠地骑着。

孟知宁知道陆简给她买了一把吉他之后，为了不让陆简比下去，一定要给陆嫣买一架钢琴。

钢琴是从国外运回来的，搁在孟知宁的别墅里，陆嫣迫不及待地赶过去试了试手感，很是喜欢。

孟知宁说过两天给她送到陆宅。

回家的路上，经过世纪城大饭店，陆嫣瞥见了一抹熟悉的身影。她看了好久，才确定真是沈括。

沈括伏在巷子口凹凸不平的墙壁上，手捂着脑袋，看样子似乎很难受。

陆嫣连忙将自行车停在路旁，走过去轻声唤道：“沈括，你怎么在这儿？”

沈括听到熟悉的声音，转身朝着巷子深处跌跌撞撞地扑过去，俯身呕吐。他几乎没有吃饭，所以吐出来的全是酒。

陆嫣望见边上就是世纪城大饭店，料想沈括肯定是有饭局才会喝这么多酒。

陆嫣赶紧跑过去，轻轻拍他的背，给他顺气。

“你怎么喝这么多啊！”

沈括本来就不胜酒力，这会儿肚子里火烧火燎的，像是把胃都给吐出来了。他捧着腹部，一只手却还挡着陆嫣，不想让她靠近自己，不想让她嗅到他身上的污秽气味。

陆嫣见他这难受的样子，连忙从包里摸出保温杯，递到他的嘴边：“喝点儿水，暖一下。”

沈括别开脑袋，固执地不肯碰她的水杯口。

“我泡的枸杞，养胃的。”陆嫣捧着他的后脑勺，给他喂了两口。

枸杞水带着甘甜，划过他火辣辣的喉咙，让他胃里舒服了不少。

沈括脑子还处于迷糊的状态，但也知道，心心念念的女孩就站在他的面前。

他眼泪都流出来了，不是哭，就是被灌入鼻腔的酒味刺激的，他知道自己现在这副模样肯定恶心极了。

这最不堪的一面，却让喜欢的女孩撞见了。

沈括生硬地用力推开她，跌跌撞撞地要离开。

“危险啊！”陆嫣见他径直朝着大马路跑过去，赶紧拉住他，心惊胆战，冷汗都冒出来了。

“沈括，我送你回家。”

“不要管我。”沈括带着浓浓的鼻音，沉声说，“你走开。”

她不可能不管他，否则他这般胡冲乱撞，连命都没了。但是陆嫣娇小的身躯根本架不住晕头转向的男孩，只能死死地攥着他的衣角，不让他冲到马路上去。

沈括本能地想把她的手从他身上拽下去，嘴里含糊不清地说着：“脏……放开……”

“别闹了！”

沈括忽然用力甩了她一下。

她抽了口气，战战兢兢地看着他：“喝这么多，是因为心情不好吗？”

他用鼻音发出一声沉沉的：“嗯。”

这几天他心情一直都不太好。

“因为要退学的事吗？”

“不是，是因为……”你没有劝我不要退学。

不知道是不是酒精催化的缘故，沈括忽然觉得好委屈。

舒梦绯都来劝他，班主任和教务主任也劝过他，可是为什么他放在心尖上的人却没来劝？她连提都没有提过这事，仿佛漠不关心的样子。

沈括知道自己是得寸进尺了，本来他就不该指望她对自己能有什么想法，也不能奢求她做到更多……可是陷入泥沼的人啊，总是贪心不足，得到了一点儿温暖，便想要更多……

陆嫣从兜里摸出一张四四方方的小手帕，轻轻擦了擦他绯红的眼睛，柔声地安抚道：“沈括，不要哭。”

“我没哭。”

他鼻息间盈满了女孩手帕的茉莉香气。

“那我载你回家，好不好？”

在她牵住他袖子的那一瞬间，所有的委屈和不甘都烟消云散了。

其实他真的很好哄的，只要她简简单单一句话，他就不伤心了。

幸而回家是一段平缓的下坡路，否则陆嫣还真不确定能不能把沈括载回去。

沈括晕晕乎乎的，脑子不太清醒，她怕他路上摔下去，所以让他抓着她的衣服。

下坡路，陆嫣都不用蹬，只是尽可能保持身体平衡，还怕沈括睡着，所以不断地和他讲话，让他保持清醒。

他们转过几个巷子，她总算把他平安带回家了。

沈括站在门口，似乎还有些站不稳。

陆嫣扶住他：“自己进去，能行吗？”

“嗯，你可以走了。”

陆嫣走了两步，顿了顿，终究还是回头问他：“你真的要退学了吗？”

小巷幽暗昏黑，她看不清他的神情，只听见他闷闷地应了声：“嗯。”

“为什么啊？”

“你猜。”他嘴角勾了勾。

“钟恺不说原因，但我也能猜到一些，你是不是想证明给谁看？”

他不言，微垂着头。

陆嫣的鞋尖在原地点了点地面，换了一个说法：“那天我看到你从教务处出来，舒梦绯还在走廊上安慰你呢。”

沈括将额头抵着墙，浅浅地笑了笑。她真是蠢得可以。

“你们男生是不是都喜欢舒梦绯那样的？”

他没有回答。

陆嫣似乎很不服气：“我也没有资格多说什么，你喜欢谁是你的事，与我无关，对吧？”

沈括似梦呓般，轻轻“嗯”了一声。

喜欢你是我的事，与你无关。

她循循善诱：“不过退学这个事，其实还可以再商量，对吧？”

少年又不答。

陆嫣轻轻地叹息了一声：“明明知道这是错误的选择，可我却始终没有勇气告诉你。”

他抬眼望向她。

女孩半咬着莹润的下唇，低敛着眉头，眼神纠结，也充满了愧疚。

她轻轻拽了拽他的衣角：“就算你以后会成为我的敌人，此刻我也应该做自己认为对的事情，所以沈括，你不可以退学，说什么都不能退学，否则你一定会抱憾终身。”

社会何其凶险，如果他此时离开校园，未来的路对于他而言，将荆棘遍布，难行千百倍，而他也将错过很多风景。

沈括心里所有的褶皱，在女孩开口说出这句话以后，全部被熨烫得平平整整。

“我现在醉了，”沈括嗓音喑哑，“答应你的任何事都不能作数。”

陆嫣走过去，认真地说道：“你不用答应我什么，相信我就好了。”

沈括闭着眼睛，嘴角淡淡地扬了起来：“是吗？”

陆嫣回头，笃定地说：“只要你不退学，你想要的都会有，多一点儿耐心。”

沈括漆黑如夜的眸子深深地望着她：“你根本不知道我想要什么。”

我想要的，从始至终，只是你啊。

陆嫣刚到家，一个价值不菲的青花瓷瓶子就被扔到了她的脚下。

她不用想也知道，陆臻又挨骂了。

“成绩差就算了，你、你还改分数，陆臻，你可以笨，可以蠢，但你不能动歪心思！”

“我没改分数！”

陆简把试卷扔在他脸上，气愤地说：“我打电话问过你们班主任，你数学只考了 38，现在这上面的 88，你给我解释一下，怎么来的！”

陆臻看着试卷上那个嫣红的 3 被人添了几笔，竟然直接变成了 8。他挠了挠头，气急败坏地说：“我怎么知道！有人动过我的试卷，这不是我改的！”

陆简显然不相信他的话：“谁这么好心帮你改试卷，你当你老爸这么好糊弄啊！”

陆臻真的是百口莫辩，气得满脸通红，索性沉默地站在一边，不再说话了。如果连父亲都不相信自己的孩子，那这个世界上就没有人相信他了。陆臻眼底划过一丝失望。

施雪娴假意劝阻陆简，让他不要动手，好好和孩子讲道理，但她的言辞不仅没有让陆简息怒，反而有些添油加醋的意味。

“孩子现在还小，又是娇惯着养大的公子哥儿，行事难免会有偏差，再说了，不就是改分数嘛，有什么大不了的，又没做什么杀人放火伤天害理的事情。”

陆简气得拍了桌子：“我们做生意讲究的就是诚信二字，如果他连基本的诚实都做不到，我怎么敢把公司交给他？！不成器就算了，但绝对不可以走歪门邪道。说到底，还是我没教好，让他变成了现在这个样子！”

这话正中施雪娴下怀。

“哎哟，你别生气了，小孩子三分靠教育，七分还是要靠自己。来，雅雅，快过来，把你的试卷拿给陆叔叔看看，你不是考了九十分吗，拿过来让你陆叔叔也高兴高兴。”

还没等施雅兴冲冲地下楼，陆嫣率先走了过来，挽着陆简的手，坐在他身边：“爷爷，今天我去奶奶家里了，奶奶给我买了一架钢琴，下次我弹给你听啊。”

陆嫣一回来，陆简的脾气就散了大半，他更把施雅忘在了脑后。他反握住陆嫣纤细的手腕，说道：“你想弹钢琴跟爸说，爸给你买，不用她。”

“爷爷对我真好。”

“傻女儿哟。”

施雅拿着自己九十分的试卷站在楼梯口，有些尴尬，看看母亲，又望望陆简。

人家父女共叙天伦，似乎没她什么事了，她这会儿凑上去，会显得很蠢。

陆嫣这一口一个爷爷，把一旁的陆臻听得心惊胆战，生怕陆简怀疑什么。不过好在陆简真是把陆嫣当成自己的亲女儿，并没有多想。

“嫣嫣这次期末考了多少分呀？”施雪娴又把话题拉回了分数上，陆臻这事儿还没完呢！

“我考得不太好。”陆嫣谦虚地笑了笑。

陆简道：“没关系，嫣嫣努力了就好，结果不重要。”

“嗯，数学只考了九十三分，只比施雅妹妹多三分而已。”

施雪娴的脸色垮了下来。

陆嫣玩得好一手扮猪吃虎，这一招让她都没脸再炫耀施雅的分数了。

没想到这时，陆臻却一脸严肃地开口问道：“考前你不是信誓旦旦地跟我说能考满分吗？怎么才考九十三分？”

这一副老爸的严厉腔调，让她感觉好像又回到了过去。

“那语文呢，考了多少？”

“八十一。”

“怎么才考八十一？”

“作、作文没写好。”陆嫣都快哭了。

陆简不明所以地看着这一问一答的兄妹俩，颇为不解，怎么看着陆臻这当兄长的好像要喧宾夺主抢他的父亲角色啊！

“你凶什么凶，管好你自己的事情，嫣嫣考多少分都轮不到你来教训！”

陆简终于喝止了他。

陆臻有些憋闷，垂头丧气地站在一边。

施雪娴忍不住再一次提醒陆简：“改分数这件事呢，我觉得是比作弊更严重的事情，作为家长，我们也是有责任的，所以你也不要一味地责怪孩子。唉，都怪我太忙了，所以疏忽了对孩子的教育。”

陆臻冷笑：“您是忙着打麻将吧。”

“你……陆臻，长辈说话不要插嘴。”

陆臻望着施雪娴：“你还不够资格当我的长辈。”

“闭嘴。”陆简打断了他，失望地说：“行，我是管不了你了，由着你自生自灭吧。”

陆臻被冤枉了，本来心情就非常不好，听见陆简说要让他自生自灭，转身就往外走。

陆嫣连忙拉住了他：“爸，冷静一下啊！”

“嫣嫣，你别拦他，让他走。”陆简冷笑着说，“他要是能坚持三天，算他是个男人。”

此言一出，陆臻更是气性上来了，直往外面冲。

陆嫣挡在门口，不让他离开。

施雪娴也赶紧走过来，装出慈母的模样，准备拦着陆臻：“小臻，别闹小孩子脾气，你爸说什么，你听着便是了。”

陆臻厌恶地将手抽离，却不想施雪娴立刻倒在了地上，“哎哟哎哟”地叫了起来。

陆臻和陆嫣停下了拉扯的动作，面面相觑，看着摔在地上的施雪娴。

陆臻可以发誓，他绝对没有用力，更没有推搡施雪娴。

施雪娴白花花的手肘处磕红了，紧致的发髻也乱了，甚是狼狈。她眼角顷刻泛了红，双眸微湿，楚楚可怜地望了陆简一眼。

陆简走过来，将施雪娴拉起来，怒不可遏地望向陆臻："你竟然对阿姨动手！反了天了！"

陆臻辩解："我没动手！"

陆嫣当时就站在陆臻身边，看得明明白白，陆臻只是把自己的手抽回来，绝对没有推施雪娴。

施雪娴小鸟依人地依偎在陆简身后，带着哭腔说："别怪孩子，是我自己不小心摔倒的。"

陆臻愤怒地看着她，明知道她是在泼脏水，可是偏偏百口莫辩。

陆嫣很无奈，这个年代的人是狗血电视剧看得太多了吗？怎么一个个都这么爱"碰瓷"呢？

这样的事，过去肯定没少发生，以陆臻那种一根筋的性子，怎么可能是施雪娴的对手。

陆嫣适时地说："施奶奶说得没错，我看见的，是她自己不小心绊着凳子摔倒了，陆臻没推他。"

陆简见一贯老实的陆嫣也这样说，倒是信了她的话，没再计较陆臻推搡施雪娴的事情。

施雪娴眼角微颤，望着陆嫣，眸底划过一丝阴寒。

陆嫣拿起陆臻被修改过的数学试卷看了看，问道："爸，你的数学试卷给过谁吗？"

"我没给谁啊，这么低的分数，谁也不可能借我的卷子，我带回家的时候分数都没动。"

陆嫣明白了，所以是日防夜防，家贼难防了。

陆嫣意味深长地看了施雅一眼。

施雅心虚地往后退了退。

施雪娴睨着陆嫣："什么意思啊，你这是说是家里人给他改了分数？"

"我什么都没说。"

"对了，我今天回来把书包扔桌上，然后出去打台球，刚回来，老爸就拿着被改过分数的试卷在客厅等着我了。"

施雅不断地给施雪娴使眼色，施雪娴却不看她。

陆嫣忽然抬头问："施雅，你今天晚上在做什么？"

施雅突然被点名，心虚地说："我、我在写作业。"

"语文还是数学？"

"语、哦不，数学。"

施雪娴嚷嚷道："怎么回事，怎么回事，怎么开始审犯人了？"

陆嫣笑着说："没有，我跟施雅同班嘛，数学题很难的，我想借施雅的数学作业看一看。"

施雅听到这话，顿时有些慌了。

陆简说："施雅，去把你的数学作业拿过来给姐姐看看。"

施雅不动，施雪娴急了，催促道："还不快去。"

施雅给她使眼色，暗示她：我没做啊！

陆嫣拿着陆臻的试卷，径直上了楼，走进了施雅的房间，施雅连忙追上去："你想干什么？"

"别急，我就是找找你的数学作业而已。"

"我……我不想借给你！我……"

陆嫣哪里是在找数学作业，她抓起施雅的笔袋，从里面摸出几支红笔，挨个在本子上画了画。

她找到了。

施雅见陆嫣手里拿着那支红笔，吓得快晕过去了。

"爷爷，这支红笔的粗细和颜色，跟陆臻卷子上被改过分数的那几笔一模一样。"

陆嫣将红笔和卷子递给陆简，陆简怀疑地看了看，脸色沉了下来，抬头看向施雅："解释。"

施雅宛如被猎枪瞄准的小兽，吓得瑟瑟发抖。

"我……我不是故意的，陆臻是我哥哥，我看到他考这么差一定会挨骂，所以好心帮他改分数……"

陆臻翻了个白眼，并不相信施雅是出于好心。

"我不是你哥哥。"他冷冷地道，"从来都不是。"

施雪娴脸上的表情开始崩坏了，她不知道这件事竟然是施雅做的，还以为好不容易抓到陆臻的把柄，可以破坏陆简和陆臻的父子关系。要知道，没有比自己儿子的人品出现问题，更让陆简不能忍受的事了。

谁能想到，这件事居然是施雅栽赃嫁祸的，嫁祸便算了，偏偏还让人揪住了小尾巴。

她真是蠢！她怎么养出了这么蠢的女儿！

“雅雅也是好心。”她只能勉强笑着对陆简说，“只是好心办了错事。”

“好心办错事，就差点儿让我爸被赶出家门，偏偏施奶奶还在一旁煽风点火。”陆嫣不忿地说，“陆臻真是冤死了。”

施雪娴眼底划过一丝恶毒之色，又开始上演拿手好戏，掩面作委屈状说：“我这个后妈啊，说什么做什么都是错。”

陆嫣毫不犹豫地打断她：“本来就是错了。”

施雪娴委屈巴巴地抹眼泪：“长辈让晚辈教训了，这像什么话，让我以后还怎么给孩子当妈啊！”

陆简终于打断了她，冷哼道：“够了，施雅不是我的女儿，但是既然住在我们陆家，就应该守规矩，做出这样的事情，不可原谅。”

施雅被吓得腿一软，跌坐在地，眼泪跟着流了出来。

“陆叔叔，我错了，我真的错了。”

陆嫣冷冷地看着她，她认错倒是比谁都快，不过那又怎样，她有心陷害陆臻，有第一次，就有第二次。

“既然陆臻都差点儿被赶出家门，我觉得……罪魁祸首也不能留在家里了。”

陆嫣话音刚落，施雪娴猛地变了脸色：“雅雅不能离开，她没地方住啊！”

“施奶奶，你不是还有个兄弟吗？让施雅住在她小舅舅家，也没问题吧。”

施雪娴望向陆嫣，眼底渗出恶毒之色。

陆嫣要与她宣战了。

施雪娴能明显地感觉到，这小丫头绝对不是当年走失的那个智障儿。

陆简道：“施雅，回房间收拾东西。”

“不，不要赶她走！她舅舅不是个好东西，她是女孩子，寄人篱下会出问题的！”

陆嫣知道，施雪娴家里重男轻女，她是个“扶弟魔”，有什么便宜全让她弟弟占了，可是弟弟对她并不好，还一直把未婚先孕生出来的施雅当成是家里的耻辱。但好歹她给弟弟在北城买了一套房子，施雅离开陆家，也是有地方住的。

陆简刚刚盛怒之下，踹了陆臻几脚，现在看他这样委屈巴巴地站在墙边，心里也暗自懊恼，很不是滋味。

“施雅，立刻去房间收拾东西。”陆简下了最后通牒，施雅只好哭哭啼啼地离开。

施雪娴见陆简是真的动了怒，也只能先送施雅去舅舅家，等后面她再跟陆简吹吹枕头风，争取把施雅接回来。她去了那个不成器的舅舅家，生活可就不像在陆家大别墅里住着这样舒适了。

待母女离开以后，陆简看了背着手站在墙边的陆臻一眼，极不自然地说：“陆臻，这次是……咯，是我误会你了。”

陆臻揉揉鼻子，没说话。他心里还窝着火儿。

陆嫣说：“您教育过我们，犯了错就该道歉，您冤枉了陆臻，也应该道歉。”

陆简抿了抿薄唇，没有说话。

在这个年代，教育观念里没有平等一说，作为一家之长，作为一个威严的父亲，他绝对不会向自家儿子道歉。因为家长永远是对的。

“虽然这件事是施雅的错，但你也有错！”陆简戳了戳桌上的试卷，“才考这么点儿分！你好意思吗！回自己房间反省去！”

“爷爷……”

陆臻失望地看了陆简一眼，揽着还欲说话的陆嫣上了楼：“算了，你永远也别指望你爷爷道歉。”

怎么他还真成爷爷了！一个个脑子都坏了是吧。

晚上，陆臻没睡觉，独自坐在阳台上生闷气。

陆嫣走过去，拍了拍他的肩膀，柔声说：“爸，咱不伤心，没事儿啊。”

“谁伤心了。”陆臻愤愤地说，“我根本没把那对母女放在眼里，只是觉得不爽。”

“我知道……”

她太理解陆臻现在的心情了，父亲本应该是自己最亲近的人，可是他却不理解自己。

这种感觉……陆嫣也有过。

她喜欢唱歌，渴望自己的声音被更多人喜欢，可是陆臻却固执地打压了她的梦想，甚至还威胁过要与她签约的经纪公司。陆嫣也曾在家里“大闹天宫”，说陆臻根本不懂她，甚至还说过不要他当爸爸这种话！当初的陆臻，何尝不是现在陆简的模样。

有时候当父母的……其实也当得挺糟糕的，如果不能相互理解，矛盾只会越来越大。

陆嫣拍了拍陆臻的肩膀，说道：“好啦，别满肚子怨气啦，你当初对我比爷爷更过分呢！”

陆臻望向她，良久，坚定地道：“绝对不可能！”

他绝对不可能成为陆简那样的父亲。

陆嫣拍了拍他的脑门：“你还不承认是吧！”

“反了反了！敢拍你爸的脑袋！”

陆臻抓住她两个纤细的手腕，合在一起，挠她痒痒。

陆嫣咯咯直笑：“喂，别欺负人啊！”

两人闹了一阵，陆臻心情好多了，不确定地问陆嫣：“我这个爸爸当得……真的很糟糕吗？”

“高中的时候，把高额支票甩在我喜欢的男孩脸上那一次，真的糟糕透顶了。”

“主要……你那张‘高额’支票就写了一百块，知不知道这件事让我在学校被人笑了多久？”

陆臻反驳：“一百块也很多了好不？”

“一百块你放二十年后试试！”

两人就一百块多不多又吵闹了很久，直到陆简的声音从书房里响起：“大半夜不睡觉，你们兄妹俩吵什么吵！”

陆嫣和陆臻对视一眼，连忙噤声。他们多年父女成兄妹，还成了朋友，也挺不容易的。

“行吧，不承认就算了，反正我也原谅你了。”

在她将要离开那个世界的时候，她已经原谅老爸所有的独断专行了，因为相较于死别的痛苦，什么梦想都不值一提。家人永远是最重要的。

“能够重新回到老爸身边，我已经很满足了。”陆嫣伸出手，扯住陆臻的脸颊，揪起一个笑脸来，“所以别苦着一张脸了。”

陆臻没有笑，沉默了片刻，将手重重地搁在了陆嫣的肩膀上：“从今以后，你喜欢做的任何事，老爸都会支持你。”

陆嫣诧异地望向他，他坚定地说：“我要当全世界最好的老爸。”

那晚的酒没有白喝，两天后，沈括接到了方总监的电话，让他立刻来公司进行最后的面试。如果这次面试过了，这份一百块一小时的工作就到手了。

钟恺把自己唯一的一件正式西服借给沈括，那件西服钟恺穿着比较瘦，但是沈括穿上却格外合身，主要是他这肌肉量充实的身材，不管穿什么衣服都有气质。

钟恺看着沈括穿正装的模样，还真是挺有范儿，感叹道：“哎呀哎呀，少年，我掐指一算，你这是当大老板的面相啊！”

沈括翻了个白眼。

“瞧瞧，瞧瞧，这小眼睛翻得……众人皆醉我独醒的孤胆英雄气概……”

沈括一脚踹过去，钟恺敏捷地避开了，就在两人打闹之际，边上有人发出一声轻哼：“土货。”

钟恺朝他看过去，发现这个男人穿着窄腰喇叭牛仔裤，条纹花衬衣配皮夹克，梳着时下非常流行的中分发型。

这样的打扮在这个年代风靡大江南北，算“潮人”标配了。

虽然钟恺欣赏他的打扮，但也容不得他随口诋毁，嚷嚷道：“这位兄弟，嘴上留神。”

喇叭裤男孩看了沈括一眼，神情鄙夷：“拜托，这都什么年代了呀，还穿这种老掉牙的西装。”

钟恺不服气，说道：“这西装虽然老式，但好歹是正装，穿来面试有什么问题，我看你这身衣服才是铁定会被淘汰吧。”

喇叭裤男冷笑：“你们来面试前，好歹了解了解人家孟氏的企业文化好不好？他们的‘傲狼’主打年轻款休闲男装，我穿这身衣服，正好迎合了他们的服装产品理念，倒是你们，穿的跟酒店大堂经理似的，能选上才怪！”

“你你你……你太过分了！大堂经理怎么了，你们这些年轻人，我见得多了，不知天高地厚……”钟恺要上前和他理论，被沈括揪住了后衣领。

他沉声说：“人家的公司，不要胡来。”

沈括一贯是个懂得克制和约束自我的男人，不会轻易与人计较。

“哼，臭小子，算你走运。”

很快，方总监从大门进来，陪着一位身材曼妙穿一字裙的女士，女士拿着手机，正在打电话。

沈括知道，这位正是孟氏集团的总裁——孟知宁。

方总监看到门口站着的这几位来面试的年轻人，连忙冲他们招手，示意跟上。

孟知宁进了电梯，沈括他们也立刻进去，站在她的身后，与她一道上楼。

方总监附耳对她说：“这几个人，就是过来面试‘傲狼’项目展秀的模特，待会儿我带他们去会客厅等您……”

他话还没说完，孟知宁忽然抬了抬手，示意他别吵。

她正在讲电话——

“小丫头懂什么，这事必然是受她母亲指使，那女人居然把心思打到了我儿子身上，还用这么下三烂的招数。

“呵，我管什么，我要是管了，你爸指不定多心疼他老婆呢。

“男孩子嘛，受点儿委屈算什么，男子汉大丈夫，就是要能屈能伸，告诉你哥，且让他忍着，以待来日。”

走出电梯，孟知宁先去办公室，而方总监则带着几个男孩去会客厅。

钟恺低声对沈括道：“那位就是孟氏的老总，孟知宁，听她刚刚讲话这气势，能当集团领袖不足为奇吧。”

沈括淡淡应了声，没有多说什么，他一贯不在背后讨论别人，不管是好的还是坏的。

十分钟后，孟知宁从办公室里出来，换上了正式的小西装，来到会客厅。

几个男孩立刻站起来迎向她，沈括站在第一排，孟知宁盯着他看了许久。

饶是孟知宁做了十多年服装行业，见过各种类型的帅哥，包括很多明星代言人，但沈括这样的颜值、身材，也算是上乘中的上乘了。以他这样的条件，别说给秦玉骁当背景板，就算让他代言整个品牌都不成问题。

她看过沈括以后，再看后面的几个男孩，便没有兴趣了。

她看到那个穿喇叭裤休闲装的男孩时，眉头皱了起来，回头直接对方总监说："让这人走。"

喇叭裤少年还没反应过来，问道："我这大老远过来的，为什么让我走啊？"

孟知宁道："我见你们，穿的是什么？"

"西、西装。"

"那你见我，穿的是什么？"

喇叭裤男孩无言以对："我……我以为……"

他以为自己足够了解孟氏的企业文化，毕竟这是一个主打年轻人张扬个性的品牌。

孟知宁冷冷地道："连基本的礼貌都没有，我可以当成是你对我们这次面试毫不在意，既然如此，那么我也不想聘用你，走吧。"

喇叭裤少年无话可说，愤愤地看了沈括一眼，心有不甘地离开了。

沈括表情平淡，没有幸灾乐祸。那几个着便装的男孩也有些不安，好在孟知宁没有和他们计较，他们虽着便装，却不似喇叭裤少年那样出格。

孟知宁赞许地看了沈括一眼，直接问他们："为什么想来面试模特？"

他们的回答不约而同都是想锻炼锻炼自己，这是一次很好的机会云云，甚至还有人说想进孟氏集团上班的……

当沈括说出只是为了一百块一小时的薪资时，他们脸上不约而同地露出了鄙夷的神情。

是啊，为了钱，这多俗气。

孟知宁却很欣赏沈括的坦诚，那些说想锻炼自己、提升自己的人做这份工作的时候，只会第一时间想到这份工作对自己有没有帮助，只有真正为了钱来的人，才会踏踏实实地做好手里的事。于是孟知宁又淘汰了一些人，最终只留下了五个，沈括便在其中。

"'傲狼'的新品发布会在两周以后，这两周，你们每天都要过来练习，不要让我找不到人。"

孟知宁说话干脆利落，说完之后也不耽搁，只是临走时对方总监说道：“给沈括加钱，三百一个小时，到时候让他站主位，就跟在秦玉骁后面。”

“是。”

待孟知宁离开以后，方总监兴奋地对沈括道：“可以啊小伙子，我们孟总眼高于顶，你居然能得到她的赏识，前途无量啊！”

沈括不失礼貌地说：“全靠方总监提拔。”

方总监见他做人周到，完全不似这个年龄段的小孩那样嚣张狂妄、自以为是，他笑着拍了拍他的肩膀。往后，这小子或许能成大器。

回去的路上，钟恺一直在对沈括说：“这次可真是赚大了，三百块一个小时，我的天啊！孟知宁居然让你站主位，仅次于大明星秦玉骁，你知道这意味着什么吗？到时候电视台广告一播，你就在全国人民面前露脸了！”

沈括对此并不感兴趣，露不露脸他无所谓，只希望对方不要拖欠工资，按天结算。

两人拐进小巷，走到沈括家门口，只见一个穿鹅黄色连衣裙的小丫头鬼鬼祟祟地站在方格窗边，探头探脑地朝黑漆漆的窗里望着。

钟恺笑着离开：“那我就先走了。”

“嗯。”

沈括稍稍抿了抿嘴唇，径直走到陆嫣身旁，和她一起朝屋里望：“你在看什么？”

陆嫣被吓了一跳，“啊”地尖叫了一声，往后退了退：“你干吗出来吓人！”

“你鬼鬼祟祟地在我家窗边偷窥，还说我吓人？”

“才不是偷窥呢！”

“那为什么不正大光明敲门进屋？”

“怕你不在家，沈叔叔万一在睡觉，吵醒了多不好意思。”

沈括喜欢她的乖巧懂事，并非所有富家女都是骄纵跋扈的，很多时候，这些有钱人家温厚水土里养出来的姑娘，不知愁苦，也格外美好无害。他不知道自己为什么会喜欢这样的，但就是喜欢，或许深陷泥沼，就格外向往美好吧。

他进了屋，把灯全部打开，驱逐屋内的阴寒和潮气。

“我爸应该还在医院做复检，进屋坐吧。”

陆嫣进了屋，贴墙站着。

沈括从柜子里取了自己的杯子，在水槽边反复洗了三分钟，倒了水递给陆嫣。

这炎炎烈日，陆嫣渴坏了，嘴唇都起皮了，抓起水杯咕噜咕噜猛喝了一气。

“慢点儿。”沈括见她渴死鬼投胎似的，有些心疼，皱眉道，“谁让你大中午过来的？”

“睡懒觉，醒过来就是中午了。”

陆嫣不好意思地笑了笑，放下水杯，说道：“我来拿自行车，顺便跟你谈个大大大……大生意。”

上次她把醉酒的沈括载回家，半道上自行车的链子就断掉了，她只能由他坐在后座，吭哧吭哧地把他给推回来，自行车也留在了沈括家里。

沈括进内屋将那辆粉色自行车推了出来。

“干吗放屋里啊，屋里这么窄多不方便，搁门口就行了呗。”

沈括淡淡地道：“外面小孩多，会被他们弄脏。”

“哦。”

陆嫣见车链条已经修好了，还上了油，车身也被擦得干干净净，焕然一新。

她惊喜地道：“把它放在你这儿，相当于做一次大保养啊！那以后我得经常在你家门口掉链子什么的。”

“你要是喜欢，随时可以来，我帮你给车做……保养。”

沈括说这话的时候，视线下移，没看她，但润润的调子听起来，温柔得就像是加湿器里的水雾拍在脸上的感觉。

陆嫣诧异地看着他，不敢相信这个浑身带刺的少年居然会说这样的话，她都有些不习惯了。

“干什么突然对我这么好？”陆嫣拍打了一下他的肩膀，开玩笑道，“很不像你嘛。”

“我应该是什么样子？”

陆嫣想了想：“你应该凶巴巴地说，再不请自来，我就把你连人带车扔出去。”

沈括抿了抿薄薄的唇，拿起她面前的水杯，把里面剩的水喝尽了。

“你要是喜欢，我现在也可以把你连人带车扔出去。”

陆嫣往后退了退，防备地望着他。

他嘴角绽开一抹浅淡的笑意。

陆嫣难得在他脸上看到这么真诚、纯粹的笑容，不是为了迎合，也不是嘲讽，而是真的因为开心而笑。

“我发现，你笑起来真的很好看。”陆嫣像是发现新大陆一样，说道，“你啊，就应该这样，少一点儿算计，多一点儿真诚，慢慢大家都会喜欢你，你的朋友也会多起来的。”

沈括语气淡淡地道：“我不需要太多朋友。”

“错！”陆嫣义正词严地说，“我爸教我的，做生意离不开朋友，你想要成功，想要挣很多钱，就需要能帮你的朋友！”

“你说的那是酒肉朋友。”

“当然，生意场上有很多酒肉朋友，但也有真心帮你的朋友，而这些真心的朋友，将来会成为你最强的助力和最可靠的支撑。”

沈括听着陆嫣的话，沉默了。

这一次，如果不是钟恺帮他牵线搭桥，他根本不可能挣到孟氏这笔巨额时薪。

他低下头，忽而一笑，道：“年纪轻轻，想法倒挺多。”

“这就是我要找你谈的大生意了。”陆嫣神秘兮兮地对他说，“走啊，我请你吃饭，咱们坐下来慢慢谈。”

沈括摸了摸自己的裤兜，里面有今天孟氏刚发的培训补助费，心里有了底气。他取下挂在墙上的黑色鸭舌帽，推车出了门。

陆嫣见他这般自觉地骑上了她的自行车，说道：“哎，你骑车我走路，这不厚道啊。”

沈括回头，正午最亮的阳光落在他的脸上，他那深咖色的眸子显出几分热忱：“上车，我载你。”

陆嫣走到他身畔：“真的假的，这么好心？”

“嗯。”

“你不会半路把我推水沟里吧。”

沈括斜睨了她一眼，道：“少废话。”

陆嫣万万没想到，有生之年竟然还有让沈大佬骑车载她的一天。她看着沈括这坚实的后背，背部的肌肉随他蹬车的动作而律动着，极有力量感。他是真的很性感。

即便二十年以后，沈括都没有如多数中年男人一样发胖，严格地管理着自己的身材，如同约束自己的品行一样严格，因此即便他人过中年，仍然处于生命的盛年，身边蜂蝶不断。

有钱多金又英俊，举手投足都散发着成熟男人的魅力，少有女人可以抗拒这样的沈括。

陆嫣现在才发现，沈括今天穿着西装！

她拍拍他的背，兴奋地说：“原来今天我们沈爷变绅士了啊，难怪刚刚对我这么温柔呢！”

沈括被她拍得呛了呛，回头说：“你再一惊一乍，我把你推沟里了。”

“不要！”陆嫣连忙攥住他腰间的衣服，八卦地问，“嘿，今天穿得这么帅，干吗去了？”

沈括没回答她。

“哦，我知道了，赴约去了，对不对？”

约你个头。

陆嫣说：“不是赴约，那……上班？”

“嗯。”

“不错不错！”

他低沉的嗓音轻飘飘地应着，心里很舒服。

他一直在努力，从来没有停过，他觉得这样的自己是有资格做梦的，哪怕只是白日梦。

二十分钟后，沈括将车停在了世纪城大饭店门口。

陆嫣抬头望着世纪城门口金碧辉煌的狮子：“我说我请客，你下手就这么黑呢！”

沈括淡淡地道：“不是谈生意？那就该有谈生意的样子。”

上次他和方总监在这里吃了饭，虽然喝高了，但他还记得这家饭店的糯鸡爪很好吃，吃第一口时，他满脑子的想法都是带陆嫣来尝尝。

“行吧行吧。”陆嫣耸耸肩，“今天你开心，你说了算。”

包间里，陆嫣从书包里取出了好几本互联网方面的专业书籍，甚至有两本还是全英文的专著。

她将这些书一股脑堆在沈括面前：“这些，全都给你，算是我给你的投资！”

“你吃。”

“沈括，你别退学，不仅别退，你还要好好考，争取考上最好的大学，然后学计算机专业，你在这方面真的很强！你会得到你想要的一切。”

“快吃，凉了。”

他将糯鸡爪推到她面前，真诚地看着她：“快点儿，吃。”

这期待的模样，像是要给她吃什么人参仙果似的。

陆嫣夹起鸡爪尝了尝，卤味的，炖得很糯，入口即化，甚至连骨头都能嚼碎，卤香味是特制的，嚼起来满口香。

“好吃吗？”

陆嫣连连点头，脸上浮现惊喜之色，吮着骨头：“好吃！”

沈括嘴角再度扬起了淡淡的笑意，很满足。

两人戴着手套认认真真地啃鸡爪，啃了满满一盘骨头。

酒足饭饱以后，陆嫣捂着肚子，一脸满足。

沈括洗了手回来，这才翻开了陆嫣给他的书。

陆嫣立刻来了精神，连忙道：“这些你带回去好好研究，为将来进入大学打基础。”

沈括放下书，眼底划过一丝黯然：“你应该知道，我提交了退学申请。”

“没关系没关系！”陆嫣连忙道，“提交了还可以撤回嘛，学校肯定乐意的，你成绩这么好，退学多可惜啊！”

沈括望向她：“你说要和我谈生意，什么意思？”

“啊，是这样的。”陆嫣看着这些书，狡黠地一笑，“从今天开始呢，我就是你的职业顾问了，给你提供……嗯……有限的创意支持，总之，你按照我说的做，肯定能少走很多弯路。”

对于这一点，陆嫣还是有信心的，虽然她对电脑方面一窍不通，但是互联网发展的大方向她是了解的，能给沈括最正确的引导。

沈括看着小丫头真诚的眼神，觉得有点儿意思：“你凭什么相信我？”

连他自己都不能百分百断言，自己现在走的每一步都是最正确的道路。

“所以说是投资呀。”陆嫣笑着说，“也没有人能保证投资稳赚不赔呀，反正我押你这一股，赢了分我一杯羹，输了……算我自己的。”

沈括好奇地问她：“你想要分一杯什么羹？”

终于问到这个问题了，陆嫣忽然抓住了他的胳膊，兴奋地说：“现在我还没想好，等我想好之后，再向你提要求，但你得保证一定会答应我。”

沈括感受到小丫头冰凉柔软的掌心，心里凉丝丝的。

“万一你让我做一些奇怪的事情，譬如吃虫子什么的，我怎么办？”

陆嫣眼里盈满了笑意，用手肘碰他：“你现在想什么呀，我才不会叫你吃虫子呢！也不会叫你做任何你能力之外的事。”

若有朝一日沈括真的跟陆臻杠上了，她只希望他能高抬贵手，放陆臻一马。

沈括抽回了自己的胳膊，收敛了笑容，陷入沉思。

沈括比一般人更加清楚自己想要什么，一旦做出决定就很少会改变，也几乎没有陷入过两难的局面。

他看向英文专著，显然有些挣扎。

计算机这一行的确是新产业，但是因为涉猎不深，所以他并没有多少了解。他只在学校的机房里碰过电脑，但学校的电脑异常老化，开机需要很长一段时间。

他出身社会底层，也接触过一些所谓的黑客，他们能做出令人咋舌的电脑病毒软件，并信誓旦旦地说，肯定能挣大钱，但他更倾向于脚踏实地打工做生意挣钱。

“沈括，你相信我。”陆嫣望着她，漆黑的眸子里似有光，“未来二十年三十年乃至四十年……世界都是属于互联网的，你相信我。”

相信她，然后将自己的未来押上，孤注一掷。

陆嫣知道沈括没有办法现在就给出答案，他不是陆臻那种冲动的性子，绝对不会因为一时热血上头就决定什么……他一直都是个谨而慎之的男人。

“没关系，你回去好好考虑，或者跟叔叔商量一下，反正现在暑假才过一半呢。”

“嗯。”

吃过午饭，结账的时候，陆嫣被前台告知这桌早已经结过账了。她回头望向沈括，无奈地道：“说好我请你的嘛！”

“今天我发了工资。”他平淡地回答。

以前他所有的努力都漫无目的，钱挣了就存着，以待来日。现在……他想试试给心仪的女孩子花钱的滋味。

陆嫣说想要投资他，将来分一杯羹，其实陆嫣不知道，他现在所做的一切，他将来拥有的一切……都是她的，如果她要的话。

虽然孟知宁嘴上说男孩子应该多磨砺，受点儿委屈没关系，她心里却咽不下这一口气。

施雅一个十五六岁的小姑娘懂什么，怎么可能有这般深沉的心机，想到用这样的方式去陷害陆臻，离间父子俩的关系。说到底，还不是受她母亲的影响。如此一想，施雪娴在家里肯定没少陷害陆臻，难怪这些年，陆臻和他爹的关系越来越糟。

孟知宁是个护犊子的人，实在忍不下这一口气，当天下午便来了陆家。

陆嫣正趴在窗台写作业，远远地见到孟知宁的奔驰车开进院子里，她戴着墨镜，踩着恨天高气势汹汹地下车，朝陆宅走来。

陆嫣了解孟知宁的火暴脾气，见她这般愤怒，知道今天施雪娴是在劫难逃了。她一跃而起，跑到隔壁陆臻的房间，把正在睡午觉的老爸拽了起来。

“干吗？”陆臻睁开惺忪的睡眼，被吵醒了很不爽。

“你妈来了！给你报仇来了。”陆嫣兴奋地扯着他出了房门，压着他的脑袋，和他一起猫在二楼的楼梯旁，朝楼下看。

陆简还在公司上班，施雪娴总是在这个时间把她的小姐妹请过来打麻将，喝下午茶。

孟知宁进屋的时候，客厅里正好有人在打麻将，施雪娴见孟知宁过来，脸色微沉：“你怎么来了？”

孟知宁一言未发，走到施雪娴的身旁，扬手就是一巴掌，“啪”的一声，施雪娴那白皙的脸蛋上赫然出现了五个手指印。

她被打蒙了，脸颊火辣辣的疼，震惊又愤怒地望着孟知宁：“你……你……你凭什么打人？！”

孟知宁压抑着内心的怒火，沉声道：“这一巴掌是让你明白，陆简眼睛瞎了，我还没瞎，你敢伤害我儿子一根头发丝，我孟知宁把你头盖骨都掀了，你信不信？”

这一席话，听得陆嫣痛快不已。她这位孟奶奶真不愧是叱咤商界的女中豪杰啊，就连打架都有千军万马的气势。

陆臻看着孟知宁这来势汹汹的样子，问陆嫣：“她怎么会知道？”

陆嫣咧开嘴，露出齐齿的职业假笑：“不是我告状的哟。”

“不是你就怪了。”他拍了拍小丫头的后脑勺，“别把这些事告诉我妈，太丢人了。”

“那你就机灵点儿啊，别这么蠢总让人家算计。”

“我……”

陆臻还没来得及跟陆嫣计较，楼下就闹了起来，施雪娴被打了一巴掌，哭天抢地，要死要活，朝孟知宁扑过去，要给她好看，俨然一个泼妇。

孟知宁往后退了两步，家里的管家和仆人全部上前护住了她，拦住施雪娴。

“你们……你们都是谁家的用人！”施雪娴的发髻都散了，她指着一屋子仆人破口大骂，“你们姓陆，不姓孟！你们居然护着她，我要把你们全部赶走！”

孟知宁抱着手臂，冷静地望着这疯子一般的女人，说道：“这栋宅子属于我，你没资格把他们赶走。”

“孟知宁，你欺人太甚！”

孟知宁冷笑：“我欺人太甚？你欺负我儿子的时候怎么不说这句话？”

“你别含血喷人，谁欺负你儿子了！”

“别不承认，我说过，陆简瞎了我还没瞎，你那点儿小伎俩在我这里，根本不够看。”

施雪娴今天可算是里子、面子都丢尽了，平白挨了这一巴掌，她连还手的余地都没有。

她唯一的靠山只有男人，而孟知宁背后却是一整个孟氏集团。

“大家来评评理啊！”施雪娴拿出了一哭二闹三上吊的本事，对周围一众麻友哭诉道，“别人都说孟家大小姐知书达礼，可是这位知书达礼的孟小姐，今天不由分说地冲进我家里，打我一巴掌，还羞辱我……”施雪娴用余光扫了扫周围一众阔太太，她们正交头接耳地低声议论着。

“我知道，她嫉妒我嫁给了我们家先生，抢走了她的前夫，一直对我心有不满，以前就多番为难我，我……我一个无依无靠的弱女子，真的不知道该怎么办了。”

陆嫣听着施雪娴的哭诉，真的都要吐了，电视剧里的恶毒女配都没她这么会演戏。

孟知宁冷眼看着她，说道：“既然你想要闹得众人皆知，那你不妨把你女儿如何被赶出陆家的事情，一五一十地跟大家说清楚。”

此言一出，施雪娴瞬间变了脸色。她还指望着将来给施雅谋一门上流社会的好亲事呢，现在周围的这些阔太太，她小心逢迎着，不都是为了给她女儿的将来做打算吗？如果施雅这件事让她们知道了……多半很快就会传遍整个圈子，她女儿的名声可就都毁了。

这些阔太太吃饱了没事儿干，平日里最喜欢听八卦了，立刻说道：“对呀，雪娴，你想让我们评理，先说说到底是怎么回事吧，不然我们听得云里雾里，也不知道怎么给你抱不平啊！”

“是啊是啊，快讲讲，到底是怎么回事。”

施雪娴咬紧了牙关，苦笑道：“没、没什么事，就是误会，没事的。”

“怎么又成了误会了？雪娴，你可别怕她，我们给你撑腰呢！”

施雪娴当然知道这些女人不可能真的为她打抱不平，只是想听闲话，拿她找乐子罢了。

施雪娴说到底不过是嫁入豪门以色侍人，无论她再怎么逢迎讨好她们，她们也是打心眼里看不起她的。

“你不好意思说，我来替你说。”孟知宁道，“你的女儿胡乱篡改我儿子的考试分数，完了跟你一唱一和地去向他老爸告状，害他老爸以为小孩人品有问题，险些把他赶出家门。施雪娴，你们母女俩真是打得一手好牌啊！饶是这么多年我混迹生意场，也要对你这好手腕甘拜下风。”

周围的阔太太们听闻此事，都不禁捂了嘴，交头接耳道：“她怎么能做这样的事呢？”

“居然把女儿教得这样坏。”

“真想不到她竟是这样的人。”

施雪娴像是被抽了骨头，全身瘫软地坐在地上，她知道，她女儿的大好姻缘算是全让孟知宁给毁了，这事传出去，整个上流社会的太太圈子里，再没有人会接纳她女儿了。

“你……你胡说，雅雅不是故意的，不是故意的……”

孟知宁眼神微冷：“施雪娴，我奉劝你，好好过你的清闲日子，别把心思放歪了，陆家的一切将来都是我儿子、女儿的，跟你一分钱关系都没有。”

说完这话，不等施雪娴反应，孟知宁抬头望了望二楼的陆臻和陆嫣。

“陆臻，你是陆家的长子，有点儿男子气概，别在外面瞎风光，回家就让人随手拿捏。”

陆嫣用手肘戳戳她爸，低声道：“听见没？长子，说话硬气点儿。”

某长子无言以对，“哼”了一声。

第八章

吃糖

孟氏集团为了这次“傲狼”男装的新品推广秀也是下足了血本，不仅邀请了男星秦玉骁为产品代言，这段时间电视上也在不停地循环播放“傲狼”男装的新品广告。

公司要求沈括和另外几个男孩每天都要过来进行造型训练，每天四个小时，按小时计酬。

因为他们都是新人，要在短时间内培养他们的镜头感，就必须下足功夫。

任何事，只要沈括去做了，无论喜欢还是不喜欢，他都会认真对待。不过秦玉骁的档期很满，他偶尔过来排练，也只是走几分钟的过场，而且经常迟到。

明星摆架子也是常有的事，只要大家好好捧着，别把他惹恼就行了。

秦玉骁第一次露面的时候，展厅里不少人放下了手上的工作，跑过去围观他，热情中难免带着些曲意逢迎的味道，说喜欢他，向他要签名，和他拍照。

沈括没有跟众人一起拥上去。他没有时间关注明星，于他而言，秦玉骁仅仅就是一起工作的同事罢了。

唯一让他感到不满的地方就是秦玉骁总迟到，而且事儿特别多，不是要喝咖啡就是要休息，每次化妆也要很久很久，经常耽误他们的时间。

有好几次，沈括面上都摆明了不爽，对秦玉骁冷脸相待。作为沈括的“临时经纪人”，钟恺总劝他，别和秦玉骁硬碰硬。

“人家是大明星，连孟总见了都要礼让三分的，算了算了，忍忍。”

沈括也不是没进入社会的愣头青，他知道，这种时候的确不宜和秦玉骁发生冲突。他忍下了这口气，只做好自己分内的事情，反正不过两周时间，拿了薪资就撤，这辈子都不会再碰面的。

新品发布会的前两天，孟知宁去展厅看彩排情况：“方总监，这几个新人怎么样？”

方总监迎向孟知宁，努努嘴：“还不错，有点儿上镜的样子了，连摄影师都在夸，孟总在挑人方面真是没得说。”

孟知宁望向展厅台，沈括也在，他穿着“傲狼”新款的浅色毛衣，化着清淡自然的妆，高光灯打在他的脸上，肤色白皙无瑕，五官越发清秀，眉眼灼灼，少了轻佻，多了几分矜持的气质。他绝对是衣架子身材，无论什么样的衣服，穿在沈括的身上都像是为他量身定制的一般。在强光灯照耀下，他仿佛全身都在发光，好看得让人挪不开眼。

和他身旁的大明星秦玉骁相比，沈括也毫不逊色。不仅如此，他比秦玉骁更多出几分清贵疏离的气质。真是没有对比就没有伤害，秦玉骁单拎出来也算英俊潇洒，但是和沈括站在一起，他的帅就显得有些单薄，缺了点儿味道。

秦玉骁拿着后期摄影师拍出来的平面照，看着他身后左侧的沈括，脸色也渐渐沉了下去。

身后的男人气场很强，太抢镜了。

秦玉骁本来就看不惯沈括，因为在场所有人都捧着他，偏偏沈括对他的态度寡淡如水，甚至有次从他身边经过，直接无视了他。他心里对沈括更多了些怨怼。

即将上场，记者和摄像机也全对准了展台，沈括换好衣服化好妆走出来，英俊非凡。好些时尚杂志的记者见了他，都忍不住交头接耳，说孟知宁眼光好。

秦玉骁深深地感觉到，身边这个闷不吭声的少年正在威胁他的地位，也抢走了他的光环。

因此，孟知宁离开不到三分钟，秦玉骁便当场发飙，踹翻了沈括放在椅子上的双肩包，不爽地说：“挡路。”

黑色双肩包里装着陆嫣送给他的那几本电脑书，现在滚落到台前，露出了一角。

所有人都噤声了，知道秦玉骁又要耍大牌了，不敢多说什么。

沈括走到台前，默不作声地捡起书包，轻轻拍了拍上面的脚印，从秦玉骁身边经过，看也没看他。

被无视的秦玉骁望望周围的人，大家假装做自己的事情，都不说话。

他心里越发不爽，分明给了沈括一个下马威，可是沈括的冷淡反应却让他感觉自己像个笑话。

秦玉骁走到方总监面前，指着沈括，气呼呼地说："这就是你们给我找来的人？"

方总监对秦玉骁的态度一直都是客客气气的，他笑着说："他们几个都是孟总选出来的好苗子。"

"就这样的也叫好苗子？"秦玉骁脸上带了嘲讽之意，"你看看他，连镜头都抓不住，站在我身后就跟个傻子似的，碍不碍眼？"

虽然他话是这样说，但是明眼人都看得出来，秦玉骁是让沈括抢了风头，没处发泄，这才浑身不自在，四处找碴。

方总监顾全大局，只能笑着安抚道："他们没有受过训练，还是几个愣头青，自然比不上你。"

秦玉骁冷哼："还用你说。"

方总监以为秦玉骁发发牢骚，事情也就过去了，所以跟他附和了几声，同时也不住地给沈括使眼色，叫他多担待。

沈括表示没关系。他从来不会在意这些小波折，都是不重要的人和事。这个世界上，能让他在意的都是放在心里的人。

方总监一边应和秦玉骁，一边也兀自感叹，秦玉骁的出道时间也不算短了，居然还不如一个高中生明事理。

方总监无奈地摇头，心里对沈括又多添了些好感，这小子，能屈能伸，来日定非池中之物。他本以为秦玉骁闹闹也就算了，却没想到他竟不依不饶，说一定要让沈括退出，不然他就撂挑子不干了。

"这……我们都是签了合约的。"方总监试图好言相劝，"人也是孟总亲自挑的，沈括没有做错事，没理由说辞退就辞退啊。"

"怎么没有做错事，就他这样的家伙，站在我后面会损坏我的荧幕形象。"

周围人闻言，脸上都露出了戏谑的神情。

秦玉骁只怕是担心沈括抢了自己的风头，才故意找借口要辞退他吧。

虽然大家心里跟明镜似的，但还是不敢和秦玉骁正面冲突，毕竟这位可是连孟总都要礼让三分的大明星。

秦玉骁固执地要让方总监辞退沈括，否则自己就不开工。

方总监不好得罪秦玉骁，只好又去办公室找孟知宁，孟知宁正在招待外宾，不方便见他。

孟氏集团不止“傲狼”这一个系列的品牌服装，孟知宁作为公司的一把手，每天忙得四脚朝天。

方总监找不到人，急得不知怎么办才好，若秦玉骁撂挑子不干，现在换人也还来得及，但关键问题是，他可是孟氏集团大小姐钦点的人，所以孟知宁肯定不会轻易撤了他。

他苦着脸回到展厅，秦玉骁还大爷似的坐在椅子上，抿了一口咖啡，说道：“方总监，请示过领导了吗？”

方总监只能劝道：“你要是实在看沈括不顺眼，我把他安排靠后，不让他站在你后面，这总行了吧。”

钟恺一听这话就急了，当初让沈括站第二位的人是孟知宁，这顺序都定下来了，怎么能说改就改呢！然而沈括拉住了他的手腕，耐着性子望向秦玉骁。

这时候发生冲突，只会越发激怒他，不如按兵不动。

方总监提出的方案其实也是在给秦玉骁递台阶，如果他能顺阶而下，这件事也就解决了。

沈括并不在意站什么位置，只要答应他的薪酬不变，站第二位和最后一位没有区别。

秦玉骁似乎和沈括较上劲了，他知道，如果这次真让沈括在电视上露了脸，只怕他秦玉骁的风头就全让这家伙抢去了。

“不行，只有两个选择，要么他走，要么我走，你自己掂量着办吧！”

方总监都快哭了，时装秀过两天就开始了，如果处理不好这件事，孟氏的损失可就大了啊！

这时候，方总监的助理走过来，低声说：“我们之前选拔的时候，担心发生意外情况，还预留了几个备选，不如从这里面挑一个，顶替沈括算了。”毕竟这次时装秀缺了谁都行，唯独缺了秦玉骁不行。

秦玉骁是孟知宁的女儿钦点的人，全公司上下都知道孟知宁有多宠爱她的宝贝女儿，别说一个秦玉骁，就算是要星星月亮都能给她摘下来。

方总监为难地看向沈括，不知道该怎么说才好："这个……小沈啊，就只能说一声抱歉了，但是你放心，你的薪资我会结给你的，一分都不会少。"

钟恺这下真的爹毛了："方总监，沈括训练了这么多天，你现在说不上就不上了，这是逗着咱哥俩好玩是吧！"

"哎呀，体谅体谅，对那位大爷，就连我们孟总都是客客气气的，我也实在不能得罪他啊！"

钟恺憋闷地说："整个娱乐圈就没别的明星了吗？非得请他，这也太要大牌了吧！"

"两位有所不知，这位秦玉骁是我们孟总的女儿点名要的人，孟总无论花多少钱，也要把秦玉骁给请过来，就是为了能让女儿看看他，所以两位真是对不住了。"

秦玉骁望了沈括一眼，嘴角勾起胜利者的微笑，气焰嚣张。

沈括知道，这个世界的规则就是如此，弱肉强食，他无话可说。

"我不喜欢让别人为难，告辞。"沈括转身离开。

方总监叫住他："等领了工资再走啊。"

"我只拿我付出劳动的那一份。"

若多取，便是接受了别人的怜悯，而沈括是何其骄傲的人，他不会要任何人的怜悯。

钟恺愤愤不平地与沈括走出了大厅，嘴里一遍遍地问候着秦玉骁的祖宗。

就在这时，陆嫣穿着一身薄荷绿的连衣裙走来，裙子是日常款，但在盛夏里显得格外清新动人。

她将自己的自行车交给保安，保安把车推进门，放在前台好生保管。

沈括望见陆嫣的那一瞬，感觉一阵清凉的薄荷风扑面而来。她今天很漂亮。

陆嫣看到沈括，脸上浮现出诧异的神情，不管不顾地朝他跑来："沈括，钟恺哥，好巧，你们怎么在这儿啊？"

钟恺一脸愤愤不平："别提了，本以为找到一份好工作，没想到煮熟的鸭子都飞了，真是竹篮打水一场空，白瞎了过来培训的这么多天。"

"啊，怎么回事？"

钟恺满心积郁没处发泄，好不容易遇着熟人了，肯定要让陆嫣来评评理。

“……你说说，这家伙也太狂妄自大了吧，仗着自己有点儿名气，多了不起呢，还说什么自己是孟氏集团大小姐钦点的人，看不起我们俩。”

沈括揉了揉额角，无奈地道：“他没说这句话，你不要太夸张了。”

钟恺本就是咋咋呼呼的性子，说话虽然有点夸张，但大体还是没有瞎说。

陆嫣听完之后，脸色沉了下来，低声咕哝：“没想到他居然是这样的人啊。”

早知道她就不说找秦玉骁了，她之前看过他拍的电影，觉得他还挺帅，冷酷的气质很适合“傲狼”男装的品牌形象，所以才推荐了他，没想到他现实中人品这么差。她回想那天下午，沈括拿到第一笔工资的时候，还兴致很高地请她去世纪城大饭店饱餐了一顿。无论如何，陆嫣都受不了自己的朋友这样被欺负。

“跟我走。”

她拉着沈括的衣袖，沉着脸朝大厅走过去。

陆嫣拽着沈括重新回到大厅，代替沈括的那个男孩也已经就位。

方总监看替补的男孩无所适从地站在秦玉骁身后，这形象气质，比沈括可差远了。

偏偏秦玉骁就要这样的人来衬托自己，完全不考虑时装秀的效果，真是太自私了。

秦玉骁无意间抬头，望见沈括居然又回来了，气不打一处来，大步流星地走到沈括面前。

“你又回来干什么？我告诉你，别自取其辱啊，现在就滚，不然……”

“不然怎么样？”陆嫣上前一步，站在沈括前面，迎向秦玉骁，“不然你就退出，是吗？”

秦玉骁打量着陆嫣，以为她是这里的工作人员，于是很不客气地说道：“滚开，不然我让你也饭碗不保。”

作为人气偶像，鲜少有女孩见了秦玉骁会不兴奋尖叫的，他早已习惯了万众瞩目，因而陆嫣一上来就是敌对的姿态，让秦玉骁莫名不爽。

陆嫣拿出了以前当富二代时怼天怼地的刁蛮劲儿，说道：“说白了大家都是拿钱办事的，谁也不比谁高贵，你要什么大牌啊？！”

秦玉骁听不惯这话：“我和他们怎么可能一样。”

“那你说说，怎么不一样？”

虽然都是拿孟氏的酬劳薪资，但是秦玉骁自觉和周围这些家伙完全不一样，他是明星，肯前来那都是赏光，给孟氏面子。他指着沈括以及周围几个男孩道：“他们几个名不见经传的家伙也能跟我比吗？我告诉你，就算我跟孟总开口，把他们全都辞退了，孟总也不会说什么。”

“你也太有自信了吧，据我所知，孟总可不是这么不讲原则的人。”

秦玉骁冷笑道：“我可是孟氏集团大小姐选的人，孟总是出了名的疼女儿，你觉得她会怎么选？”

陆嫣咧咧嘴，没想到绕了半天，居然绕到她身上了。

方总监还有周围几位同事听到这话，显然有些尴尬，但是陆嫣没开口，他们也不好站出来说什么。

秦玉骁回头对方总监道：“你们还愣着干什么，还不快把他赶走，我看见他就烦。”

方总监几人纹丝不动，像是没有听到他说话似的。

“喂，我说你们怎么回事？”

就在这时，忙完了公司事务的孟知宁重新来到展厅，问道：“怎么回事，都聚在这里做什么？”

方总监连忙迎上她，附耳低声将事情简单说了一遍。

“孟总，您来得正好。”秦玉骁走上前来，扬着调子说，“不知道哪儿来的丫头在这里撒野，让保安把他们赶走。”

孟知宁望向秦玉骁的眼神冷了冷。她早就听说秦玉骁在彩排训练的时候嚣张不已，经常对工作人员和其他模特口出狂言，不过孟知宁没有计较，都是看在自家女儿的面子上，一忍再忍。没想到这会儿，他居然敢对陆嫣口出狂言，这就触了孟知宁的逆鳞。

“保安，把这个狂妄的家伙给我赶出孟氏的大楼！”

几个保安走过来，架起了秦玉骁的手臂，准备把他带出去。

秦玉骁傻了：“喂，你们认错了吧，不是我！放手！”

孟知宁看着他，冷冷地说道：“既然你想退出，没问题，不过我们和你的经纪公司签了合约，想退出就得先交够违约金。”

秦玉骁没想到孟知宁真的让他退出，有些急了，他刚出道不久，真算下来，这笔违约金公司肯定不会帮他承担，是要自己掏腰包的。而且这件如果事传出去，他将来想接别的代言，可就难了。

“孟总，这……这里面是不是有什么误会？”

“是有误会，你以为我孟氏集团是什么样的地方，我们花钱请你来，不是让你在这里作威作福，随意欺负我的员工和下属的。”她又望了望陆嫣，说道，“另外，我的女儿也不是你能随便让滚就滚的。”

此言一出，秦玉骁目瞪口呆。

没想到这看上去衣着打扮并不起眼的小丫头竟然是孟知宁的女儿，孟氏集团的大小姐！

他还以为她是这里的工作人员呢。

周围那些曾经被秦玉骁轻视过的员工和模特，此刻看着他吃惊的样子，心下痛快不已。

孟知宁回头望了望陆嫣，又看向她身后的沈括，说道：“小沈，你没有做错任何事，不必离开，原定的位置也不变。”

沈括不卑不亢地点点头。

秦玉骁被气得脸色惨白，这会儿也是骑虎难下，好歹他还算是有点儿名气的，“沈括不走他就走”的话都已经放出去了，不可能再收回去，不然他的面子往哪儿搁。他只能咬着牙，愤愤地转身离开。

秦玉骁离开以后，展厅总算清静了下来，幸而距离新品发布会还有时间，孟知宁做事，永远备有 B 方案。

她当下便让方总监去联系了另外一名和孟氏服装有过合作的男星过来救场。

陆嫣一直坐在椅子上，托着腮帮子看台上的沈括摆造型。

以前她怎么没发觉，他这么帅呢！在聚光灯的照耀下，他高挺的眉骨，深邃的眼眶，锋锐的薄唇……俊逸的五官宛若天成，组合在一起真是一件完美的艺术品。

只是他太穷了，那些旧衣服和他身上沉郁的气质掩盖了他张扬闪光的少年感，所以学校的女孩都害怕靠近他。

孟知宁忙碌的间隙回过头，远远望见陆嫣正目不转睛地盯着沈括。她眸底划过一丝深意，冲陆嫣招招手，喊道：“嫣嫣，过来。”

陆嫣起身朝孟知宁走过去。

孟知宁看了看台上的少年，揽住陆嫣的肩膀，八卦地问：“男朋友啊？”

“哎呀，不是，就是同学。”

孟知宁打趣道：“看得这么痴迷，眼睛都快长人家身上了，还不惜为他手撕偶像，只是同学这么简单？”

陆嫣的脸蛋蓦然染上了红晕，她急切地道：“本来就、就是同学！你知道我这人仗义，谁要是欺负我朋友，管他什么偶像，我照、照样翻脸的。”

“我也就随便一说，你这么着急做什么？”

“我、我哪里着急了。”

孟知宁笑着揉了揉陆嫣的头发：“我是觉得你这位沈同学真是不错，这么沉得住气的男孩子可不多了。”

陆嫣知道孟知宁极少夸别人，她说不错，那一定就是相当欣赏的。

“不过……”

孟知宁看着台上光芒四射的少年，微微蹙了蹙眉，道：“他身上戾气有点儿重。”

纵使她阅人无数，也看不透沈括那深邃的眼底究竟藏了怎样的心思。

晚上，陆嫣和沈括一起回家。小丫头走在前面，迈着轻松愉悦的步子，沈括漫不经心地跟在她身后，从始至终保持着半米远的距离。

“你从来没有说过你是孟氏的千金。”如果他早知道，无论如何也不会接这份工作。

“你也从来没有问过啊，如果我突然告诉你，不是很奇怪吗？”

女孩在地砖上跳着格子。

沈括挑挑眉：“有道理。”

陆嫣跳到他身边，抬头端详着他：“不过沈括，我发现你真的很有当明星的潜质！”

沈括不以为意：“是吗？”

“你穿上那些衣服，站在镜头前，整个人都好像在发光一样，比起那些明星，丝毫不差。”

“哦。”

“有没有考虑过，C 位出道啊？”

“没有。”

沈括对这些东西不太感兴趣，他不喜欢被别人评头论足，更没有唱歌跳舞的才艺，他甚至不在乎别人喜欢或者讨厌他。这样的人，天生不适合娱乐圈。

陆嫣也不过随口一提罢了。

“我就挺想当明星的，想让更多人喜欢我。”

“这么多喜欢，要来有什么用？”沈括平静地问。

“不知道。”陆嫣耸耸肩，“被很多人喜欢，本来就是一件幸福的事啊！”

沈括眼底划过一丝黯然，他从来没有被很多人喜欢过，甚至，连他的母亲都不喜欢他，否则，她也不会离开了。他习惯了常年在孤独中与自己搏斗，毫不在意别人怎么看他。被人喜欢是一件幸福的事吗？沈括从来没有感受过。

远处渐落的夕阳在她的脸庞笼上一层柔和的微光，她扬起了嘴角，坚定地说：“反正，人只要能找到自己喜欢做的事情，然后一生只做这一件事，就足够了。”沈括眼睑低垂，望着她，看了许久，直到女孩的耳垂渐渐泛了红。

“你……看我干吗？”被他深沉的目光这样盯着，她有些紧张。

只是几秒，沈括立刻移开视线，瞥见前面小贩推着轰隆隆的机器，在卖米泡筒。他立刻拉着她走上前，买了三根米泡筒，一股脑塞给了她。

陆嫣欣然接受，坐在街心公园的长椅上，跟个小仓鼠似的小口嚼着米泡筒。

沈括望着人来人往的街道，似乎也没有回家的意思。

“你吃吗？”陆嫣掰下半截米泡筒递过去。

“我不吃零食。”

“那我就不客气啦。”

脆脆的米泡筒被她吃了个精光，夕阳渐渐沉了下去，陆嫣站起身，拍了拍裙子上的碎屑，说道：“那我回家了！”

“等等。”

沈括看着她，忽然伸出手，轻轻触到了她嘴角的位置。

“唔！”

陆嫣的心猛地提了起来。

他用冰凉的指尖拭掉了黏在她嘴角的一粒白色的碎渣，随手扔进了自己的嘴里。

“你……”

不是不吃吗。

他捻着舌尖的一缕甜味，推了推她的肩膀，嘴角微扬：“快滚吧。”

夕阳把她的影子拉得很长，她的身形也仿佛被镀了一层光，温柔而美好。沈括望着她的背影，不自觉地笑了，看着她的身影消失在视线范围内，他也转身往家的方向走去。

周末，陆嫣好一番软磨硬泡，总算将陆臻拉到了图书馆一起学习。若是换了从前，以妹妹的身份，别说把陆臻按在桌边学习，就算是拉他到图书馆看看闲书都没可能。

陆嫣没想到作为女儿，说话竟然还挺管用。

陆臻时时刻刻想在女儿面前以身作则，他要不树立一个好榜样，将来女儿跟着他有样学样，那怎么行？

图书馆里，陆大少爷无精打采地趴在桌上，看着英语课本上密密麻麻的英文字母，脑袋上像是有一堆苍蝇在飞，很快就把他绕晕了。他打了个哈欠，脑袋重重地磕在了桌上。

陆嫣毫不留情地将他揪起来，拼命摇晃，义正词严地说：“爸，认真学习！”

陆大少爷绝望地打了个哈欠：“小嫣嫣，当年你老爸也是这样逼你学习的？”

“这算什么啊，当年你可是拿着鞋底站在我身后，我一打瞌睡你就抽我。”

“胡说，我能做那种事吗？”

“老爸，有句话说得好，己所不欲，勿施于人。”

陆嫣笑着拍了拍他的后脑勺：“乖，别睡了，跟我一起学习呀。”

“学习真难，比我做生意难多了。”

其实，陆嫣知道他做生意也不轻松，曾经她听梁庭叔叔说，陆臻大学时脱离家庭，独自出来打拼，那可是真的吃了不少苦头，住过地下室，深夜里陪客户喝酒喝到吐……现在不过是因为有陆简老爷子给他撑腰，有偌大的陆氏集团在身后，所以陆臻的人生目前来说还是顺风顺水，没有遇到什么大的挫折。

“爸，你算算，今年你都十八了，十八岁意味着你成年了，不久的将来，你就会遇到我妈，你生命里最重要的女人，你想让她看见你现在这副不求上进的模样吗？”

这话似乎有点儿作用，陆臻总算挺直了腰板，打起精神道：“学就学，我要以最英俊的模样遇到你妈！”

陆嫣笑起来，摸摸陆臻的头：“老爸真乖，有什么不懂的，可以问我啊。”

陆臻偏头躲开她：“男人的头不能摸，我的头更不能摸。”

“嘁，有什么不能摸的，偏要摸！”

父女俩半刻不曾消停，在位置上打闹起来，幸而这会儿是中午，图书馆只有他们两人。

就在他们打闹的间隙，陆嫣偏头看见一个清瘦的身影走进了图书馆。

她微微愣了愣，然后起身说：“老爸，你先自己学，我去借两本书。”说完她也不等陆臻反应，径直朝沈括所在的书架追了过去。

阳光透过落地窗浅浅地照进来，照耀着窗边的少年。他英俊的侧脸轮廓仿佛镀了一层光，额前的发丝也被照得通透，那双深咖色的眸子在阳光下漂亮得令人窒息。他眼睑微垂，望了陆嫣一眼，淡淡地道：“过来。”

陆嫣宛如做贼一般，偷偷地望了望桌前的陆臻，然后脚不听使唤地朝他走了过去。

“沈括。”她低低地唤了他一声，用轻柔的声音问他，“你也来看书呀？”

“嗯。”

陆嫣望向他手里拿着的一本计算机专著，知道他肯定已经听进她的话了。她很开心，低头浅浅一笑，露出两颗小门牙。

沈括伸手将她拽到面前，按在书架边，低声说：“闭眼。”

“咦，做什么？”

“少废话，闭眼。”

陆嫣闭上眼睛，听到胶纸被揉碎的声音，随后，她感觉他冰凉的指尖触到了她的唇畔。

她身形微颤，一颗酸酸甜甜的水果糖被塞进了她的嘴里。

陆嫣眨了眨细密的眼睫，诧异地抬头望向他。少年纤细的脖颈在阳光下显得白皙通透，脉络分明。他冲她微微一笑，好看得宛若神明。

“好吃吗？”

陆嫣抿着舌尖的酸甜，点点头：“好吃。”

他从包里摸出几颗糖，全部放进陆嫣外套的小口袋里，柔声说：“钟恺追女孩，托人买的进口货，我抢了几颗，差点儿被他揍晕。”

陆嫣很难想象，沈括居然会抢钟恺的糖，很有画面感。她情不自禁地笑了起来，从口袋里摸出一枚水果糖，剥开糖衣递给沈括：“你也尝尝啊。”

沈括目光灼灼地凝望着她，就着她的手，吃了那颗糖。

“很甜。”

“是呀，很甜。”

两人近在咫尺，呼吸间夹杂着水果糖的甜腻气息。

不知为什么，陆嫣感觉脸颊越发滚烫，耳垂也染了红晕。

就在这时，她偏头看到了陆臻。

陆臻站在两个书架边，沉着脸瞪着沈括，眼里是熊熊怒火。

沈括站直了身子，迎向他，嘴角挂了一丝淡笑。

陆臻冲过来，抓着陆嫣的手腕将她拉到身后，凶巴巴地质问：“你和他在干吗？”

“啊，没干吗啊。”

“你嘴里是什么东西！”

陆嫣吐出嫣红的小舌头，上面有一颗待化的水果糖：“沈括请我吃糖。”

“他给你你就吃，嘴这么欠，不怕他毒死你啊！”

“他干吗要毒死我……”

陆臻懒得和这小馋猫计较，抬头对沈括道：“离我姑娘远点儿。”

“能不能别每次都是这一句，”沈括揉揉耳朵，淡定地道，“都起茧子了。”

“你……我没跟你开玩笑！你这家伙，你还给她糖，你什么居心！”

“我什么居心，你不知道吗？”沈括嘴角绽开一抹冷笑，半开玩笑道，“我就喜欢抢你的人啊。”

陆臻猛地瞪大眼睛，被气得七窍冒烟。

沈括漫不经心地从他身边经过，还挑衅地撞了撞他的肩膀，回头对陆嫣说：“下次再给你带好吃的。”

“好啊。”

陆臻狠狠地瞪了她一眼，陆嫣连忙噤声。

待沈括离开以后，他将陆嫣拉出图书馆，来到大厅里，像审犯人一样：“全部交出来。”

陆嫣连忙后退两步，捂住自己的小口袋：“不交！沈叔给我的！”

陆臻过来夺，小丫头身形敏捷，游鱼似的从他肋下钻过去。

“臭丫头，这么喜欢他，给他当女儿去啊！”

“去就去！”

“喂，回来！你……你还真去啊！”

陆臻想追，奈何陆嫣已经跑远了。

十月初，北城各大中学的秋季篮球联赛如火如荼地拉开了帷幕。

最后一场总决赛，陆臻和沈括同时被选进了决赛队伍，跟北城一中的篮球队打。比赛场地选在了三中的篮球场，顶着金秋的太阳，少年们露着胳膊，脸上滚落豆大的汗珠，襟前也是湿漉漉的。

那个时候，学校没钱修建篮球馆，因此绝大部分运动场是露天的，不过这丝毫没有影响同学们加油的高涨情绪。啦啦队准备就绪，在操场上跳着热身操。

陆嫣被她爸拉到了篮球队观战席的最佳位置，跟一帮穿红色球服的替补男孩坐在一起看比赛。穿黑球服的一中篮球队坐在他们对面，身后的梁庭低声对陆嫣说，对面篮球队里似乎有专业的篮球队员，所以这场比赛，他们估计够呛。

陆嫣望向他们，的确有个个子接近一米九的家伙，正在组织队员们进行热身运动。看他们这来势汹汹的样子，今天肯定免不了一场恶战。

陆嫣回头，望见了在观战席最后一排的沈括。他懒懒地斜倚在椅子上，一双逆天的大长腿无处可放，向两侧斜开。他穿红色球服的样子简直太帅了，眉间竟然还有几分流川枫的味道。

陆臻不知道从哪里冒出来的，挡住了她的视线：“闺女，看你爸酷不酷？”他颇为自信地弯曲手臂，向陆嫣秀他引以为傲的肌肉块。

陆嫣嘴角咧了咧：“酷……”个头。

她再偏头望沈括的时候，观战椅空荡荡的。

沈括已经起身离开，走到烈日下热身。他身上的肌肉线条流畅紧致，完全不似健身房配合蛋白粉练出来的那种肌肉。他的肌肉是长年劳动自然形成的肌肉群，极有力量感。

陆臻顺着陆嫣的目光看去，最终定位在他死对头的身上，脸色顷刻间沉了下去。

“死丫头你看谁呢！”

“没谁啊。”

陆嫣收回目光，摩挲着书包里的冰汽水，起身想溜，却又被陆臻一把拎住后衣领：“你给我回来。”

“呜……”

“书包里装的什么？”

“没什么。”

陆嫣死死地捂着包，却还是让她的暴躁老爸抢了去，掏出一瓶汽水：“又想投敌叛国啊。”

“死陆臻，还我！”

陆臻将汽水扔给身后的梁庭，然后拍了拍陆嫣的脑袋：“吃里爬外没有好下场，知道吗？有好东西，首先应该孝敬你亲爸。”

陆嫣跺跺脚，快要被气死了：“你又不缺人送水，干吗抢我的？”

陆臻身边有好些女孩手里拿着各式各样的饮料，红着脸想要跟他搭讪。

或许与个人气质有关，陆臻生来便站在阳光下，永远活力四射，像个小太阳，这样的男孩永远不缺少关注的目光。而沈括与他截然相反，他身上那种疏离的气质，让人本能地畏惧，不敢靠近。

人终究不喜欢与苦难相伴。

陆嫣刚刚去小卖部买水，小卖部生意好，熙熙攘攘的全是买水的女孩子，好不容易从一堆女生中突围而出，抢到了一瓶冰汽水，居然就这样让陆臻夺去了。她都快被气死了。

论脸皮厚，没人比得上陆臻。

就在小丫头兀自生气的时候，一瓶冰汽水悄悄递到了她的手边，晃了晃。

陆嫣诧异地回头，迎上梁庭深邃的眼神。他似乎看穿了陆嫣的心思，眼角挑着笑纹，低声说："藏好，我把陆臻引开，你偷偷送。"

陆嫣宛如做贼似的，赶紧接过了汽水，藏进包里，心怦怦直跳。

"谢谢。"

"别客气。"梁庭一脸慈爱，"别被发现了。"

"嗯！"

梁庭和她交接了"赃物"以后，径直走过去揽住陆臻的肩膀："上厕所，一起。"

"上厕所还一起？自己去。"

"还是不是兄弟了？走走，别磨蹭。"

梁庭拉着陆臻离开了，回头甩给陆嫣一个眼神。

陆嫣嘴角绽开一抹浅浅的笑意，赶紧起身，朝沈括所在的方向走过去。

烈日下，沈括手边传来一阵冰凉的触感。他回头，只见陆嫣站在他身后，忐忑地说："请你喝水。"

"请我？"

"快拿着，别让陆臻看见了。"陆嫣将冰汽水塞进了他的手里，防备地朝身后看了看，宛如做贼。

沈括毫不犹豫地接过了汽水，拧开瓶盖，咕噜咕噜灌了两口。汽水漫过他的喉道，落入腹中，满身都是清爽的凉意。

陆嫣见他这么爽快地接受了，嘴角不自觉地上扬。他仰头喝水的模样一点儿也不斯文，喉结上下滚动着，带着运动带来的燥热，极有味道。

沈括拿着汽水，说了声："谢了。"

"好喝吗？"

"嗯。"

他极少喝这种带甜味的碳酸饮料，不是不喜欢，只是觉得没必要。其实……还是好喝的。

女孩脸上的笑意愈盛，分外乖巧："沈括，听说一中有个专业篮球队员，咱能赢吗？"

沈括望着对面那些穿黑球服的队员，眼底少见地浮起一丝少年意气："一定赢。"

陆嫣诧异地望向他，真是很少听见他这般笃定地说什么话，这气场，简直太强大了！

她重重地点头："加油！"

只要沈括说一定赢，陆嫣就相信这场比赛肯定能赢。

上场的哨声响了，沈括将剩了一半的汽水递到她的手上："帮我拿着。"

"好。"

陆嫣接过了那半瓶汽水，重新回到自己的座位上。

没一会儿，陆臻和梁庭也要进场了。

陆臻见比赛开始了，立刻将外套脱下，甩到陆嫣脑袋上："给你爸拿衣服。"

"你就不能温柔点儿？"

她话音未落，只感觉手里一空，陆臻将沈括喝剩下的半瓶汽水夺过去仰头就喝。

陆嫣眼睁睁地看着陆臻把沈括剩的那半瓶汽水喝了个精光，整个人都不好了。身后的梁庭嘴角也跟着抽了抽。

陆臻把空瓶子扔进垃圾桶，回头睨了石化的陆嫣一眼，漫不经心地问了句："干吗？"

"有……有毒。"

你仇人喝剩下的。

陆臻揉了揉陆嫣的脑袋，满脸关怀："我闺女看着好呆啊，是我生的吗？"

陆嫣捂了捂脸，真是无话可说。

她妈妈得有多么眼瞎才能看上她爸这智障儿童啊！

球赛上半场，陆臻故意和沈括作对，拿到球却不传给他，而队里的几个男孩子因为跟陆臻关系好，所以几人配合的时候也没有算沈括。明眼人都看得出来，他们在孤立沈括。

沈括渐渐停下了步子，站在边上看他们表演。他在学校里素来人缘不好，都已经习惯了。

陆嫣看着她爸这明显的恶劣行径，气得牙痒痒，真想冲上去把他暴打一顿。

上半场，因为一中请了专业的篮球队员过来当外援，两边的实力差距本来就悬殊，结果陆臻还在内部搞分裂，因此比分很快就被拉开了。

那名外援篮球队员名叫何武仁，年龄比他们大几岁，一看就不是省油的灯，懂挺多场上掩人耳目的小动作，拦截陆臻的时候，暗暗用了劲。

暴脾气的陆臻哪里受得住这个，好几次冲裁判大喊，说他打人，不过裁判没有看到，因此只能不了了之。

何武仁抬起下颌，冷笑着望向陆臻："小朋友，输不起就别打啊！"

"到底是谁输不起，在背后搞事情！"

"哟，看这委屈样，都快哭鼻子了吧，回去找你妈妈吧，别在这里丢人现眼。"

"你……"

梁庭上前架住陆臻的胳膊，说道："别冲动，他暗里行事，如果你明面上动手，下半场就别想打了。"

陆臻挣开梁庭，愤愤地看着何武仁，气得鼻孔冒烟，英俊的脸庞此刻涨得通红。

陆嫣看着老爸这模样，心里有些感叹，这时候的陆臻真是少年不识愁滋味，张扬恣肆，半点儿受不得委屈……

过不了几年，他真正接触社会以后，上过的当、受过的骗、遭遇的阴谋和险恶可比现在多多了。

上半场的比分很难看——26:12。

中场休息的时候，陆臻蹲在篮球架边，窝了一肚子火儿没处发泄，谁都不敢去招惹他。

陆嫣走到他身边，陪他一起蹲着。

“闺女，我好气。”他闷闷地说。

陆嫣拍了拍他的肩膀，严肃地建议：“爸，把球传给沈括。”

“想都别想，”陆臻揉了揉鼻子，“永远不可能。”

陆嫣推了他一把，陆臻重心不稳险些摔倒，又让陆嫣揪着衣领拽回来，怒道：“你的面子重要还是比赛重要，最后总决赛了，难道要为了你的私人恩怨放弃拿第一名吗？”

陆臻诧异地看着面前的小姑娘，还没见她为什么事这般较真过。

“可是……”他就是忍不下这口气啊！

“那个外援搞小动作，是他的错，但如果因为你的私人恩怨影响了比赛结果，拿不到第一名，就是你的错。”

陆臻纠结了片刻，终究还是沉沉地应了一声。他不想亏欠任何人，既然参加了比赛，肯定是要拿第一名的！

裁判吹响口哨，下半场比赛开始，陆臻拿了球一路领先，在三分线外被何武仁追上。他剧烈地喘息着，偏头望见站在篮筐下的沈括，咬了咬牙，终究还是将球传给了沈括。

自家姑娘想要的胜利和荣耀，当老爸的就算心里一千个一万个不愿意，也必须咬牙为她拿下。

沈括接到球，一个漂亮的假动作闪身，避开了一中的队员，起跳投篮，篮球落进了篮筐！

这次进球激励了原本恹恹的三中观战的学生，同学们全部站起身，激动地呐喊，为队员们加油助威。

下半场，沈括打了一个漂亮的开局，也让一蹶不振的队员们看到了希望，开始配合着沈括发起反攻。

脑子灵活的男孩子，一般来说身体敏捷度也不会太差，沈括的篮球技术几乎可以与他的学习成绩媲美，再加之他的体力比一般的同龄男生好太多了，因此，下半场开局不到十分钟，沈括一个人便追上了十分。

陆臻虽然心有不甘，但是也不得不承认，沈括的技术确实好，比专业队员何武仁丝毫不逊色。

沈括每进一球，都让全场观众发出欣喜若狂的尖叫声，陆嫣混在里面，使劲儿鼓掌，开心得不行。

果然，无论任何糟糕的局面，只要有沈括在，一切都会有转机。

她对他的自信，从过去就种下了。从一无所有到跻身北城权势熏天的上流新贵，他的经历旁人无可想象。在陆嫣眼里，没有什么事是沈括做不到的。

何武仁没料到，上半场一直表现平平的沈括居然还是个隐藏的黑马，下半场突然发力，打得他们措手不及。眼看着比分差距越来越小，就要被追平了，何武仁不甘心，冲队友们使了眼色。

队友们心领神会，改变了战术，开始全力拦截沈括。

沈括好几次带球投篮，都被他们压了下来，甚至有人趁其不备，还用力踱了他的脚。

沈括很疼，咬了咬牙，隐忍着。他没哼一声，更没有像陆臻那样暴走。

陆嫣的指甲掐进了肉里，不知道为什么，她也跟着疼了起来。

陆臻早就见识到了对方的阴险，好几次想提醒沈括小心，不过又忍住了。他怎么会想帮他的死对头？他疯了吗？

沈括一个人几乎把对方的所有战斗火力吸引了过去，陆臻有了空子，秀了一波操作，将比分追平，并且大有反攻的架势。

陆嫣看着场上的少年们挥汗如雨的模样，忽然有种心潮澎湃的感觉。

这是父辈们火辣辣的青春，她有机会见证，何其有幸。

“沈括，加油啊！”陆嫣的手放在嘴边，她冲篮球场喊道，“一定要赢！”

喧嚣的呐喊声中，沈括偏偏就捕捉到了陆嫣的声音，偏头望了她一眼，薄唇微启，目光坚定：“一定赢。”

下半场的比分追得很紧，何武仁作为专业的篮球队员，自然也不是吃素的，让队员们缠着沈括，自己去和陆臻较量。

陆臻心性不稳，尤其沉不住气，被他言辞一激，差点儿犯规被罚下场。

沈括经过他身边的时候，沉声提醒：“别犯蠢。”

“关你什么事！”

沈括敛了敛眸，淡淡地道：“她想赢。”

我想让她得偿所愿。

陆臻看了看沈括，又望了望陆嫣，正要说“我家姑娘想什么关你什么事”，这时，何武仁进了一个三分球，将比分追平。

现场一片哗然。

眼看着距离比赛结束只有最后两分钟时间了，沈括和陆臻再也顾不得其他，眼里只有一件事，就是夺回比分！

陆臻拿到球以后，毫不犹豫地将球扔给了沈括，沈括跳起来稳稳接住，带球跑向篮筐。

全场的女生开始兴奋地尖叫，没有想到有生之年还能看到陆臻和沈括这两个死对头通力合作。

沈括带球抵达篮筐下，起跳准备投篮，就在这时，包括何武仁在内的一中几个男孩同时一跃而起，猛地拍向沈括手里的球，只听沉闷的一声重响，沈括被他们几人明显的犯规动作拍倒，重重地摔在了地上。

那时候的篮球场是水泥地面，摔倒可想而知有多疼，偏偏有人暗中伸腿绊了沈括一下，沈括摔倒在地的时候，抱着膝盖滚了两圈，疼得脸上青筋暴起。

女孩们惊诧地捂住了嘴，不敢看眼前发生的这暴力的一幕。陆嫣第一个反应过来，跌跌撞撞地冲出观众席，跑向篮球场。

沈括死死地抱着腿，额间漫上了一层细密的汗珠。周围同学惧于沈括平日的冷漠，没有一个人敢上前检查他的伤势。陆嫣手忙脚乱地挤进人群，蹲下身，指尖轻轻触了触他的腿。小腿很烫，肿了一大块，看起来似乎骨折了。

陆嫣喉咙里有抑制不住的酸涩上涌，眼眶也红了。

“很疼吧。”她将他扶起来，冲周围人大喊，“去医务室叫医生啊！”

有几个同学连忙转身朝医务室跑去。

沈括是很疼，他的心疼得都揪了起来。

从来没有女孩子为他掉过眼泪，也没有人心疼过他，单打独斗、孤勇多年……陆嫣是第一个为他掉眼泪的女孩。这一刻，沈括觉得自己都可以把心挖出来送给她了。

陆臻看着比分，又看看倒在地上的沈括，积郁的愤怒在那一刻彻底被点燃了。回头抓住何武仁的衣领，怒声质问：“你们到底是打球还是打人？！”

何武仁和一众男孩冷笑着说：“打球嘛，难免磕磕碰碰，有什么大不了的。”

“没什么大不了，我揍你一顿行不行！”

梁庭从后面一把抓住陆臻，回头对裁判说：“这太明显了吧，还不判吗？”

裁判看着倒在地上疑似骨折的沈括，吹了声口哨，判何武仁犯规，陆臻得到了一次点球的机会。

这场比赛，一中领先一分，如果陆臻的点球能进的话，这场比赛就能扭转局势。陆臻站在三分线外，拍着球，盯着远处的篮筐，显得有些紧张。

梁庭和几个队员拍着陆臻的肩膀：“好好投。”

全场的注意力都被陆臻吸引了过去，没有人关注边上的沈括，只有陆嫣一直陪在他身边，帮着医务室的护士将他扶上担架。

沈括目光下垂，看见小丫头的手一直握着他的手臂，很紧、很用力，手背骨节都泛白了。

“别紧张，没事。”他轻轻拍了拍她的手背。

“怎么会没事？”陆嫣揉了揉眼睛，“肯定很疼的。”

话说出来，她也不争气地带出了哭腔。

沈括苦笑了一下：“真的不疼。”

这时候，球场上传来一阵沸腾的欢呼声，听起来陆臻似乎进球了。

他靠着最后一个点球力挽狂澜，终于追回了比分，为三中拿下了篮球联赛的总冠军，整个球场都快炸开锅了。

同学们兴奋地跑进场地，簇拥着陆臻，为他呐喊叫好。

这会儿，已经没人记得黯然下场的沈括，只有陆嫣一直陪在担架边，担忧地看着护士帮他固定小腿。

沈括偏头望了望篮球场，说道：“你哥进球了。”

陆嫣跟着担架一路朝着医务室走去，全程紧张地攥着沈括的袖子：“都这会儿了，管他进不进球呢。”

这都不重要了好吗？

沈括抬头望向她：“你不是……很想赢吗？”

女孩吸吸气，闷声说：“只是想看你赢啊。”

你都不在了，赢不赢球，都已经不重要了。

沈括的手忽然一抖，然后他猛地抓住了她纤细的手腕，陆嫣还没反应过来，医务室已经到了。

几个医生护士将沈括扶起来，抬进了伤口处理室。

陆嫣全程守在医务室里，看着医生给沈括正了骨。少年很能忍，纵使疼得额间汗水直流，床单被他攥出了褶痕，却还死死咬着牙，没吭一声，左腿上了夹板，又用白纱布一层一层地包裹起来，看起来就像个笨重的萝卜。

护士叮嘱道："伤筋动骨一百天，这段时间好好休养吧，让家长熬点儿大骨汤和蹄花汤，多补补。"

沈括顿了顿，沉沉应了声。

就在这时，几个穿火红球服的男孩推门而入，瞬间带入一股热腾腾的躁意。

陆臻走在最后，一看到沈括，立刻高声辩解道："我不是来看你的！我是来带我姑娘的！你别想多了！"

沈括压根儿没理他，望向窗边的青藤叶子。

梁庭终究还是将别扭的陆臻拉进了医务室，笑着对沈括说："最后陆臻点球进了个三分，咱们赢了，这次多亏有你。"

沈括这才淡淡地开口："大家的功劳。"

"是，不过你篮球打得确实好，咱哥几个甘拜下风，有机会一起练练？"显然，梁庭是在帮陆臻和沈括化干戈为玉帛。但陆嫣知道，没这么简单。

陆臻过去做了多少混账事，而沈括睚眦必报，不会因为轻飘飘的几句话，说原谅就原谅的。

"练什么？"他薄唇扯出一抹冷笑，望向陆臻，"练他吗？"

陆臻受不了他的态度，碰了碰他的伤腿："你很能是吧。"

沈括疼得眉宇蹙了起来，却没吭声。

陆嫣炸了，一把将陆臻推开，激动地说："不准碰他！"

陆臻顺势抓住了小丫头的手腕，拍了拍她的后脑勺："臭丫头胳膊肘拐哪儿去了，啊，我点球你也不看，转眼跑得人影都没了，几个意思。"

"嗯……"

"走，跟我回家了。"

"不回去。"陆嫣挪向病床，坐在沈括床边，"我再陪病人待会儿。"

陆臻嘲讽地说："人家要你陪吗？甭在这儿自作多情，指不定多碍沈爷的眼呢！"

“你少阴阳怪气地说话。”陆嫣抬起下颌，冲他撇撇嘴，“全程碍眼的只有你自己好吧，陆大少爷！”

“翅膀硬了还敢跟我顶嘴了是吧？”陆臻扬手拍她的脑袋，陆嫣本能地往沈括身旁躲了躲，沈括一把握住了他的手。

他手腕力道极大，陆臻挣了挣，竟没挣开：“放手！”

沈括甩开他，表情平淡：“不准对她动手。”

“我管教我姑娘，你最好别掺和，不然有你好看。”

沈括眼角颤了颤：“有我好看，你倒是试试。”

就在这时，护士推门而入，说道：“这里是医务室，你们吵吵什么。”

陆臻闷闷地罢手，只说等你腿好了，有你好果子吃。

“你们这边谁过来交一下费。”

沈括艰难地要起身，陆嫣却忽然推了陆臻一把，毫不客气地说：“去交费。”

“什么，我……”

“我什么我，来都来了，来当摆设的吗？交费去！”

陆臻让自家闺女怼得没话说，梁庭几个笑呵呵地把他扯出医务室：“走走走，交费去，沈兄是为我们队荣誉负伤的，这钱该咱们出。”

傍晚，陆嫣扶着沈括走出了医务室。她走得很慢，每一步都很小心，生怕碰到沈括受伤的腿。

沈括一开始不太好意思搭着她的肩膀，云淡风轻的脸上也露出了鲜有的少年羞涩。

陆嫣却很坚持，将他的手搭在了自己的肩膀上，撑着他高大的身躯走出校门。她穿着一件雪纺白衫，薄薄的，他的手臂搁在她的肩膀上，能清晰地感受到她身体的瘦弱。

女孩总是娇贵的，他不敢太用力，因此全部的力量都撑在右腿上。

陆嫣能感觉到沈括的克制，安慰道：“不用担心，我看着瘦，其实很有力气的。”

“是吗？”他的嗓音低沉而温柔。

“陆臻都打不过我。”

“那是他让着你。”

“才不是，那家伙下手可狠了！根本没有绅士风度。”

沈括沉默地听着她叽叽喳喳，心里宛如被春日的阳光暖着，很舒服。

钟恺焦急地等在校门口，见两人出来，连忙迎上前接住沈括：“我一接到小嫣嫣的消息，就收摊赶过来了，哎哟我的沈哥，真是……打个球而已，怎么搞成这样啊。”

“怎么搞成这样，还不是某些人犯贱啊！”

嚣张的声音自身后响起来，陆嫣回头，看到何武仁几人从梧桐树后出来，脸上挂着不怀好意的阴笑。

他们输了比赛，现在心里窝着一股子邪火没处发泄，知道沈括还没走，所以堵在校门口守着他，准备等他出来，再卸他一条腿。

陆嫣立刻把沈括挡在了身后，防备地看着他们：“你们想干吗？”

何武仁一双眼珠子落在陆嫣身上便收不回来了，小丫头唇红齿白，五官清秀，皮肤比一般同龄的女孩更水润白皙，漂亮极了。他看着沈括脚上那双毛糙的运动球鞋，知道他是个穷鬼，没想到身边的女孩这么漂亮。

何武仁心下越发不爽，吐了嘴里的草茎，朝沈括走过来。

沈括将陆嫣拉到了自己身后，对身边的钟恺道：“带她走。”

钟恺当然不可能走，护在沈括面前，说道：“沈哥，就是这帮人把你搞成这样的吧，我正愁找不到人，送上门来了。”

何武仁一把抓住钟恺的衣领，抬腿就踹，钟恺力气更大些，拦腰抱住他，将他重重撞到墙上。

几个男孩一拥而上，围住了沈括，推搡中，沈括转过身死死护住了陆嫣，背后结结实实地挨了几拳。

陆嫣被他严严实实地圈在怀里，倒是没有受伤。

恰是这时，陆臻几个人从热狗店出来，看到前面聚了好多人，叼着热狗过来看热闹。看到被欺负的人是沈括，他心里正爽，一偏头发现动手的居然是何武仁，他的脸色变了变，紧接着又看到陆嫣也掺和在里面，陆臻瞬间爹毛了。他扔了手里的热狗，旋风似的冲进人堆，将他们从沈括身上拉开。

“敢动我姑娘！你们活腻了！”他宛如一头愤怒的公牛，逮谁揍谁，一股子要命的猛劲儿，那些人竟有些无力招架。

有人报了警，很快，警车来到了现场。

何武仁见势不妙，转身想跑，民警冲下车制住了他们，一个都没有放过。

陆臻蹲下身检查陆嫣，捧着她的脸左看右看，紧张地问：“没事吧，有没有伤到？”

陆嫣被沈括护着，一根汗毛都没有被伤到，她顾不得其他，转身检查沈括的伤势。

“怎么样，疼吗？”小丫头心疼极了。

沈括摇头，用衣袖擦了擦她脏兮兮的脸蛋：“就这几拳，挠痒痒似的，我还顶得住。”

“腿呢，刚刚才包扎了，伤口裂开了吗？”

“没有，放心。”

陆嫣看到完好无损的夹板纱布，这才稍稍放心些，将他扶起来：“慢些，别走路了，待会儿叫车回去。”

陆臻看着自家闺女这紧张的模样，还觉得奇怪，你俩什么时候关系这么好了？一股莫名的危机感升上心头，他总觉得陆嫣想给沈括当女儿去。

警察把他们全都带回警局询问情况，知道了事情的前因后果，立刻联系了何武仁的学校。

同时，闻风赶来的陆简以为又是陆臻闯了祸，见到他以后，二话没说，抬腿便要踹。

“臭小子，又给我闯祸是不是！”

“我没有！”

陆嫣立刻挡在陆臻面前：“没有，这次不是陆臻的错，他是为了护着我。”

民警见状也赶紧过来，向陆简解释了情况。

得知儿子和女儿都吃了亏，陆简怒不可遏，要求警方必须严肃处理。

因为何武仁已经成年了，又是学校请来的篮球外援，因此，警方拘留了何武仁。他经此一事，篮球专业运动员的身份应该是保不住了。

陆简出了警局，司机将车开出来，说先将沈括送回去。

沈括摇头，冷漠地道："不必。"

"总之，谢谢你护着我女儿，这次事出匆忙，下次我一定登门拜访，好好感谢你。"

陆简鲜少对谁这么客气，还要登门拜访，这是给沈括很大的面子了，毕竟事关他的宝贝女儿。

沈括道："举手之劳，您不必挂怀。"

钟恺扶着沈括，在街边拦了车。

"沈括，你……你好好休息。"陆嫣担忧地说，"我明天去看你。"

"嗯。"他回头眷恋地望了她一眼，很快出租车驶了出去。

陆简望着沈括离开的方向，说道："你们的这位同学，看上去不太好相处啊。"

陆嫣解释道："他性格就是这样。"

陆嫣和陆简上了车，但是陆臻停在路边没动。

"我走回去。"他说。

这会儿天上已经下起了小雨，陆简有些发怒："闹什么，快上车！"

"不，我走回去。"

陆嫣从老爸憋闷的表情里，看出来他似乎在闹脾气。

"陆臻，这次我不和你计较，你别得寸进尺，一天不挨打就皮痒是吧！"

陆臻瞪着他，愤愤地说："反正在你眼里，我做什么都不对，出了事，你第一反应就是我闯了祸，别人的错也是我的错，我做什么都错！"

"我现在懒得跟你废话，快上车！"

"我偏不！"

"不上车，你就别回家了！"

"不回就不回，那个家我也不稀罕！"

陆嫣匆匆下车，拉住陆臻，低声道："爸，有什么话，咱们回家慢慢谈，别在马路上……"

"我跟他没什么好谈的！"

陆简指着陆臻，气得发抖："我看你真是越大越没有教养！我怎么生了你这么个东西！"

"说什么教养，你养了我，但你教我了吗？"陆臻愤怒地说，"在我八岁的时候你就跟我妈离婚，你问过我的想法吗？我想跟我妈，你不同意，还跟我妈打官司争抚养权，你把我要过来，要过来你管过我吗？从小到大，我闯了祸，你就知道骂我，却从来没有问过我为什么这样做！”

陆简坐在车座上，难以置信地看着陆臻，略紫的嘴唇微张，想说什么，可是过了很久，却终究什么也没有说。

小雨打湿了陆臻的双肩，红色球服越发鲜明，宛若一团在大雨中燃烧的火焰。他发泄之后，情绪终于平复下来，陆嫣扯着他，将他拽上了车。

回去的路上，陆简一言不发，一直在抽烟。

陆臻皱眉，拍散了萦绕在陆嫣面前的烟雾，打开车窗说：“你别抽了。”

陆简立刻按灭了烟头。这还是生平第一次，他听进了儿子的话，也是第一次，他感觉到儿子忽然长大了。至少，他懂得照顾身旁的女孩了。

回到家以后，陆简径直去了书房。

陆嫣望着他上楼的背影，忽然觉得爷爷有点儿可怜，这个年代的父母其实绝大多数不太会当父母。

在老一辈的观念里，孩子是靠养而不是靠教的，他们没有现代的教育观念，觉得只要让小孩衣食无忧，就已经尽到了责任。

今天晚上陆臻的爆发，让陆简渐渐意识到自己的小孩并不是真的顽劣，他也有敏感的心思，也渴望得到父母的关注和理解。

陆臻一个人盘腿坐在床上生闷气，陆嫣拿来干净的白毛巾，从后面裹住他的脑袋，一通胡乱擦拭。

“我爸好委屈啊。”

陆臻将脑袋别向一旁，眼睛有些红。人有时候就是这样，别人不安慰还好，一安慰，就更委屈了。

陆嫣蹲在他身后，支起身子给他仔仔细细地擦干了头发，然后靠着他坐下来：“其实吧……”

“当和事佬就算了。”陆臻揉揉鼻子，不等她说完，就打断了她，“这一次我是不会妥协的，他一天不跟我道歉，我就一天不会原谅他。”

陆嫣叹息了一声。

话是这样说，可是陆臻自己心里也清楚，想让陆简道歉，谈何容易。

这个时候的家长权威极大，就算错了又怎么样，家长错了也是对的，跟小孩子道歉那更是不可能。

“其实吧……以前我也讨厌过你。”陆嫣说，“你不让我出道甚至不让我唱歌，还把我锁在房间里，一句解释都没有，我当时气得简直想跳楼了。”

陆臻侧头望向陆嫣，不太相信：“我能做这种混账事？绝对不可能。”

陆嫣抿嘴一笑，将毛巾扔在他身上：“哦，你现在自己当小孩，就知道这是混账事了，当时我看你还挺理直气壮的呢！说家长做什么都是对的，小孩做什么都是错的。”

“我……我这么做肯定也是为了你好！”陆臻努力维护自己当父亲的尊严，狡辩道，“你们这些小屁孩，什么都不懂。”

“为了我好。”陆嫣狡黠一笑，“那你今天干吗跟陆简爷爷发火，他还不是为了你好，关心你有错吗？”

陆臻没想到这小丫头居然在这儿挖了坑等他跳，摆摆手，辩解道：“完全不一样，不是一回事。”

“怎么不是一回事了？老爸，你也太双标了吧。”

“你不懂。”陆臻又生气了，转过身，抱着手臂不理她。

陆嫣揉了揉他的脑袋，起身离开，回房间了。

晚上，陆臻从房间里出来，看到陆简书房的灯还没有灭，磨磨蹭蹭地走过去，趴在门缝边，看到他坐在书桌前，手里捧着的是自己和妹妹小时候的相册集……

陆简皱着眉头，神情依旧严肃，就像他处理工作时的样子，可是……陆臻分明从他眼角看到了些许水光。

不养儿不知父母恩，现在身边忽然多了这么个小丫头，陆臻设身处地将自己代入父亲的角色，发现郁结在心里的不甘和愤懑居然真的就这么疏通了。

父母和孩子不是天生的敌人，相互体谅也没那么困难。

沈括的腿恢复得非常迅速，没多久便能放下拐杖独立行走了，他很不喜欢用拐杖，看起来像个瘸子似的。

陆嫣说：“伤筋动骨一百天，你的左腿必须得到休息，才能恢复如初，你也不想将来一辈子都落下病根吧。”

因此，纵然不喜欢，沈括还是拄着拐杖出入校园。

学校里永远不缺爱看热闹的好事之徒，而优秀者必定比平庸之辈更容易招来闲言碎语。

“你看他平时多牛，现在还不是变成了瘸子。”

“年级第一当了瘸子，这也太惨了吧！”

“会不会一辈子都当瘸子？”

“嘿嘿嘿。”

沈括脚步微顿，不过还是头也没回，继续往前走。这些人还不配他回头看一眼，更不配他耽误时间。沈括的每一分每一秒都很宝贵，都是他未来的筹码。

他拄着拐杖走了两步，忽然听到身后传来一阵骚乱，男生们骂骂咧咧的声音响起来。

“骑车不看路啊！”

“抱歉，我没看到人。”

清亮的嗓音传来，沈括脚步骤停，回头便看见穿蓝色背带裤的陆嫣骑着自行车，出现在那堆男生中间。她把刚刚出言不逊的男生给撞了，轮胎将他的小腿磨破了皮。

“这么多人，你说没看到？”被撞的男生气急败坏，“谁信啊！”

陆嫣无辜地眨眨眼睛：“我是没看到‘人’啊，只看到几只汪汪叫的东西，咦，是你吗？”

此言一出，被撞的男生气得脸上都起了青筋。

陆嫣摆明了一副找碴的模样，不仅撞了他，还骂他是畜生，这谁能忍！

沈括走上前，将陆嫣拉到自己身后，面无表情，眸子里似结了冰。

这些人平日里很怵沈括，即便现在他腿受了伤，他们也只敢在背后说说闲话，不敢轻易和他发生冲突。且不说沈括打起架来六亲不认，就冲他年级第一的名号，学校要处理起来也绝对是偏向他一些。和他发生矛盾，怎么看他们都是吃亏的。

“我不和瘸子打架，省得别人说我们欺负残疾人。”

“这次算你们运气好。”

男孩们一哄而散，陆嫣捡起地上的石头砸他们，愤然道：“你们骂谁呢！有胆子别跑啊！”

沈括忽然握住了她的手腕，稍稍用力，便将她手里的石头抖掉了。

陆嫣不解："你……"

沈括望向她，眸子里泛着一丝无奈和宠溺："没有必要为了我做这些。"

她是第一个帮他说话的女孩，也是第一个捡起石头帮他的女孩……沈括刻骨铭心，却也舍不得她做这些事。

陆嫣的性子就是这样，一定程度上，还是继承了部分她老爸的冲动易怒，同样，也是爱憎分明。

她拍掉手上的灰，说道："我就是不喜欢看见别人欺负你，他们是这样，陆臻也是这样，谁欺负你，我就对付谁！"

沈括牵起她的手，摸出纸巾，一点点温柔地擦掉她手上的灰尘，敛着眸子柔声问："为什么？"

"啊？"

他那双深邃的眸子深深地望向陆嫣："为什么对我好？"

陆嫣眨眨眼睛，这个问题……她从来没有想过。对谁好，还有为什么吗？

两个人近在咫尺，陆嫣甚至能感觉到他身体散发出来的热量，莫名的，耳垂有些泛红。

"我……我对陆臻也很好啊！"她顾左右而言他，紧张极了。

"你知道，这不一样。"

他是你的亲人，我不是。

沈括望着她，似乎不打算轻易放过。

陆嫣当然知道这不一样，怎么会一样，她对陆臻的照顾和耐心，完全是出于父女亲情，而且是相依为命的父女亲情，可是对沈括……

陆嫣说不清楚，以前是觉得歉疚，想替陆臻做点儿好事，可是慢慢的……好像又不仅仅是歉疚了，潜移默化中，似乎有什么东西悄然溜进了心扉，总不能是自己喜欢他吧？

陆嫣自己都被这个突如其来的想法惊到了。她不是什么都不懂的纯情小女孩，以前她上高中的时候，也喜欢过班上的帅男孩，知道喜欢一个人是什么感觉。

十八岁的沈括，沉默而隐忍，收敛了全部的锋芒之后，依旧耀眼，帅得让人挪不开眼，英俊而不自知、优秀还特别努力的男孩子，怎么能让她不喜欢?

在沈括的灼灼目光下，陆嫣感觉少女心事似乎无处隐藏，他何等玲珑的心思，在迟钝的她还没有察觉之前，他就已经察觉到了吗?

喜欢就喜欢，有什么可耻，有什么说不出口的，陆嫣不是扭扭捏捏的女孩，索性鼓起勇气，对他说道:“沈括，其实我感觉自己好像有点儿……”

“喜欢你”三个字还没说出口，沈括忽然打断了她的话，别开了目光:“算了，我开玩笑的。”

陆嫣在他转瞬即逝的眼神里看到了某种挣扎的情绪。

“可……”

“不早了，回去吧。”

沈括抿了抿嘴，拄着拐杖缓步离开了。

陆嫣望着他的背影，皱起了眉头，冲他喊道:“明明是你先问的啊!”

一句开玩笑，这算什么意思嘛。

沈括听见女孩憋闷的质问，可是他不敢回头，心仿佛被抛入了深不见底的寒潭，下沉，不住地下沉……

是，是他先问的，也是他先动心的，是他一点点地接近她，费尽心思去吸引她，可他终究没有底气。

第九章

心软

今天陆嫣写作业的时候，总是魂不守舍，时而望望落地窗外的浓郁夜色，时而无声地叹息。

陆臻抬起头，用笔头戳了戳她的额心：“发什么愣？专心写作业。”

女孩揉了揉额头，皱眉不满地道：“你自己先把作业写了，管我干吗？”

陆臻理直气壮地说：“你不写，我抄什么。”

抄你女儿的练习册，你好意思吗？

陆嫣抱着书，背过身去，盘腿坐在沙发上，不搭理他。

陆臻跟条大狗似的凑过来，耐心地问她：“心情不好啊？”

“没有。”

“你骗不了我。”

陆臻很少见自家这乐观开朗的小姑娘有什么烦恼，她今天这样子，很反常。

“跟老爸说说，是不是有人欺负你了？”

“你别问了。”

陆嫣不耐烦地站起身，踩着拖鞋回了房间。

陆臻摩挲着下颌，觉得事情很不对劲，他暗中观察了陆嫣好几天，然后又找来他的智囊军师合计，梁庭漫不经心地随口说了句：“你家姑娘这症状，像极了芳心暗许的怀春少女。”

陆臻被吓得从椅子上跌下去，脸色惨白，手本能地摸到了桌上的削笔刀。

这还得了……什么人敢在太岁头上动土，勾引他家姑娘？

梁庭一把握住他的手：“兄弟，你要干吗？”

“我……削了他去！”

耿直仗义的秦皓猛地拍了拍陆臻的肩膀，差点儿给他拍出内伤：“谁敢对我干女儿动心思，揍他去！”

“走！”

“走什么走。”梁庭一人一个爆栗招呼过来，“知道是谁吗？你们就揍。”

“呃……”秦皓望向陆臻，“咱闺女喜欢谁？”

陆臻：“我要是知道，还能在这儿跟你们废话？”

后来陆臻软硬兼施，想从陆嫣嘴里问出线索来，奈何小丫头口风紧得很，愣是一个字也不说。

“不说，说了你会去找人家麻烦。”

“我……我能做这种事吗？”陆臻摆摆手，故作大方地笑了笑，“我这个人，最讲道理了。”

见陆嫣不搭理他，他不依不饶地凑到她面前，压抑着十万分的好奇心说：“不讲名字也行啊，那你跟我说说，他几年级，是不是你们班上的？”

“不讲不讲，别问啦！”

知道自家宝贝闺女芳心暗许，陆臻心里简直像有一万只猫咪在挠痒痒，哪能这么轻易地放过啊！

晚上，他又来到陆嫣的房间，轻轻敲了敲门：“小嫣嫣？睡了吗？老爸进来了哦？”

他按下门把手，进了房间，陆嫣裹着被子坐在床上，无可奈何地望着他：“你能不能消停点儿？”

陆臻捂着胸口表示真的很伤心，这个世界上除了他，陆嫣居然还会喜欢别的雄性生物。

“除非你告诉我，你喜欢上谁了。”

陆嫣无奈地望着他：“我说了，你又跟以前一样，把支票砸人家脸上，叫他离我远点儿？”

陆臻讪讪地一笑：“我这么有素质的老爸，能做那种事吗？我从来不砸支票。”他只砸砖头。

“一定得知道？”

“嗯。”

“如果我偏不说呢？”

“那我就去问梁庭，学校里就没他不能搜集到的消息。”

梁庭是何等机敏的心思，如果陆臻去问他，陆嫣猜测，十有八九他会猜出来。

“你不用去问，我现在就告诉你，那个人就是梁庭！我对他的仰慕宛如滔滔江水连绵不绝，简直爱惨了他！”陆嫣说完，跳下床，不由分说地将目瞪口呆的陆臻推出了房间。

凭陆臻这脑子，绝对不可能猜出陆嫣心里的事情，她猜测多半就是梁庭在背后帮他分析出来的。

陆嫣得给梁庭一点儿警告，省得这小叔叔仗着自己有几分聪明，总帮着陆臻“对付”她。

所以当梁庭得知陆嫣说“对他的仰慕宛如滔滔江水连绵不绝”的时候，他被吓得魂不附体，就差跪下来向陆臻以死谢罪了。

“陆哥，你知道我的人品，在我眼里，嫣嫣就是一小丫头，就跟我亲女儿一样！我能做那种混账事吗？”

陆臻摆好了三堂会审的架势，拍了拍梁庭的脸，嘴角扯出冷笑：“嗯，我相信你。”

话音刚落，秦皓阴恻恻地从树后出来，一只手拿着上吊用的绳子，另一只手拿着两套数学试卷：“看在兄弟一场的分上，来吧，选一个。”

那段时间，梁庭是被陆嫣给坑惨了，他每天晚上都要帮陆臻和秦皓两人写作业，陆臻美其名曰——让他收敛收敛，别成天在他闺女面前抖机灵。

梁庭真是有苦难言，直到某天黄昏，他看见陆嫣那小丫头冲他笑，笑得一脸狡黠。果然，他被套路了。当然，这件事也是他不对在先，谁让他随便瞎猜人家小姑娘的心事呢？猜就猜吧，他还告诉了陆臻……被人家小姑娘打击报复，他不冤。

下午全校大扫除的间隙，陆嫣拿着一本数学练习册走到沈括教室门口。

教室里稀稀拉拉地坐着几个正在认真温习的同学，沈括坐在倒数第三排正中靠过道的位置，低头写作业。

陆嫣攥着书走到他身边，小声说：“我有一道题不会做，你能给我讲讲吗？”

沈括的头偏了偏，他淡淡地“嗯”了一声。

陆嫣赶紧翻开她早已准备好的一道难度适中的练习题，递到沈括面前。

沈括扫了那题一眼，握笔的手立刻落到草稿纸上，写出了一串解题步骤，非常详细，包含思路。

陆嫣的视线落在他的手上。他的手背皮肤很白，隐约能见淡青色的血管，微微凸起，一直延伸到手臂以上，手指根根修长有力，纤瘦而漂亮……不知怎么，心事被挑明以后，陆嫣竟然开始格外关注起了沈括的各个方面。

等她收回目光的时候，却发现沈括抬着头，望着她：“你在看哪里？”

“啊！”

骤然被抓包的陆嫣脸颊蓦然涨红，感觉呼吸都快不顺畅了：“那个……手不错。”说完这话，她都想撞墙了，这说的是什么话啊！

沈括低头继续写步骤，虽然极力想要忍住，但是薄唇还是扯出了一抹淡淡的笑意。

两分钟后，整整一篇解题步骤便写出来了，有三种解法，非常详细，几乎不需要任何讲解，傻子自己都能看懂。每一个字都是那般遒劲有力，宛若风中劲草。

陆嫣纤细的手臂撑在桌边，低头看题：“你不给我讲讲吗？沈括。”

沈括嗅到了她身上淡淡的茉莉香，说话的声音听起来都不太自然了：“我们先来看第一种解法……”

陆嫣趁着他讲题的间隙，索性坐到了他同桌的椅子上，凑近了他，专注地望着他的脸。

他真的好帅啊，不是那种精致的帅，他的五官虽然冷硬，却极有男人味儿。

“陆嫣……”沈括受不了她的桃花眼一个劲儿盯着他，“我很好看吗？”

陆嫣的脸颊又红了，她带着几分羞怯说：“好看。”

沈括手里的笔在指尖转了一圈，他一时不知道该如何回应她。

小丫头过来求助，很明显是醉翁之意不在酒。

陆嫣盯着他看了几秒钟，然后从书页里抽出两张电影票，慢慢递到他手边，什么也不说，忐忑地望着他。

沈括目光下移，扫了眼电影票，是周星驰的《喜剧之王》。

她又往他面前递送了几寸，小声说："买蛋糕送了两张电影票，你……有时间吗？"她可怜兮兮地盯着他。

沈括不是没有心动，可是这又算什么呢。他还没有做好接受一个女孩来到自己身边的准备，不能疼她、照顾她，他现在连自己都顾不过来，一团糟呢。

谈恋爱是很美好的事，而在这青春正好的年纪里，最美好的恋爱是足以被铭记一生的。

沈括不想让她未来每每回忆，脑海里浮现的都是他脚上这双毛糙的运动鞋以及洗得发白的T恤……如果是这样，他宁可将这份美好珍藏在心底。她配得上更适合自己的爱情，男主人公不应该是他这样的人。

"我没有时间。"沈括收起自己的书本，装进书包里，起身离开。

陆嫣看着他离开的背影，燥热的心如同被浇了一盆凉水，前所未有的酸涩涌上了喉头，她被拒绝了。

喜欢一个人，被拒绝是好难受的一件事啊，她很想哭。女孩揉揉酸涩的鼻子，收回了那两张票。看着草稿本上满满的解题步骤，她感觉自己就像个笑话。

沈括走到教室门口，终究还是忍不住回头看了她一眼，小丫头低着头在抹眼泪，轻轻的，像受伤的小兽，不想引起任何人的注意。他到底还是把她弄哭了。

沈括硬着心肠走了两步，腿像灌了铅，每一步走得都异常艰难。

就在陆嫣拿起票根塞进口袋准备离开的那一刹，忽然一只手伸过来，攥住了她纤细的手腕。她诧异地抬头，看到沈括那张冷冰冰的脸，居高临下地睨着她。

"做、做什么？"她带着浓浓的鼻音。

"电影什么时间？"

陆嫣眼神划过一丝诧异，呆呆地"啊"了一声。

沈括将票接了过去，看了看时间："周六晚上八点，我有时间。"

小丫头没有反应过来："你是说，可以……"

"可以去看电影。"他接过了她的话，无奈地说，"一起吧。"

"就……就我们两个。"她不确定他的心思，提醒他，"没有别人。"

沈括自然能听明白她的言下之意，淡淡地道：“像朋友一样。”

“行行行。”陆嫣立刻满血复活，生怕他反悔，强调道，“就像朋友一样去看电影。”

他低沉地“嗯”了声，拿起草稿纸：“所以，这题你到底会了没？”

陆嫣红红的桃花眼勾起一抹笑意，嬉皮笑脸地说：“这么简单的题，我本来就会。”

“那你还来问什么？”

“你知道我为什么来问。”见沈括不介意，她脸皮反倒是越来越厚，凑近了他，低声说，“你这几天不理我嘛。”

沈括根本受不了小丫头这么近距离的撒娇，将草稿本盖在她脸上，惩戒地按了按她的脑袋，起身离开了教室。

陆嫣冲他的背影喊道：“沈括，周六晚上，一言为定啊！”

沈括背对着她比了个 OK（好）的手势。

陆嫣开心得都要飞起来了，抓起草稿本抱在胸口使劲儿揉啊揉，还放在鼻子下嗅了嗅，草稿本满是油墨的清香味，真好闻啊。反正他什么都是好的。

陆嫣满心期待着周六的电影约会，每天兴致都很高涨，陆臻则第一时间敏感地注意到了自家闺女情绪的变化。于是梁庭每天都能感觉到背后扫来的阴恻恻的眼风。

那天下午放学，梁庭偷偷把陆嫣叫出去，恳求道：“小嫣嫣，算叔求你了，跟你爸解释解释，你叔不是禽兽，叔对你真没别的想法。”

陆嫣笑着说：“谁让你……嗯，乱讲话。”

梁庭态度出乎意料地好：“是，是叔乱讲话，叔再也不敢了，以后一定守好口风，啥都不跟你爸讲了，成不？”

陆嫣也不是咬着不放的人，拍了拍梁庭的肩膀，爽快地道：“行吧，梁庭叔叔你再帮我做一件事，我就跟陆臻解释清楚。”

“尽管开口，叔就算上刀山下火海也帮你办到。”

“不要你上刀山下火海，只需要你在周六晚上想办法把陆臻叫出去，去哪儿都成。”

梁庭疑惑地看着陆嫣：“你要干啥？”

"我有事，要出门去。"

现在陆臻草木皆兵，陆嫣一有动静他都会立刻警觉，周六晚上她要出门，陆臻肯定会暗地里跟踪她。

小丫头眼里眉梢都带着喜色，梁庭自然一眼就猜出了大概。

"你约了沈括？"

陆嫣立刻踮起脚捂住他的嘴，防备地望望四周："哎呀，你别说出来啊！给人听见了。"

梁庭渐渐变得严肃起来，问陆嫣："你真的喜欢沈括吗？"

陆嫣蓦然脸色一红，支吾道："不告诉你！"

梁庭抓住她的手腕，对她说道："你不能喜欢沈括。"

"为什么呀？"

"你知道，你爸和沈括是死对头，你爸知道了会被气死的。"

"所以我不能让他知道呀。"陆嫣想抽回自己的手，奈何梁庭攥得紧，没能挣开。

"陆嫣，你听我的话，当朋友可以，但是止步于此吧，不然以后会很麻烦。"梁庭欲言又止，剩下的话没有说出口。

陆嫣诧异地看着他："梁庭叔叔，你是不是知道什么事情？"

梁庭皱着眉头说："反正我肯定是向着你的，不会害你，及时抽身，不要泥足深陷。"

"可是我不懂，为什么不可以？"

"反正不行就是不行，你爸和沈括的矛盾不是简单的欺负和被欺负这么简单，沈括对你爸的恨也不是轻易能够化解的……但这都是他们的事，和你无关，总之，我不想你掺和进来。"

陆嫣却摇头："不。"

梁庭眼神紧了紧。

"我不会轻易喜欢谁，更加不会轻易放弃。"

轻易放弃的都不是真的喜欢。

陆嫣说完这句话，陆臻和秦皓两个人抱着篮球有说有笑地走过来，抬眼便看到梁庭攥着陆嫣的手腕，两个人靠得很近，他们还听到陆嫣说什么"不会轻易喜欢谁，更不会轻易放弃"。

“啪”的一声，篮球落地，滚了几圈钻进了草丛里。

这会儿，连秦皓都傻了，指着梁庭大喊一声：“你……畜生！”

梁庭立刻甩开陆嫣的手：“臻哥，你听我解释！”

陆臻捂着胸口，像是受了严重的内伤：“你居然……居然真的对我姑娘……”

“不，我没有！”

陆臻不听解释，也不想再看到他，冲过来拉着陆嫣离开，和他擦身而过的时候还重重地撞了撞他的肩膀：“兄弟没得当了。”

秦皓也是戏很多，冲梁庭呸了一声：“禽兽！”

陆嫣不好意思地回头冲他挥挥手，手还被陆臻给无情地摁了下去。

那几天，陆嫣一直在向陆臻解释，赌咒发誓说自己真的已经不喜欢梁庭了。

“我想明白了，梁叔虽然聪明，但太聪明了我也招架不住啊。嗯，我hold（控制）不住他，算了算了。”

“真的？”陆臻对她的话表示怀疑。

她连连点头：“真的！”

眼看着小丫头好像真的恢复正常了，陆臻对梁庭的戒备这才松懈了一些。

“老爸不是不让你有喜欢的人。”

陆臻得了便宜就开始卖乖，拍着陆嫣的肩膀语重心长地说：“但是对方的人品必须过你爸这关，换句话说，你爸得给你把好第一关。”

陆嫣好奇地望向陆臻：“你是说梁庭叔叔人品不行吗？”

“那倒不是。”陆臻摇头，“你梁叔人品绝对行，但他是我兄弟，你喜欢他，我总觉得有点儿别扭。”

陆嫣仔细一想，还真是这样，她要是和叔叔辈的梁庭在一起了，那梁庭得当陆臻的晚辈，这也太奇怪了。

这样一来，沈括岂不是也……细思极恐。陆嫣立刻掐断了思路，不再往这方面想下去。

女孩满心期待地迎来了周六的晚上。

她坐在房间的梳妆台前，给自己化了一个清爽的淡妆，为晚上看电影做准备。

那个时候，手机在高中生中并不普及，只有陆臻、梁庭这种富家子弟才有，沈括没有手机，因此陆嫣也联系不到他，只能和他口头约定了时间。虽然联系不太方便，可也正是因为这种沟通的阻隔，反而让思念慢慢酝酿，变得馥郁悠长。

楼下，陆臻已经换了衣服出门了。

陆嫣趴在窗边看着他离开了，立刻给梁庭发了一条信息："梁叔，谢了！"

梁庭："不客气。"

7：30，陆嫣掐着时间，骑着她的自行车出了门。

电影八点开始，现在骑车过去，时间正好。

电影院在北城是比较少见的娱乐场所，整个北城也不过三家电影院而已，而且每家影院都只有容纳好几百人的大厅，没有小厅，更没有场次可选。

电影院外面已经站了很多年轻人，陆嫣将车锁在了路灯边，然后摸出小镜子，重新涂了涂唇膏。

"来了。"

"啊！"

熟悉的嗓音自身后响起，陆嫣心里一惊，手跟着一抖，唇膏直接抹歪了。

沈括看着她唇角那一抹浅红，想笑，又极力忍住，别开了脑袋。

"想笑就笑呗！"陆嫣将唇膏盖子盖上，擦擦嘴角，泄气地说，"吓我好玩吗？"

"我没有吓你，"沈括淡淡地说，"是你太紧张了。"

"才没有。"

"哦。"他显然不相信。

有时候，陆嫣真感觉自己玩不过这男的。他心思深、眼睛毒，她心里想什么，一眼就被看出来了。

沈括将她拉过来，伸手将唇角多余的唇膏一点点擦干净。

陆嫣害怕自己现在过于狼狈，又要摸出唇膏补色，沈括却道：“不要涂那个了，没关系。”

“啊。”

“你不用化妆，平时的样子就很好看。”

陆嫣脸颊绯红，她今天是化了妆，很淡很淡，但也很刻意，沈括说过，像朋友一样看场电影，她今天可没有任何地方表现得像朋友。

沈括怕她尴尬，于是换了个说法：“我买了爆米花，你不要涂口红，吃进去对身体不好。”

“好吧。”陆嫣听话地收了唇膏，然后眨巴着大眼睛，忐忑地看了他一眼。

她真的乖极了，沈括从来没有遇到过这么听话、这么乖的女孩，和她在一起，感觉仿佛躺在柔软的云端一般舒服。

电影开场了，人群陆陆续续地朝观影厅走去。人真的太多太多了，虽然不是首映，不过周星驰的电影一直都很火爆。人群摩肩接踵地拥入放映厅，有人碰到陆嫣，陆嫣蹙眉，不住地往沈括身边靠。沈括立刻将她拉到自己身边，轻轻地护住，避免别人碰着她。

陆嫣抬头望着他，才发现他今天穿的是干净的白衬衣，扣子一丝不苟地系到了脖颈之下，而且边缘熨烫得平平整整。在学校里，他可不会穿得这么正式的。

小丫头抿嘴，低头窃笑了一下。其实他也刻意打扮过吧。

观影的位置不可选，是随机的，不过好在两张票的位置靠在一起，陆嫣是再三确认过的，否则她可真是要哭死了。

他们运气不错，观影位置在正中央靠后的地方。

落座以后，沈括发现小丫头一个劲儿地偷笑，也不知道在乐什么。她似乎总有那么多开心的事儿，烦恼很少很少。不像他，总是苦大仇深，可是谁愿意与苦难为伴？谁愿意总是落魄不堪？

灯光骤灭，电影开始了，两个人正襟危坐地开始看电影。

《喜剧之王》能成为经典自然是有原因的，这部电影陆嫣从小到大看过无数遍，可是每一次都能被带入剧情，看得津津有味，但这一次，陆嫣有些心猿意马。

她偷偷地打量沈括，电影屏幕微蓝的光投映在他轮廓分明的侧脸上，他神情柔和，目光紧盯屏幕，看得非常认真。

好帅，他的颜值真的逆天。

为什么学校的妹子会选陆臻当校草，是不是都瞎了啊？

电影里，张柏芝说：“你的嘴唇破皮了，需不需要润唇膏啊？”

周星驰说：“好啊。”

张柏芝就吻了周星驰。

这真是刺激。

陆嫣偷偷摸出唇膏，给自己涂了一圈，当然，她不可能像女主角这么大胆，敢去给沈括“涂润唇膏”，但是想想还不行吗？

沈括注意到身边这丫头补唇膏的小动作，嘴唇微微张了张，然后又闭上。他觉得衬衣的衣领扣得有些紧，有点儿热，于是单手解开了第一颗纽扣。

画面还在继续，周星驰说：“我的嘴破皮，可我也不想啊。”

张柏芝说：“那干吗不多擦点儿润唇膏呢？”

周星驰摆摆手：“那就擦啊。”

“去死吧你，不想擦不要勉强。”

“其实我是想擦。”

……

对话似乎有点儿无厘头，却在他的心间荡开一圈不平静的涟漪。

身边小丫头的唇膏好像涂了一圈又一圈，还在涂，所以她涂这么厚，到底想干吗？沈括艰难地咽了口唾沫，强迫自己收回心神，继续看电影，不理会她的小动作。

就在这时，陆嫣的手机忽然振动了一下。她放下唇膏，摸出手机看了看，是梁庭发来的短信——

“你和沈括在看电影？”

陆嫣心头一惊，连忙编辑信息：“你……你怎么知道？！”

梁庭：“你猜？”

陆嫣惊慌失措，左顾右盼，这时候，梁庭的短信又进来了：“别到处乱找，我和你爸……就在你们后排，不要回头。”

陆嫣吓得整个人都快缩到座位底下去了。她让梁庭把陆臻支走，没想到梁庭直接把陆臻带到电影院看电影了，怎么会有这么巧的事情？早知道，她就跟梁庭老老实实地把时间地点交代清楚了。

梁庭的短信又进来了："别紧张，你爸没发现，你小心一点儿，别让他看到。"

沈括见陆嫣涂完唇膏，又开始低头跟人发短信，他微微蹙眉，低声询问："你在和谁……"

话音未落，陆嫣立刻贴过来，伸手捂住了他的嘴："嘘。"

小丫头吊着他的脖子，附在他耳畔轻声说："陆臻在后面，千万不要让他看到，不然我就完蛋了。"

她柔软的身子整个靠在他身上，嘴唇都快咬着他的耳朵了。

沈括感觉自己半个身子都僵硬了，心跳疯狂加速。

小丫头说完之后，脑袋开始往下缩，缩到了靠椅的下方，把自己藏起来。沈括自然而然地伸出手臂，落在了她的靠椅上，用宽厚的臂弯挡住了她的脑袋。

这个姿势看上去仿佛是搂着她似的。

陆嫣藏了几分钟，发现陆臻没动静，于是放松了不少，悄悄缩进了沈括的怀里，脑袋枕着他的胸膛，使劲儿占他便宜，还时不时抬头观察他的表情。他没有表情，依旧目不转睛地盯着电影屏幕。只是他的手已经攥成了拳头，心脏跳动的速度快爆表了。

陆臻看着前面这一对，还低声跟身边的梁庭抱怨："这些人，真烦人。"

梁庭嘴角抽了抽，附和了一声："是……是啊。"

看完电影，陆嫣和沈括没有马上离开，而是等陆臻离开后，他们才起身，顺着人流走出了电影院。

一场虚惊平安度过。然而当她以为事情结束的时候，其实事情并不简单。

当她走出电影院，忽然接到了梁庭的电话。

人流推搡中，陆嫣艰难地接听了电话——

"梁叔。"

"陆嫣，不要出门，你爸看到你的自行车了！"

“啊，我已经出……来了。”

陆嫣一抬头，便看到陆臻站在街边，弓着身子打量着那辆粉红色的小车。

“是这辆。

“这是我们家丫头的。”

这车全城只有一辆，陆臻给她买的，自然一眼就认出来了。

陆嫣想跑，可是已经晚了，陆臻大嗓门响了起来：“哎哎哎，我就说呢，车在这里，人怎么不见了，你也来看电影啊！”

“我……”

陆嫣回头，却发现身边的沈括早已不见了人影，周围都是陌生的面孔。她紧绷的一颗心蓦然放了下来。

“是、是啊，我也来看电影。”

“怎么不早说，早说咱们就一块儿了。”陆臻疑惑地看着她，“怎么你一个人？”

“我……是一个人。”

“一个人看什么电影啊，你跟我说，我又不是不陪你。”

“呃……”

陆嫣又小心翼翼地看了看周围，沈括果然已经消失了。

梁庭扔了手里的可乐瓶，走过来微笑道：“那一起回去吧。”

“不用不用，你自己回去吧，我载我闺女回去。”

陆臻对梁庭的戒备还没有放松，推着他离开：“拜拜了您老人家。”

“那也行。”梁庭望向陆嫣，意味深长地说，“让你爸载你回去，一个人晚上别在外面瞎溜达。”

他刻意加重了“一个人”这三个字。

“哦……”陆嫣心虚地点头。

陆臻将陆嫣放在车上，不耐烦地说：“行了行了，瞎聊什么你俩又不熟。”

陆臻载着自家宝贝闺女离开以后，梁庭转身，在影院门边看见了沈括。

他倒是闪得够快。

当然，梁庭知道他肯定不是怕陆臻，只是不想给陆嫣惹麻烦罢了。

沈括迈着步子离开，梁庭叫住了他：“等等。”

他头都没回：“有事？”

梁庭追上去，说道："不管以前有什么，都是你和陆臻的事，跟陆嫣没关系。"

沈括脚步一顿，冷冽地扫了他一眼："你倒是挺关心她啊。"沈括平淡的调子里已经带了敌意。

"我当然关心，她是我好兄弟的……妹妹。"

"手别伸太长了。"沈括继续往前走，"我的事，与你无关。"

梁庭忽然抓住沈括的衣领，将他拉回来，狠声说："沈括，你要是敢伤害她，我不会放过你。"他一贯是谦谦君子的做派，鲜少有这般凌厉凶狠的时候。

沈括甩开了他的手，整理了下自己的衣领，抬起下颌睨着他，轻蔑一笑："跟陆臻在一起久了，也变得这么没脑子？"

梁庭不语，沈括睨着他："你不放过我？我何时需要你来放过？"

次日，陆嫣和齐玉嬛一起去逛街买裙子。

陆臻听说以后，也要跟着。

两个女孩走在前面，他百无聊赖地走在后面，跟个保镖似的。

陆嫣出落得越发水灵漂亮，走在路上也吸引了不少男孩子回头看，陆臻蹙眉，很不爽地警告那些家伙："看什么看，当心撞电线杆啊你！

"还看！

"眼珠子给你挖出来信不信？"

……

齐玉嬛低声问陆嫣："他干吗跟过来啊？"

陆嫣耸耸肩："无聊呗。"

进了一家服装店，陆嫣和齐玉嬛开始挑衣服、试衣服了，陆臻审美水平一般还要瞎提意见，陆嫣和齐玉嬛俩姑娘到最后就完全不搭理他了，不听他瞎点评，她们自己开心就好。

齐玉嬛的穿衣风格还停留在2000年年初的阶段，不过经陆嫣的一番改造之后，竟然也有了点儿潮流和现代的意味。

见两个姑娘不搭理自己，陆臻索性坐在店门边的横椅上，无所事事地等待着。陆臻觉得，陪自家闺女逛街，也是作为一个“五好爸爸”的基本功。

就在这时，一个身材高挑纤瘦的女孩走进了服装店，立刻引起了他的注意。

那女孩穿着黑皮夹克配一条黑皮裤，裹着修长的大腿，带着一股机车朋克摇滚风，如瀑般垂泻的长直发一直垂到腰际。那一双又长又直的腿，瞬间让某人感觉脊梁骨蹿起了一阵电流。

陆臻继承了他老爸的审美，对于漂亮的腿完全没有任何抵抗力。

当初他看上舒梦绯，就是因为她学习舞蹈，腿型漂亮，而比起面前的这双长腿，舒梦绯的腿就完全没法看了。

陆臻目光上移，朝她望过去。她皮肤很白，是那种略带淡淡病态的苍白，嘴唇上涂了深色口红，丹凤眼微微上挑，是非常具有中国古典韵味的五官。

这位长腿小姐姐的个人风格很强烈，以至于陆臻几乎一眼就记住她的长相了。

“阿瑶，那边那个男的，一直在看你。”

长腿小姐姐身边的闺蜜向她努努嘴，于是她回头淡淡地瞥了陆臻一眼。

陆臻立刻放下了二郎腿，正襟危坐，假装望天花板，心跳竟然莫名地加速了几分。

她淡淡地收回目光，说：“走吧。”声音低沉性感。

而陆臻读出了小姐姐眸底鄙夷的那一瞬，终于深刻地理解了自家闺女所说的，不管男生女生，出门在外就一定要打扮，不能懒，因为你永远不知道真爱会不会就在下一个转角。所以此刻的陆臻看着自己身上这件休闲 T 恤配菠萝沙滩裤，再配夹板拖……他整个人都不好了。

小姐姐已经离开了服装店，陆臻的眼神一路跟着她飘走了，直到陆嫣出来，拍了拍他的肩膀：“看什么呢？魂儿都被勾走了。”

陆臻晃了晃神，说了两个字：“仙女。”

齐玉嬛四处张望：“哪儿有仙女？”

“反正不是你们俩。”

陆嫣冲齐玉嬛笑道："当然不是我俩，毕竟你心目中的白月光是舒梦绯那种全世界第一清纯的女孩子。"

陆臻眯起眼睛，不爽地道："能别提她了吗，都哪年的老皇历了，再乱开玩笑，晚上不请你们吃烧烤了。"

"不提不提！"陆嫣揽住陆臻的肩膀，"饿死了，走走走，吃烧烤去。"

不过刚到烧烤摊大排档，陆臻就接到了陆简的电话，让他立刻带陆嫣回家，家里来了重要客人，兄妹俩都要回来见见。

陆臻不喜欢应酬，本来打算直接拒绝了，然而陆嫣立刻扯住他的衣袖，向他递了个眼色。

陆臻纵使再笨也能猜出来，陆嫣不希望他拒绝陆简。

这小丫头心心念念地想让他和陆简能够和好如初，自然不愿意他在这种小事上惹得父亲不高兴。

"对不起啊玉嬛，家里临时来了客人，不能请你吃烧烤了，下次一定补偿！"

齐玉嬛大方地表示没关系，下次再约。

陆嫣和陆臻父女俩一路吵吵嚷嚷、打打闹闹地回了家。老远都能听见两个人拌嘴的声音。

陆简对身边的客人报以尴尬的一笑："我这双儿女，凑在一块儿便静不下来，闹腾得厉害。"

侧边沙发上的中年男人摆了摆手："这个年龄的孩子还是闹腾一些好，我们迦淇就是太静了，没有少年气。"

陆简望向中年男人身侧的少年，少年的年龄与陆臻相仿，白衬衣黑裤，脸上挂着礼貌得体的微笑，静穆从容。他真是越看越喜欢，有了陆臻的对比，叶迦淇这孩子简直就是他心目中完美儿子的形象。不然怎么说别人家的饭更香呢，别人家的儿子，自然也更好。

陆嫣进了屋，陆臻还在揉她的脑袋，她挡开他的手，低声说："家里有客人，别闹了。"

陆臻这才抬起头，睨了客厅一眼，看到叶迦淇的时候，他脸色忽然变了："怎么是你！"

叶迦淇站起身迎向他，礼貌地笑了笑："陆臻哥，好久不见。"

陆嫣望向那个少年，他的年龄与陆臻相仿。在客厅灯光的照耀下，他的皮肤尤其显白，眼睛却很黑，看上去真是眉清目秀，漂亮极了，整个给人的感觉就是干净。

“爸，这谁啊？”陆嫣一个劲儿地拉陆臻的袖子，低声说，“妈呀，他好帅呀！”

陆臻扯了扯衣袖，不爽地说：“别人家的孩子。”

从小到大，叶迦淇简直已经成为陆臻的噩梦了，每次他做错了事，陆简都会说：“你看看人家叶迦淇，多有出息，多有本事，年纪轻轻就已经跟着你叶叔叔全世界跑生意、长见识，再看看你，每天除了瞎胡闹，还会做什么。”

虽然陆臻和叶迦淇见面的机会不多，但是这个名字他可是听得耳朵都起茧子了。

叶迦淇看到陆嫣，笑着说：“小嫣妹妹，你好啊。”

忽然被大帅哥点名，陆嫣也有些不好意思，冲他笑了笑：“你好啊。”

叶迦淇说：“前两年听说妹妹走丢了，我很担心，现在又找回来了，真是万幸。”

陆嫣听叶迦淇这意思，以前应该是和小姑姑认识的，这也很正常，既然他认识陆臻，当然也应该认识小姑姑。

陆嫣意外地发现，施雅居然也回来了，现在正坐在侧边沙发上，和叶迦淇面对面坐着。

相比于穿着轻松随意的陆嫣而言，施雅身上的装扮就要隆重许多了，裙子都是小礼服款的，发型也是精心设计的，还化了淡妆。

去厨房拿筷子的时候，陆嫣小声问李婶：“施雅怎么又搬回来了？”

“没搬回来，不过你施阿姨好说歹说，让先生同意把她叫回家里来吃晚饭。”

“吃晚饭？”陆嫣不解，“干吗特意叫回来？”

李婶脸上露出特别不屑的神情，说道：“还不是叶家的公子回国了，这不是赶着过来相人了吗？”

陆嫣瞪大了眼睛，八卦地压低声音说：“来相亲的啊？”

“可不是，瞧她这身打扮。”李婶在陆家待了十多年，很瞧不上施雅母女俩的做派。

施雪娴这些年绞尽脑汁，不就是为了给施雅找一份大好的姻缘吗？她要借着陆家这棵大树，把女儿风风光光地嫁入豪门当少奶奶。

叶家的实力背景在北城来说，仅次于陆家，而且与陆家交好，生意上有不少合作。叶家这位独子叶迦淇又极有本事，自然成了施雪娴最理想的女婿人选。

陆嫣撇撇嘴，心说施雪娴的心思用得也太深了吧，施雅这才十七岁呢，她就给施雅物色丈夫！

吃饭的时候，施雪娴有意将施雅和叶迦淇的位置安排在一起，陆嫣和陆臻则最后落座，两人坐在一起，叶迦淇坐在她对面。

这种家长聚会的场合，两人就没什么话说了，陆臻埋头吃饭，时不时地往陆嫣碗里夹肥肉，陆嫣不吃肥肉，又夹出来还给他。

施雪娴端出主母的架势，出言提醒道："陆嫣、陆臻，有客人在，你们两个不要太失礼了。"

陆臻不知道给自家闺女夹菜哪里失礼了，正要反驳，桌下陆嫣扯了扯他的衣角，让他闭嘴。不管夹菜失不失礼，他要是在饭桌上和施雪娴吵起来，那才是真的失礼，到时候陆简肯定又要责怪他。

陆嫣抬头看了施雅一眼，她的盘子里是空的，几乎没怎么动筷子，全程端着名门淑女的仪态。

吃饭就好好吃饭，装什么装，这样就不失礼了吗？

陆嫣撇撇嘴，对陆臻说："哥，好好吃饭，多吃蔬菜少吃肉。"

"哦。"陆臻随手夹了一筷子青菜塞进嘴里。

叶迦淇倒是笑了："陆臻哥真听小嫣妹妹的话。"

陆臻不客气地回怼："关你什么事。"

陆简斥道："人家迦淇不过随口一说，你吃火药了？"他转过头来，对叶迦淇道，"你别介意，陆臻就这性子，怎么教都教不好。"

叶迦淇微笑着表示不在意，目光却在陆嫣身上停驻了片刻，然后立刻挪开。

陆臻心里很不是滋味，叶迦淇这种……这种在家长面前装乖的小孩，忒虚伪了，他还不知道叶迦淇背地里是什么货色吗？坏得透顶。

小时候他忽悠陆臻和他一起去游戏厅，结果被逮到，家长全说是陆臻带坏了叶迦淇，全是陆臻的错。陆臻有口难言，没人相信他，自那以后，他就对叶迦淇敬而远之了。

聪明又擅伪装还虚伪的男人，他惹不起，还躲不起吗？

施雅开口问道："迦淇哥这次从美国回来，还回去吗？"

"不回去了。"叶迦淇道，"我准备在国内念大学，这一年好好准备高考。"

"哇，外国高中的课程和国内的肯定差别很大，迦淇哥只准备一年就参加高考吗？"

"嗯，知识都是相通的，我英语也有优势。"叶迦淇说，"听说国内的高三都是全面复习高中知识，我应该跟得上。"

"迦淇哥真的好厉害啊。"

陆嫣看施雅这曲意逢迎的媚相，跟施雪娴当真是一个模子里刻出来的，不过说到底，施雪娴想要撮合施雅和叶迦淇，这事跟她也没关系。只要别触及陆臻的利益，施雪娴就算要捧着施雅上天，陆嫣都懒得管。

叶迦淇的父亲说："将来迦淇要继承我们叶氏集团，回国多了解了解国内的市场和经济状况，对他更有帮助。"

陆简点头："是，迦淇是很聪明的孩子，从来不会让你们失望，这次高考，直接冲清华北大吧。"

叶迦淇父亲笑道："哪里哪里，过誉了，考个重点大学就行，主要还是看他自己的意愿。"

施雪娴这时候添油加醋道："老叶啊，你真是有福气，儿子这么有出息，不像我们家这二世祖，这都高三了，心思还没放在学习上，啧，他爸都愁死了。"

陆嫣看着陆臻憋屈的模样，心里不爽，放下筷子说："陆臻也在努力学习，他基础不太好，所以在跟我一起复习以前的知识，成绩已经进步很多了，如果高三这一年再努把力，肯定能考上重点大学。"

施雅扑哧一声笑了："他？重点大学？"

陆嫣目光如刀子般刺向施雅，看得她怪不自在的，低声委屈地道："我、我有说错了吗？他上一本都难吧。"

陆嫣一字一顿地道："我会让陆臻考上重点大学。"

施雅冷笑："话别说太满了。"

陆嫣根本懒得理会这跳梁小丑，望向陆简："最后一年，我会让陆臻考上重点大学，如果他真的考上了，您要答应我一件事。"

桌下，陆臻一直在拉陆嫣的衣袖，让她别乱夸海口，考重点大学，别说施雅不相信，他自己都不相信……他这年级倒数的成绩，考什么重点大学啊！

陆简对自家这个宝贝女儿疼爱得紧，也不管她是不是在说胡话，满脸慈爱地笑着说："嫣嫣，你要爸爸答应什么事？"

"如果他考上了，您要跟他道歉。"

此言一出，陆简脸上的笑意散了散，施雪娴更是变了脸色："什么？你让你爸跟这个臭小子道歉？道什么歉，我看你这小丫头真是越发没规矩了！"

陆简摆了摆手，止住了施雪娴的斥责，耐心地问陆嫣："你要我跟他道什么歉？"

陆嫣朗声道："我知道，虽然您很爱陆臻，但有时候您无心的言语、行为，也的确伤害了他。你们都觉得陆臻没出息，考不上好大学，如果他考上了，您就跟他道个歉，毕竟……'对不起'这三个字能换一份沉甸甸的录取通知书，为儿子做这样的牺牲，您还不愿意吗？"

陆嫣掷地有声地说完这番话，满桌沉默，叶迦淇望向陆嫣的眼神微微起了波澜。

陆简心里更是震惊，他竟然从来不知道自家这傻女儿还有这样的心思和口才。

这下，连陆臻都沉默了，他的成长岁月里一直以来最渴望的事情，难道不就是让陆简承认自己错了，让他跟自己道歉吗？

陆简望向陆臻，淡淡地问道："陆臻，你能做到吗？这一年好好努力，考上重点大学？"

陆臻还没说话，桌下，陆嫣忽然握住了他的手，掌心柔软而温暖。他望向陆简，真挚的眼神里带着一股坚定的力量。他想要陆简的道歉，只要陆简道歉，他一定会原谅陆简过去所做的一切，原谅陆简的不好。

"我……我可以。"陆臻终于点了点头，"能做到。"

"好！"陆简脸上终于浮现了笑意，也是第一次这般欣赏地看着陆臻，"不愧是我儿子，跟妹妹一起努力，我等你一年之后的好消息！”

陆臻忽然有些受宠若惊，这些年来，他所做的每一件事，那些看似荒唐的事情，难道不都是因为想要得到他的认可吗？可是他太笨了，把每一件事都搞砸了。

虽然他自己也没什么信心考重点大学，不过他会努力试一试，男子汉，答应了的事情就一定要做到，更何况，能让老爸跟自己道歉，想想都觉得爽。

后半程的饭局，叶迦淇的父亲像是看出了陆嫣的心思似的，全程都在跟陆简夸陆臻，说陆臻开朗活泼又有一股子年轻人的闯劲儿，很有陆简当年的气概，说得陆简满心欢喜。

“哪里哪里，他哪里有你说得这么好。”

“陆臻这孩子不错，我看得出来，将来肯定有出息。”

“你别夸他了，会骄傲。”

“骄傲有什么不好，年轻人就应该骄傲起来！”

“我这儿子虽然总闯祸，不过嘛，还是很求上进的，就是笨了点儿。”

“那不叫笨，那叫老实稳重，做生意就该这样，你总不希望他将来成老奸巨猾之辈吧。”

“这倒是。”

……

陆嫣笑着看陆臻。

大人一通夸，夸得陆臻很不好意思，脸都红了，他这辈子都没享受过这样的待遇。而施雪娴的脸色却越来越沉，因为她看出来了，叶迦淇的父亲好像特别喜欢陆嫣，像个老顽童似的，好几次跟陆嫣对眼神，一直在帮陆臻说话。相反，他对施雅却非常冷淡，想来是刚刚她质疑陆臻，让叶父看清了她的人品。要是叶父看上陆嫣，可就没有施雅什么事了，她怎么能不着急，一个劲儿地给施雅使眼色，让施雅多说说话，表现自己。

很多事情就是过犹不及，施雅越是想要表现自己，就越显得急功近利，意图太明显，一场便饭，她弄得大家都很尴尬。最后陆简直接下了逐客令，说如果她吃完了饭没事的话，就快回她舅舅家去。

施雅离开以后不久，失望的施雪娴也终于离席，这顿饭她自然是吃不下去了，满腔怒火，气也气饱了。

饭后，陆臻拉着陆嫣回了自己的房间，卫生间洗手台前，他用冷水拍了拍自己的脸。他刚刚被夸得迷迷糊糊宛如做梦，现在清醒过来，深感形势严峻。

“你怎么想的？”他抬起满是水珠的英俊脸庞，问陆嫣，“重点大学，你还真能说啊，怎么不直接说让我考清华北大？”

陆嫣倚在门边，用脚尖画圈，神秘兮兮地道：“老爸，是时候告诉你真相了。”

“什么真相？”

“其实……你和沈括念的是同一所大学。”

“what（什么）？”

陆臻一脸不可置信：“我和他，上同一所大学？”

“对啊。”陆嫣严肃地点头，“你和他报考的是同一所大学。”

陆臻简直像是听天方夜谭似的，不敢相信：“我……我还能有这本事啊！”

沈括现在的成绩几乎可以说是逆天，不仅仅考年级第一，甚至比年级第二高五十分，这是什么学生，这简直就是魔鬼！

陆臻居然能和他考出不相上下的分数，打死他也不相信啊！

“真的假的？你敢不敢发毒誓啊。”

“有什么不敢，如果骗你，我就秃头。”

陆臻眼神变了：“好狠。”

陆嫣郑重地说：“所以，你永远不会知道自己的潜力有多大，你不比沈括笨，也不比他差，他能做到的，你一定能做到！”

陆臻像是打了鸡血似的，立刻从书架上翻出了他那些积了灰的高一高二教材，趴在书桌上开始学习了。

“就是……我怎么可能比沈括考得差！他能上重点大学，我也可以！”

陆嫣看着陆臻奋斗的背影，有些心虚。

其实，她也没说谎，当年沈括考上了电子科技方面最牛的Q大，而陆臻报考的是Q大名下的独立三本学院。

四舍五入就是念的同一所大学，完全没毛病，所以她不会秃头的……嗯。

周五是校园大扫除的日子，每个学生都被安排了清扫任务。

陆臻自己班级分配的任务不做，跑去陆嫣负责的地方，给她当牛做马，帮她扫地。所以陆嫣闲下来，溜达到了五楼的走廊。

沈括拿着短扫帚，正在埋头扫走廊。他所拿的扫帚是很短的捆花扫帚，因此扫地的时候，他要弓着身子，但他的动作很认真，清扫得也相当仔细，额上挂着几粒汗珠。

陆嫣看到旁边有一把扫帚，顺手拿起来，小尾巴似的跟在沈括身后，和他一起扫地。

沈括没注意到女孩跟在身后，以至于后退的时候，不小心踩了她的脚。

“啊。”陆嫣发出一声低低的惨叫。

沈括险些让她绊了一跤，趔趄了一下，然后快速稳住了身子。

陆嫣疼得直咧嘴，扶着墙靠着，脚尖虚浮地点着地，摆摆手，冲他露出一个非常难看的苦笑：“没事没事，一点儿事都没有，完全 OK，不疼不疼……”

沈括皱眉，他当然知道刚刚无心之失用了多大的力度，小丫头就穿了一双薄薄的白网鞋，不疼才怪。他沉默地蹲下身，用手轻轻拍了拍她白网鞋上沾染的灰尘，责备道：“傻吗？”

“是啊，我是傻子你今天才知道啊？”她一语双关。

沈括轻哼了声，站起身问道：“找我什么事？”

陆嫣看着他，拉长了调子说：“没事就不能找你啦？”

她当然没事，就是没事才跑过来找他的嘛！

沈括抓起扫帚继续扫地，顺口问道：“你没有大扫除任务？”

“有，不过陆臻抢着帮我做了，我就没事了。”

沈括没有回应，继续低头扫地。

陆臻虽然讨厌，但不可否认，他对陆嫣是真的很好，好到骨子里去了。

陆嫣拿起旁边的扫帚，继续帮沈括打扫卫生，沈括回头道：“你不要做这些。”

“帮你嘛，两个人干，效率高一些。”

她动作比较生疏，但也挺认真。

沈括问道：“你以前没有做过这些事吧？”

“嗯，不过现在的三中跟我念过的三中可不一样，现在是……劳动光荣吧。”

以后三中的卫生都是请保洁工人打扫的，不需要再让学生每天放学打扫教室和公共区域卫生。

沈括没有细想她的话，嘴角扬起一个好看的弧度：“陆臻要是知道，他帮你扫地，你却过来帮我，会很生气。”

“你不是就喜欢气他吗？”陆嫣将汗津津的刘海儿掖到耳后，脸上是甜美的微笑，“那我帮你一起气他，好不好呀？”

沈括望着面前这笑靥如花的女孩，呼吸停滞了半秒。

倏地，他移开视线，抓起扫帚朝走廊尽头走去。

陆嫣亦步亦趋地跟着他，他扫哪里，她就跟到哪里，用那双漂亮的桃花眼去偷看他，被他发现之后又立刻收回目光，装模作样地继续扫地。

“沈括。”

他抬头：“嗯。”

“没事。”

“没事叫什么？”

“没什么，就叫一下。”

“沈括。”

“嗯。”

“沈括沈括沈括。”

“嗯嗯嗯。”

她又笑了起来，摆明了是在讨好与卖乖。

沈括觉得自己可能没有那么坚定的意志力去拒绝她，如果她想和他好的话……他真的拒绝不了。

两人继续扫地，陆嫣东拉西扯，说了些诸如学校中午的土豆泥很难吃之类的没营养的话。

绝大部分时候，沈括是沉默地倾听，但他也会在她每句话说完之后应一声，表示自己在听。

陆嫣知道，沈括是个很有耐心的男人，但是这份耐心，却不是对谁都有，所以格外珍贵。

两人扫完了地，去水台边洗手，陆嫣碰到水，随便搓了两下便完事了，沈括看不过眼，将她的手抓过来，放到水流下冲着，又仔仔细细地搓了一遍。

他洗手很用力，掌腹有茧，简直像是要给她搓掉一层皮似的。陆嫣微微蹙眉，却没舍得把手缩回来，任由他拉着她，帮她把手洗干净。

虽然有些疼，但是……

这男人居然在帮她洗手！

陆嫣小心翼翼地抬起眸子，望向沈括。

沈括垂着眸子，密密的睫毛轻覆着眼睑，认真而专注。

他帅得简直没有天理。

陆嫣忽然俯身上前，本想逗一下沈括，可是沈括的反应格外快，偏了一下头躲开了，攥她的手也猛然甩开。

自来水龙头里，水撒着欢儿地往外流着。

两个人大眼瞪小眼，同时呆立在原地。

陆嫣脸颊涨红，一直红到了耳垂，宛如两颗红樱桃似的挂着。

沈括眼底划过一丝慌乱，呼吸乱了，心也乱了，什么都乱套了。

气氛忽然变得异常诡异，空气中每一颗尘埃都像是发生了爆炸，气温升高，无比燥热。终于，陆嫣受不了了，跺脚质问他："你躲什么啊？"

沈括也不知道自己在躲什么，刚刚真的只是出于本能的应激反应。

"对不起。"

"谁让你道歉了！"陆嫣羞得不知道怎么办才好，转身跑了。

沈括看着她落荒而逃的背影，捧起水，拍向自己滚烫的脸。

沈括无法逼迫自己冷静，只好不停地往脸上拍水。水珠顺着眼睫毛滴下来，胸襟前湿了一大片。他的脑海里不停地回想着刚刚的场景，喉咙干痒难耐，身体里像有一团火焰疯了一样地东冲西撞。

那傻姑娘……

那几天，陆嫣开始躲着沈括，哪怕是在路上偶然遇见了，都会绕路走，或者躲到树后面。

等他离开以后，她才出来。

走廊洗手的那次，真是太丢脸了，她简直没脸见他，更不知道该如何面对他。

陆臻察觉到小丫头的异样，笑着说："哎，这就对了，离那个什么沈括远点儿，保平安。"

陆嫣知道，陆臻这护崽狂魔，是巴不得她和全校所有男生都保持距离。

傍晚时分，学校外的烧烤大排档，齐玉嬛吃得嘴唇跟油腻腻的两条香肠似的，问陆嫣："点这么多串儿，你不吃啊？"

陆嫣叼着吸管喝饮料，摇头："不吃，没胃口。"

齐玉嬛将烤熟的牛肉串放进她的盘子里，说道："不就是没逗成吗，你至于这么无精打采的吗？连肉都不吃了。"

"这哪里是没逗成的问题，这根本就……"陆嫣额头抵着桌面，"这是尊严问题，是……我一厢情愿的问题。"

"其实也没这么糟糕啦！"

齐玉嬛嚼着烤得外焦里嫩的小猪肝，说道："如果是我的话，忽然受到惊吓，本能的反应肯定也是躲开，这不能说明他不喜欢你。"

陆嫣抬起脸，委屈巴巴地看着她："会吗？"

齐玉嬛使劲儿点头："当时就一瞬间，人家哪有时间反应啊，后面回想起来，指不定多后悔呢！"

陆嫣一把抱住齐玉嬛的手臂："呜……"

齐玉嬛拍着她的背，感叹道："你还真是胆大啊，居然敢去逗沈括。"

"怎么就不能逗了？"

"那个人是沈括啊！"齐玉嬛想着都哆嗦了一下，"他平时都不搭理女生，看起来凶巴巴的样子。"

其实学校里也有女生对他心怀好感，不过……没人敢真的接近他，他太冷了。

齐玉嬛好奇地问陆嫣："你为什么喜欢他呀？"

"喜欢一个人需要理由吗？"

"不需要吗？"

陆嫣想了想，非常俗套地回答："他帅。"

"拜托。"齐玉嬛不可置信地说，"你太肤浅了吧，我还以为你会说他成绩好或者努力勤勉之类的话，就因为他帅，你就喜欢他，我真是服了你了。"

"他拉着我洗手的时候，阳光正好落在他咖啡色的眼眸上，我在他的眼睛里看到了星星。"

"哈哈——"齐玉嬛笑得前仰后合。

陆嫣打了她一下，说："笑什么，我说真的。"

"你喝饮料喝高了吧！还星星……你怎么不说看到了月亮啊？"齐玉嬛抓起陆嫣的饮料，发现居然还真是带了酒精度数的梅子酒。

"你真喝高了？"

"谁喝饮料喝高了。"陆嫣咕哝着推开她，"算了，你没有遇到喜欢的人，不会懂的。"

"是，我是不懂，哎，你别喝了，真是……"

"我本来特别讨厌他，真的，他让我们家破产了，银行来抄家的时候，连我妈妈唯一留给我的玉镯子都被抢走了……"

陆嫣趴在桌上，低声呓语："那个时候，我真的恨他，可是……"

齐玉嬛皱起眉头："你真喝醉了啊。"

"后来，我去沈氏集团的办公室求他，求他放过我们家，当我见他第一面的时候，我在他眼睛里看到了星星，一模一样的星星。"

"好吧好吧，他眼睛里有星星。"

齐玉嬛敷衍着将她扶起来，摸出她荷包里的手机，准备给陆臻打电话。就在这时，齐玉嬛抬头望见沈括颀长高大的身影走出了校门。

"哎，沈括！"

沈括望见她们，加快步伐走过来，看着桌边软成烂泥的陆嫣，皱眉道："她怎么了？"

"喝饮料喝醉了。"

沈括拿起果酒看了看，说道："这不是饮料，是梅子酒，度数不低，她怎么喝这个？"

齐玉嬛本来想说这个看着就是饮料的包装嘛，不过忽然灵机一动，故意说道："谁让某些人不经意的举动，就伤了人家的心呢。"

沈括沉默地望着她，眸子里沉静而温柔。

齐玉嬛从来没见过沈括露出这样的神情，终于明白陆嫣为什么说“他眼睛里有星星”了。

只有很喜欢一个人，才会不自觉地流露出这样深挚而温柔的眼神吧。

“我送她回家。”沈括说完，将陆嫣扶起来，走出了大排档。

“那就麻烦你啦。”齐玉嬛没有跟上去，笑眯眯地冲他们挥了挥手，心说陆嫣要是醒过来，兴许还得再请她吃一顿烧烤吧！

学校离陆宅不算太远，沈括背着她回家。

小丫头乖乖地趴在他的背上，揽着他的脖子，细细的呼吸宛若绵软的羽毛，轻轻撩着他的后颈处，痒痒的。

她迷迷糊糊地呓语：“爸……”

他踩着自己的影子往前走。

“我是沈括。”他嗓音低沉，极有磁性。

女孩下颌一歪，然后搁在他的肩膀上，带着细微的哭腔问：“你是不是讨厌我啊？”

“没有。”

“那……那你为什么躲开？”

他轻轻地呼吸，缓解胸腔里绵密的酸涩，涩里却又带着甜：“你把我吓到了。”

从来没有女孩对他做这样的事，这丫头也未免太大胆了。

陆嫣反告一状，嘟嘴说：“那你也把我吓坏了啊，我还以为你讨厌我呢。”

“我没有讨厌你，从来没有。”

她偏着脑袋，望着他的后侧脸，认真地问：“那你……喜欢我吗？”

沈括脚步顿住。

天空忽然下起了细细密密的雨，他望着凹凸不平的地面，沉默了两秒，认真地说：“喜欢。”

他很喜欢她，喜欢到骨子里了。

后来陆嫣迷迷糊糊地睡着了，沈括将她背回了陆宅。

李婶接过了陆嫣：“哎哟，怎么回事啊？”

“喝梅子酒喝醉了。”沈括柔声说，“她衣服湿了，麻烦您给她换一下，不要感冒了。”

他叮嘱完之后又未免觉得自己多此一举，人家难道还不知道怎么照顾她吗？

李婶谢过了沈括，说道：“同学，你也进屋坐会儿吧，等雨停了再走。”

“不用。”

沈括转身走进雨中，偏是这时候，迎面遇上了匆匆赶回家的陆臻。

陆臻望见沈括，愣了一下，不耐烦地问：“你怎么在这儿？”

沈括没有回应他，与他擦肩而过，陆臻看到李婶怀里昏睡的陆嫣，忽然抓住了沈括的衣领：“你对我姑娘做了什么？”

李婶连忙招呼道：“大少爷快放手，这位同学是看二小姐喝多了，好心把她送回来的。”

陆臻不相信沈括会这么好心，他为人冷漠，且对自己一贯刻薄，会好心把陆嫣送回家？

“你到底在打什么坏主意？”陆臻盯着沈括的眼睛，想看透他的心思。可是这样一个七窍玲珑的人，哪里是陆臻能看透的。

“你和我之间的恩怨，我们自己解决，劝你不要在她身上动心思。”

沈括扯开了陆臻的手，他的力量大得出奇，陆臻竟毫无反抗之力。

“看在陆嫣的分上，过去我既往不咎，放你一马。”沈括冷冷地睨着陆臻，“但我对你没什么耐心，不要再试图挑衅我。”

“我要你放过……”他想对沈括动手，奈何沈括死死地攥着他的手腕，令他动弹不得。

就在这时，汽车的远光灯打在了他的脸上，陆臻回头看到是陆简的车驶过来，脸色稍稍变了，用力甩开沈括，往后退了两步。

这几天，陆简对他的态度好不容易发生了转变，时不时也会夸他几句，陆臻不想在家门口跟人发生冲突。

“算、算你小子运气好。”陆臻压低声音说，“我今天不跟你计较。”

沈括翻了个白眼，转身离开。

雨幕中，陆臻望着他萧索的背影，忽然道：“离她远点儿，你配不上她。”

沈括脚步微顿。

雨忽然下大了。

良久，雨中的少年忽然道："我会配得上。"每一个字都仿佛是用尽了全身的力气说出来的。

有朝一日，他会配得上她。

第十章

年年岁岁，平平安安

周二下午的全校活动课，齐玉嬛将陆嫣拉到篮球场，好奇地问她："那天你们怎么样了？"

陆嫣坐在操场边的草坪上，推开了好奇宝宝的脑袋，问道："哪天啊？"

"就是咱们约烧烤那天啊，你把梅子酒当饮料喝，喝醉了，然后一个大'英雄'踏着七彩祥云把你背回家了啊！你们……怎么样？"说起这件事，齐玉嬛兴奋极了。

"哦。"陆嫣漫不经心地说，"陆臻说我很重，差点儿把他压骨折了。"

"陆臻？"

"嗯，陆臻把我背回去的啊！"

"不是……你确定……确定是陆臻？"

陆嫣诧异地望向齐玉嬛："你怎么了？今天怪怪的。"

"不是啊，明明背你回家的人是沈……"

几米开外，穿一身红色篮球衫的陆臻那刀子似的目光扫过来。齐玉嬛全身一凛，立刻闭嘴，不敢再说了。

陆嫣显然已经不记得那天发生了什么事，见沈括抱着篮球来到操场，立刻拉着齐玉嬛要走。

齐玉嬛不想走，周二下午的活动课，全校女生都会来操场看男孩子们打篮球，她们好不容易占了绝佳位置，走了可就被别人占了。

"看你哥打篮球呀，走什么走。"

"他有什么好看的。"

"那……看沈括打球总可以吧。"

陆嫣低着头，将蓝白校服的拉链往上拉到顶，遮住了半张脸，只露出一双黑漆漆的桃花眼，眨巴眨巴着，说道："我不想看到他，更不想被他看到。"

她都丢死人了。

“不就是没有逗成功嘛，不丢人不丢人，这次不成功，下次再接再厉呀！”

“你还说！”陆嫣捂着绯红的脸，快崩溃了，“不要说了！”

沈括抱着篮球走到操场，偏头扫了陆嫣一眼，小丫头坐在草坪上，抱着闺蜜装死。他在距离她们十米左右的位置停下，轻轻拍了拍球，似乎没有进场的意思。

就在这时，女生堆里传来一阵兴奋的躁动。

“那个新来的转校生！”

“他也来打球啊！”

“好帅！他真的太帅了吧！”

“比陆臻还帅！”

“同意！”

陆嫣闻言，好奇地望过去，只见叶迦淇和几个男孩一起走到篮球场，进场就是一个三分上篮，动作毫不拖泥带水，帅极了。

叶迦淇是一周前作为插班生进入北城三中的，直接分到了三中最厉害的班级，也就是沈括所在的班级——（10）班。

他入学正好赶上了高三生的第二次摸底考试，叶迦淇作为一个刚从美国回来的学生，分数竟然仅次于沈括，考出了年级第二的成绩，最厉害的是他的英语，差点儿就考满分了，只有作文被扣了两分。

英俊的相貌、优秀的成绩以及金光闪闪的家世背景，足以令叶迦淇取代陆臻成为令北城三中全校女生集体犯花痴的校草级人物。

叶迦淇带着篮球在操场兜了个圈子，经过陆嫣身边的时候，对她微笑点头，打了个招呼。

陆嫣也立刻点点头，以示礼貌。

齐玉嬛差点儿就捂嘴尖叫了：“妈呀，你认识叶迦淇啊？”

陆嫣平静地说：“他回国那天，在我们家吃饭，只见过那一面。”

“妈呀，真是……嫣嫣，你看我平时对你好吧，你……快带我认识认识他！”

陆嫣为难地说：“少女，我和他也不熟啊，点头之交而已，我怎么带你认识他？”

“满场这么多女孩，他就跟你打招呼，这点头之交也太给面子了吧！”

“呃……”

陆嫣小心翼翼地偏头望了沈括一眼，他也正睨着她，面无表情。显然，他看到了刚刚那一幕。

陆嫣莫名有些心虚，不过转念一想，看到就看到呗，心虚什么，是他自己要躲开她的。

叶迦淇和沈括是同班同学，见沈括独自站在操场边，没有下场，走过去说道：“沈括，过来组队吧，咱们班跟（14）班来一场。”

（14）班是陆臻所在的班级，两个班的男同学正好各占了半个篮球场。

沈括将篮球扔出去，嘴角挑起笑，漫不经心地说：“我加入，某人恐怕又要哭着回去了。”

陆臻听到这话，指着他不爽地说：“你嚣张什么！那次篮球联赛的点球还是我进的呢！”

沈括不想虐陆臻，今天叶迦淇出场已经抢了这位校草大半的风头，要是篮球赛再被吊打一番，恐怕真的要哭着回去了。而且陆嫣也在场，无论如何，他得给陆臻这个面子。

叶迦淇见沈括不玩，回头对陆臻说：“还玩吗？”

陆臻不甘示弱道：“来啊，我虐死你。”

叶迦淇笑笑，不说话。

篮球赛一开局，叶迦淇便占尽了上风，无论是凌厉的攻势还是稳健的防守，都能看出他的专业功底。不过陆臻也不算太惨，和他胶着，没有输太多分。

这个时候就要庆幸沈括没有上场了，不然他今天铁定要丢人丢到姥姥家。

沈括溜达到陆嫣身边，站定了。

陆嫣立刻紧张起来，防备地往边上挪了两步。

他开口的第一句话，问的是：“你认识叶迦淇？”

陆嫣闷声道：“认识。”然后就没有后话了。

两个人尴尬地站了一会儿，连齐玉嬛都觉得气氛紧张，赶紧溜了。

“你问我这个干什么？”陆嫣望向他。

他的视线平静地注视着操场，波澜不惊：“随便问问。”

“哦。”

“他英语考得不错。”

只差两分就满分了，虽然总分还是比沈括低了十多分，但是过去，沈括比年级第二起码要多出五十分。

“我英语不太好。”

沈括自顾自地说着：“尤其是听力，如果听力提上去，他考不过我。”

陆嫣感觉他好像有点儿在意成绩这件事，虽然明面上不说，但他应该也不爽叶迦淇的成绩差点儿赶超他这件事吧，可是，他干吗要对她说这些事呢？

“他一直生活在美国，英语肯定很好，你不要太在意这个，他别的科目肯定考不过你。”

沈括浅浅地抿起一个不经意的微笑，连带着眼角都弯了起来：“你是这样觉得吗？”

“对啊。”

她坐在椅子上，低着头，脸颊慢慢开始发烫。这男人笑起来的样子真是太帅了。

沈括依旧在笑，笑着望向操场，不再说什么，似乎心情很好。

陆嫣站起身，准备离开。

这时，沈括从挎包里摸出一张纸，叠了一个纸飞机，轻轻抬手。纸飞机不偏不倚地飞到了她的白网鞋边。

陆嫣捡起纸飞机，看到飞机上写着三个字：对不起。

她低着头，手紧紧地捏着纸飞机，眼睛忽然有些红，更没有勇气回头看他。但她能感觉到他灼灼的目光，烫在她的背上。

“陆嫣，我那天……算了，”他认真地说，“我下次不会躲开了。”

陆嫣涨红了脸，扭过头急切地说：“哪里还有下次，没有下次了！”

他又笑了，阳光下，明朗动人，似开玩笑地道：“纸飞机你收好，以后用它跟我换一架真飞机。”

“真的假的？”

“我不说假话。”

管他真话假话，反正陆嫣的心松快了不少，她慢慢走到少年身边，坐下来："一起看比赛。"

"好。"

沈括坐在她身旁，她甚至能明显感受到他身体散发出来的热量。她扯了扯衣领，说："陆臻好笨啊。"

沈括温柔地应着："他一直都很笨。"

"叶迦淇真厉害。"这句，沈括没有应。

"你和陆臻加起来，能打赢他吗？"

"不能。"

"哦？"

沈括漫不经心地道："不加陆臻，我能打赢他。"

你就这么嫌弃陆臻吗？

放学后，陆嫣转过楼梯角，正好遇到叶迦淇。他穿着一件黑色的运动外套，背着斜挎包，一看就是有钱人家少爷的打扮，而且不得不说，他的衣品比陆臻好多了！

在这个喇叭裤风靡大江南北的年代，陆臻难以免俗，时不时就会搞出一些诡异装扮。

陆嫣尤其受不了男孩子这样，简直抓狂。在穿衣打扮方面，叶迦淇和沈括一样，是这个世界上没让陆嫣喷饭的男孩。

叶迦含笑跟她打招呼："一起回家啊。"

"好像不太顺路。"陆嫣在阶梯边磨磨蹭蹭，其实是在等沈括放学，"咱们家是相反的方向吧。"

"难得你还记得我家在哪里啊。"叶迦淇耸耸肩，"我记得你很小的时候来我们家玩过。"

"哦。"

陆嫣哪里去过叶迦淇的家，只是叶氏的豪宅全北城都知道，临江别墅，在全城最高端的别墅住宅区。

叶迦淇似乎也没有离开的打算，和她一起在阶梯上溜达："你现在和小时候很不一样，似乎变了很多。"

"是……是吗？"

“变聪明了，小时候的你，傻傻的。”

陆嫣不知道该怎么回答，当然啊，她和她的傻小姑本来就不是一个人，但这些都不能跟外人说。

就在这时，陆臻跟个小旋风似的冲过来，带着一身热气，站在叶迦淇和陆嫣中间。

“找我妹妹什么事？”他防备地望向叶迦淇。

叶迦淇淡淡地笑着说：“和小嫣妹妹很久没见了，随便聊聊。”

“你们没什么交情，有什么可聊的？”陆臻今天输了篮球赛，本来全身就不得劲儿，现在看着叶迦淇真是哪哪儿都讨厌，他和陆嫣说话，更讨厌！

叶迦淇很会察言观色，见陆臻不待见他，索性向陆嫣告辞，转身离开了。

陆臻将陆嫣拉到墙角，低声说道：“离他远点儿。”

“是——”陆嫣拖长了调子，有气无力地道，“离他远点儿，离沈括远点儿，全世界的男孩子我都远离，这样你就高兴了对吧。”

陆臻才懒得跟这小丫头磨嘴皮子，正色道：“叶迦淇不一样，他和我小妹从小就在一起玩，他很聪明，你和他接触过多，他肯定会察觉到不对劲。”

陆嫣漫不经心地道：“我本来就不是，而且我也不想顶着小姑的名头招摇撞骗。”

她没有刻意隐瞒过自己的身份，对陆臻、对陆简，从来都是如实相告。

小姑走丢的时代，通信网络并不发达，街上甚至连监控都没有，人要是丢了，再想找回来无异于大海捞针。

过去，陆简一生都没能把他的女儿找回来，很多人说，小姑多半已经不在了。即便如此，陆嫣也不想占着小姑的身份，欺骗身边所有关心她的人。

陆臻却很紧张：“不行，不能让我爸知道，这件事……你绝对不可以再让任何人知道！”

“为什么？”

“你居然问我为什么，是不是脑子让门夹了！”陆臻惩戒地拍了拍她的脑门，“如果让别人知道你的真实身份，你还能安然无恙地在学校念书？自己好好想想吧，他们肯定会把你关起来，在你的头上插满各种测试电线，天天用你做实验！”

陆嫣的嘴角抽了抽，她知道陆臻爱看科幻电影，可是这也太夸张了吧。

陆臻煞有介事地说："就算不用你做实验，也免不了别有用心之徒，想利用你牟利。"

毕竟一个通晓未来之人就在身边，这简直就是人人觊觎的香饽饽啊！

"你……你看我干什么？"

陆嫣眨巴眨巴眼睛，望向陆臻："爸，我突然发现，你其实没那么蠢。"

我本来就不蠢！

他又伸手拍她的脑门，这一次陆嫣早有防备，敏捷地躲了过去。

"别人怎么样我现在一点儿都不在乎。"陆臻煞有介事地对她说，"反正我要保证你的安全，你是我闺女，过来了就是我的责任。"

"我妹妹的事，我是不会放弃的。"陆臻沉声说，"我会继续找下去，所以你不要有任何心理负担。"

陆嫣乖乖地点头："我们一起找。"

尽管她知道希望真的很渺茫，就算是在她所处的那个网络通信发达的时代，被卖掉的女孩都很难找回来，但因为是家人，所以永远不能放弃。

陆臻立刻把话题拉回正轨，义正词严地道："以后，跟任何人都不许再提你的真实身份。"

她漫不经心地应着："不提就不提嘛。"

"不要和叶迦淇接触。"

"好。"

"沈括也不行。"

"哎？"

两人推推搡搡她走远了。

叶迦淇背靠着墙壁站在楼梯转角，眸子微垂，还处于极度的震惊中，努力消化着两人刚刚说的话……

阳光极好，活动课，陆嫣托着腮帮子趴在走廊上。她仰着头，将纸飞机拿到阳光下。

“对不起”三个字，笔锋轻逸如风。陆嫣自顾自地笑了起来，心里宛如酿了蜜似的。

用纸飞机换真飞机，亏他想得出来，不过……以将来沈括的滔天财力，指不定她还真能用这小纸片换来一架真飞机呢。毕竟“沈爷”的名头不是白来的，他重信重义，一诺千金。

陆嫣才不在意什么真飞机假飞机，就觉得挺浪漫的，少女心都要飞起来了。

“找妹妹的事情，算我一个。”

叶迦淇的声音自身后响了起来，陆嫣猛地一惊，纸飞机脱手，一阵风把纸飞机从五楼吹了下去，落在了树梢间。

“啊！”

陆嫣急切地转身下楼，想将它捡回来，然而跑了两步，忽然顿住脚，回头惊诧地望向叶迦淇。

“你刚刚说什么？”

叶迦淇走过来，平静地说：“那天下午，我听到你和陆臻的话了，不是故意偷听，只是还没有走远。”

陆嫣宛如咬到舌头一般，捂着胸口后退两步：“你、你听到了，你听到什么了？”

“全部。”

“不用担心，这件事太过匪夷所思，我还没有完全相信。”

陆嫣立刻干笑了一声：“我和陆臻平时就喜欢这样开玩笑，呵呵。”

叶迦淇抬起漆黑的眸子望向她：“但我可以确定，你绝不是陆小妹。”

陆嫣险些让自己的口水呛到，咳嗽起来：“这、这么确定吗？”

“嗯，她是我的好朋友，而你和她很不像。”

陆嫣见叶迦淇似乎没什么恶意，稍稍放心了些：“所有人都说我和她很像。”

“长得是很像，但眼神是不会骗人的，真正的陆小嫣眼神呆滞，而你的眼睛很清澈，也很漂亮。”

陆嫣一时间不明白他是褒是贬，总之，被他听到这个秘密绝不是好事，陆臻知道了一定会抓狂。

“你不用这么害怕。”叶迦淇笑着说，“我要是把这件事说出去，别人一定会觉得是我疯了，没有人会相信我，就像他们不相信你一样。”

“对、对嘛。”

“所以我不会到处乱讲，我会和你们兄妹……不，应该说，我会和你们父女俩一起保守这个秘密。”

“你为什么要这样？”陆嫣不解地问。

“我说过了，陆小嫣是我的朋友，我也想出点儿力，和你们一起把她找回来。”

陆嫣轻轻叹了声：“你可别太乐观，这不是几天几个月……说找就能找到的。”

过去，她爷爷一生都没能把小姑姑找回来。

“多一个人，总会多一分力量，不是吗？”

他说得也对。

以陆嫣对叶迦淇的了解，他不是坏人。她和这位叶叔叔没有过多交集，只在老爸的酒桌上见过几面。

叶迦淇大学毕业以后继承了叶氏集团，也是少年英才，将公司经营得很好。他跟陆臻合作过几次，关系不好不坏，不过在陆臻公司破产以后，也小小地帮过陆臻。毕竟那个时候，沈括权势滔天，他要对付陆臻，全北城就没人敢在明面上站出来帮陆臻。比起那些出事之后全体装死的酒肉朋友，叶迦淇这位叔叔已经算非常不错的了。

陆嫣和叶迦淇说完话，便匆匆跑下楼去捡她的纸飞机，此刻无风，纸飞机卡在树梢下不来。

叶迦淇也跟了上来，抬头望向树梢间的那个纸飞机，问道：“这个……很重要？”

“当然重要，很重要！”陆嫣挽起袖子，准备爬树。

叶迦淇想了想，从一个路过的男生手里借来篮球，砸向树梢上的纸飞机。

“哎，你别把它弄坏了！”

篮球落地，纸飞机也轻飘飘地飞了下来，陆嫣赶紧将它捡起来，仔细打量。

幸好……它没坏。

叶迦淇还了球，礼貌地对那男生说了一句谢谢。

陆嫣瞅着被他感谢的男生脸都红了。

叶迦淇真是自带光环的富家少爷优等生，而且为人谦和、彬彬有礼，难怪一入校就把陆臻给比了下去，学校里甭管男女，甚至连部分女老师对他也没有抵抗力。他真是太优秀了。

两人一起朝校门口走去，叶迦淇见陆嫣一直在低头打量那个纸飞机，嘴角时不时绽开笑容，心下好奇："这个……很重要吗？"

"当然重要。"陆嫣将飞机小心翼翼地叠好，笑着说，"值一架超豪华喷气飞机。"

叶迦淇也笑了："那等你有了豪华喷气飞机，能请我坐一次吗？"

"没问题呀。"

走出校门，叶迦淇忽然问道："陆嫣，我想问你一个问题。"

"你说。"

叶迦淇想了想，说道："未来是什么样子的？"

陆嫣诧异地望向叶迦淇，没想到他会问这个问题。

以前陆臻和秦皓他们知道她的秘密以后，问的第一个问题是下期彩票号码多少，第二个问题是他们什么时候会暴富，第三个问题……他们的老婆乖不乖。叶迦淇的问题却很有深度，也很广泛，陆嫣都不知道该怎么和他讲。

"未来……未来就是……"

叶迦淇见小女孩抓耳挠腮组织语言的模样，淡淡地一笑："算了，不为难你了，知道未来是什么样子，反而失去了对明天的期待，也没了惊喜。"

"嗯……"

好有道理，不愧是跟着老爸满世界长见识的男人。

钟恺在校门口接到了沈括，兴奋地对他说："哥们儿，我想到一个好主意，肯定能大挣一笔！"

沈括手揣兜里往前走，似乎没有听到他说话。

"哎……你有没有听到我说话啊？"

沈括满脑子都是刚刚在校门口看见的陆嫣和叶迦淇走在一起的场景，心里不爽到了极点。

钟恺也没管他听没听见，自顾自地说：“圣诞节不是快到了吗？这些年大家越来越喜欢过洋节日，我准备趁着圣诞节，搞点儿小东西来卖，就是没本钱了，沈括，要不你给我投点儿？”

沈括漫不经心地问：“你打算卖什么？”

“还没想好，圣诞树、圣诞帽、糖果彩灯……这些都行。”

“这些东西成本太高，圣诞节只有一天，卖不出去容易砸在手里。”

“也是。”钟恺叹息一声，“咱们中国还是民以食为天，你说说这中秋节吃月饼，端午节吃粽子，这洋节日圣诞节，咱吃什么？”

“问外国人去，我哪儿知道。”

“不是说你们班转来了一个美国学生吗？他肯定知道，要不问问他去？”

提及叶迦淇，沈括心里的火气就有些压不住了，他冷着脸说：“不熟。”

“怎么会不熟呢，不是同学吗？沈括，做生意呢不能拉不下脸，咱们穷就是穷，穷则思变懂不懂……”

沈括走到红绿灯路口，停下来，看天空下起了绵绵小雨皱了皱眉头。

“我懂你的心情，都是同学嘛，拉不下来脸很正常，但没钱就是没有尊严，你不是还想娶陆家那小丫头吗……”

沈括猛地不悦道：“你说够了没有！”

钟恺被吓得连着往后退了好几步，已经多少年没见沈括发这样大的火了，这……吓死个人了。

“谁……谁惹你了？”

没有人惹他，他只是跟自己过不去罢了。

叶迦淇站在她身边的时候，甚至连沈括都不得不承认，他们真的很相配。他一切都很完美，除了考试比自己低了十八分以外，各方面都能对自己形成碾压之势。一无所有的他拿什么和叶迦淇竞争，同情吗？

半晌，沈括阴沉着脸，沉沉出了一口气。他发泄之后，心里的郁结消散了一些。

钟恺被他吓得不敢说话了，一双黑乎乎的眼珠子紧盯着他，观察他的神情。

“刚刚说到哪里了？”他平静地问钟恺。

“说到……你想娶陆嫣。”

“谁跟你说我想娶她了？”

“啊？”

这还用说吗？

沈括重新把话题扳回正轨，问道：“圣诞节还有几天？”

“后天不就是平安夜嘛，所以我这才来找你商量，咱们想做这块儿的生意，就得赶紧了。”

在这个年代，圣诞节这种洋节日还算比较新兴的东西，改革开放之后才慢慢传过来的，老年人是绝对没办法理解的，但是年轻人还挺喜欢跟着一块儿热闹，觉得新潮又时髦。

“平安夜……”沈括看到边上的水果摊，随口道，“那就卖苹果吧。”

“啊？”钟恺以为自己听错了，“卖苹果？苹果有什么好卖的？谁圣诞节买苹果啊？”

沈括走到水果摊前，拿起一个苹果看了又看，陷入沉思。钟恺走过来拍拍他的肩膀：“沈哥，你今天到底受啥刺激了？”

沈括没有回答他的话，从书包里摸出作业本，撕下一页纸，将苹果包起来，递给钟恺。

水果小贩以为他俩想偷东西，防备地盯着他们。

钟恺很是无语，低声问沈括：“你到底想干吗？”

沈括摸出笔，在包装苹果的作业纸上画了一个难看的笑脸，说道：“礼物。”

“这破苹果用纸包起来，画个笑脸就成礼物啦？这也太好糊弄了吧……”他话音刚落，忽然猛地一拍脑门，“哎呀！对啊！圣诞节送什么，送礼物啊！”

沈括淡淡一笑，好在他的合作伙伴还不算太笨。

那天晚上，两人去水果批发市场进了好几袋苹果，又买了不少花花绿绿的包装纸和丝带，将苹果包装成了独立的礼物。

这样一弄，原本平平无奇的苹果一下子变成了象征平平安安的“平安果”，被赋予意义的同时，自身的价格也在成倍地提高。最重要的是，就目前而言，没有人这么做过，他们完全没有竞争对手。

“沈哥，你也太聪明了，你真是天生做生意的料啊！

“读书还真是有用，你说我怎么就想不到这么好的主意呢！

“我真是太崇拜你了！”

钟恺吹捧了他一晚上，沈括没搭理钟恺，低头包苹果。

他比不过人家的身世，比不过人家的背景，也比不过人家的见识和涵养，他唯一的筹码就是他的脑子。想要超过他们，他必须比他们付出双倍甚至三倍的努力……

次日清晨，沈括打着哈欠来到教室，在窗边坐下，拿出了课本。

两分钟后，陆嫣走过来，趴在窗边看着他，见他撑着腮帮子打瞌睡，于是伸手去捏他的鼻子。

沈括被人一碰就陡然惊醒了，睁开睡意蒙眬的眼睛，睨了她一眼：“有事？”

“沈括，明天圣诞节啊。”

“嗯。”

“那个……”陆嫣从兜里摸出了两张电影票，“买书送的，我想……”

沈括淡淡地道：“上次买蛋糕送电影票，这次买书又送电影票，你不如直接说电影院你家开的，可信度更高。”

猝不及防被拆穿，小丫头的脸涨红了，虽然知道这借口很蠢，可她就是想约他看场电影而已。

她嘟哝道：“你不想去就算了，干吗这样刻薄……”

沈括揉了揉眼角，昨晚一夜未睡，心情也很糟糕。他缓和了调子说：“陆嫣，我明天没有时间，电影票能退吗？”

陆嫣挺委屈的，攥紧了手里的电影票，赌气说：“怎么不能退，电影院都是我家开的呢。但是我干吗要退，你不去我就约别人，谁一定要约你了，你是大忙人，我、我不耽误你的时间！”

沈括抬眼望向她，眸子里有几道血丝，沉声问：“你要约谁？”

“你管我。”陆嫣转身跑了。

沈括的手紧了紧，铅笔断成了两截。

次日中午，沈括走出学校，看到不少同学挤在钟恺的摊位前，争先恐后地买苹果。

“一块一个，也太贵了吧！”

“可是包得很漂亮啊，再说了，又不是自己吃，这价格送人正合适。”

钟恺笑开了花："卖完了卖完了，嘿，下午再来吧。"

"老板说好了，下午上学前，你可一定要来啊，今晚平安夜，我还要买几个送人呢！"

"行行，我下午肯定来！"

同学们散去以后，钟恺拎着一兜的零钱跑到沈括面前："你猜今天上午卖了多少？"

沈括没什么精神，淡淡地道："猜不出来。"

"嘿！三百！"钟恺笑得合不拢嘴，"一天，哦不，一个上午挣三百这种好事儿，哈哈哈哈，真是让咱哥俩遇着了！"

他从一兜零钱里细细地数了两百块，厚厚的一沓，揣进了沈括胸前的衣兜里："拿去，哥们儿够义气吧。"

"多了。"

"不多，点子是你的，苹果的本钱也是你出的，这两天晚上你都熬了通宵，这点儿钱，不多。"

沈括也没有推辞，淡淡地道："走吧，中午还有的忙。"

"嘿嘿。"

钟恺追上来，将最后一个苹果扔给沈括："沈哥，当初你没有选择退学是正确的，你真是个人才！"

沈括接过苹果，手里掂了掂，继续往前走。

钟恺死皮赖脸地揽上来，拍拍他的胸脯，竖起大拇指："就你这脑子，将来肯定能当科学家！"

"他才不会当科学家。"女孩骑着车与他们擦身而过，看都没看他一眼，"眼里只有钱的家伙……才当不了科学家呢！"

沈括望着她的背影，停下了脚步。

钟恺诧异地问："你怎么惹她了？"

"没惹她，是她自己犯傻。"

陆嫣停下车，回头气呼呼地瞪着他，喊道："你才是傻子！"

沈括掂了掂手里的苹果，扬声道："再骂一句试试。"

陆嫣生怕他用苹果砸自己，骑上车，猛地往前蹬，落荒而逃。

钟恺嘴角抽了抽："你……欺负她干吗？"

沈括一口咬下半个苹果："你哪只眼睛看见我欺负她了？"

钟恺用手指戳了戳自己的双眼，示意他两只眼睛都看见了。

下午，陆嫣回到教室，看见桌上放着一个被精心包装过的苹果，彩色丝带系着一张浅绿色的卡片——年年岁岁，平平安安。字迹工整，笔锋遒劲有力。

陆嫣从书页里取出纸飞机，对比字迹，确定是同一人所写之后，她的嘴角终于绽开了笑意。

他以为送个苹果就能得到原谅？没那么容易。

陆嫣傻乐了半个小时，一下课就拿着苹果去了洗手台，洗干净还没来得及下嘴，陆臻从后面走过来，顺走了她手里的苹果，一口咬下了半边。

陆嫣眨巴眨巴眼睛，"啊"地大叫了一声，追上去猛捶他的背："浑蛋！你是猪吗？"

"哎哟，不就吃你一个苹果嘛，"陆臻被她揍得很无语，"至于吗？"

陆嫣看着那个被咬了一半的红苹果，又踹了他一脚，气急败坏地离开了。

"哎，你怎么了？"陆臻看着她，"我不吃了，还给你啊。"

"猪！"

陆臻喊了声："骂你老爹，当心被雷劈啊你。"

他漫不经心地咬了口苹果，回身便看到女厕所门口站着个女孩，竟是那日在服装店见过的朋克长腿小姐姐。不过今天她穿的是规规整整的蓝白色校服，不，也不算规整，校服左侧衣袖的位置用铅笔绘了一只 Q 版（漫画的夸张形式）杀生丸。她梳着齐刘海，长发束在耳边两侧，一直垂到了腰侧。相比于那日摇滚朋克的打扮，她今天倒是很乖的样子。

"哎！是你啊！"陆臻跟她打招呼，"我们见过的。"

她站在女厕所门边，压根儿没理他。

"没想到居然是同学啊。"陆臻很自来熟地跟她打招呼，"我叫陆臻，你叫什么名字啊？"

女孩抬起极有味道的单眼皮，淡淡地睨了他一眼，依旧没理他。

他是不是太热情了？陆臻心里想着……他和她都没说过话，基本上是陌生人，这样自来熟好像的确有点儿奇怪。

她好不容易看到有女生经过女厕所门口，连忙喊道：“同学，同学你……有那个吗？”

女生秒懂，摇摇头：“不好意思啊，我没带。”

“哦，谢谢。”

女生离开了，她依旧靠在女厕所门边，没有出来。

陆臻好奇地问：“你要借什么啊？”

她冷冷地睨他一眼，露出几分不耐烦的神色：“你又没有。”

“你说说看啊，指不定我就有呢。”

她脸上冷漠的神情稍稍缓和了一些，她有点儿想笑，不过又极力忍住了。

又一个女孩经过，她连忙问道：“同学，你带那个了吗？”

“没有啊。”

“哦，谢谢。”

就在这时，上课铃声响了起来，陆臻见她还躲在女厕所门边不肯出来，提醒道：“上课了。”

“所以你怎么还不……走。”她本来想说滚，不过稍一停顿，换了个比较温和的词。

这男孩眼神清澈，不像轻薄浪荡之徒，不过就是热心过头罢了。

“你到底要借什么？这会儿上课了，更不会有人经过了，你再不说，我也要上课去了啊。”

陆臻说完抬腿要走，高冷小姐姐纠结了片刻，终于还是叫住了他：“请等一下……”

他心满意足地停下来，嘴角偷偷挂了笑，转身的时候却收敛了笑意，严肃地说：“你要借什么？”

“我说了，你也没有啊。”

“你怎么知道我没有？”

女孩翻了个白眼，他当然没有，他一个大男生怎么可能有那个。

“我去帮你借，这总行吧。”

今天这个忙，陆臻是帮定了，从出生到现在，他都没见过腿型这么好看的女孩，那次在街上遇到，他好长一段时间都念念不忘，这次在学校遇到了，多么奇妙的缘分啊。他一定要认识她！

女孩踌躇地说："算了，你别帮我借了，你去小卖部帮我买吧，现在就去。"

"行，我去帮你买！"

陆臻爽快地答应了，转身就走，女孩捂了捂额头："回来，你知道买什么吗？"

"对了，你要买什么啊？"

"你过来，我小声告诉你。"

陆臻走到女厕所门口，女孩踮起脚，附在他耳畔说了几个字。

男孩机械地转过头，难以置信地看了她一眼，脸霎时间红到了脖子根。

课间，齐玉嬛激动地冲进教室，趴在陆嫣面前，向她告状："刚刚听（2）班的李青青说，她们上节体育课，在小卖部看到陆臻鬼鬼祟祟地买了一包卫生巾！妈呀！"

陆嫣放下写字的笔，瞪大眼睛："真的假的？"

"骗你干什么呀！她们亲眼看见的，陆臻做贼似的在卫生巾货架边转悠，小卖部大妈一直盯着他，还差点儿把他当贼呢，后来他还是硬着头皮拿了一包，付钱的时候，好多女生看见了！"

陆嫣很不解："他给谁买啊？"

"你没来例假吧？"

"我没有啊！"

"那会是给谁买？"齐玉嬛费解地说，"不会是舒梦绯吧？"

"不可能，多久的老皇历了。"陆嫣摇头，"陆臻不会再搭理舒梦绯了，他保证过。"

"那你哥可能……又有新目标了。"

"唉。"

陆嫣扶着腮帮子，很是惆怅。

她妈妈怎么还不出现呢？陆臻这都积累了多少黑历史了，老妈再不出来管管他，他得上天了。

放学铃响了，陆臻刚走出教室门，就被陆嫣抓住衣领，一路揪到了没有人的楼梯口。

“哎哎，你注意一下，拉拉扯扯的，这里是学校，你爸不要面子的啊？”

“你还知道要面子啊！”陆嫣压低声音，凶巴巴地问他，“卫生巾给谁买的？”

提到这个事，陆臻面上泛起绯红：“你……你怎么知道？”他不自然地揉揉鼻子。

“我怎么知道，全校女生都知道了好吧！”

陆臻闻言，大惊失色：“怎么可能？我看了……周围没人啊。”

陆嫣揉了揉眼角：“爸，你太低估女孩子对八卦的好奇心了。”

陆臻扯了扯衣领口，脸变成了酱紫色：“我完了。”

陆嫣没打算轻易放过他，质问道：“老实交代，是替哪个姑娘买的？我不是告诫过你吗？在我妈没出现以前，你……你必须洁身自好！”

“嫣嫣，你这也太强人所难了。”陆臻挠了挠后脑勺，“要是你妈一直不出现，我就不能有个喜欢的人了？”

“不能，绝对不能！”陆嫣义正词严地说，“万一我妈将来嫌弃你怎么办，我妈要是嫌弃你，后面就没有我了，后果多严重你知不知道？”

陆臻仔细一想，发现还真是这么个道理。

他皱着眉头，为难地说：“可是那个女孩子，我还真的挺喜欢的啊。”

陆嫣没好气地问：“她叫什么名字？”

“不知道，忘了问。”

“连人家的名字都不问，你还说喜欢？”

“哎，当时那种情况，我怎么问得出口？”

当时他将东西递给她以后，她便进了女厕，很久都没有出来。

陆臻站在外面等了几分钟，感觉有点儿怪。她出来见到他，肯定也会觉得尴尬，所以陆臻特别体贴地离开了，什么都没有问，连人家是哪年级、哪个班的都不知道。

“闺女我跟你讲，那妹子真的……太乖了！”陆臻现在回想起来都觉得兴奋不已，“她的腿，是我见过最好看的腿！”

陆嫣评价："猥琐。"

陆臻给了她脑门一个爆栗。

"啊！"

陆臻走到阳台边，迎着夕阳托腮："她真是……如风一般的女子啊！"

陆嫣差点儿笑喷了，想起以前陆臻形容舒梦绯，说的是"天下第一清纯的女子"。

老爸看女生的眼光一直不怎么样。她完全不好奇这"如风一般的女子"是什么样的，多半跟舒梦绯差不多。

陆嫣懒得和他废话，转身回教室收拾书包，陆臻心情似乎还不错，走过来揽住她的肩膀，说道："走啊，今晚平安夜，老爸带你看电影。"

提到电影，陆嫣心里莫名有些硌硬："我干吗要和你看电影？"

"你不和我看，和谁看？"

"我不能一个人去看吗？"

"那多没劲，走走走。"

他也不管陆嫣愿不愿意，揽着她一路走出了教学楼。

这时候，叶迦淇不知从哪里冒出来，挤到两人中间，说道："你们去哪儿？"

"电影院。"

"正好，我晚上没事，一起啊。"

陆臻嫌弃地睨他一眼："不好意思啊，少年，跟你很熟？"

叶迦淇浅浅地笑了笑："考虑到我们的同盟关系，一起看电影也是联络感情的方式。"

"什么同盟？"

"我跟陆嫣说好了，一起帮忙找你妹妹。"

"啊！"

陆臻一把丢开揽着陆嫣的手，指着叶迦淇，惊悚地大喊："你说什么？"

"不用这么惊讶，你们的秘密，我知道。"

"啊！"他抱头尖叫。

陆嫣捂了捂脸，无奈地道："这是个意外。"

激动的陆臻一把将陆嫣拉到边上："疯了吗？你怎么能让第三个人

知道！”

“那梁庭叔叔和秦皓叔叔也知道啊。”

“不一样，他们是我的好兄弟，这个叶迦淇……鬼知道他在打什么主意！”

“反正他现在已经知道了。”陆嫣耸耸肩，并没有特别放在心上，“咱们就更不能得罪他了，你说对吧？”

陆臻一脸苦恼：“你这丫头，成天就知道给我找麻烦。”

身后，叶迦淇说：“你们父女俩商量好了吗？要一起去看电影吗？”

陆臻揉揉鼻子，不爽地说：“今天圣诞节，电影院多半没票了。”

叶迦淇摸出三张电影票，说道：“没关系，我有。”

“你……”有备而来啊。

叶迦淇望向陆嫣，笑了笑：“我自己买了一张，还有两张是捡的某人扔掉不要的。”

陆嫣忽然心虚，看见那两张连坐的电影票，还真是她上午扔掉的那两张，没想到……竟然让叶迦淇捡了。

她太尴尬了。

陆臻知道叶迦淇这家伙心思深，现在知道了他们父女的秘密，就跟抓到了自己的把柄一样，暂时也只能什么都依他了。

“走吧走吧，你要看多少场，我都奉陪到底。”

叶迦淇走过来，轻轻提起陆嫣的书包：“我帮你背。”

“不用不用。”陆臻赶紧夺过书包，“亲爸在这里，有你什么事？”

陆嫣翻了个白眼，这家伙平时欺负她的时候，可没少让她当苦力，这会儿争什么争啊！

陆臻揽着陆嫣走出校门，过了红绿灯，迎面看到沈括和钟恺站在街对面摆摊卖苹果。生意爆好，客人络绎不绝，都是年轻学生。

周围的水果摊小贩的眼睛红得都快要滴血了，他们想不通，不就是个破苹果嘛，稍微包装一下，居然卖到一块钱一个，还真有这么多傻子买，现在这些年轻人脑子里装的都是什么啊！

叶迦淇见是自己的同班同学沈括在卖苹果，于是过去照顾他的生意，说道：“多少钱一个？”

钟恺正要开口，沈括斜斜地睨了他一眼，生生把他脱口而出的话逼了回去。

沈括道："五十一个。"

"你怎么不去抢啊！"陆臻激动地说，"什么苹果你敢卖这么贵？"

沈括抬起头望向叶迦淇，面无表情地道："嫌贵，不买就是了。"

他的意思也很明显，不想卖给叶迦淇。

陆嫣已经蹲下身开始选苹果了："钟恺哥，你帮我称三斤。"

"哎，好好。"

陆臻一把将她拉起来，低声说："这家伙摆明敲竹杠呢！你还真买，还三斤，想让你爸破产是吧！"

"你今天抢我苹果的时候，怎么没嫌贵！"

"你……"

叶迦淇笑了起来，摸出钱夹，说道："小嫣想吃，三十斤也得买，五十一个对吧。"他毫不犹豫地从里面抽出几张百元的钞票递给沈括，"这些够吧？"

陆臻看不过眼了，握住叶迦淇的手："他是故意找碴的，你还往上撞，你傻吗？"

叶迦淇捡起一个包装精美的苹果，看了看，笑着说："平安夜，平平安安，求一个好兆头，再说，小嫣想吃，多贵也得买啊，钱是最不重要的东西。"

叶迦淇将苹果递给陆嫣，然后把那几百块钱放在了那堆花花绿绿的苹果上。

沈括眸色越来越深。

叶迦淇一掷千金也不过买个舒心，而这些他口中"最不重要"的钱，却已经是沈括一天兼一夜的辛苦。

他这样的人，有什么资格去吃叶迦淇的醋。

陆嫣才不管这么多，不断给钟恺使眼风，让他拿了塑料袋来，多装几个苹果。

反正，叶迦淇是真豪门大佬，才不在乎这些钱，她满心筹谋的是要帮沈括多挣一些。

钟恺却踌躇着没有动，看沈括脸色不太好。

这个叶迦淇对陆嫣言听计从，她要吃苹果，几百块他都能给她买，难怪沈括不爽啊！

钟恺笑着将钱递回去，说道：“哪有几百块的苹果，又不是金子做的，沈哥跟你们开玩笑呢。”

陆臻没好气地说：“你小子还算是个明事理的。”

叶迦淇笑道：“沈括的创意带来的经济价值可远不止这几百块，我就当交他一个朋友。”

陆嫣望了望叶迦淇，深感这男人深谋远虑的心思与格局，远不是陆臻能比的。

沈括捡起钱数了数，四百块，抬头问他：“想和我交朋友？”

叶迦淇点头，真诚地对他说：“沈括，我很欣赏你。”

沈括转身进了一家超市，出来的时候，手里拎着两瓶白酒。

陆臻不明所以：“你想干吗？”

沈括没理他，紧盯着叶迦淇：“你们有钱少爷花钱交朋友，我们穷人喝酒交朋友。”

说着，他用苍白修长的手指拧开了白酒的瓶盖，拎着酒递到叶迦淇面前：“交吗？”

叶迦淇抿抿嘴，毫不犹豫地接过了那瓶白酒：“当然。”

沈括嘴角扯开一抹冷笑，仰头将自己手里那瓶少说有半斤的白酒一饮而尽，都不带喘的。

陆嫣和钟恺都看呆了，没想到沈括居然有这么好的酒量。连陆臻都傻了，望望他手里的白酒瓶子，又望了望叶迦淇手里的这瓶。

好家伙，他真够狠啊。

沈括擦了擦嘴，将酒瓶倒扣，一滴酒都没有流出来。他抬起下颌，眼底浮起少见的少年意气，望向叶迦淇。

叶迦淇自然不甘示弱，也将那瓶白酒往嘴里灌。因为他实在没什么酒量，喝了一半就呛着了，胃里火烧火燎的，难受极了。

“抱歉，我实在不会喝酒，以前也没有这么喝过。”

沈括放下那几张钞票，冷笑道：“钱对你来说是最不重要的东西，你却用它来交朋友，不是胡扯吗？”

叶迦淇脸上挂着不自然的酡红，沉吟片刻，说道：“抱歉。”他收回了钱，转身离开，刚抬脚就往前扑了一下，好在陆臻手疾眼快地扶住了他。

“哎？你行不行啊！”

叶迦淇感觉天旋地转，眼前仿佛有许多小星星围着他。他伸手扶住了陆臻：“陆哥，走，看电影……”

“都这样了还看什么电影啊，自己回家吧。”

“不，我要看电影！”叶迦淇固执地说，“看电影！”

陆臻无可奈何，只能扶着他走到马路边，叫了一辆出租车，回头见陆嫣还恋恋不舍地站在苹果摊边，喊了声：“走啊！磨蹭什么！”

陆嫣打量着沈括，关切地问：“你没事吧？你酒量也不是很好的……要不要我留下来陪你啊？”

沈括伸出手，指尖点了点她的额头，将她推开：“滚去看电影，别在这儿给我添乱。”

“陆嫣！走了！”陆臻又催了起来。

陆嫣不舍地望了他一眼：“那我……先走了。”

沈括招呼别的客人，没有搭理她，直到陆嫣上了车，出租车呼啸着远去了，他才缓缓地抬起头，望向她离开的方向。

钟恺佩服地说：“沈哥，不，该叫你沈爷了，好酒量啊！不是说好的三杯倒吗？怎么这会儿半斤白酒下肚跟没事人似的。”

沈括平静地说：“我喝的是矿泉水。”

“啥玩意儿？！”

钟恺抓起沈括喝光的酒瓶，打开闻了闻，又伸出舌头舔了舔酒瓶，果然是矿泉水。

他嘴角抽了抽：“你这也太狡猾了，那傻小子还愣是喝了半瓶，也是很天真了。”

沈括捡起一个苹果，咬了下去，冷冷地道：“他见过些世面，但都是台面上的好世面。”

这种没吃过苦头、没栽过跟头的富家少爷，沈括从来没有放在过眼里，叶迦淇想和他交朋友，甚至还想用区区几百块收买他的心，未免太可笑了。他是比陆臻要聪明些，但也仅仅比陆臻聪明一点儿罢了。在沈括眼中，叶迦淇依旧是个傻子。

电影院里，陆臻坐在中间，叶迦淇坐在他的右边，双手揽住了他的脖子，脸一个劲儿地往他颈窝里蹭，嘴里还咕哝着听不清的呓语。

“松手，松开啊，你好恶心！”

“你看不看电影，不看就回去了！”

“我又不是女人，太恶心了你！”

周围观众朝他投来不满的目光，示意他安静一点儿。

陆嫣也扯了扯他的衣袖，低声说：“你让叶叔抱一下吧，人家喝醉了。”

陆臻攥紧了拳头，气得鼻孔冒烟：“沈括那家伙，真是老奸巨猾，表里不一伪君子……”

陆嫣想着沈括今天也喝了好多酒，他的酒量一直都不好，她有些放心不下，于是假装自己上厕所，偷偷出了电影院，溜了。

现在离电影结束还有一段时间，待会儿她给陆臻发条短信，说自己先回家就行了。

陆嫣叫了一辆出租车，重新回到学校门口，沈括摊位前的生意依旧很好，有很多住校的同学溜出来买苹果。

只有沈括一个人，忙得不可开交。包装好的苹果已经卖光了，所以沈括只能用花纸现场包装苹果，包好一个卖一个。

她赶紧跑过去，帮沈括一起卖苹果。

沈括见她过来，愣了一下。

陆嫣没理他，熟练地接过他包好的苹果，递给摊位前的同学，笑着说：“一块钱一个。

“谢谢光临。

“要几个？

“两个是吧，现成的卖完了，请稍等一下，不好意思。”

她拿起包装纸，学着沈括的样子包装，然后用丝带仔仔细细地缠好，还写了圣诞贺卡，递给同学们。

两人忙着挣钱，她来这么久了，都还没来得及说一句话，好不容易摊位前空闲了几分钟，陆嫣问沈括：“钟恺呢？怎么把你一个人扔这儿？”

“平安夜，约会。”

“太不够义气了吧！你在这里都快忙死了，他居然跑去约会！真是……”

陆嫣抱着手气鼓鼓地说，“没有职业道德！”

沈括嘴角淡淡地扬了扬：“你呢，是电影不好看还是叶少爷魅力不够大，没能留住你？”

“电影当然好看，叶叔魅力也很大，不过……”

陆嫣情不自禁地笑了起来：“今晚他的魅力全对陆臻施展了，抱着他不肯撒手，又抓又挠，看来陆臻今晚肯定要怀孕了。”

沈括伸手轻轻拍了拍她的后脑勺：“讲什么流氓话。”

陆嫣吐吐舌头，抬眼望向他：“你……还好吧？”

“嗯。”

“喝了那么多，头晕吗？”

沈括坐了下来，从容地拿起一个苹果，用透明的塑料包装纸装好，缠上丝带。

“不晕，我喝的是矿泉水。”

“哈……”

陆嫣反应了两秒，明白是怎么回事后，嘴角的笑意加深了：“叶迦淇肯定气死了。”

“嗯，我想气他。”

“为什么？”

沈括没有回答，继续低头做事情。

陆嫣走到他身边，坐了下来，说道：“你都有黑眼圈了，昨晚肯定没睡好。”

他配合地打了个哈欠。

“你休息一会儿吧，我帮你看着摊子。”

“这儿没地方睡。”

“有的。”

“没有。”

“我说有……就有。”陆嫣说着，伸出手将他的脑袋按在了自己肩膀上。

沈括本能地挣扎了一下，没想到小丫头手劲儿还挺大，看得出来是用了力的。沈括终究还是靠在了她单薄的肩膀上。

沈括闭上了眼睛：“那就……睡会儿。”

“嗯，睡。”

两分钟后，天上忽然飘起了雪花，宛如鹅毛般，纷纷扬扬地落下来。

下雪了！

是啊，平安夜是要下雪啊！

陆嫣微微侧头，看着他轻微战栗的长睫毛，缀了一片轻薄的雪花。

第十一章

不让你失望

陆臻将醉得不省人事的叶迦淇背回了叶宅，累得筋疲力尽，又暗自骂陆嫣这丫头没义气，居然把他一个人丢在电影院。

他走到马路边准备拦车回家，这时候接到了秦皓的电话，让他去酒吧玩。

“我正准备回去呢。”

“今晚平安夜，大家都在外面玩，这么早回去干吗，给你女儿辅导作业吗？”

陆臻骂了声，又问：“在哪里？”

“娱乐街这边开了新酒吧，听说请了乐队过来演出。”

“行，等我。”

陆臻也是个爱玩的，这会儿才八点，他也不想这么早就回家，索性叫了车直奔娱乐街的新酒吧。

梁庭在卡座边冲他挥了挥手：“这儿！”

陆臻走过去，梁庭问他：“刚刚给你打电话不接，干吗呢？”

“别提了，刚把叶迦淇送回去。”

“你送他回去？”梁庭笑了，“你俩的关系什么时候这么好了？”

“我总不能把这醉汉扔街上吧。”

“叶迦淇还会喝酒？”

陆臻将事情的经过简单说了一遍，梁庭听出了端倪，笑着说：“他怕是让沈括套路了吧？”

“不知道，反正他俩我一个都不喜欢。”

陆臻仿佛想起了什么，神秘兮兮地对梁庭说：“我感觉，我闺女可能又看上叶迦淇了。”

梁庭呛了口啤酒，咳嗽了一下：“何、何以见得？”

“不知道，感觉，现在的女孩子不都喜欢这种小白脸吗？”

梁庭给陆臻倒了一杯酒，笑了起来：“你是不是傻啊，真看不出来你闺女早就对……”

“对什么？”

“算了，没什么。”梁庭指着舞台说，“待会儿有新乐队过来唱歌，听说还挺受欢迎的。”

陆臻对这些不太感兴趣，懒洋洋地倒在卡座沙发上给陆嫣发短信，问她回家没。不过陆嫣没回他，打电话她也没有接，陆臻有些烦躁，又给家里座机打了电话。

“死丫头，肯定没回家，不知道又去哪儿鬼混了。”

梁庭笑着说：“你管人家做什么，都是十六七岁的大丫头了，人家没有自己的夜生活啊。”

“什么夜生活，她倒是敢……”陆臻说，“你又没养闺女，不懂我的心情。”

她再大也是他的闺女。

梁庭说：“还真别说，虽然小嫣那丫头跟咱们年纪一样，但我还真把她当干女儿了，你说神奇不？”

陆臻笑了笑：“你最好永远把她当干女儿，别打歪主意。”

“我本来就没动心思。”

秦皓看看梁庭，又望望陆臻，傻乎乎地问道：“那我是不是也不能动心思？”

陆臻薅住他的后脑勺：“你想动啥心思？”

“我挺喜欢小嫣的啊，但她看不上我嘛。”

“禽兽！”

“简直不是人！”

“揍他！”

几个男孩打闹起来，这时，乐队上台，一道淡淡的声音传了过来。

“大家好，我是简瑶，接下来请听我们野狼乐队带来的演唱。”

听到“简瑶”两个字，陆臻身形猛地顿住，脖颈僵硬地转向了舞台。

台上的女孩穿着一件边缘毛糙的灰 T 恤。下身穿的是宽松版休闲裤，配一双马丁靴，超酷。

陆臻直勾勾地看着她，傻了。

秦皓的手放在陆臻面前挥了挥："陆哥，看什么呢？！"

"竟然……是她。"陆臻失魂落魄地道，"是她……"

梁庭顺着他的目光望向舞台上的女孩："她是谁啊？"

"我老婆。"

"噗！"秦皓嘴里的啤酒喷出来，喷了陆臻一身，"你也太直接了吧。"

陆臻这才稍稍回过神来，起身走到舞台正前方，站在舞台下距离她最近的位置，抬眼望着她。

梁庭和秦皓看着他的背影，面面相觑。

"她说她叫什么来着？"

"不记得了。"秦皓扯来身边一个男人，问道，"台上那女孩叫什么？"

男人说："你们不知道她啊？野狼乐队的主唱简瑶啊！她经常去酒吧唱歌，很多人知道她。"

"简瑶……"

梁庭念着这个名字，猛然睁大眼睛，望向台上的女孩，女孩抱着吉他，温柔地弹唱着一首《风继续吹》。

秦皓拍拍梁庭的脸，说："你也看傻了？"

梁庭回过头，望了他一眼，说道："你知道台上那酷酷的姑娘是谁吗？"

"谁啊？"

"陆嫣的妈。"

简瑶的音色极好，无论是唱民谣小调儿还是流行歌曲，抑或是摇滚，都好听，而且她个人风格强烈，很能带动现场的氛围。

简瑶唱歌的时候，时不时目光下移，望见了陆臻。

陆臻用手肘撑着舞台，笑吟吟地看着她。见她望过来，他冲她矜持地挥了挥手。

简瑶翻了个白眼，谁听歌凑这么近啊，也不怕边上的音响震破耳膜。

她弹了一个重音，陆臻立刻捂了捂耳朵，然后张张嘴，似乎被音浪震疼了。

简瑶嘴角漫起一丝浅笑，不过在陆臻望过来之后，立刻恢复了冷漠的表情。

酒吧驻唱的前台会放盒子，要是客人听得还算满意，也可以给点儿小费。不过那会儿给小费的人不算多，一整晚，简瑶的盒子里只有几块钱。

陆臻背过身去，摸出钱包看了看，又回到自己的卡座，问梁庭：“带钱了吗？”

“你没带吗？”

“带了，不够，借我点儿。”

梁庭看了看他的钱包，里面也就十来块钱。

“你怎么穷成这样了？”

“刚刚让我闺女掏空了。”

梁庭也算是富家子弟，随手掏出百元的钞票递给陆臻，拍拍他的肩膀以示鼓励。

这场唱完之后，简瑶和乐队的伙伴领了薪酬，坐在偏远的卡座喝酒聊天。

陆臻这一整晚目光都挂在她的身上，当然，她身边几个乐队伙伴也注意到了陆臻。

“简爷，你认识那男的？”

简瑶喝了一口冷饮，狭长的丹凤眼漫不经心地睨了陆臻一眼：“一个学校的，见过几面。”

“出手挺阔绰啊，给的小费比咱们出场费都高。”

简瑶收回目光，淡淡地道：“傻子。”

陆臻当然不知道他们在说什么，不过他注意到简瑶和那几个男的在喝东西，杯里还加了冰块……他有点儿看不过眼，径直走到他们的卡座边，对简瑶说：“你这几天……别喝冷的啊。”

他话里自然有深意，今天早上简瑶刚被“那个”困在厕所里，托他去买了卫生巾，这会儿就在这里喝冷饮。

陆臻家里也是有闺女的，知道女孩在那几天金贵得很，不能碰凉水更不能吃冷饮。

简瑶看着少年涨红的脸，嘴角扬了扬，发出一声轻嗤，没理他。

陆臻有点儿尴尬，但也没有离开，就直愣愣地守在他们的卡座边。

乐队的一个爆炸头少年看不过眼了，嘲讽陆臻道：“你家住太平洋的？管得真宽啊。”

“她是我……”

“老婆”两个字差点儿脱口而出，又被他生生地吞了回去，憋出了“同学”两个字。

爆炸头站起来说：“你是不是蠢？管天管地还管到我们简爷身上了。”

“简爷？”陆臻琢磨着这两个字，望向简瑶，“男的啊？”

简瑶坦荡地与他对视，扬扬眉毛。

没错，简爷。

周围几个男孩都被陆臻傻乎乎的样子逗笑了：“哪里来的家伙，是不是脑子有毛病啊？”

“滚开，别影响哥几个喝酒。”

“仗着自己有两个臭钱就了不起啊，我最看不惯你们这些有钱的少爷。”

乐队的少年们大多叛逆又仇富，自然是看不惯陆臻这样的阔少。

梁庭和秦皓见这边吵起来了，赶紧走过来，站在陆臻身边给他撑场面。

秦皓说道：“怎么着了，有钱还惹着你们了是吧！”

“想找事是吧？”乐队的男孩们也很年轻，都是少年心性，一言不合就动手也是常有的事。

简瑶终于站起身，走到陆臻身边，抓住他的衣领，慢慢将他拉近自己。

陆臻呼吸一紧，瞪大眼睛看着她逐渐放大的精致五官，心慌意乱：“你……你干吗？”

“出来说话。”

简瑶拉着他的衣领，跟拽狗似的，拽着他走出酒吧。

这姑娘力气真大，拽得陆臻连滚带爬出了门。

天空下起了小雪，冷风一吹，简瑶身上这单薄的衣衫便受不住了，道：“怎么下雪了？”

陆臻见状，果断脱下了自己的羽绒服，裹在女孩单薄的身上。

简瑶本想拒绝，但穿上他这带了体温的羽绒服，暖得简直像来到了天堂一样。

羽绒服质地很软，很舒服，价格绝对不便宜。

简瑶从来没有穿过这么暖和的羽绒服，竟有些舍不得脱下来。

陆臻里面是一件单薄的黑色羊绒毛衣，显出了他熊背蜂腰的好身材，倒是挺有型的。

简瑶打量了他一眼，问道：“所以，你到底想干什么？”

“你肚子痛不痛啊？”陆臻关切地问她，“我家姑娘……呃，我妹妹，每次那个的时候，疼得趴在床上打滚，我看你还喝冰的……”

简瑶无奈地道：“不是每个女孩都会肚子痛。”

她也没那么金贵。

“那你还是注意一下。”陆臻说，“别喝冷的了，还有，女孩子一个人在外面，要注意安全。”

简瑶抬眼打量他，他眉宇坦荡，眸光清澈，倒是发自内心地关心她。她有点儿感动。

“你叫什么名字？”

陆臻立刻理了理衣领，郑重其事地说：“正式介绍一下，我叫陆臻，今年十八岁，单身，无不良嗜好。”

她嘴角抽了抽：“你好，简瑶。”

简瑶轻轻拍了拍他的掌心，当作握手了。

陆臻的狗爪子却一把抓住了她的手：“可能你觉得有点儿突然，但我还是要告诉你，我是你未来的老公。”

女孩的身影渐远，梁庭走出酒吧，看着陆臻脸上红扑扑的五个手指印，摇着头说：“嫂子……真是个人物啊！”

陆臻暂时没有告诉陆嫣遇到她妈妈的事，同时也让梁庭和秦皓保守秘密。

梁庭挺不能理解：“为什么不说？陆嫣那小丫头一直在到处打听她妈的消息，现在好不容易遇着了，也该让她知道啊。”

“那丫头跟我一样冲动，我不想她跟我一样的下场。”

陆臻摸了摸自己脸上的巴掌印：“总之，这件事要慢慢来，别把人家吓着了，第一印象很重要，不要让她觉得我们一家人都不正常。”

梁庭笑着说：“小嫣可能比你还要稳重一些。”

寒假将至，高三年级的期末考试放榜日，校园公告墙前挤满了看分数的同学，陆嫣好不容易挤了进去，甚至都用不着数，年级前百光荣榜第一名——沈括。

陆嫣踮起脚看了他的各科分数以及总分，真的厉害，他的总分比第二名的叶迦淇多了二十八分，连他最薄弱的英语都已经追了上来。这个成绩放在全市来看，也绝对是名列前茅。

难怪钟恺成天把科学家挂在嘴边，就沈括这脑子，不投身祖国的科学建设真是太可惜了。

不过仔细算起来，他未来从事的互联网科技领域，也是真真实实地改变了人们的生活。

陆嫣挤出人群，远远望见沈括背着挎包走在出校门的林荫道上。他穿着一件浅灰色的高领毛衣，更显得肩宽腰窄，普通的黑色裤子勾勒着他颀长的腿。

在冬日里明亮的阳光下，他干净利落的短发微微垂下几缕，落在漆黑的眸前。

陆嫣小跑着追上去，问他："沈括，看了分数吗？"

沈括回头望了公告栏一眼，说道："人太多。"

他一贯不喜欢去人多的地方凑热闹。

陆嫣兴奋地说："我帮你看了，又是第一。"

"嗯。"

沈括似乎没有多惊喜，这个成绩他早有预料，不过他转而又问："叶迦淇多少分？"

"比你少二十八分！"陆嫣知道沈括介意这个，因此特意帮他算过总分差，"前十名的总分都是差几分，你拉开了二十八分的差距，真是太厉害了。"

沈括淡淡地道："不算多，他没来之前，我的纪录是五十二分。"

陆嫣笑着说："叶迦淇也很聪明的，我听叶叔叔说他在美国念高中时，每年都拿奖学金。"

沈括不置一词，停下脚步，侧过身望向她："你怎么样？"

"啊。"

"多少分？"

“我……我忘了看。”

她这才反应过来，自己特意过来查分，居然把自己的分数忘了。这也太刻意了吧。

陆嫣无比懊恼地咬了咬舌头：“反正，我成绩一直都那样，不好不坏，这次肯定也保持年级前五十吧。”

他问她：“你想考哪所大学？”

“我暂时还没有考虑过，到时候看吧，看我的分数够报哪所学校，没有目标。”

陆嫣无所谓地耸肩：“反正还早，这才高二。”

“不早，你的成绩太差了，如果现在不抓紧一些，会考不上。”

“你别咒我。”陆嫣假装生气地说道，“我这成绩，肯定考得上重点大学。”

沈括垂着眸子，脚踩着地上细碎的光斑和枯叶，淡淡地道：“但上不了Q大。”

Q大在全国来说都是名列前茅的大学了，跟清华北大不相上下，甚至部分专业的分数会更高。

陆嫣这成绩，肯定是够不上Q大的录取分数线的。

陆嫣表示自己很佛系：“我要是能上Q大的分数线，我干吗不报清华北大？”

“因为我会报Q大。”

陆嫣的脚步蓦然顿住，一阵风起，树梢沙沙作响。

他会报Q大，当然。

过去，沈括念的就是Q大最好的计算机专业，以他的成绩，报考Q大完全没有问题。

“大学我会报Q大。”沈括望着她，平静地说，“所以最后一年，你也要努力才行。”

陆嫣的心忽然一热，耳垂也红了，她小声说：“我、我为什么要努力啊？”

沈括微微展颜，认真地问道：“你不想和我念同一所大学？”

这一刻，陆嫣甚至能听到自己的心跳声，嗓子干哑，紧张得都不知道该说什么好，一句话都说不出来。

沈括抬眸看着远方，继续说道：“如果想和我念同一所大学，最后一年，你要努力了。”

“沈括，你什么意思？”她咬了咬下唇，低着发烧的脸颊，都不敢看他。

“你知道我是什么意思。”沈括的指尖轻轻碰了碰她的手背，但也不过一瞬，他便收了回来。

“陆嫣，如果是我认定的事情，一生都不会放弃。”他低沉平静的调子缓缓响起，“所以隔了这么久，我才真正鼓起勇气、下定决心。”

陆嫣感觉自己的心脏真的快炸了。

他鼓起勇气，下定决心，是要表白吗？

为什么要在这么平常的时刻，她所幻想的表白，一定是要在浪漫的星空下，或者午后静谧的花园里，有鲜花也有礼物……

不不不，这一切都不重要，完全不重要，只要是面前这个男人，就算在厕所门口都不重要。

厕所，她为什么要想厕所！

啊，她要疯了！

“陆嫣，”他唤了她一声，“你在听我讲话吗？”

“我在、在听啊。”陆嫣的手紧紧抠着自己的毛衣洞洞，强迫自己专注，“你说厕所门口。”

沈括无奈：“我说下定……”

“哦哦哦！下定决心……”

他在表白！他一定在表白！

“或许你会遇到比我更好的人……”

“不会了！”听到这句话的陆嫣反应还算迅速，连声否决，“不会，不会有比你更好的人了。”

少年嘴角轻轻扬了扬：“听我说完。”

“你说。”

“或许你会遇到比我更好的人，因为现在的沈括不是最好的沈括。”他眸子里泛着笃定而自信的光芒，“但未来的沈括，绝不会让你失望。”

陆嫣的眼眶有点儿热，她太知道未来的沈括是何等光景了，他所攀上的巅峰是所有人都难以企及的高度。

陆嫣摇了摇头，忽然握住了他的手腕：“你想错了，沈括，现在的你就是最好的。”

沈括低头看着她白皙的手背，苦笑：“现在有什么好。”

迷茫与困顿交织的少年时期，生活一团糟，进退无门，能有什么好？

“反正，我更喜欢现在的你。”努力、真挚、热忱的你。

陆嫣发现沈括这人的自控力真是强到令人咋舌，而且极擅伪装，表面不动声色，平静无波，谁都猜不出他的心思。

陆嫣收回了手，说：“虽然有点儿困难，但是我一定会努力追上你的脚步，我也想和你念同一所大学。”

“嗯。”

“那……我去看看我的分数？”

她转身就想开溜，而沈括的手臂忽然从后面伸过来，拦在她锁骨的位置。

陆嫣猝不及防，一动不动。

他低沉的嗓音响起：“那就定了？”

陆嫣抬头，阳光透过树梢晃着眼。

“定了。”

寒假，陆嫣的学习兴致很高，拜年走亲戚都不去，压岁钱也不要了，把自己关在房间里学习。

陆臻努力了差不多半个学期，成绩提升了不少，至少不是年级垫底了。

但凡事都是一鼓作气、再而衰、三而竭。慢慢的，某人也开始有些怠慢了，如果没有陆嫣督促着，兴许他又要回归以前的生活了。

那天晚上，陆嫣收到一条短信，没有内容，只有一个冒号。

她回了一条短信：“请问你是哪位？”

“是我。”

“沈括？”

“嗯。”

陆嫣立刻来了精神，从沙发上坐起来，想给他回拨过去，不过眼瞅着陆臻戴着耳机、哼着旋律、扭动着他那一米八七的大个子，从楼梯扶手边上下来。

陆嫣果断放弃了通话，改为发短信。

“你买手机啦？”

“嗯，还不太会用。”

陆嫣看出他不会用了，就这几个字，他足足用了五分钟才发送出来。

她嘴角抿起微笑，问道：“是为了联系我买的吗？”

“想太多。”

她轻哼一声，正编辑着短信，沈括又补充了一条：“是为了让你联系我。”

陆嫣看着那条信息，倒在沙发上滚来滚去，脸埋进抱枕里，兴奋了好一阵子。

陆臻摘下耳机，拧着眉头望向她：“发神经啊。”

陆嫣伸腿踹他，陆臻往旁边躲了躲，反手抓住她的脚丫子，将她拉近自己：“你在和谁发短信？”

“没谁！”

“手机给我。”

“不！”陆嫣踹开他，连滚带爬地滚到沙发另一端，“这是我的隐私，你不能侵犯我的隐私！”

陆臻才不管三七二十一，将她按在沙发上，抢夺她的手机：“我是你爹，在我这里，你没隐私。”

“啊，你太霸道了！”

陆嫣挣扎着想爬起来，陆臻抓住她的脚，将她拖回来：“你是不是在和叶迦淇发短消息？我就知道是他！臭小子……贼心不死！”

这时候，陆简从书房里出来：“吵什么？”

陆嫣像看到救星似的，踹开她爸，跑到爷爷身后寻求庇护：“陆、陆臻他要抢我的手机，看我的短信！太过分了！”

陆臻跑过来，指着陆嫣说：“她……她早恋！我管管她。”

陆简当然是要护着小女儿的，当即脱下拖鞋指着他：“就你这样还管起你妹妹来了，管好你自己吧！”

“我……她……”陆臻急得说不出话来。

兄长和父亲终究还是不一样的，作为兄长，他可以不管他妹妹，但是作为父亲，他不管就没人管了。

陆臻绝对不能让他闺女这么小就被坏男人骗走了。

陆嫣从爷爷身后探出头，冲陆臻吐了吐舌头，把陆臻气得面红耳赤，却又无可奈何。

“不是还要考重点大学？”陆简护着陆嫣走到客厅沙发边，冲陆臻道，“回你的房间看书去。”

陆臻气呼呼地说：“那她早恋不管啦？”

“我没有，没早恋，他乱讲呢！”

陆简还真是个“护女狂魔”，冲陆臻道：“等你考到你妹妹的分数，你早恋我也不管！”

陆臻终于泄气了，转身上楼，还不住地回头用眼神威胁陆嫣，示意这事儿没完。

等他回房间以后，陆简这才回头，冲陆嫣严肃地说：“不准早恋啊。”

“没有没有，不早恋！”

陆嫣生怕爷爷多问，也赶紧溜回了房间。

躺到柔软的大床上，抱着手机，她又不自觉地笑了。

以前家里只有她和老爸，虽然他俩也总是上演猫捉老鼠的戏码，把日子过得热热闹闹，但总是少了些什么。

陆臻又当爹又当妈，无微不至地照顾着陆嫣，但家里终究还是少了家人，少了妈妈，也少了爷爷奶奶。

陆嫣暗自打定主意，这次她一定要守护好她的家人，特别是妈妈。她绝不会再让妈妈出任何意外。

沈括坐在书桌边，暖黄色的台灯下，手机的黑白屏幕里有女孩发过来的“晚安”。

他比较习惯在一条短信里多写一些内容，这样比较划算：“还欠你一场电影，什么时候有空？虽然你家是开电影院的，但这次，我来买票。”

陆嫣收到这条长长的信息，又不自觉地笑了出来，兴奋地在床上滚来滚去。

他还记着“她家开电影院”这事呢。

她编辑短信：“看你什么时候有空啊？我都行，全听你的。”

写完这条信息，准备发送的时候，陆嫣恍然想起奶奶孟知宁给她的告诫，说女孩子永远不要在爱情里失去自我。

她指尖顿了片刻，然后回道：“明晚吧。”

“好，早点儿休息。”

“你才是，不准熬夜看书。”

所有人都说沈括脑子聪明，智商高，但是只有陆嫣知道，沈括能够保持这样的成绩，绝对与他的勤奋脱不开关系。

没有人能够轻轻松松地获得成功，别人在努力的时候，他却在拼命。

“不许熬夜！不许熬夜！不许熬夜！”

沈括收到一连三个“不许熬夜”的短信，嘴角浅浅地抿了起来。他听话地合上了书，起身走出房间。

父亲沈建旬还没有睡，坐在沙发上看电视。电视里正在播放小品。

沈建旬喜欢看小品，总是摘小品里的笑话揉成段子讲给沈括听，有时候还挺有幽默感。

他喜欢逗沈括，不过沈括不太爱笑。

成长的岁月里，他这个儿子笑的时候实在很少。生活的重担令他沉默又寡言，整个气质都是下沉的。

沈括将写着手机号码的作业本纸贴在了座机墙边，回头说：“爸，我买了一个手机，以后你在家里感觉不舒服，一定及时给我打电话。”

“浪费这钱做什么，我这段时间……喀喀，感觉身体好多了，你不用担心。”他心疼地说，“手机贵不？以后别为我乱花钱，你看你这身衣裳穿了好几年了，过年去给自己买身新衣裳穿。”

沈括解释道：“也不全是因为老爸。”

沈建旬望向他，灯光下，他眉宇低敛，带着浅淡的温柔：“我有一个玩得很好的同学。”

沈建旬微微一愣，随即明白过来，笑着道：“行啊，臭小子。”

沈括早慧，很小的时候便已经学会像成年人一样为人处世，所以沈建旬很少会在自家儿子脸上看到这样柔和的神情。

“是那天来家里的女孩？”

“嗯。”

“那个女孩看起来很好。”沈建旬的形容词不多，很好已经涵盖了他对陆嫣的全部赞许，“只是……看着那小姑娘家境不错。”

富裕人家的小孩无论打扮如何质朴，身上的气质还是不一样的。

沈建旬走到柜子边，从里面取出几张包好的钱递给沈括：“未来一切都说不准，你也还小，但是和同学在一起的时候，可不能太抠门了。”

沈括笑了笑：“爸，我知道，我也有钱。”

“拿着。”

沈括知道这是老爸的心意，索性不再推辞，反正家里也是他主事，大不了用在给老爸买药的花销上就是了。

“爸，会好起来的。”他笃定地说，“我会让一切都好起来。”

你要等着。

正月二十的下午，陆嫣穿着她崭新的粉白色小棉袄，等在电影院门口。

距离约定的时间提前了整整二十分钟，以前，她很能拖，每次和闺蜜逛街，迟到都是家常便饭。

意外发生的时候，她的眼前回放着过去的一幕幕场景，那些她浪费的时间，那些她消耗的友谊和善意……都成了她最难以释怀的遗憾。如果再有一次机会，她绝不愿再无意义地虚度人生。她想成为更好的自己，也只有这样的自己，才值得给予她万千宠爱的家人的付出，才配得上那个优秀而努力的少年。

路上，沈括一直在低头和她发短信，知道她已经到了，便让她进电影院里面等，不要站在外面吹冷风。

北城冬日的风冷得刺骨，刮在身上如小刀般割肉疼。沈括抬眼望了眼云霄，远处是黑压压的阴云，似乎要下雨了。

他寻找着周围是否有卖伞的商店，然而这时他却接到了钟恺的电话。

“沈哥，你现在在哪里？”

“外面，有事？”

钟恺是个急性子，当即便在电话里骂了起来：“唐丰沛之前说好的把仓库租给咱们放爆竹，现在货都进来了，堆在仓库外面他才说要加价！这真是撞鬼了！”

沈括望向天空，沉声问：“加多少？”

“百分之五十！他这简直就是抢啊！”

“如果加百分之五十，我们就没得赚了。”

“可不是，我没同意，这会儿在库房外面守着货呢！沈哥，你要是没什么重要的事，就过来一趟吧，唐丰沛那老狐狸是吃定我了，你来跟他说说，没准儿有转机。”

沈括眉心蹙了起来：“我现在没时间。”

钟恺有些不相信自己的耳朵，对于沈括而言，除了他父亲以外，赚钱就是第一重要的事情。

“沈括，咱们这批货可是下了大本钱的，如果仓库的事情不解决，这钱可就打水漂了。”

沈括何尝不知道这批货的重要性，可是现在他要赴的约同样重要。

“我约了陆嫣。”

钟恺心里有数了，不再坚持。

沈括从来不会失信于人，这是他立身处世的原则，更何况，那人还是他喜欢的女孩。

“行吧，我再跟那老狐狸讲讲价，你……别想太多。”

沈括淡笑了一下，挂掉电话，加快了步伐。

陆嫣站在电影院门口，见到沈括过来，不住地冲他挥手。

沈括加快步伐走过去，摘下围巾，环在了她白皙修长的脖颈上。

他低敛着眼睛，深咖色的眸子格外温柔，将围巾在她的颈上缠了两圈，然后认真地系了一个结，落于胸前。

围巾质地柔软，带着他的体温，暖暖的。

陆嫣低头看了看浅灰色的围巾，笑着问他：“送给我啊？”

“这是男式的，借你戴。”

陆嫣耍赖：“不管，挂在我脖子上那就是我的。”

沈括笑了一下，没有多说什么，带着她一起走进了电影院：“我先去买票。”

“好的。”

陆嫣看着沈括的背影，感觉他今天似乎不太对劲，尽管面上平静无波，不过女孩子的第六感一般是很准的。

他时不时会不自觉地望望窗外的天空，然后低头看一下手机。

钟恺没了消息，应该是不想打扰他。沈括将手机调成静音，然后和她一起等待入场。

陆嫣试探性地问他：“是不是出什么事了？”

“嗯。”他没有隐瞒，“新进的一批货出了点儿小问题，入不了库，没关系，钟恺能搞定。”

他希望钟恺能搞定。

陆嫣在进场的前一秒忽然道：“沈括，我想起来，今天下午我还有点儿事，约了齐玉嬛逛街来着。”

沈括的手在她的面前晃了晃：“少废话。”

“真的。”陆嫣看了看手表，急切地说，“完了，齐玉嬛肯定在世纪百货门口等我了。”

“陆嫣，这是我们第一次出来玩儿。”

“对啊，第一次出来玩儿，又不是最后一次，我可不想让齐玉嬛说我。”

说话间，小丫头已经拽着他的衣袖，拉着他逆着人流走出了电影厅，来到马路边，不由分说地拦了一辆出租车，将沈括塞进去。

“对不起啦，闺蜜比较重要，拜拜！”

沈括忽然抓住了她的衣袖，陆嫣有些心虚，往后退了退：“干、干吗？”

沈括没有回答，只是深深地望了她一眼。

“我真的要迟到啦，拜拜！”

沈括松开了她的衣袖，对出租车司机说：“师傅，去四号仓库。”

陆嫣关上车门，冲他挥了挥手。

出租车驶了出去，消失在马路尽头。一阵风起，陆嫣独自站在马路边，轻轻地叹了一声。

孟知宁的短信进来，询问陆嫣：“宝宝，玩得开心吗？”

陆嫣喜欢沈括的事情，她隐瞒了所有人，却唯独没有瞒孟知宁。

孟知宁早年在海外留学，思想很开放。她知性又成熟，能给陆嫣很多建议。

陆嫣在成长过程中没有妈妈，孟知宁的出现，填补了她母爱的空白。

孟知宁虽然开明，但终究还是放心不下，她知道陆嫣喜欢沈括，但有时候喜欢一个人，很多事情是控制不住的，所以也会忍不住发短信过来问问她。

陆嫣蹲在路边编辑短信，将刚刚发生的事情简单地说了一遍。

“妈妈，我也太懂事了吧，你让我爱自己多一点儿，但我好像做不到。”

以前陆嫣作为一个被老爸捧在手掌心里疼的娇气富二代，很少会考虑别人的想法，自我而骄傲。不过现在……她发现考虑别人的代价就是委屈自己，她心里其实有些难过。

正如沈括所说，这是他们的第一次出来玩儿，昨晚她兴奋得半夜都没睡着，脑海里一遍遍排演着今天的场景。

陆嫣很少有负面的情绪，因为很多人爱她，她一直成长在阳光下，养分充足。正是因为如此，她才害怕自己不能理解沈括的艰难，也害怕自己不配得到他的喜欢。

隔了很久，孟知宁才回复道：“宝宝，虽然妈妈告诫过你，在感情中不要失去自我，但是妈妈从来没有做到过。若即若离、有所保留的相处之道虽然聪明，但一点儿也不酷。喜欢他就发自内心地对他好，这样即便分开了也不会有任何遗憾。

“余生里总是念念不忘的，一定是在感情中有所亏欠的那个人。”

沈括赶到四号仓库的时候，钟恺正在和仓库主人吵架。

“之前都已经说好了，现在我们的货都到了，这会儿涨价，你也太黑了吧！”

“哎呀，今年的价格普遍都涨了，我们也没办法嘛！”

沈括知道，仓库老板唐丰沛也不是第一次这么做了，这里面的水很深，货到了才坐地起价，不同意也得同意。

钟恺也是个急性子，和唐丰沛差点儿就打起来了。沈括走过来，将他拉开，说道：“要变天了，今天货必须入库。”

唐丰沛见沈括过来，讪讪地笑了笑：“涨价也不是我们的意思，你去打听打听，周围的三号和五号仓库，价格都涨了，而且你这还是爆竹，风险比别的货大，我这涨价也是情理之中。”

钟恺骂道：“要涨价你怎么不早说？现在我们的货都过来了，你才说。”

唐丰沛知道他们进退无门，除了接受他的条件以外，没有第二条路，因此有恃无恐，说道：“你们爱放不放，不放拉倒。”

沈括回头看了眼堆放在仓库外的爆竹，对钟恺道：“去找辆车过来，我们把东西搬走。”

“搬走，搬到哪儿去啊？”

“我家里。”

钟恺愣住了，压低声音对沈括道：“你家？有没有搞错，这么多东西你家怎么堆得下？”

沈括淡淡地睨了唐丰沛一眼，说道：“去找车，搬。”

钟恺犹豫了片刻，终于还是拿出他的大哥大，给自己的朋友打电话。

唐丰沛见沈括似乎是铁了心要搬走，心里也有些慌，说道：“有没有搞错啊，这些可都是爆竹啊，放在家里怎么行，这太危险了。”

沈括对他的话充耳不闻。

钟恺打完电话，对沈括说：“车马上就来。”

这会儿已经开始刮风了，唐丰沛见沈括是铁了心要走，也有些着急，如果他们的货不入他的仓库，这个时候他再想找下家可不容易。

“那什么，这都变天了，你们能等车，这些货可等不了。”

沈括淡定地说：“潮了、湿了用不了的，我自认倒霉，但我沈括做生意头一条，绝不受人威胁。”

唐丰沛是多年做生意的老油条了，跟形形色色的人打过交道，他本来是打量着沈括和钟恺两人年轻，沉不住气，想拿捏拿捏他们，哪里能想到沈括竟然有这般破釜沉舟的勇气。

风越来越大，钟恺都有些沉不住气了，不住地拉沈括的衣袖。

这些爆竹是不能受潮的，如果受潮了，就用不了了，他们会血本无归。

沈括道：“所有亏损都算在我身上。”

唐丰沛当然比钟恺更着急，要是这些货物受潮了，他不仅一分钱的库房费收不到，这件事还会传扬出去，以后恐怕就没有人会租他的仓库了。

“这样，你们先把货物搬入库。”唐丰沛说，“价格我们好商量。”

沈括拒绝了他的提议："不必。"

"哎呀，你们这些年轻人，没有受过挫折，真是太冲动了。"唐丰沛加快语速道，"这样，还是原价，原价入库，怎么样？"

沈括抬起眸子望向他，沉声道："八折入库。"

"唉，你这人，你不要得寸进尺了！"

沈括问钟恺："货车什么时候到？"

"快了，"钟恺说，"就在附近。"

唐丰沛终于还是妥协了。

"行行，八折入库，快把东西搬进来……"

钟恺连忙道："那就说好了！不准再变了！"

"不变不变，唉，来几个人，帮忙把东西搬进去！"唐丰沛招呼了几个工人过来，一起帮忙搬东西。

上面的货物有些已经潮了，能抢救的也只有底下的货物。沈括找来推车，和钟恺一起将货物装进车里，小跑着推进仓库里。

"完了，来不及了。"全身湿透的钟恺坐在地上，狼狈地说，"全湿了。"

沈括一言未发，只是闷声搬运着能够抢救的货物。

不到最后一刻，他就不会放弃。

连周围的几个工人都已经放弃了，东西太多，实在搬不过来，而且现在雨下大了，他们也不想弄湿衣裳。

雨水顺着沈括的发丝落下来，他紧绷着脸，继续搬运着货物。

"沈括，剩下的就算了吧。"钟恺拉住他，劝道，"太冷了。"

"下面的还能用。"沈括说完，再度冲进雨中。

钟恺知道沈括性格固执，也只能跟他一起继续搬运剩下的货物。

就在这时，一抹色粉白的身影冲了过来，接过了他手里一挂缠绕的圆形鞭炮，护进怀里。

"你怎么来了？"

大雨瞬间便淋湿了小丫头的头发，冲得她快要睁不开眼睛："我来给你送伞。"

"送什么伞，快走。"

"哦！"

陆嫣抱着鞭炮跑进了仓库，放好之后又返回来，尽可能多地抱起货物，朝仓库跑过去。

她干得非常卖力，丝毫不介意自己的衣服弄湿或者沾染泥污。

沈括叫不住她，干着急，也只能作罢，然后将剩下的货物搬进了仓库。

钟恺和剩下的几个工人清点着仓库里能用的货物，陆嫣蹲在货物边，紧张地看着钟恺清点。

“这个能用不？”

“这个呢？

“还有这个呢？

钟恺说道：“还能用，幸好外面有隔水的塑料。”

小丫头松了一口气：“那就好。”

沈括终于看不下去了，沉着脸走过来，拎着陆嫣的衣领，提小兔子似的把她拎到避风的角落。

“谁让你来的？”他脸色不太好，看上去微微带了怒意。

小丫头委屈巴巴地说：“我来给你送伞的嘛。”

沈括低头看她，她身上粉白色的小棉袄已经全部湿透了，还沾了不少泥点，头发湿漉漉地贴在脸上，轮廓柔顺，眼睑处沾染了水光，看着可怜兮兮的，却美得令人心颤。责备的话哽在喉咙里，说不下去了。

沈括别开了脸，略带责备地说了声：“添乱。”

陆嫣还惦记着那批货物，不住地回头问钟恺：“还有多少能用啊？损失多少？”

“嘿，都有防水塑料，咱们运气好，保住了大半。”

“那真是太好了。”

陆嫣打了个喷嚏，沈括拉着她的胳膊走出仓库。

正好赶上钟恺的朋友开车过来，他不由分说地将陆嫣推上了车。

“去哪儿啊，沈括？”

“去我家洗个热水澡，换身衣裳。”

陆嫣担忧地说：“啊，会不会不太方便？”

沈括随口说：“我爸今晚去医院了，不会回来。”

陆嫣眨眨眼睛，脸颊忽然挂了一抹诡异的绯红。

家长不在吗？这样好像更不方便了。

陆嫣洗澡的过程中，沈括一直在房间里走来走去，她甚至能清晰地听到他踱步的声音。

“多加点儿热水。”他时不时会来到门口，叮嘱她，“最好全用热水。”

“已经很烫啦！”

“再烫一点儿也没关系。”

“你想让我变成白烧鸭吗？”

他嘴角抿起浅浅的笑意：“你要是变成烧鸭……”

陆嫣等了很久，没等到下文，问道：“我要是变成烧鸭，怎么样？”

“我就……把你吃了。”

“哈。”

他说话的调子素来一本正经，这样开玩笑的话倒是不多。陆嫣挺喜欢他这轻松的模样，如果能一直这样就好了。

半个小时之后，她关掉了热水，用浴巾擦干了身体，问沈括：“我衣服都湿了，穿什么呀？”

“等一下。”

沈括去房间里取了衣服和裤子，走到门边，敲了敲：“开门。”

半晌，小丫头磨磨蹭蹭地开了一条缝，慢慢将湿润的手臂伸出来，带出一阵雾气。

沈括将衣服递到她白皙的小爪子上：“穿我的，没问题吗？”

“没问题！”

“嗖”的一声，她缩回手，立刻反锁了浴室门。

他淡淡一哂。

沈括给她的衣服是带绒的睡衣，特别保暖也特别居家，带着干净的皂粉味道。

她身形娇小，穿沈括的衣服非常宽松。收拾好之后，她才慢慢地打开浴室门，走了出去。

听到声音，他正好端着热腾腾的汤碗走出来。

小姑娘穿着他宽大的衣裳，局促地站在墙边，湿润的黑发垂于肩头。

人洗过澡之后，皮肤总会特别显白，宛如含苞的嫩蕊，清透又水润。

陆嫣见沈括直勾勾地盯着她，有些不好意思地别过脸，问道：“你在弄什么呀？”

沈括这才反应过来，定了定心神，将手里的汤碗给她，然后让她坐到沙发上，用电吹风给她吹头发。

陆嫣端着热乎乎的姜汤，小小地喝了一口。

“好喝。”

“那就多喝点儿。”

他在汤里放了很多糖，熬得很浓。

陆嫣继续低头喝汤。

沈括站在她面前，捡起她湿润的发丝，拿着电吹风一缕缕吹干。

陆嫣时不时地抬头望他。他低敛着眸子，神情很认真，也很温柔，细致地拾掇着她的头发。

陆嫣不敢一直看他，视线下移，平视正前方。

窗外大雨哗哗下着，还伴随着春日里的雷鸣，丝毫没有停下来的意思。

陆嫣的头发蓬松地垂在肩头，她时不时担忧地望望外面，天色已经渐渐暗了下来。

“这雨什么时候停啊？”见沈括收拾房间，不理她，她又问道，“沈叔叔今天晚上真的不会回来？”

“不会。”

她动动脚丫子，又说：“那我们做点儿什么好呢？”

沈括就是不知道该做点儿什么好，这才开始收拾房间。反正手上总要做点儿什么，不然他总是会胡思乱想。

其实他一开始真的没有想那么多，满脑子想的只是让她赶快洗个热水澡，把湿衣服换下来，免得感冒。

“你想做点儿什么？”他背对着她，嗓子干痒难耐。

陆嫣完全没意识到少年心态的变化，趴在沙发上，轻松地伸了个长长的懒腰："不知道呀。"

沈括回房间，拿了一本教辅资料扔给她："自己看书。"

"不愧是年级第一啊。"陆嫣点评道，"下雨天都要看书。"

沈括说："下雨天为什么不能看书？"

陆嫣将教辅资料摊开盖在脸上，呼吸着油墨香味，慵懒地勾了勾腿："下雨天就适合躺着呀！"

沈括有时候真觉得她就像一只黏人的猫，他喜欢她的从容，也喜欢她懒洋洋的样子。

这种轻松的生活姿态是他从来不曾有过的，或许生活……就应该是她这样子的。

沈括打开了电视机，然后从柜子里找出几张碟片，问她："看电影吗？"

"好呀！"

沈括挑了一部喜剧片，放进了 DVD 里，然后坐到沙发边，和她一起看。

沈括坐在沙发另一端，很快，小丫头就挪了过来，坐在他身边。电视机屏幕的光芒笼着他柔和的轮廓，他嗓音醇厚。

"这样不好，"他认真地对她说，"你不能把我当成陆臻。"

"我没有把你当成他啊，我怎么会把你当成他……"

她不知道该怎么讲了。

沈括并不知道，陆嫣自小没有妈妈，被陆臻养得娇惯至极。有条件要撒娇，没有条件，创造条件她也要撒娇。因此，她总是情不自禁地黏着他。

陆嫣往边上靠了靠，不再挨着他了，看样子还有些赌气："雨停了我就走。"

"嗯。"

小丫头气不过，抬腿踹了他一脚。

她真的必须随时随地提醒自己，沈括是跟她爸爸同一个年代的人，那个年代的人都是老古董，他们之间隔着几十年的代沟。只能这样想，她才不至于被气死。

沈括淡淡一笑，起身道："我去洗手间。"

陆嫣抓起自己湿漉漉的衣服晾在架子上，然后用吹风机吹着。

九点的时候，雨终于停了，陆嫣的衣裳也正好能穿。

陆嫣回到家，本以为这个时间免不了又被陆臻追问干什么去了，没想到家里静悄悄的，陆臻见了她，没说什么，倒了水，转身上楼回了房间。

陆臻是个直肠子，高兴不高兴都是直接挂在脸上的，陆嫣一眼便看出这家伙心情不好。她追上去，问道："爸，出什么事了？"

"没事，回房间看书了。"

他伸手揉眼睛，显然是在遮掩什么，陆嫣扯开他的手，发现他眼角竟然挂着瘀青。

好在痕迹不深，若不细看，倒也不明显。

"你又跟谁挑事去了！"陆嫣惊呼出声。

陆臻连忙捂住她的嘴，防备地看了看楼上，低声说："不想你老爸遭受二次伤害，就小声点儿！"

陆简这会儿就在书房，这段时间父子俩的关系好不容易缓和下来，陆臻可不想再把关系弄僵。

陆嫣听话地点头："所以到底是怎么回事啊？"

陆臻漫不经心地说："沈括干的。"

"不可能，"陆嫣一口否决，"不可能是沈括，你乱咬谁呢。"

陆臻望向她："你凭什么笃定不是他，难不成你今天跟他在一起？"

啊这家伙变聪明了啊！

陆臻看了看时间，疑惑地说："都快十点了才回家，你……"

他话音未落，小丫头突然喊了声："爷爷！"

陆臻连忙捂住脸，她趁机开溜，宛若游鱼般从他腋下钻过去，径直跑回房间，锁上了房门。

"死丫头，回来，我还没问完呢！"

陆臻正要去追，书房里，陆简威严的声音传来："你干什么呢？家里还有没有规矩了！"

陆臻连忙捂住了嘴，溜回了自己的房间。

陆嫣回房间以后便给梁庭打了电话，问他到底是怎么回事。

梁庭也没瞒着陆嫣，说道："你爸最近不是喜欢一个女孩嘛，那女孩……嗯，怎么说呢，性格有点儿暴躁。"

陆嫣惊呼："啊？你说我爸脸上的伤是让女生揍的？"

梁庭想说，那还是你妈呢，不过他忍住了，只说道："是啊，是女孩的'杰作'。"

谁让你爸追着人家乱叫的，这不是自己找打吗？

"别说是我讲的啊。"

"好的！"

挂掉电话，陆嫣取了医药箱走到陆臻房间，将他从床上拽起来，拿出活血化瘀的药膏，轻轻擦在他瘀青的位置。

"哎哟，轻一点儿。"陆臻拍了拍她的手，"毛手毛脚的。"

陆嫣沉着脸没有说话，依旧重重地拿着棉签给他上药，看样子是有点儿生气了。

陆臻"嘶"了一声，捏了捏小丫头的脸颊："你公报私仇啊，死丫头。"

陆嫣放下棉签，气呼呼地说："你怎么跟我保证的？"

"我保证什么了？"

"你保证过，遇到我妈之前，不会拈花惹草！"

"我就是……"

"就是什么？"

陆臻顿了顿，觉得就这样把真相告诉小丫头，不太明智。

陆嫣自小就没了母亲，见到简瑶肯定比他还激动呢，要是抱着她的腿"一把鼻涕一把泪"地叫妈妈，他可不敢想象简瑶那暴脾气会对他闺女做什么。自己挨点儿揍没关系，他不能让他女儿以身犯险。

这件事还得从长计议，至少得等到简瑶真正接受他以后……这样他也有面子啊。

陆嫣看着陆臻这模样挺可怜的，也心软了，放缓了动作，一点点将黄色的药膏揉开："那就不用纱布了，免得被爷爷发现。"

"不能让他看见，否则肯定又要说我不务正业，出去乱惹事。"

"不想被爷爷看轻，那你自己就安分点儿吧。"

陆臻憋屈地撇撇嘴，不再言语。

第二天吃早饭的时候，陆简分别询问了儿女的学习情况，重点叮嘱陆臻，最后一个学期，必须把全部精力放在学业上，他等着陆臻的好消息。

陆臻点头，表示没问题。就算有问题，这会儿也只能没问题了，毕竟他都夸下海口了。

施雪娴盯着陆臻的脸仔细打量了一番，笑着说：“怎么小臻你还化起妆来了？”

陆臻心里一惊，本能地捂了捂左眼角：“化……化什么妆？”

陆嫣睨了施雪娴一眼，虽故作惊讶，但很明显，她看出了陆臻的眼角上了粉底，遮住了那一块淡淡的瘀青。

“你看看，这左边眼角的皮肤明显白了一块儿，这不是化妆了吗？”

陆简抬头看了陆臻一眼，果然察觉了异常：“你有什么毛病？”

陆臻欲哭无泪地求助他亲闺女。亲闺女微微一笑，跟着反问他：“对呀，陆臻，大男人化什么妆呀，你是不是也想当女孩啊？”

“我……你……”陆臻哑口无言，指着陆嫣，脸色涨红，“不是你……”

“我可什么都没做。”陆嫣伸出双手，连连摆手，“不是我干的！”

“就是你！明明就是你说……”

“我什么都没说，也什么都没做，你可不要冤枉好人啊！”

陆简揉了揉额头，看明白了这又是女儿的恶作剧。

这俩人成天在家里打打闹闹，没个消停，多半又是陆嫣趁他睡着在他脸上捣鬼。不过陆简是个绝对的“女儿奴”，并没有责备陆嫣，只叮嘱陆臻：“待会儿吃完饭，去把脸洗了。”

“哦……好。”

陆臻没想到这么容易就蒙混过关了，望向陆嫣，陆嫣冲他眨了眨眼。

他明白了，她故意辩解，反而让陆简以为这是她的恶作剧，不再深究。

施雪娴脸上的肌肉微微抽动。她不太甘心，毕竟这段时间陆简和陆臻的关系回温，对她而言绝对是大大的不利，她现在要抓住一切机会，离间父子俩的关系。

“不见得吧，陆臻，你这脸……”

她话音未落，陆嫣嚼着馒头，漫不经心地说：“后奶奶，你有这个时间，不如多管管施雅吧。”

施雪娴宛如吞了鱼刺一般，脸色骤变，望向陆嫣：“雅雅怎么了？”

“咦，你竟然还不知道，她和吴天翰走得很近呀！”

“你……你乱讲什么？”

陆嫣耸耸肩，不再说话。

这反而让施雪娴心里像是小猫挠似的，又问陆嫣：“你说……她和谁？”

“我乱讲的啊。”陆嫣偏不告诉她。

陆臻顺口来了一句：“吴天翰，我们学校的倒数第一。”

施雪娴被气得不行：“你们……说的是真的？”

“全校同学都知道，”陆臻说，“早就传开了。”

陆简睨了他一眼：“吃你的饭。”

施雪娴紧紧攥着碗，手指骨节发白，脸色变得异常难看。而陆简对此未置一词，对于施雅，他从来不放在心上，他全部的心思都在他自己的一双儿女身上。

她愤愤地看了陆嫣一眼，深深感觉到这丫头真的快要把她玩死了。

这是天道轮回吗？在她做了那件亏心事以后，现在她重新回来要惩罚自己？

晚上，陆嫣按照梁庭给的地址，去了绿藤酒吧。

听说老爸喜欢的那个女孩就在这家酒吧驻唱，她很好奇，想知道这次老爸看上的又是怎样的女孩。

绿藤酒吧不像别的酒吧那样乌烟瘴气，恰恰相反，这个酒吧比较清净，客人坐在自己的卡座里安静地听歌，很有现代清吧的感觉。

陆嫣走进绿藤酒吧，一眼便望见了坐在台上抱着吉他弹奏的女孩。她穿着一件浅色系的高领毛衣，下身是宽松的牛仔长裤，长发及腰，身材真是好极了。追光落在她妆容浓艳的脸上，陆嫣看清她立体五官的那一刹，全身的血液都沸腾了！

小时候，她曾无数次溜进老爸的房间，从床头柜里偷偷拿出压在最底层的那个蓝色小盒，小盒里装的是妈妈年轻时的照片。照片被老爸保管得很好，虽然略有泛黄，但依然可见妈妈年轻时候的容颜。

照片里，妈妈趴在陆臻的背上，让他背着，张开双臂似飞翔状，定格那一瞬的笑靥，美好如初雪。

小时候，她曾无数次对着照片抹眼泪，她不明白，为什么别人都有妈妈，可是她却没有。

陆臻很少对她讲妈妈的事，简瑶是他心底最深的痛，不可说，也不敢说。

舞台上的女孩仿佛是从照片里走出来的一般，那样鲜活、生动地站在陆嫣面前。

陆嫣站在第一排，看着她，眼睛里似有水光。

当然，简瑶也注意到了站在舞台下的女孩，她看自己的眼神，情绪很复杂。

简瑶心里有些难受，她也说不清楚那是一种什么样的感觉，总之很奇妙，她对面前这个小姑娘竟产生了一种莫名的怜爱。

演唱结束以后，简瑶的乐队去经理办公室领了薪资。她出来的时候看到小姑娘一个人坐在卡座里抹眼泪。

“薪酬又涨了，简爷，咱们乐队全靠你啊。”乔楠提着贝斯走过来，眼睛里冒着光，兴奋地说，“相信我，总有一天，你会成为明星的。”

简瑶似乎没有听见他说话，失神地望着陆嫣。

陆嫣擦了擦眼角，觉得自己这样子像个傻子，或许是近乡情怯吧，她没有像陆臻那样去打扰简瑶，转身离开了酒吧。

“看谁呢？”

乔楠顺着简瑶的目光望去，只看到女孩一抹纤瘦的背影。

简瑶顾不得什么，将吉他往他怀里一扔，加快步伐追上了陆嫣。

乔楠连忙抱住吉他：“吃饭的家伙，你轻点儿行不行？哎……跑什么啊？”

他还从来没有见过简瑶这般冲动的模样。

那个女孩是什么人啊？

“请等一下！”

简瑶追出酒吧，在路口叫住了陆嫣。

陆嫣转身，见简瑶一路小跑着过来，怔了怔。

两个人就这样站在街口对视了几秒，气氛有些奇怪。

简瑶疑惑地打量她，见她眼周泛红，分明就是哭过的模样。

“你怎么了？”

陆嫣没想到简瑶会追上来，突然有些不知所措。连简瑶都想不明白自己为什么会这样做，她根本不认识这个女孩啊！

她有些不好意思，挠挠后颈，解释道：“你刚刚在听我唱歌，我注意到你好像有点儿难过，所以追上来问一下，你是遇到什么事情了吗？”

太奇怪了，简瑶在心里默默吐槽自己，干吗要做这么奇怪的事情啊！人家根本就不认识她。

陆嫣揉了揉眼睛，连连摆手，解释道：“没有没有，只是觉得你唱歌很好听，也很动人。”

简瑶笑了笑：“那也不至于让听众掉眼泪，这点儿自知之明我还是有的，所以我能帮你做什么呢？是不是谁欺负你了？”

这么多年缺失的母爱，终于在今天换来一句关心，陆嫣心底的委屈涌了上来，眼睛又红了。

这是妈妈，虽然素未谋面，但陆嫣知道，自己很爱她，真的很爱很爱她。

看见她抹眼泪的样子，简瑶感觉自己的心一下子揪了起来，疼得难以自抑。她连忙摸出纸巾，替陆嫣擦拭眼泪，慌张地说：“别哭别哭，是不是失恋了？”

陆嫣摇头，觉得自己很丢脸，连忙用衣袖擦了眼泪：“不是的，你不用管我，我就是……”

就是有点儿想你了。

简瑶看着面前这个女孩绯红的脸和湿漉漉的眸子，也不知道为什么，心里生出无限的柔情，温柔地替她擦干净眼泪，说道：“不要难过了，待会儿我们乐队有个庆功的 party，你也参加吧，一起玩，把所有不开心的事情都抛到脑后。”

陆嫣望着她，湿漉漉的眼睛里含了光，问道：“我们能做朋友吗？”

“当然啊！”简瑶特别热情地对她伸出了手，“我叫简瑶，今年十七岁，是野狼乐队的主唱，你好啊！”

陆嫣连忙握住了她的手："我、我叫陆嫣，嫣然的嫣。"

"名字真好听。"

"你也是。"

陆嫣用力握了握她的手，她的掌心很软，冰冰凉凉的，很舒服。

"走吧，带你过去。"简瑶拉着陆嫣朝着绿藤酒吧走去。

酒吧里的气氛已经热闹起来了，简瑶乐队里的几个男孩子很帅，也特别会活跃气氛，鼓手敲出一连串急促的鼓点，吉他手弯腰弹着电吉他，看上去真是酷极了。

乔楠见简瑶回来，连忙迎上来，拉着她的手上台："找了你半天，大家都等着呢。"

"不急。"简瑶将陆嫣带到乐队的卡座位置，扶着她的肩膀，让她坐下来，"喝什么果汁？你能说出来的，这儿都有。"

"番茄汁。"

"我也喜欢番茄汁。"简瑶冲她俏皮地眨眨眼睛，对服务员小哥道，"来两杯番茄汁。"

乔楠好奇地打量着陆嫣，低声问简瑶："她是谁？"

"刚认识的朋友，也是我的小歌迷。"她笑着问陆嫣，"对吧？"

陆嫣点头。

乔楠盯着陆嫣的脸瞧了半晌，露出些许不善的神情。

"怎么这就成朋友了？"

简瑶不耐烦地说："一见如故行不行，你今天怎么这么啰唆？"

陆嫣望向乔楠，他个子很高，长相硬朗，眉眼还是挺英俊的，穿着打扮也不落俗套。

女孩子的第六感让陆嫣敏感地察觉到，这个叫乔楠的男孩很大概率是她爸的情敌。

"你不觉得她很面熟吗？"乔楠看着陆嫣，防备地说，"长得有点儿像那谁。"

简瑶偏头，狭长漂亮的丹凤眼睨了他一眼，笑着问乔楠："你说谁啊？"

"就前几天骚扰你的那家伙！"

提到他，简瑶脸色变得颇为复杂，不像是喜欢，但也不是讨厌。

“你们说陆臻吗？他是我哥。”

乔楠露出“果然如此”的表情，语气立刻变得凶巴巴的：“所以当哥的不行，这会儿又让妹妹来了是吧，你们有劲没劲！”

陆嫣蹙眉，低声咕哝：“你激动什么？”

“立刻给我滚出去！这里不欢迎你！”

简瑶立刻变脸，推了他一把，怒道：“你冲人家小姑娘吼什么？”

“我……”

乔楠对简瑶没脾气，憋闷地说：“她是那家伙的妹妹，肯定是他故意派来接近你的！”

陆嫣连忙解释：“没有！不是的，陆臻不知道我过来。”

“骗谁呢，回去告诉你哥哥，让他对简瑶死了这份心！她不会喜欢他的。”

陆嫣也有点儿不爽，低声咕哝道：“人家都没说，你就知道了。”

这时，乐队里的鼓手顶着酷炫的爆炸头走了过来，笑着说：“哟，简爷，带妹子玩儿啊？”

简瑶笑着说：“对啊！”

爆炸头看了陆嫣一眼，惊诧地说：“哇，这妹子长得……和简爷有点儿像啊！”他说完这话，众人齐刷刷地望向陆嫣和简瑶。

简瑶是典型的古典丹凤眼，微微上挑，而陆嫣则完全继承了她爸的桃花眼。除此之外，两人这眉梢轮廓间的神采，还真有几分相似。

“像吗？我们像吗？”简瑶似乎很兴奋，不住地问身边的人，“我们真的像啊？”

“真是有点儿像，跟姐妹似的。”爆炸头评价道，“不过我们简爷帅气些，这女孩看着乖巧些。”

简瑶牵起了陆嫣的手：“那我们是注定要当姐妹啊！”

陆嫣用力地点了点头。

她们不是姐妹，是母女，你是我妈呀！

她不会像陆臻那样冲动，不会让老妈对自己的第一印象不好，决定和她妈先当朋友，反正现在她最不缺的就是时间。

那天晚上，简瑶兴致格外高涨，拉着陆嫣上台唱歌。

陆嫣的嗓音甜美，而简瑶的声音空灵性感，台下观众强烈要求两人合唱，于是她们试着唱了几首歌，倒是非常默契。

陆嫣现在终于明白，为什么她爸五音不全，她却有这么好听的嗓音了。她所有的天赋才艺，都是来自她的母亲。母亲离开了她，却给了她这天籁般的嗓音。而她也渐渐明白那些年陆臻为什么反对她唱歌了，因为每当她开口，总能勾起他此生最痛苦的回忆。

他总是意难平吧。

晚上九点，爆炸头开着他的敞篷车送陆嫣回家，简瑶也在，一车人热热闹闹地在车上弹吉他唱歌，无比拉风。

自从来到这里以后，陆嫣真的从来没有玩得这么高兴过，她妈妈真性情，是特别有个性的人。

这样的女孩，不太符合他爸的审美。

很长一段时间里，陆嫣都以为自己母亲的性格类似舒梦绯，是那种柔柔弱弱的小白花，显然，简瑶绝不是那样的女孩。

“小嫣，下次再一起玩儿啊。”

陆嫣下车以后，简瑶跟她挥手道别。

“嗯！你也早点儿回去。”

“我暂时没手机，不过我记下你的手机号了。”简瑶对陆嫣说，“我会给你打电话的。”

“我等你。”

陆嫣目送他们远去，消失在街巷尽头。她转身回了大宅，没承想刚进门就让潜伏在门后的陆臻给揪回了房间。

“砰”的一声，房门被他重重关上，他将她按在墙壁上，严肃地质问道：“你怎么跟她一起回来的？”

陆嫣打了他一下：“你还问我！这么大的事儿，你居然瞒着我！”

陆臻有些心虚，松开了陆嫣的衣领：“我那不是想给你个惊喜吗？等我追到你妈之后，再把她领到你面前。”

陆嫣摇着头：“就你这么傻，还想追到那么酷的简瑶妈，做梦！”

陆臻很不客气地揉了揉她的脑袋：“我肯定会追到她！”

“妈妈身边有不少男孩，那个叫乔楠的贝斯手，看着就挺帅。”

“我见过。”陆臻似乎并不放在心上，自信地说，“跟你老爸比，差远了。”

陆嫣翻了个白眼，说道：“那也架不住人家朝夕相处，关怀备至。再看看你，你跟我妈见了几次，又犯蠢被她揍了几次？”

陆臻低头不语，似乎也意识到了问题的严重性，担忧地问陆嫣：“那我该怎么办？”

“从现在开始，一切听我的。”陆嫣攥着他的衣领，用力摇晃他的肩膀，“头一条，别再做奇怪的事情，别再犯傻啦！”

陆臻被她摇得脑袋晕，连声道：“知道了知道了，我都听你的还不行吗？别摇了，哎……头晕了。”

“那这段时间你就不要再去我妈面前乱刷存在感了，一切以高考为重，这件事，考完之后再说。”

陆臻疑惑地说：“行不行啊，高考之后，如果她跟别人好了怎么办？”

陆嫣将他摁在墙上，坚定地说：“相信我，也要相信你自己，老妈既然选择了你，肯定有她的理由。你现在要做的就是努力让自己变得更优秀，用你的优秀去吸引简瑶，懂吗？”

陆臻看着女孩笃定的目光，忽然心头一热，重重地点头。

是的，他要变得更优秀，变成全世界最好的陆臻。他要相信命运，也要相信他自己。

不管重来多少次，爱……是永远不会改变的东西。

那段时间，陆臻听了陆嫣的话，果然不再去打扰简瑶了。

正月里，家里人都去走亲戚了，陆嫣坚持要留在家里看书，所以没有跟着去。陆简当然也不勉强她。

本来陆臻也说要留在家里温习功课，但是陆简没同意，执意要把陆臻带在身边。陆臻毕竟是家里的长子，将来要继承陆氏集团的产业，陆简也准备培养他了。

那天早上陆嫣一觉醒来，感觉脑子很重，下床走了几步，觉得全身像是被抽了骨头似的，酸软无力。

她叫李婶，但无人回应，她这才想起来李婶昨天也回乡走亲戚了。所以今天家里应该只有她一个人。

一个人倒是难得的舒心自在，可以想做什么做什么，但偏偏她得了重感冒，真是够倒霉的。

陆嫣艰难地吸吸气，躺到床上，昏昏沉沉地睡了大半日，下午四点的时候终于被饿醒了。

她从被窝里伸出手，摸到床头柜上的手机，点开有三个未接来电和一条短信。

短信是老爸陆臻发来的，说亲戚热情留宿，今天晚上他和陆简都不会回来，让陆嫣一个人在家关好门窗，不要给陌生人开门。

陆嫣撇撇嘴，想编辑短信告诉陆臻自己生病了，让他赶紧回来。不过转念一想，他和陆简去的是邻市的大伯家，就算现在赶回来，也要半夜才能到家了。陆嫣想想还是放弃了。

而三个未接来电，都来自沈括。

陆嫣连忙回拨了过去，电话的嘟声只响了一下，沈括便接听了："在哪里？"

陆嫣赶紧回答："家里，刚刚在睡觉，没有接到电话。"

沈括似乎松了一口气，调侃道："睡到现在，你是属猪的吗？"

陆嫣全身没力气，心里又攒了些小委屈，说道："沈叔，我生病了……"

电话那端顿了两秒，沈括皱眉："吃药了？"

"不知道该吃什么药。"

"家里人呢？"

"都走亲戚去了，家里只有我一个人。"

电话那头默了几秒，沈括说道："等我一会儿。"

听他这意思，似乎是要过来，陆嫣有些兴奋，强撑着力气下楼，瘫在沙发上等沈括。

她深深地感觉，那傻老爸还不如沈括靠谱。

没过十分钟，门铃就响了起来，陆嫣想从沙发上一跃而起，结果失败了，差点儿摔个跟头。

她扶着墙走到玄关处，给他开了门，蔫蔫地说："好快啊，你……"

话音未落，陆嫣愣住了。因为站在门边的高挑少年不是沈括，而是叶迦淇。

他背着书包，晃了晃手里的烤鸭袋子，笑得一脸灿烂："Hello（你好）。"

"迦淇哥，你怎么来了？"

"听陆臻说你在家里学习，我想过来跟你一起温习功课，顺便解决晚饭。"

"啊，这个，可能不太方……"她话还没说完，叶迦淇已经脱鞋进屋，完全把这儿当成了自己家。

陆家和叶家几十年的交情，叶迦淇也来过陆宅很多次，所以对这里很熟悉，这儿相当于是他的半个家。

眼见人都已经进屋了，陆嫣总不好叫人家出去。

"迦淇哥，你随便坐吧。"她说完，重新躺回到沙发上，抱着靠枕，看着他。

叶迦淇见她精神状态不好，关切地问道："你生病了？"

"嗯。"

"生病了怎么不跟你爸说？"

"说了也没用啊，远水解不了近渴，他又不能坐宇宙飞船立刻赶回来。"

叶迦淇笑了笑，蹲到沙发边，伸手探了探陆嫣的额头："没有发烧，应该就是单纯的感冒。"

"嗯。"

"得吃点儿药。"

"吃什么药啊？"

"我也不太清楚。"

叶迦淇也是个娇生惯养的公子哥，不太会照顾别人，提议道："要不去医院看看？"

"现在不去。"

她还要等沈括呢。

"那你睡会儿吧。"叶迦淇站起身。

陆嫣眼睛一亮："迦淇哥慢走！"

叶迦淇笑了笑："我不走，你都病成这样了，我怎么能放心离开？"

陆嫣苦笑道："我……我其实没那么严重。"

叶迦淇柔声说："快躺着吧。"

"哦。"

门铃再度响了起来，叶迦淇去开了门，看到门外的少年，他显然有些惊诧："怎么是你？"

沈括自然也没有料到开门的是叶迦淇，脸色冷了冷，偏头望见沙发上装死的陆嫣，平静地说："这话应该是我问你。"

叶迦淇目光下移，看见沈括手里拎着的蔬菜和药盒，似乎明白了什么，神情复杂地侧过身，让他进屋。

"我来找小嫣一起复习功课，正好看见她生病，所以留下来照顾她。"

陆嫣翻了个身，将脑袋埋在沙发里。

她现在生无可恋，不想和任何人说话。

沈括完全无视了叶迦淇，进屋之后，径直来到沙发边，蹲下身探了探陆嫣的额头，然后拆了感冒药，起身接水。

叶迦淇已经递来了一杯温水。

沈括沉默地接过杯子，将药片递到了陆嫣的嘴边。

他们倒是配合默契。

陆嫣没办法继续装死，睁开眼睛，忐忑地望了他一眼。

沈括面无表情，看不出任何情绪。他向来如此，任何喜怒哀乐都深埋于心，所以总是给人一种难以相处的高冷感。

"先吃药。"他将药片递过来。

陆嫣听话地把药吃了。

"沈括，那个……"

他没让陆嫣解释什么，打断道："我先给你熬点儿粥，吃了暖暖身子。"

因为有外人在，沈括自然也没有表现出过多的关心，拎着袋子径直去了厨房。

叶迦淇在客厅愣了半晌，此刻回过神来，说道："那我去厨房帮忙。"

陆嫣一个人躺在客厅的沙发上，满心忐忑，时不时地探身瞄厨房一眼。

厨房里，沈括一个人在忙，将姜片和蔬菜剁碎了放进砂锅里，和米一起熬。

叶迦淇是养尊处优的公子哥儿，自然也帮不上什么忙，站在墙边，目光随沈括的背影而移动。

沈括无论是切菜还是做饭，动作都非常熟练，看得出来他经常做饭，满身人间烟火味儿。

叶迦淇卷起袖子，问道："需要我帮忙吗？"

沈括背对着他，甚至都没有回头，直言道："你离开，就是最大的帮忙了。"

叶迦淇微微一愣，没想到他会这么直接。

是啊，他也看得出来，从进屋到现在，沈括头顶一直盘旋着低气压，显然很不高兴，就像被人侵犯领地而隐忍不发的雄兽。

叶迦淇偏头望向沙发上的女孩，女孩也一直在偷摸观察他们，见叶迦淇望过来，连忙翻身钻进沙发角落里。

他猜测，两人的关系应该已经很好了。

他对沈括说："陆叶两家是世交，陆嫣就像我的妹妹一样。"

沈括语气不善："人家有兄长，你算她哪门子兄长？"

叶迦淇忽然笑了一下："看来……她并没把那件事告诉你。"

沈括拿汤匙搅拌砂锅的手顿了顿，然后他若无其事地继续搅拌。

叶迦淇似乎轻松了不少，在水槽边洗了手，颇有威胁意味地说了句："陆嫣现在还小，我不承认你们的关系，也希望你自重。"

说完这话，他走出了厨房。

"小嫣，既然沈括在，那我就先回家了。"

"哦，迦淇哥慢走。"

"不用送了，你乖乖躺着吧。"

叶迦淇离开了，空荡荡的大宅立刻静了下来，只有砂锅里发出咕嘟咕嘟的声音。

沈括拿着汤匙，脸色并没有缓和。

她有秘密，叶迦淇知道，他却不知道。

沈括将热气腾腾的粥端过来，陆嫣支起身子来，坐到了茶几边的地毯上。

"好饿啊！"她伸手去接粥碗。

沈括拍开她的手，说道："凉一凉再吃。"

陆嫣抱着膝盖坐在茶几边，耐着性子等那碗热气腾腾的蔬菜粥凉下来。

沈括见她眼睛里都快冒星星了，真是饿得不行了，沉默了片刻，将粥碗拿过来，用小勺子搅拌着，轻轻地吹着，让粥尽快凉下来。

陆嫣蹲到他身边，一个劲儿地说："好了吗？好了吗？"

沈括无语地睨她一眼，说了声："笨蛋。"

小姑娘委屈巴巴地说："干吗骂我？"

"感觉不舒服，为什么不立刻给我打电话？"

"我以为睡会儿就会好了嘛。"

沈括敛眸，看着她这恹恹的模样，抿抿嘴，默不作声地继续搅着热粥。他的情绪并不外放，但是陆嫣能从他体贴的动作里感受到他细腻的感情。这样的男人，总给人一种莫名的安定感。

"好了，可以吃了。"沈括将粥递到她面前。

陆嫣狡黠一笑，故意说道："手没劲儿，你喂我。"

沈括知道小丫头故意撒娇耍赖，冷漠地道："做梦。"

陆嫣撇撇嘴，自己拿起了勺子。

其实有时候，她还是能明显感觉到时代的不同。

沈括跟陆嫣那个年代的男孩子差别很大，他身上有父辈那一代人的坚韧，没有经受过互联网时代五花八门的信息侵染，心思更加单纯，尤其在感情方面，他甚至不懂得怎样去讨好女孩子，很多情绪是放在心底的。可正是因为如此，偶尔的温情才显得弥足珍贵。

陆嫣用勺子搅着粥，浓稠的蔬菜粥让她搅得越来越稀，沈括用食指敲了敲桌面："专心吃饭。"

"哦！"小丫头放下勺子，端起碗小小地喝了一口，"唔！"

被烫嘴皮了。

沈括有点无奈，接过了她手里的勺子，舀起蔬菜粥晾了几秒钟，喂到她唇边——

"张嘴。"

陆嫣乖乖张嘴，吃了他喂过来的米粥。就这样一勺一勺，碗里的粥也见底了。

陆嫣感叹道："真香！"

沈括起身的时候，嘴角浅浅地抿了起来。

洗过碗之后，天色也暗了，窗外传来噼里啪啦的爆竹声，很热闹。

沈括从厨房出来，看到小丫头穿着毛茸茸的米白色棉质睡衣坐在沙发上，黑发更显出她皮肤白皙，模样真是乖巧极了。

他的视线不敢在她身上停留太久，匆匆移开。他打量着陆家的客厅，随意地说道："你们家很大。"

"是啊，我不喜欢住这么大的宅子，以前我和我爸两个人的时候，住两室绰绰有余，还特别……"陆嫣说到一半，忽然收住了。

沈括似乎在等她接下来的话，却没了下文，望向她："还特别什么？"

"没、没什么。"

陆嫣知道自己说漏嘴了，顾左右而言他："你过来坐呀，别站着。"

他走到沙发另一端坐下来，望了望窗外的夜色，漫不经心地问："家人今晚不回来？"

"嗯，走亲戚，应该要明天才回来。"

"陆嫣，你的病是什么时候好的？"

"什么病？"

沈括望向她："我记得以前很多人知道，陆家的小女儿患病，但你现在很正常。"

陆嫣心里一慌，眼神闪烁，显然有些慌张："我……就这样好了呀。"

她细微的表情变化瞒不过沈括，这似乎也证实了叶迦淇的话，小丫头有秘密，而且在刻意瞒着他。

沈括紧盯着她："是吗？"

陆嫣紧张的心弦崩到了极致，就快要承受不住而崩断的那一刹，家里的顶灯闪了闪，"刺"的一声，灭了。整个房间陷入了黑暗中。

停电了？

沈括走到窗边往外望了望，不少人从家里走出来，询问邻里情况。

"应该不是跳闸，"他说，"都停电了。"

黑暗中，陆嫣竟松了一口气。

这男人气场太强了，很少有人能在他的逼视下保持镇定。

陆嫣感觉自己再被他看几秒钟，秘密就会无所遁形。而这个秘密，对任何人她都可以讲，但偏偏不能让沈括知道，绝对、绝对不能让他知道。

沈括不用看也知道小丫头紧张了。

她现在不说，自然有她的理由，沈括也不逼她。他素来是个懂得分寸的人。所以他不再纠缠这个话题，走过来，站在沙发前，说道："居民区用电，应该不会停太久。"

"那万一一直不来电怎么办？"

"那就睡觉。"

"我可睡不着。"

"胆子这么小？"

"对呀。"

或许是因为没有妈妈，陆嫣天生胆子小，她小时候，陆臻不管工作有多忙，每天晚上都会回家陪着女儿。

现在她胆子稍大，开着灯可以一个人在家睡觉，但是停电了不行，坚决不行，万一黑暗中有什么，她还不能开灯……她想想都直哆嗦。

沈括开玩笑道："所以，你想要我留下来？"

"我可没有这么说！"

"好，那拜拜。"

"拜拜就拜拜！"

沈括起身要走，陆嫣终究还是口是心非地拉住他的衣角，轻轻拽了拽。

"你……还是等电来了再走吧。"

她都要哭了。

沈括本来也只是逗逗她，缓解刚才紧张的气氛，所以他没有离开，重新坐在了沙发上。

陆嫣下意识地靠近了沈括，坐在他身边。或许是心理作用，陆嫣感觉周围忽然静了下来，她甚至能听见他稳健而轻缓的呼吸声。

"奇怪啊，怎么会停电呢？"

少年没有回答，似在思考什么事，陆嫣自顾自地说着，并没有理会他的沉默。

一会儿的工夫，灯忽然亮了，室内顿时亮堂了。

沈括见来电了，站起身说："我该回去了。"

“嗯，路上小心。”陆嫣没有抬头看他。

少年匆匆走到门口，又生硬地折返了回来：“钥匙没拿。”陆嫣伸手拿起钥匙递过去，两个人的手一触即分，沈括顿了顿，加快步伐离开。

陆嫣这才注意到，他脸颊似乎也有些泛红。

沈括居然脸红了！

他这样的男人，居然也会害羞紧张。

不过，他这一紧张，陆嫣就完全不紧张了。

如果这时候有相机，她一定要把他脸红的模样拍下来，拿给二十年后那个高冷矜持、不苟言笑的“沈爷”看看。

“回家小心。”

“嗯。”

他落荒而逃，陆嫣扑哧一笑，莫名觉得，这样的沈括还有点可爱啊。

新学期开学，沈括和陆臻的高三年级进入了紧张的复习备考阶段。

陆臻一则为了获得陆简的认可，二则想要变得更优秀，让简瑶能看到，因此，他重整士气，开始了最后的冲刺。沈括也把全部的精力都投入了学习中。

陆嫣知道，他或许聪明，但绝不是同学们所以为的那种“随便学学都能考满分”的人，他所有的成绩都来自他的努力。因此，陆嫣也没有去打扰沈括。

平静如水的生活在三月底的一个阳光明媚的下午被打破了。

施雅叫了几个女孩子，在学校里人迹罕至的荒芜小花园后门处堵住了陆嫣。

陆嫣有很长一段时间没见过施雅了。

自从她离开陆宅之后，没人管束，她的风格也换了，开始朝“社会姐”的方向发展，穿着打扮“不拘一格”，很有个性，染了黄色的头发，还戴了耳钉。

她的变化，陆嫣是早就知道的，听说跟她关系很好的吴天翰就是个流里流气的家伙，家里有钱有势，在学校里也总是欺负同学。

施雅跟这样的男生走得近，自然也会受到影响。

以前她寄人篱下，总是害怕遭人白眼，敏感而脆弱，今时不同往日，现在她有了吴天翰这样的靠山，慢慢开始嚣张跋扈起来，似乎要把过去所受的气全部发泄出来。

她嚣张地站在陆嫣面前，同时，她身边几个打扮同样出格的女孩子很不客气地挡住了陆嫣的去路。

“姐，好久不见了。”施雅吹了声口哨，笑着跟她打招呼，镇定又从容。

陆嫣直言道：“既然离开了陆家，就不要姐姐妹妹乱叫了吧。”

说到底，两个人也没什么关系。

施雅也懒得跟陆嫣寒暄，直言问道：“是你跟我妈告状，说了我和吴天翰的事情，对吗？”

“我没那么闲，去跟你妈告你的状。”陆嫣漫不经心地道，“是你妈的箭靶子总对准陆臻，我才让她分分心罢了。”

反正施雅是让施雪娴狠狠地教训了一通，说她现在半点儿淑女风范都没有了，往后怎么嫁入高门，怎么拴住男人的心，那些大户人家的少爷可不会喜欢她现在的样子，弄得施雅很没面子。她窝了一肚子火气，今天就是来跟陆嫣算总账的。

她冲身边几个女孩使了眼色，她们会意，大步流星地朝陆嫣走来。

陆嫣防备地退后几步，还是被她们拽住了手臂。

“干什么，放手！”

她们并没有对她做什么，只是将她的双手制住。

施雅走到陆嫣面前，冷笑着拍了拍她的脸，说道：“你不是很厉害吗？在家里不是总仗着自己是陆家的女儿，和我过不去吗？”

陆嫣咬牙说：“不是我和你过不去，是你妈妈做事太绝，不给陆臻留余地，是你们看不清自己的位置，奢望那些不属于你们的东西。”

施雅眼角颤了颤：“我妈说，只要能靠双手抢到的，那就是属于自己的东西！”

“抢？”陆嫣嘴角挂着一抹讽刺的微笑，“不是还要当淑女吗？将抢来的东西据为己有，这不是淑女，是强盗。”

“你……”

施雅说不过陆嫣，被气得脸色惨白，扬起手就要给她一巴掌。

陆嫣闭上了眼，不过这一巴掌却没有落下来，几秒之后，她睁开眼，看到简瑶紧攥着施雅的手腕，将施雅推到了草丛边。

施雅被她的手劲带了一个趔趄，险些摔倒。施雅怒意未平，望向简瑶："你干什么多管闲事？"

简瑶沉着脸说："我生平最恨女生扇女生的耳光，这相当恶毒。"

施雅愤怒地瞪着简瑶。

简瑶走到陆嫣身边，用冰冷的眼神扫了她们一眼，说道："放开她。"

几个女孩都认识简瑶，"简爷"的名声在女生里也是相当有分量的，她们不太敢惹她，所以放开了陆嫣。

陆嫣立刻躲到了亲妈背后。

简瑶随手抓起一个女生的衣领，将她重重地扔向了施雅，冷声道："陆嫣是我的朋友，你动她一根手指头，我折你十根手指头，不信可以试试。"

女孩当然知道简瑶绝对不是好惹的，她说到做到。高一的时候刚入校，她就把一个对她讲流氓话的男同学踹进了学校的静湖中，那男同学不会水，险些出人命。

后来男同学的家长闹到学校来，要简瑶赔礼道歉，不然就让她退学。

简瑶非但没有道歉，还把这件事捅到媒体那里去了，事情闹得很大，甚至登了报。从那以后，学校里就没人敢和简瑶过不去了。

她认死理，且说一不二，绝对不是好惹的主。

施雅本来不想这样放弃，但是周围几个姐妹都㞞了，她一个人也搞不定眼下的情况，只能放了几句狠话之后，愤愤地离开。

陆嫣总算放松下来，捂着胸，呼了一口气："好险，差点儿折在她手里。"

施雅恨死她了，今天如果落到施雅手里，她绝对没有好果子吃。

简瑶问陆嫣："你怎么会招惹这样的女孩？"

陆嫣无奈地揉揉眼角："别提了，都是家里的一堆破事。"

简瑶见她不说，也没有再追问。

"妈……不是，简瑶，谢谢你了，哎，我请你喝点儿东西吧。"

简瑶笑着说："多大点儿事呢，我也是赶巧路过而已，举手之劳，不过咱们也很久没见了，坐下来聊聊，我请你喝果汁。"

陆嫣也没有推辞，跟简瑶一起走出了校门，来到街边的果汁店。

上次在酒吧环境喧闹，两人没能好好聊天，这次坐下来，两人都打算好好了解对方。

陆嫣当然是奔着多了解了解妈妈到底是什么样的人的目的去的。而简瑶却不知道为什么，对陆嫣一见如故，喜欢得不得了，就好像上辈子就认识似的。

从她的讲述中，陆嫣得知，简瑶今年高二，跟陆嫣是同年级。从初三开始，她就和乔楠他们组建了乐队，追逐梦想的同时，也能够挣点儿钱。

“你想当明星吗？”陆嫣问她。

简瑶咬着果汁吸管，笑着说：“哪一个玩音乐的小孩不想站在那个星光璀璨的舞台上，让全国乃至全世界的人都为他尖叫，让所有人都唱他的歌，让演唱会变成全场大合唱呢？”

她的话瞬间点燃了陆嫣原本沉寂的心，陆嫣眼睛里冒着光，拉着简瑶的手，蠢蠢欲动。

“我……我也想唱歌，我也想让更多的人听到我的声音，我也想开演唱会！”

“那好啊！”简瑶兴奋地说，“你加入我们，一起玩儿啊！”

在这件事情上，两人一拍即合。

过去，她的梦想被陆臻掐灭在了摇篮里，而如今，她遇到了妈妈，能跟着妈妈一起玩音乐，对她而言真是太幸福了。

“对了，你会弹钢琴吗？”简瑶问她。

“会呀，我从小就学钢琴。”

简瑶立刻攥住她的手：“那可太好了！下个月校庆，文艺部这边有合唱比赛，我们就缺一个会弹钢琴的，你要不要加入我们？”

“可以啊。”

“那就说定了。”

陆嫣忽然想起什么，问简瑶：“可是我记得校庆合唱，是舒梦绯弹钢琴吧？”

简瑶摆摆手，脸上浮现一丝厌恶之色：“她骗文艺部的老师说自己会弹钢琴，其实根本不会，都是现学的，根本上不了台，还说她上台以后，让老师到时候放配乐。我也是无语了，放配乐还要她做什么？”

陆嫣嘴角抽了抽："不会弹还要上台，真有勇气。"

简瑶耸耸肩："不懂她在想什么，可能就是觉得弹钢琴很酷吧。"

陆嫣发现，她妈妈真是个不懂那些"白莲花"的心思。

舒梦绯坚持上台弹钢琴，当然不是因为酷，而是想在人前出风头。

"行，妈妈，你跟文艺部的老师说说，我可以上。"

简瑶眼里盈满了笑意："那就这样说定了！"

"嗯。"

简瑶捏着吸管，捣了捣果汁，忽然问道："哎，刚刚你叫我妈妈？"

"噗！"陆嫣一口果汁喷出来，喷了简瑶一脸。

"对不起对不起！"陆嫣赶紧抽出纸巾给她擦脸，"我……我错了小姐姐。"

简瑶倒是不介意这个，笑着说："哈哈，既然都叫妈妈了，我也不能怪你对不对？"

陆嫣眨眨眼睛，无辜地看向她。

简瑶摸摸她的额头，故意开玩笑一般喊道："乖女儿？"

"哎？"

第十二章

曾许诺一人

周五下午的活动课，简瑶带着陆嫣去了学生活动中心的文艺教室，教室里正在排练校庆时的大合唱曲目——《军港之夜》。

她们刚到走廊，陆嫣就听出来，钢琴声明显跟不上大合唱的节奏，整个合唱听起来就很不流畅。

教室门口，她听到指导老师对一个女生说："蒋依依，'海风轻轻地吹'这句，你又唱慢了一拍，断断续续的，整个协调性都被影响了。"

蒋依依无奈地说："老师，不是我的问题呀，是音乐的问题，我是跟着音乐旋律走的嘛。"

她说完，怨怼地望了钢琴边的舒梦绯一眼。

舒梦绯立刻向老师道歉："邹老师，真的很抱歉，虽然我很努力去练习了，但还是有些跟不上节奏，不过您放心，比赛的时候我肯定能练好的。"

她的态度让邹老师非常受用，于是邹老师反过来安慰舒梦绯："没关系，重在参与，只要努力就好了。"

邹老师说完，又扫了现场的女孩们一眼，责备地说："看看人家舒梦绯的态度，再看看你们的态度。我说过了，这次合唱不仅仅是要把歌唱出来那么简单，最重要的是，你们要有团结协作的精神，这才是合唱的意义，你们啊，与其在这里抱怨，不如多向人家舒梦绯学学吧。"

女孩们都不以为意，甚至有人翻起了白眼。

邹老师拍了拍舒梦绯的肩膀，安慰道："你也不要有太大的压力，实在不行，上台的时候咱们就放音乐伴奏，你做做样子就好了。"

这话正中舒梦绯下怀，她立刻向老师保证道："邹老师，我一定好好练习！"

门口，简瑶对陆嫣耳语道："你现在知道为什么她不会弹钢琴却能留在合唱团了吧？”

陆嫣点点头。

她早就见识过舒梦绯的手腕，无论在哪个年代，舒梦绯这样柔柔弱弱又“励志”的小白花人设，永远吃香，永远受欢迎。

简瑶推门而入，拉着陆嫣进了教室，对邹老师道：“老师，我找到一个会弹钢琴的同学，要不您让她试试？”

舒梦绯看到陆嫣的那一刻，脸色异常难看。

邹老师当然认识陆嫣，上次“新秀杯”的比赛，陆嫣拿下了第一名，甜美动人宛如天籁的嗓音让他印象非常深刻。

“是陆嫣同学啊，你会弹钢琴吗？”

陆嫣应道：“我会的，老师。”

简瑶不等邹老师回答，立刻将陆嫣推到钢琴边，拉开了舒梦绯，扶着陆嫣的肩膀让她坐下，说道：“不管怎么样，来都来了，先试试呗，《军港之夜》，会弹吗。”

“有谱子就行。”

“有的。”

简瑶从架子上找出了琴谱，热心地将谱子放在陆嫣面前，低声对她说：“加油，干掉她。”

陆嫣看了看谱子，五指落在琴键上，熟练而流畅地弹出了前奏的旋律。

合唱团的女孩们也跟着调子开始轻哼了起来，负责指挥的女孩立刻挥舞手臂，于是女孩们放开了嗓音，跟着旋律唱了起来。

她们第一次配合竟然完全没有中断，从头唱到尾，也没有人慢半拍或者快半拍。

第一遍就能配合得如此默契，想来应该是陆嫣的节奏好的缘故，不像舒梦绯那样磕磕绊绊的。

结束之后，简瑶连忙问邹老师：“老师，您觉得怎么样？”

“嗯，陆嫣同学的钢琴弹得很不错。”

“那……”

舒梦绯见邹老师露出为难之色，似乎有些动摇，连忙说道：“老师，陆嫣同学肯帮忙那就太好了，我会向她多多讨教，如果她愿意教我的话，校庆前我一定会努力把这首曲子流畅地弹出来。”

合唱团女孩们的脸上都浮现了不满的神色，显而易见，简瑶把陆嫣带过来，不是让她教舒梦绯弹钢琴的。

邹老师见舒梦绯这样说，也皱起了眉头。一方面，陆嫣若能为这次合唱弹钢琴，那真是再好不过了，几乎不用磨合就可以跟合唱团配合得很好，合唱团有这一强势助力的加入，绝对能在校庆上先声夺人，但另一方面，作为老师，他不忍心打击学生的积极性，毕竟舒梦绯看上去是真的很想在校庆上弹钢琴。

虽然能力不足，但她很努力啊！这样努力上进的学生，不只邹老师，任何老师都是很喜欢的。

邹老师试探性地问道：“陆嫣，你愿意教舒梦绯……”

“不愿意。”陆嫣一口拒绝。

她自小是被她老爸搁在掌心里宠大的，从来都是有话直说，不会拐弯抹角也不会刻意迎合。

“邹老师，我学习任务很重，没有太多时间去教别人。而且钢琴不是随便教两下，练几天就能弹好的，我八岁的时候就开始接触钢琴，几乎每天练习的时间都在两个小时以上。”她看了舒梦绯一眼，平静地说，“你想在舞台上呈现更加美好的自己，只有脚踏实地一条路可以走，没有任何捷径。”

简瑶抱着手肘，倚在钢琴边，散漫地说道：“观众可不傻，到底是真弹还是放伴奏，他们都能听出来。”

邹老师作为文艺部的指导老师，当然也希望这次的校庆大合唱能够完美落幕，不想有任何意外。斟酌了利弊，他只能转身对舒梦绯道：“舒梦绯同学，我知道你很努力，但是这一次钢琴演奏，还是让陆嫣同学来吧。”

舒梦绯眼中流露出失望的神色，眼周也红了，抿抿嘴，委屈地点头：“邹老师，我知道，陆嫣同学钢琴弹得比我好，这种事情不管我怎么努力都不行，能者居之，我理解的……”

周围的女孩见她咬牙抿嘴的委屈样，白眼都快翻到天上去了，而合唱团的男生见舒梦绯这楚楚可怜的模样，一个个心软得不行，保护欲升了起来。

“明明之前已经定了舒梦绯，随便换人不太好吧。”

“是啊，老师，我觉得舒梦绯弹得挺好的，我反正是听不出差别。”

女孩们立刻反驳道："拜托，她连一首完整的曲子都弹不出来，怎么可能没差别，汪强，你也太偏心了。"

汪强咕哝道："本来就是，舒梦绯这么可怜，就让她弹钢琴吧。"

简瑶冷笑道："汪强，你觉得她可怜，你代她高考去啊，帮她考上清华北大，这样她就不可怜了。"

那个叫汪强的男孩涨红了脸，无法辩驳，只能讪讪地闭了嘴。

邹老师看看泪眼婆娑的舒梦绯，又望了望陆嫣，陷入了两难的境地。

陆嫣耸耸肩，说道："邹老师，既然舒梦绯同学这样坚持，那就让她弹吧。"

她转身要走，女孩们立刻撂挑子不干了，说道："既然这样的话，那我们也不唱了，男生们要唱，就跟着她的调子唱呗！"

邹老师还是希望合唱团能够在校庆上有更好的表现，于是说道："这样吧，陆嫣同学，弹钢琴的事还是由你来做，这几天就辛苦你了，舒梦绯同学，如果你愿意的话，就留在合唱团里，跟大家一起合作把《军港之夜》这首歌唱好。"

舒梦绯脸色沉了下来，她当然不愿意淹没在合唱团里。她要么不做，要做就一定要做万众瞩目的那个，所以当下便拒绝了邹老师的提议。

走出活动中心，简瑶对陆嫣说："就舒梦绯这样的，自作聪明，其实蠢得要死，她以为邹老师会因为她随便卖卖惨，就真的让她上台吗？"

陆嫣不解地望向简瑶。

"以前是没有找到更合适的人，现在你来了，邹老师无论如何都不会让她上台，因为这次校庆合唱直接关系老师的年终奖，这是直接跟利益相关的事，就算邹老师打心眼里倾向于她，也一定会以利益为重。"

以前陆嫣看着妈妈泛黄的照片，以为妈妈是个特别单纯的女孩。而现在，她发现这个能被一众不羁少年称为"简爷"的女孩，绝对不是象牙塔里不谙世事的纯真少女。

她很早就接触社会，也深谙人性。

只是，这样一个看上去和自家老爸绝对不搭的酷炫少女，到底是怎样和陆臻摩擦出火花来的呢？还爱得惊天动地，以至于让陆臻后半生都对她念念不忘。

陆嫣真的很好奇，他们之间究竟发生了什么？

放学之后，沈括很难得地来教室门口找陆嫣。

陆嫣的班级还没有放学，他索性站在走廊里，耐心地等她。不少女生都注意到了沈括。

他穿着一件清爽的白衬衣，修长的手臂随意地垂下来，慵懒地倚在走廊围栏上，夕阳的余晖笼罩着他俊朗的侧脸，咖色的眸子在阳光下略显浅淡。

他没什么表情，浑身上下透着一股莫名的冷淡疏离。

课堂上，绝大部分女生的目光总是有意无意地瞥向沈括，注意力也全被他吸引了。

沈括这样的男孩，无论是性格还是气质，都偏离主流审美太远了。因此女孩们平日里总说他这个不好，那个不好。可事实上，当他就这样猝不及防地闯入她们视线中时，她们还是免不了有心如鹿撞的感觉。

沈括浑身上下都散发着致命的吸引力，但他不似陆臻那么阳光。

他是那种冷淡的性子，一个表情，甚至一个眼神。

很快，下课铃声响了起来，陆嫣早已经坐不住了，收拾好她的小书包，赶紧走出了教室。

她穿着一件干净的浅色 T 恤和黑色长裤，扎着蝎尾辫儿，清爽又日常。

或许是因为教室里空气不流通，她的脸颊白里透红，耳垂也是红扑扑的，可爱极了。

沈括的表情不自觉地和缓了下来，伸出食指，顶住了小丫头的眉心，与她隔开了几步的距离。

“嗯？”陆嫣不明所以。

沈括望望四周，甩给她一个上扬的眼神，然后转身离开。

陆嫣读懂了他眼神中的意味。他让她跟着他，但是不要太明显，保持一点儿距离。也对，这里是学校。

要知道，无论是哪个年代，女生对八卦的好奇心永远不会减弱。

即便是陆嫣这种不太爱多管闲事的人，每天也都能听见同桌齐玉嬛在她耳边说这些八卦新闻。

陆嫣看着他颀长挺拔的身影走下楼梯，走出教学楼。她离他半米左右，乖乖的，跟个小尾巴似的，和他一起出了校园。

出了学校大门，陆嫣松了一口气，加快步伐来到他的身边。

沈括个子高，两条大长腿，迈的步子很大。陆嫣显然有些跟不上他的步伐，几乎是小跑才能勉强跟在他身后。

很快，沈括就发现了小姑娘有点儿跟不上他，于是放缓了速度，让陆嫣能够和他并排走。

陆嫣好奇地问他："去哪儿啊，沈括？"

沈括没有直接回答，只说道："带你去一个地方。"

"哪里啊？"

"去了就知道了。"

"好吧。"

陆嫣规规矩矩地跟在他身边，和他一起朝马路前方走去，两人穿过正在拆迁的街道，又走过了门市林立的商业大市场。

过马路等绿灯的时候，沈括停下脚步，等了约莫半分钟，行人的绿灯亮起来，他牵起了身边女孩纤细的手腕。

陆嫣浑身一颤，敏感地望向他。

他没有任何表情，视线平视前方，拉着她加快步伐，随人流一起穿过了马路，随后便自然而然地放开了。就像她小时候老爸牵着她过马路似的。

陆嫣低头，抿嘴浅浅一笑。

陆臻总是说"你这么喜欢跟沈括玩，那就去给他当女儿好了"。

以前陆嫣很难想象给沈括当女儿会是怎样的滋味，但是现在她有点儿感觉了。

沈括不是没有感情的人，只是他的情感藏得很深。他不会说出来，但是如果他爱你，你就一定会感觉到。

就在陆嫣胡思乱想的时候，沈括却停下了脚步。

小丫头险些撞上他的后背，赶紧稳住步伐，抬头环顾左右。

这里已经是郊区，周围杂草丛生，前面灌木之上，是没有被铁丝网拦住的铁轨。远处的青山苍翠绵延，铁轨上铺满了白色的小石头，长长的轨道一直延伸到看不见的远方。

沈括三两步跨上了灌木台，然后站在铁轨边，回头望她："过来。"

陆嫣望望四周，感觉好像做坏事似的，看有没有铁轨管理人员。显然，周遭人迹罕至，除了他们俩，没有其他人了。

这时候的铁路管制并不严，而且也没有修建天桥，因此行人是可以随意穿行于铁轨之上的。不过沈括没让她站在铁轨上，而是站在铁轨边上。

沈括俯身随手折了一节青草茎，放在嘴里叼着，踏上细长的铁轨，慢慢地踱着。

难得见他这般放松的模样，陆嫣走在他身边，问道："沈括，你带我来这里做什么呀？"

沈括漫不经心地答道："这里没有人。"

周围是没有人，连一只鸟都没有，很安静，除了呼呼的风声，什么都没有。

"干吗要到没有人的地方啊？"

"你说呢？"

他说完这句，陆嫣的耳根忽然有些红了。

虽然以前也单独相处过，但两个人都没有这般刻意地找寻过没有人的地方。

陆嫣不知道待会儿会发生什么，有些紧张又有些期待。她低头开始注意自己的穿着打扮。

她完全没有任何打扮，穿得很普通，因为根本没料到他会把她叫出去啊，高三的学生这么忙，陆嫣都好几天不见他人影了，两人只能晚上打电话或者发短信，确定对方还活着。

"别紧张，"沈括似乎看穿了她的心思，柔声安慰道，"我不会做什么。"

这话一说出来，陆嫣整张脸唰的一下就红了。

她……她才没有期待做什么！

没有！

"走走吧，聊会儿天。"沈括声音轻松，"这里很安静。"

原来"这里没有人"是这个意思，陆嫣想多了。

行吧，她无所谓地耸耸肩。

和喜欢的人在一起，就算只是随便走走，聊聊天，都是一件幸福的事情。

陆嫣乖巧地走在他的身边。

沈括摸到书包袋子，这才注意到陆嫣还背着重重的双肩书包。他立刻将她的书包取下来，挂在了自己的左肩膀上。

一阵微风拂过脸颊，她感觉自己的心仿佛被笼上了一层轻盈的薄纱，舒服极了。

“以后这里除了我，不要带其他人过来，好吗？沈括。”

小丫头鬼使神差地问出这句话，自己先臊了起来，“哎呀”地叫了一声，跑远了几步。

沈括从铁轨上跳下来，轻盈落地，望向女孩。

女孩蹲在石头沟里，捂着脸，臊得不行了。

“没听到没听到！你就当刚刚什么都没听到！”

沈括的嘴角缓缓漫开微笑，调子上扬：“答应你啊。”

她放开手，抬起烧红的脸蛋望向他，他身后是一片被夕阳烧红的流云，宛如一幅灿烂的油画。

“至此往后，你是我唯一的女孩。”

沈括世界里，不会再有第二个。

陆嫣看着他深咖色的眼眸，里面泛着坚定而决绝的光芒。

她忽然怔住了。

老爸破产以后，陆嫣为了“知己知彼”，曾把公众媒体上所有关于沈括的消息都搜集了来。

沈括至中年仍未娶妻，洁身自好，甚至酒醉之后都从不沾染半分女色，一度成为业内八卦小报的谈资。

曾经有财经节目访问他，问他有没有想过结束单身生活，找一位伴侣共度余生。

陆嫣依稀记得，沈括说的是——

“我曾经许诺一人，让她成为我此生的唯一。”

陆嫣蓦然睁大了眼睛，无法相信……

当时沈括在直播访谈里说完这句话，不过一个小时，关于 # 沈括女友 # 的话题，就蹿上了热搜第一。

他是鲜有的非娱乐圈流量，却总是出现在热搜之上的人。

热搜里，网友们全都疯了，无法想象沈括那样一个冷感无情的男人，竟然有喜欢的人并且为了她，终身不娶。

显然，那个女孩没有和他在一起。

他们难以想象，什么样的女人会拒绝沈括。

当时陆嫣看到这条新闻，并没有特别在意。她因为老爸破产，完全是戴着有色眼镜去看待沈括的，把他当成了十恶不赦的大坏蛋，觉得他说什么都是假的……

现在，陆嫣知道了，沈括从来不说假话，比任何人都活得更加真实，信守诺言，一诺千金。

所以，他答应的那个人，难道就是她自己？

陆嫣感觉自己的脑子都快被绕晕了，怎么会这样，以前的她，怎么会认识沈括？不，她肯定不认识啊。

就在她兀自凌乱的时候，沈括走过来，轻声说：“在想什么？”

“哦，没事。”

陆嫣很快就想通了，多半是巧合。

以前，沈括根本不认识她，说不定他是在践行对别的女孩许下的承诺，毕竟像他这样的人，答应了就是一生一世。可能有和陆嫣一样的女孩，也向沈括提出过这样的要求吧。

嗯，应该是这样。

她兀自安慰着自己，就在这时，远方传来了轰隆隆的声音。

沈括跳下铁轨，牵着陆嫣走下了台阶，两个人坐在铁轨边横斜的树干上，看着绿皮火车从铁轨尽头轰隆隆地驶来。

这种绿皮车厢在陆嫣的时代已经很少见了，她出行绝大部分是坐白色的高铁，从来没有坐过这样的绿皮车。

火车飞驰而过，隐隐能看到火车里面的乘客，他们背着大包小包，有的是外出打工，有的是回乡探亲……

陆嫣其实很难想象，要怎样挤在环境糟糕的火车里，坐那么长时间，这真是太可怕了。但是在这个时代，这样的艰辛似乎很平常。

她的父辈们，如沈括这一代人，他们是吃过苦的，除了陆臻。当然，后来的陆臻脱离家庭，也遭了不少罪，饱尝生活的艰辛。现在陆嫣回来，也尝试着去理解他，了解他。

“这辆车是去哪里啊？”陆嫣转头问沈括。

沈括望着远去的火车，眸子里是某种说不清道不明的意味：“去南方。”

“哦。”

陆嫣点点头。她在北城长大，很少出去旅行，即便出去玩，也只是去周边城市或者野外走走。对于南方，她只有一个概念，没有去过。

“沈括，你去过南方吗？”

沈括摇头：“听说南方冬天不下雪。”

“而且树叶长青，想象冬天里满街绿枝的感觉，他们一定不知道零下二十摄氏度是什么滋味。”

沈括问她：“你想不想去南方看看？”

“嗯……”

她一个人当然提不起兴趣，但如果有他的话，她愿意去任何地方。

陆嫣重重地点头。

沈括提议：“那高考以后，我带你去南方。”

“好啊！”

陆嫣也站上了铁轨，望着火车最后剩下的一点小影子，忽然大喊道：“等我们啊！”

沈括的耳朵被她震了震，他揉揉耳朵，无奈地偏头看她。

她的脸颊红扑扑的，漂亮的桃花眼底闪动着兴奋的光芒，冲着远处的山和斜阳大喊道：“我要快点儿长大！快点儿和沈括一起念大学！”

“干吗这么大声？”

“就是要大声一点儿，才能表达决心呀！”

沈括无奈地挑挑眉，小丫头真是想一出是一出。

她推了推沈括："来，一起喊。"

"不。"

太蠢了，沈括拉不下面子，他又不是陆臻那种中二病少年，会做这么幼稚的事情。

"来嘛，一起喊。"陆嫣说道，"周围又没有人。"

"你也是人。"

"我是自己人呀，我才不会笑话你呢。"

沈括嘴角淡淡地扬了扬，这话戳了他的心窝。

对，她是自己人。

见他死要面子，不肯放飞自我，陆嫣不再勉强他，继续喊道——

"我要帮陆臻追到喜欢的女孩子！

"我还要努力考Q大！我要和沈括念同一所大学！一定要加油啊！"

沈括忽然将双手圈在嘴边，喊了声："我喜欢上了一个人。"

陆嫣忽然失声，惊诧地望向沈括。

沈括的神情很认真，漆黑的眸子里倒映着火烧云，他冲着天空和远方大喊："一生一世。"

不知道为什么，陆嫣的眼眶蓦然红了。她永远不会忘记这个残阳似血的黄昏，在空旷的铁轨上，有个少年对着天空大喊一生一世。

在她那个时代的青春期，周围绝大部分同龄人都不会轻易开口说喜欢，因为他们觉得喜欢这个词不够酷。

谁要是说我喜欢你，对方肯定报以一笑，说别开玩笑了，鸡皮疙瘩都冒出来了。然而此时此刻，一贯沉默而稳重的沈括竟以这样的方式向她表达心意。

陆嫣只想哭，她低头揉了揉眼睛，咕哝道："你……乱喊什么？"

沈括难得放飞自我，没想到居然把小丫头弄哭了，立刻反省自己，是不是自己做得过分了？

沈括笨拙地从包里摸出纸巾，手都有些抖："别哭。"

陆嫣没接纸巾，用衣袖揉了揉眼睛，背过身说："哪有什么一生一世？"

他低声说："哦，你说没有那就算了。"

"我……"

她的话也哽在喉咙里出不来，脸颊越发涨红。

他真的是个笨蛋！

“我不常答应别人什么，也不会轻易喜欢什么。”他低头，平静地解释道，“我只是在表明我自己心意……”

饶是陆嫣神经大条，都敏锐地感受到沈括内心的自卑了。

她觉得又甜又涩，心疼极了，伸手攥着他的衣角，低声说：“你也是这个世界上的唯一。那我也答应你，不管未来如何，沈括，你都是我的唯一。”

北城三中非常重视校庆，尤其今年的校庆正好赶上了二十周年，据说学校的不少知名校友都收到了邀请，会过来观看校庆的文艺演出。

北城三中历年来培养了许许多多的优秀学子，可谓桃李满天下。学校有个气势恢宏的校史馆，里面专门有一个展厅，挂满了学校优秀校友的照片。而陆嫣知道，许多年后，沈括的照片也会挂在里面，并位于首位。

他自小到大都是独自一人，来日荣耀加身，却成了所有人的骄傲。除了优秀校友们会重返校园以外，省里也有领导过来参加北城三中的校庆活动，毕竟北城三中是全省升学率最高的重点高中。所以老师们非常重视这次校庆文艺演出，要学生们每天放学都留下来练习。

同学们对此也是怨声载道。陆嫣没说什么，每天做好自己的事情，反复练习，熟悉曲子。

她这是跟沈括学的，只要是自己答应了要做的事情，不管喜欢不喜欢，都认认真真去做，努力做到最好。

她也想变成更好的自己，才配得上未来那个优秀得宛如钻石般璀璨夺目的沈括。

那天下午排练完后，简瑶将陆嫣拉出校园，来到街对面的小花园，似乎有话要偷偷告诉她。

“小嫣，校庆的时候，要不要玩点儿大的？”

陆嫣看着她那双漂亮的丹凤眼里透出些许狡黠，明白她想搞事情了。一定程度上说，陆嫣的爸妈都不是省油的灯，一个比一个能闹腾。

陆嫣好奇地问她：“你想做什么？”

“现在的歌曲真没劲儿，到时候听我的，咱们唱一半然后换歌，把场子嗨起来。”

陆嫣就知道简瑶这样的酷炫 girl（女孩）不会甘心乖乖听话唱歌。

“你想唱什么？”

简瑶没说歌名，直接轻唱了起来：“如果大海能够，换回曾经的爱，就让我用一生等待……”

张雨生的《大海》是红极一时的经典流行歌曲，当年也感动了一代又一代的年轻人。

“《军港之夜》是海，《大海》也是海，都一样的歌嘛。”

陆嫣无语：“完、完全不一样的好吧！”

“相信我，这首歌用合唱的形式唱起来，效果肯定好！”

陆嫣都可以想象届时学生们闹腾起来掀翻屋顶的盛大场面了。

见陆嫣犹豫，简瑶催促道：“大家伙儿都说好了，就等你点头了。”

陆嫣想了想，抬头望向简瑶：“我不同意。”

简瑶没想到陆嫣会拒绝，诧异地问：“为什么啊，为什么不同意？”

“我觉得这样做不好。”她摇摇头，为难地说，“这会让学校领导下不来台，然后文艺部的老师会受牵连，进而他们会迁怒咱们合唱团的同学。”

简瑶轻松地说：“这有什么好怕的，迁怒就迁怒呗，我就喜欢看老邹着急上火的样子，别提多好玩了。”

之前，陆嫣十六岁的时候，真的跟现在的简瑶一模一样，总是喜欢和老师对着干，喜欢捉弄老师，喜欢看他们着急上火的样子，学校里几个不省心的女孩约着干坏事，她肯定也是要参与的。而现在回来，她感觉自己似乎慢慢懂事了，懂得为别人着想了，也会换位思考理解别人了……可她的母亲，现在还处于叛逆少女的阶段啊。

陆嫣对她说道：“我不参与这件事。”

简瑶不可置信地说：“没想到你这么㞞啊！”

陆嫣不是㞞，只是不想因为自己的任性，让别人受到惩罚，邹老师放弃了舒梦绯，让她上台演奏钢琴，这是对她的信任，不可辜负。

“如果你们要这么做，我就退出吧。”

“别啊！”简瑶急了，“退什么出，都到这会儿了，行吧行吧，不做就不做。”

简瑶摸摸她的头，开玩笑说：“我闺女还真是个乖宝宝。”

陆嫣怀疑地望着简瑶，总觉得她妈这样古灵精怪的家伙，不会就这样轻易放弃自己的计划。

“我真的不做，你们要做就找别人。”

“不做不做，尊重你的意见。”

“真的？”

“真的真的！哎，凉虾吃吗？我请你吃。”

陆嫣见她这敷衍的样子，急了：“我说真的，你真的别这样做，你要是搞突然袭击，我会被吓死的。”

“怎么这么啰唆呀，不都答应你了嘛，咱们好好唱《军港之夜》，啊，别再叽叽歪歪了。”

她坐在刚刚抽了嫩芽的柳树下，一边吃凉虾，迎着晚风，轻轻地唱了起来：“海风你轻轻地吹，海浪你轻轻地摇，年轻的水兵多么辛劳……”

她一边轻轻哼唱着《军港之夜》的调子，一边将手臂搭在陆嫣单薄的肩膀上，笑靥如花。

陆嫣看着这时候的母亲，多么鲜活的生命，多么热烈的青春啊……可是她为什么会离开呢？

陆嫣暗自发誓，一定要好好保护自己的母亲，绝对不能让她发生任何意外。

校庆当天，学校的千人大礼堂坐满了人，领导们坐在前排，校友们坐在领导后面，后面几十排坐满了学生，闹哄哄的。

陆嫣躲在幕布后面偷偷望向大礼堂，领导们西装革履、正襟危坐，看着相当严肃。

这么隆重的场面，陆嫣难免心生忐忑。她倒也不是怯场，就是有点儿担心，担心简瑶闹什么幺蛾子。

开始前，简瑶把合唱团的妹子们都叫出了幕后准备间，唯独没叫陆嫣，陆嫣就猜她肯定要搞事情。

她这个女儿当得真是太难了，操心完老爸，现在又要操心老妈了。

化妆间无人的间隙，沈括戴着一顶黑色鸭舌帽走了进来，来到陆嫣的桌边，问道："准备好了吗？"

"准备好了，但是总有不妙的感觉啊。"

"怎么了？"

她努努嘴，望向门外："总感觉她们在瞒着我计划什么。"

沈括嘴角微扬："看来你也被孤立了。"

"对啊，道不同不相为谋，我也被孤立了呢。"

他坐在了化妆桌上，道："既来之，则安之。"

话音未落，门边传来女孩嬉笑说话的声音，陆嫣见沈括还在屋子里，赶紧道："糟了，别让她们看到，不然又要说闲话。"

沈括见旁边有个更衣间，索性拉着陆嫣一起躲进了更衣间，关上了门。

更衣间最多不过一平方米，很狭窄，两个人待在里面显得非常局促。

他们面对面地站立着，陆嫣抬眼便能望见沈括宽厚的肩颈。

他穿着一件深色的T恤，T恤之下能明显看到他锁骨的轮廓，再往上，皮肤显出健康的小麦色。

陆嫣的脸颊微微泛红，移开了视线。

其实他们也没必要躲，沈括大大方方地离开，她们又能说什么呢？现在两个人独处于这样狭窄的空间，要是被人发现了，那才是真的说不清楚了。

他垂眸望见了女孩轻颤的睫毛、绯红的耳垂和柔润乖巧的唇……他忽然感觉有点儿燥热。

陆嫣心慌意乱，而外面简瑶的声音传来："小嫣呢？怎么一转眼就不见人了。"

"她的化妆包还在桌上呢，怎么人不见了？"

有女孩猜测："不会是咱们说事情没叫她，生气了吧？"

就在这时候，有老师过来催促："合唱团准备，下下个节目就是你们了，先去候场做准备。"

女孩们也有些急了："她能去哪儿？"

简瑶说道："谁有手机，给她打电话。"

"我有我有，陆嫣的号码是多少？"

"1892333****"

陆嫣手忙脚乱地摸出手机，不过已经迟了，手机响了起来。

女孩们朝着更衣间望过来。

简瑶走到更衣间门口，轻轻敲了敲门：“陆嫣，你在里面？”

“我……我在换衣服……”

她话还没说完，沈括就伸手捂了捂她的嘴。

得，这下子更说不清了。

简瑶说：“那行，你快些，我们等你，要上场了。”

陆嫣急得都快哭了，无声地冲沈括比嘴型：“怎么办啊？”

沈括舔了舔干燥的唇，耸肩。

这还真……没办法。

她又磨蹭了两分钟，外面的女孩开始不耐烦地催促：“陆嫣，你到底在干什么啊？我们要去准备了。”

“马上就好！”

沈括无奈地将鸭舌帽取下来，盖在了陆嫣的脑袋上，压低了帽檐，然后推门走了出去。

女孩们眼睁睁地看着沈括面无表情地从更衣间里出来，目瞪口呆。

简瑶蹲在椅子上，见状，差点儿从椅子上摔下来。

沈括走出来，也没有任何解释，大步流星地走出了化妆室。留下一帮三观俱碎的女孩，齐刷刷地望向更衣间。

陆嫣硬着头皮从更衣间里出来，承受着现场二十几个女孩子火辣辣的目光，感觉真是如芒在背。

简瑶拖长调子，“呦”了一声。

诡异的气氛安静了五秒之后，女孩们瞬间炸锅，一齐拥到陆嫣身边，七嘴八舌连珠炮似的追问——

“你换衣服怎么沈括也在？”

“你们一起换衣服？”

“他怎么在里面？”

“不是，没有！”陆嫣都要哭了，“没有……”

“所以你和沈括是好朋友吗？”

陆嫣捂着脸，没有否认。

有女孩抱头崩溃地道：“啊啊啊，陆嫣你想抢我男神，你对得起我每天给你买绿茶吗？”

对、对不起？

你也没说你有这野心啊，还你男神。

陆嫣哭丧着脸，望向这一帮躁动的小姐姐：“能保密不？”

“保密，不可能。”

“坚决不可能。”

“这辈子都不可能的，哼！”

好吧。

这时候，指导老师又进屋催促：“怎么回事？合唱团怎么还没开始准备，下个节目结束以后就轮到你们上台了！快动起来，别聚在一起瞎聊了。”

老师的话打断了这帮女孩的八卦心思。女孩们连忙散开，排成两条规整的队伍，跟着指导老师朝候场区走去。

简瑶低声问她：“真的假的，你居然不声不响地就和沈括成了好朋友？”

陆嫣点点头：“嗯。”

简瑶那双漂亮的丹凤眼倏地挑了起来，手臂轻松随意地搭在陆嫣的肩膀上，笑着说：“真行啊，全校女生都敬而远之的坏男孩，竟然和你陆嫣成了朋友，佩服。”

陆嫣解释：“他不坏。”

他就是看着不太容易亲近罢了。

简瑶凑近她的耳朵，吐气如兰，好奇地低声询问：“老实交代，你们刚刚躲在更衣室做什么坏事呢？你是不是对沈括……？”

陆嫣宛若触电，连忙否认道：“没、没做坏事！我和他就是朋友！”

简瑶却表示无所谓，轻描淡写地说：“有什么不敢承认的？我要是喜欢谁，恨不得让全天下都知道。”

陆嫣完全无法想象她爸妈到底是怎么谈恋爱的，太刺激了。

漆黑的舞台上，一束高亮的聚光灯落下来，将陆嫣与那架纯白色的钢琴笼入光晕之中，周遭是飘浮的灰尘，乌黑稠密的发丝垂于肩头，衬得她白皙的肌肤宛如初雪。

沈括坐在后排，全神贯注地望着台上的女孩，眸子里涌动着波澜。

她配得上这个世界上最好的一切。

随着女孩修长的指尖落在钢琴上，另外几束追光也打了过来，舞台中央的合唱团慢慢从阴影中出现。

《军港之夜》是一首非常优美动听的歌曲，调子柔美婉转。

合唱团的表现很好，高低音起伏，整齐划一。前排的校领导脸上也露出了满意的神色。

陆嫣松了一口气，继续弹奏第二部分的副歌，然而就在这时，合唱团女声忽然集体安静。

陆嫣指尖顿住，诧异地望向她们。

简瑶冲她眨眨眼睛，意思很明显，让她换歌。

陆嫣早有预感，所以也没有太过惊慌失措。

她妈这是在赶鸭子上架，逼着她一定要换歌！

陆嫣不是轻易妥协的人，和简瑶眼神对上，碰撞出激烈的火花，意思很明显——不换，并且让她不要胡闹。而简瑶却是一副无所谓的模样，一个响指之后，合唱团的女孩们竟接续上歌曲的结尾部分，开始唱阿卡贝拉了！

阿卡贝拉也就是无伴奏合唱，团里分工协作，有人吟唱出乐曲的调子，其他人不需要伴奏也能唱好。

陆嫣真是想死的心都有了，不敢去看台下领导们的表情，好好的合唱忽然续上了流行歌曲，还是和这个时候最敏感的爱情题材有关的流行歌，可以想象他们的脸色有多难看。

不过她也理解，简瑶本来就是无拘无束的性子，这段时间团委的老师们为了搞这个校庆，整天催命鬼似的催着合唱团的女孩们练习，几乎占用了她们所有课后的休闲时间，女孩们早已经怨声载道。

哪里有压迫，哪里就有反抗，这不合唱团跟着就集体反了。

在场的几百个学生也炸了，整场校庆是迎合中年领导们的审美趣味，大红配大绿的歌舞表演本来就让他们昏昏欲睡。

最后一个本以为也是平平无奇的合唱节目，却没想到半路峰回路转，竟然开始唱流行歌曲了，而且还是他们耳熟能详，红遍了大江南北的《大海》。

于是合唱团的女生合唱渐渐演变成了全校大合唱，同学们都跟着唱了起来，现场气氛别提多热闹了。

简瑶眼底泛着激动的光，在她看来，这场校庆不仅仅是为了取悦领导，更重要的是现场这么多同学不应该成为陪衬，校庆文艺演出本就应该以他们为主。

这是他们的时代，也是属于他们的火辣辣的青春。

陆嫣格格不入地站在钢琴边，坚持着她最初的选择。

老师把弹钢琴这项工作交给她，是对她的信任，她不能辜负。

陆嫣抿抿唇，任凭周围的女孩怎么给她使眼色，让她弹琴伴奏，她都没有动。

她坚持自己的选择，不会因为任何人而改变。而在这一刻，她忽然理解了沈括的孤独。

是啊，不被众人所接受，是多么孤独的一件事。

陆嫣抬头望向人群中的沈括。他没有像其他同学一样站起来兴奋地唱歌，而是静默地坐在椅子上，长腿交叠，面含微笑地凝望着她。

陆嫣看着他漆黑深邃的眸子，心渐渐静了下来。

道不同不相为谋。但她知道，沈括的道，一定和她是一样的。

那场校庆文艺演出最后的全校大合唱，领导们看着学生们这般青春洋溢的样子，脸上都挂着无奈而宽容的微笑。毕竟都是小孩子，玩一玩闹一闹，无伤大雅。结束以后，还有领导站起来带头鼓掌的。不过学校老师们，尤其是文艺部的老师们，一个个那真是面如纸色。

虽然领导和校友们都纷纷表示，没关系，他们理解，毕竟谁都年轻过。然而，所有人心里都有数，学校绝对会跟他们算账的。

这不，领导一走，校长和教务处主任便将简瑶、陆嫣几人叫到了教务处，好一番训斥，除了通报批评以外，还罚她们打扫校园卫生。

教学楼前的回廊边，陆嫣拿着短把扫帚，弓着身子，认真地清扫着地面，扫帚扬起了灰尘，她用袖子捂住了嘴。

简瑶走过来，想要夺过陆嫣手里的扫帚，但是陆嫣没有给她。

“这件事跟你没关系。”她站直了身子，对陆嫣说道，“是我发起的，你没有参与，不需要受罚，你的惩罚我帮你领了。”

陆嫣一言不发，继续埋头扫地，也没有看她。

简瑶走到她面前，背着手俯身问她：“怎么，生我的气了？”

“没有。”

“要跟我绝交了？”

“不是。”

“陆嫣，你少用这种态度跟我说话。”简瑶似乎有点儿来气了，“别以为我脾气有多好。”

陆嫣知道简瑶的脾气，她不是特别好说话的人，只是平日里她对自己格外耐心罢了。

她不甘示弱地将扫帚往地上一扔，蹙起眉头，冲简瑶道：“你才是，少用这种态度跟我讲话。”

“哎哟，小奶猫发脾气了。”

简瑶看着小丫头气鼓鼓的模样，心就软了。

真的很奇妙，她对陆嫣总是会产生某种怜爱呵护的感觉，这种感情仿佛来自血肉与灵魂。

“算了，不吵架。”

简瑶摆摆手，说道：“玩玩而已，大家都很开心，你干吗闹脾气？而且我没觉得我做错了，本来这次校庆我们辛苦了这么久，凭什么取悦那些领导啊，我们表演给同学们看不行吗，你干吗要站在老师们那一边。”

“我没有站在谁那边，”陆嫣铿锵有力地说，“我只是觉得我答应过要做好的事，就不能食言。”

简瑶没好气地说：“所以，你是怪我害你食言？”

“我不会怪你，”陆嫣摇摇头，“不管你做了什么，我都会原谅你。”

你是我妈。

亲人之间，父母和孩子之间，永远没有隔夜仇。

就像过去陆臻反对她唱歌，真是把她在屋子里关了好几天，当时她真是气得想跳楼，最后不也还是原谅陆臻了。

简瑶望着女孩眼底流露出的深挚情感，忽然开玩笑道：“小嫣嫣，如果不是你有喜欢的人了，我真要以为你对我有什么想法呢。”

陆嫣眨眨眼睛，真诚地望着她：“啊？”她往后退了退，捂着胸口，警惕地看着她，“你别对我有企图啊，我警告你。”

简瑶被陆嫣这个模样逗得哈哈大笑起来，陆嫣看她是开玩笑，才转身继续扫地，偏头便注意到陆臻鬼鬼祟祟地躲在一楼的回廊边，偷偷朝这边探头探脑。

高三以来，她好久没在学校里看到她爸了，今天真是一家人团圆了啊。

陆嫣立刻走过去，拍了拍她爸的肩膀：“陆臻，你来这儿做什么？”

“啊！”陆臻被吓了一跳。

“快回教室去上自习，你以为自己的时间还很多吗？最后半个月，完不成爷爷对你的要求，我很没面子的。”

“我知道。”陆臻压低声音，“那个……就问一句，你们平日在一起的时候，她有没有提到过我啊？”

“没有，完全没有，她已经把你忘了。”

陆嫣是如实相告，简瑶有很多朋友，玩音乐搞乐队，生活丰富得很，好像真的已经把陆臻抛诸脑后了。

陆臻说：“闺女，我觉得这个小姐姐好像真的对你爸不太感冒，你将来能不能顺利出生，有点儿悬啊。”

陆嫣反问他：“少侠，敢问你现在身上有什么能让她感冒的东西吗？”

陆臻想了想，傻了吧唧地掏出了钱包。

陆嫣对他说：“告诉你吧，小姐姐喜欢成绩好的男生，像沈括那种。”

“又是沈括！这家伙……跟我杠上了是吧！”

陆嫣见情况不对，立刻补充道：“还有像叶迦淇那种年级前两名的，你要是能考个年级第三一定迷死她。”

“真的假的？”陆臻有点儿不太相信。

“真的。”陆嫣推着他往教学楼走去，“快回去上自习，好好复习，最后半个月啦！”

陆臻一步三回头，恋恋不舍地离开了。

身后的简瑶淡淡地道：“我没说我喜欢沈括那样的……”

陆嫣耸耸肩，笑道："救人一命胜造七级浮屠，陆臻能不能考上好大学，成败在此一举啦。"

简瑶蹙眉，望着陆臻的背影，说道："他看着有点儿蠢，我喜欢聪明的男人。"

"哎……"

"沈括就挺聪明。"

陆嫣反应了一下，连声道："你想都别想！"

简瑶挑挑眉，冲她狡黠一笑："行啊，那你答应我，不准再为这件事生我的气，不然……我明天就去操场给沈括弹吉他。"

要抢女儿男神的妈妈，到底是什么魔鬼妈妈！

燥热的七月，高考来临前夕，高三正在进行最后一节自习课。

陆嫣托着腮帮子，从教室的窗户向外望，透过茂密的香樟树叶，望向高三的教学楼。

北城三中有一个传统，每届高三的学生都会搬进最早修建的那栋教学楼。

那栋教学楼位置稍偏，在香樟树林的尽头，虽然大楼比较老旧了，但是胜在环境清幽，高三的学生在这边学习不会被打扰。同时，也有传闻说，那栋楼的风水好，可以保佑高三学子考上理想的大学。

陆嫣看了看时间，现在的时间是下午五点十五，距离放学还有十五分钟。她猜测，老师应该也在给他们讲高考的注意事项，又或者在鼓励他们。

陆嫣的班主任坐在讲台上，不厌其烦地提醒他们："等到这一届高三学生走了以后，下学期进入那栋楼的就是你们了，时不我待，同学们必须意识到时间的紧迫性，努力学习！"

陆嫣轻轻地打了一个哈欠。

这时，放学铃声终于响了，整个高三教学楼突然爆发此起彼伏的尖叫声和欢呼声，高三的学生被压抑的自然本性和青春躁动在这一瞬间得以彻底释放，高一高二的学生也兴奋了起来。

陆嫣随着班上其他兴奋地看热闹的同学一起走出教室，来到香樟林，望向高三的教学楼。

教学楼那端的天空好似下雪一般，漫天飘飞着写得密密麻麻的试卷和笔记。

宛如一场末日狂欢。

陆嫣抬头看到了她老爸，他站在二楼的阳台上，直接把他的书包敞开了跟倒垃圾似的，往外倒试卷……

陆嫣暗骂了一声，傻子。她走上楼梯，来到二楼的走廊，从一帮兴奋的毕业生里将她老爸拉出来。

“别扔了啊，留着，不是还有三天的时间让你们回家休整吗？你现在扔了，回家看什么？”

陆臻那粗壮的胳膊一把揽过来，箍住了小丫头的脖子，用力地将她夹在腋下，说道：“回家休整，什么是休整，当然是好好休息放松啊，缓解紧张情绪，最后三天谁还看书？”

“缓解紧张？我看你半点儿紧张的情绪都没有吧，你需要缓解吗？”

“你哪只眼睛看出我不紧张，我心里紧张行不行？”

边上有男生顺口招呼了一声：“陆臻，待会儿别走，晚上去吃火锅庆祝啊。”

“行，没有问题！”

陆嫣翻了个白眼，觉得她爸这也太放飞自我了。

“就要考试了你吃什么火锅啊！拉肚子怎么办？！不准！不许去！”

“你这丫头，还管起我来了。”陆臻箍着她的脖子，将全身的力量都压在她身上，“我是你爸好吧。”

“那你能不能有点儿当爸爸的样子，别让我操心啊！”

这两个人见了面少不了拌嘴再来一番打斗，已经成了生活常态，同学们早就习以为常了。

陆嫣好不容易挣开陆臻的桎梏，回头看到沈括独自一人站在走廊尽头的阴影中。他穿着干净的白衬衣，背着黑色的单肩包，左手插在口袋里，微微侧着身子倚在转角处，眼睛微垂，长睫毛掩住漆黑的眸子。他安静地站在热闹中，而这热闹似乎也成了他一个人的陪衬。

沈括看到了陆嫣，两人对视一眼之后，他转身朝楼下走去。

陆嫣收到沈括眼神里传来的意思，于是扔下陆臻，跟着他一起往下走。

两个人还是相当有默契的，有时候不需要开口说什么，陆嫣也能明白他的意思。

四下里已经嗨翻的同学们完全没有注意到他们两个人，陆嫣跟着沈括，亦步亦趋地来到了教学楼前面无人的香樟林中。

香樟林茂密繁盛，遮天蔽日。

沈括一言未发地取下了单肩包，拉开了书包的拉链。

陆嫣注意到他那双手，是真的漂亮，沈括的颜值如果能打一百分，那这双手估计能占五十分。

骨节分明，手背很白，可以看见淡青色的血管脉络，而且五指修长，几乎可以用性感来形容。

沈括从包里摸出几本厚厚的笔记，又接过了她的双肩包，将几本笔记装了进去。从始至终，他都没说一句话。

陆嫣问他："快考试了，怎么样，有信心吗？你能考上Q大吗？"

沈括点点头，但还是沉默。

"怎么了，不高兴啊？"

陆嫣伸手拍了拍他的肩膀："今天就解放了！开心点儿啊！"

沈括忽然攥住了她的手，用热烈真挚的眼神包裹着她，陆嫣只觉得四面八方的空气都被他强大的气场侵占了……

她脑子一片空白，没反应过来，书包也落在了身旁的草丛里，几本笔记从书包里冒出头来。

陆嫣能够明显地感觉到他心底涌动着的强烈的情绪，这种情绪也在无孔不入地感染着她，令她莫名有点想哭。

是啊，他毕业了。

这也意味着，他们随时能见到彼此的日子，所剩不多了。

背后的试卷宛如雪花一般纷纷扬扬，漫天散落。

高考在即，最后在家休整的几天时间，陆嫣全天守在陆臻的房间门口，盯着他复习功课。

陆嫣太了解自家老爸了，要是真让他这几天丢开课本、放飞自我，兴许他能立刻进入暑假状态，彻底忘记三天后他要参加高考。

“爸，你就直说吧，你现在这成绩，能考上大学不？”

陆臻靠在松软的电脑椅上，伸了个懒腰，悠闲地说：“你这话问的，大学肯定是能考上，运气好的话，还能冲个清华北大。”

“得了吧你，还清华北大，你能摸到一本线，我就得去庙里上香还愿了。”

陆臻轻拍陆嫣的后脑勺，不满地说：“我的二模考试挤进年级前五十了你怎么不说？”

陆嫣有气无力地说：“也就那一次。”

陆臻二模考试的时候，破天荒地考进了年级前五十名，所有人都觉得不可置信。

虽然高三以来，的确出现了不少黑马同学，冲到了前面，可是像陆臻这样的吊车尾居然也能冲上来，这就有点儿太过魔幻了。就在所有人都以为陆臻这下子是要彻底翻身的时候，三模考试时，他再度被打回原形，滚回了年级百名以外。而后几场密集的模拟考试，陆臻的成绩一直都处于这样一种“蹦极”状态，时高时低，极不稳定。

陆嫣把这种现象归结于运气。所以陆臻能不能考上重点大学，她还真得去拜拜文殊菩萨。

“这几天，你再好好温习一下功课。”陆嫣拍拍他的肩膀，“简瑶成绩一直都不错，总能保持年级前三十，你可不能落后于我妈。”

提到简瑶，陆臻立刻来了精神，自信地说：“完全没问题，我和她最近一次也只差了二十名。”

陆嫣有气无力地说：“你和她最远的一次，差了两百名。”

陆臻伸出粗壮的手臂，一把揽住陆嫣的颈子，将她拉过来夹在腋下，威胁道：“小丫头，有些事情呢，看破别说破，懂不懂？”

“放开我！”

“我在教你做人的道理。”

“爷爷，陆臻他又欺负人了！”陆嫣大喊了起来。

“护女狂魔”陆简气势汹汹地冲进房间，抓起脚上的拖鞋砸在陆臻的背上：“除了欺负你妹妹，你还会干点儿什么人事儿！”

陆臻“啊”地叫了一声，松开了陆嫣，陆嫣连忙跑到陆简身后躲起来，幸灾乐祸地冲陆臻吐了吐舌头。

陆臻不甘心，低低地说了句，唯闺女难养也。

行……当爹的大人的大量，不跟你计较。

那天晚上，陆嫣躺在松软的羊毛毯里，犹豫了很久，才给沈括发了一条短信，问他的情况。

她一直不敢联系他，怕打扰他复习。

平日里，陆嫣若是一直没有给他发消息，他肯定也会发短信或者打电话过来。这都已经一天多了，沈括一直没有音讯，陆嫣有点儿担心。

深夜了，他都没有回复，陆嫣给他打电话，语音提示对方关机了。

陆嫣噌一下从床上翻身而起，脑海中立刻浮现出了各式各样的小说、电视剧中常见的意外，譬如车祸、不告而别……

她盘腿坐在床边，哆哆嗦嗦地紧握手机，强迫自己冷静下来。

她安慰自己，这时候都已经是晚上十一点了，沈括关机睡觉，很正常。

不对，沈括睡觉从来不会关机，这是他的习惯。

沈括从不会关机，总会让陆嫣在第一时间联系到他，甚至连短信也是，洗澡除外，其余时间都是秒回。这太反常了。

陆嫣心里像是被浇了一盆冷水，也开始害怕起来。还有两天就高考了，这个时候，沈括千万不能出事啊！

她站起身，在房间里踱着步子，焦虑地走了一圈又一圈，终于还是放心不下，决定连夜去沈括家里看看情况。

陆嫣偷偷趴在门边，宛如做贼般，朝屋外探了探脑袋。

陆简因为明天要参加一个重要的论坛峰会，因此早早地睡下了，屋外的灯也就全熄了，只有陆臻的房间门缝处还透着光——他还在看书。

其实要说努力，这一年来，陆臻的确够努力，虽然嘴上抱怨这个抱怨那个，但他是真的下定了决心要考出好成绩。他不仅为了向陆简证明自己，也为了变得更优秀，让简瑶看得起自己。

陆嫣轻轻掩上房门，轻手轻脚地下了楼，来到玄关处。她摸着黑，颇有心机地从柜子里找出一双很久没穿的鞋换上，同时将自己的拖鞋也藏进了鞋柜里，伪装成她还在家的假象。

这套熟练的本事，她以前就会，那时候陆嫣经常晚上偷偷溜出去玩，嗨到凌晨才回家，一次都没有被她老爸逮住过。

陆嫣轻轻关上大门，跑到后院推着她的自行车，出门后火急火燎地朝沈括家赶去。这会儿的街市差不多都打烊了，不过街上的行人不少，街边的夜市、大排档依旧热闹。

陆嫣骑着自行车，七拐八拐，拐进了沈括家所在的巷子。

自行车轮胎摩擦着凹凸不平的石板路，发出的声音在静谧的小巷里格外清晰。

巷子里各家都亮着灯，唯独沈括家里没有灯光，窗户黑沉沉一片。

陆嫣赶紧按下刹车，跳下来将车停在墙脚，走到窗户边朝内望了望。屋里好像没有人。

这时候，对面一扇破旧的木门打开了，有一个抱着孩子的妇人出门倒水，望见陆嫣鬼鬼祟祟地站在人家窗户边，问道："哎，你找谁？"

陆嫣连忙应道："我找沈括，他不在吗？"

妇人一边哄着怀里的婴儿，一边说道："他爸昨天夜里喘不过气，紧急送去医院了，这会儿应该还在医院吧，今天都没见人回来呢！"

"啊，那沈叔叔严重吗？"

妇人叹了声："沈括把他爸背出来时，看着像是没了半条命，这会儿啊，说不准……"

陆嫣的心已经凉了半截，她站在原地呆愣了好半晌，手脚都没有知觉了。

那妇人说完以后，便转身进了屋，嘴里叨叨着："病了这么些年，这要真去了，倒还是好事，拖累着那孩子啊……真是造孽。"

陆嫣骑着自行车，歪歪斜斜地出了小巷子，来到街口。

高考这几日降温了，下了点儿雨，街道湿漉漉的，倒映着路灯的光。

陆嫣强迫自己冷静下来，安慰自己一定没事的，沈叔叔吉人天相，不会有事的。

听沈括说，他爸在陌生人面前比较腼腆，有些放不开，但实际上性格相当开朗乐观，时不时地还爱讲几句冷笑话。

纵使沈括性子沉闷，也常常被他爸逗得嘴角轻抿。若非这样的乐天派，他病了这么多年，很难坚持下来。

从沈括日常只言片语的描述中，陆嫣也能够看出来，沈括对父亲的感情很深，他不常笑，但聊到父亲的时候，他薄薄的唇总会微微上扬。

陆嫣停在街口思考了几分钟，然后骑上车，飞速朝市人民医院赶去。

一般而言，这样的重病都是送往北城最好的公立医院——市人民医院，他肯定也在那里。

陆嫣一路飞驰，只用了十五分钟便赶到了市人民医院，在住院部问了好半天，可她不知道沈括的爸爸叫什么名字，所以导诊台也没有办法给出具体的住院房号。

陆嫣急得眼泪都快掉下来了，就在这时，她看到一抹高瘦的身影从交费窗口走过，正是沈括。他手里拿着交费的回执单，正低头仔细核对着，几缕刘海挡住了他的眼眸。灯光下，他的脸色泛着病态的苍白与倦怠。

“沈括！”

沈括听到熟悉的声音，身形微微顿了顿，抬起头来。白炽灯映照着他惨白的脸，看起来精神极差，下颌缀了青色的胡茬，眼睛里面布满了血丝。

见到陆嫣的那一刹，他眼底才划过一丝亮光。

陆嫣急忙跑过去，欲言又止，想要问他爸的情况，可是又不太敢问。

沈括看出了她的担忧，直言道：“在特护病房，暂时还没有脱离危险。”

虽然他爸爸还没有脱离危险，但陆嫣也松了一口气。

沈括抬头看向大厅挂着的时钟，现在已经快十二点了。

“太晚了。”他嗓音有些哑，“你来这里……”

陆嫣连忙解释：“我给你打电话来着，你没接，就快高考了，我有些不放心……”

沈括从包里摸出手机看了看，解释道：“今早就没电了。”

他昨晚在这里守了一夜。

“我能去看看叔叔吗？”陆嫣问。

沈括默了默，点点头，带着她朝住院部大楼走去。

陆嫣走在沈括身边，时而抬头望望他的脸，试探性地伸出手，用力地握住了他的手腕。

沈括能感受到小丫头柔软的掌心所传达的力量，温暖又贴心。

特护病房在住院部三楼，这一楼的病人比较少，因此很安静。走廊的顶灯不太亮，给整个过道笼上了一层无精打采的黄光。

透过病房窗户，能看到沈父鼻子上挂着氧气罩，陆嫣不太看得懂心率仪，但是那上面显示的心跳频率很微弱，低于正常人。

“深度昏迷中。”沈括靠在墙边，无力地解释道，“昨晚送过来急救，还动用了电击器，好不容易捡回一条命，但没有脱离危险。”

陆嫣知道，只有处于濒死之际，心跳停止了，医生才会使用电击器。听着沈括寥寥几句的叙述，陆嫣也能够想象当时的情况是多么危险。

走廊上有家属躺在横椅边睡觉，所以他们没有多说什么，来到走廊尽头的露台边。

雨停了，凉风轻柔地吹着，树叶沙沙作响。燥热被驱散了不少，对于高考学子来说，真是幸运。

沈括倚在栏杆边，望着外面无边的深夜，半晌后，他说：“我送你回去。”

陆嫣看着沈括疲倦的脸，知道他昨晚一宿没睡，今晚要守着沈父，也不会睡。

“沈括，今晚我留下来，替你守着，你去睡会儿。”

“不用。”

沈括果断地拒绝了陆嫣的提议，拎着她的衣领，不由分说地带着她下楼。

“沈括——”她拉长了尾音，急切地说，“后天就要高考了，沈括，你不能整天不睡觉！”

“这不重要。”他平静地说。

和父亲的性命比起来，高考真的不重要。

“这几天我帮你守着，你去睡觉。”陆嫣急切地说，“我本来就爱熬夜，完全没问题的，好不好，沈括？”

最后她抓着沈括的手臂，都近乎是带着哭腔在哀求了：“每天熬夜学习，准备了三年，怎么可能不重要呢？你去睡会儿好不好？”

小丫头刚刚一直在偷偷抹眼泪，不想在他面前表现出难受，这会儿终于装不下去了，眼睛湿漉漉的，说话的声音也颤了起来：“我一定帮你好好守着沈叔叔，求你了，好不好？”

沈括的心被她的眼泪打湿了，他绷了这么久的弦，终于有些绷不住了。

陆嫣轻轻地拍着他的后背，仿佛母亲温柔的安抚，柔声说：“不会有事的，你去睡会儿，哪怕一小会儿。”

沈括终于沉沉地应了声：“好。”

陆嫣拉着沈括回了走廊，沈括不放心，没有去家属休息室的小床睡，只是靠在走廊过道的横椅上，准备坐着眯会儿。

陆嫣赶紧把背包摘下来放在座位上，自己也坐下来，拍拍放在座位上的背包，说道：“你枕这个吧。”

他垂眸，看着背包旁女孩穿了牛仔裤的腿，笔直而修长。

他似有些不太好意思，闷声说：“不必。”

“坐着哪能睡得好啊。”小丫头不由分说地拉起沈括的手，将他拽过来，“快躺下来。”

少年的神情似乎略有些羞涩，犹豫了片刻，终于还是顺从了她，和衣躺下来，后脑勺枕着她的背包。

他睁着眼睛，漆黑的眸子望着她的脸。

她的一双桃花眼美得动人心魄。只是此时她还小，眸光单纯。若是将来成熟之后，拥有这样一双迷人的美眸，不知是何等旖旎的光景？

陆嫣被他看得有些不太好意思，伸手捂住了他的眼睛：“快睡。”

他听话地闭上了眼，长睫毛扫了扫她柔软的掌心。闭上双眼后，倦意宛如潮水般铺天盖地席卷而来，让他跌入了沉沉的睡眠。

半梦半醒间，他似乎能感觉到一丝微凉的触感，落于自己的唇角。

他干燥的薄唇动了动，没能醒过来。

早上五点，天际泛了微光。

两天没睡，沈括太累了，所以这一晚枕着陆嫣的包，他闭眼便睡着了。

早上六点，沈括生物钟作祟，让他准时醒了过来。

睁开眼，首先映入眼帘的是女孩强撑着努力睁大的眼睛。小丫头真是一宿都没睡，逼着自己保持清醒。

是真的不能睡，她也不敢睡，沈父还没有脱离危险，随时都可能发生意外，需要及时叫医生。毕竟人命关天。

陆嫣见他醒过来，疲倦的小脸展开笑意，眸子也闪着光："睡醒啦？我看你睡得好香啊，还打呼噜呢。"

沈括立刻坐起身："不可能。"

他怎么可能打呼噜。

陆嫣本来也是逗他的，伸手揉了揉他凌乱蓬松的头发："睡过之后，精神好了？"

"嗯。"

"这样就对了，放心吧，沈叔叔昨晚没事，刚刚医生来过，说情况正在好转。"

"谢谢。"他闷声向她道谢。

有护士路过，听到两人的对话，笑着对沈括说："你这个同学真是不错，一个人帮你撑了整晚，三点那会儿，我看她困得都快不行了，一个劲儿地用指甲掐手背……"

"哎？"陆嫣打断了护士的话，"那什么，我有点儿饿了，沈括你去买点儿早餐啊……"

话音未落，沈括抓起她的手一看，果不其然，左手手背上有几道弯弯如月牙形状的指甲印，微微泛红。

陆嫣缩回手，若无其事地说："闻到谁在吃小笼包了，好饿啊。"

沈括脸上依旧没有表情，等护士离开以后，他无声地揽过了陆嫣的肩膀。

黎明的曙光刺破堆叠的云层，宛如绯红的染料，渐次晕染开来。

或许是因为父亲病情好转，沈括心里也轻松了许多，问她道："你昨晚是不是对我做了什么？"

陆嫣傻了。

他不是都睡着了吗？

"你装睡！"

"没有，但有感觉。"

"我没做什么，什么都没有，我怎么可能做什么……"她絮絮叨叨地解释，"不可能，我是女孩子，这辈子都不可能……"

沈括一言不发地看着她，那双狭长的漂亮眸子看得她心虚不已，仿佛想什么都逃不过他的眼睛似的。

她真是丢脸啊。

沈括拿着医生开的单子，下楼交费拿药，陆嫣打了个哈欠，闭上了眼睛。

这时候，医生走出办公室，见陆嫣守在病房边，误认为她是病人的女儿，将一个需要签字的病历表单递给她。

陆嫣不知道那是什么，接过看了看，解释道："抱歉，这个好像不应该由我来签……"

她话音未落，忽然看到资料表上，沈父的原工作单位那一栏赫然写的是"恒辉水泥厂"。陆嫣的心跳蓦然间慢了半拍。

她知道恒辉水泥厂，这个工厂是陆氏集团名下最早创办的一个实业工厂，陆氏地产最初开发建房所需的水泥原料，都是从恒辉水泥厂来的。

小时候，陆臻牵着她出去散步，远远地看到恒辉水泥厂，曾经指给她看，说你爷爷曾经就是靠着办这家工厂而发迹的。

人到中年的陆臻说起家族历史的时候，眸子里划过一丝苍凉与无奈。

年幼的陆嫣还看不懂父亲眼底的复杂情绪，她极目远眺，看到大片青色的麦田对面，滚滚浓烟自水泥厂的长烟囱里飘散出来，将天空的云都染成了乌青色。

后来十多年的时光里，陆氏投入了大量的物力、财力，施行工厂改制，车间变成了无尘车间，这才慢慢将污染降到了最低。

"小姑娘，你想什么呢？"医生的声音在耳畔响起来，打断了陆嫣的回忆。

她抬起头，嗓音沙哑地问医生："沈叔叔这个病，是和他以前的工作环境有关吗？"

"当然啊，尘肺就是长期吸入工业粉尘导致的。"医生说话时，见陆嫣的手紧紧攥着病历单，都捏出褶皱了。

"那……等会儿那个男孩回来，你让他在病历单上签个字。"

陆嫣无力地坐在椅子上，后背一阵阵地发凉。

她知道沈父的病熬了好几年，可她独独想不到，沈父以前竟是在为陆氏工作！

她看看自己身上漂亮的衣服、裙子，从头到脚，每一件都是品牌，都是最好的。

她又抬头，望向病房里昏迷不醒的沈父，那个被疾病折磨得形容憔悴的男人。

沈括取了药回来，走廊里空荡荡的。

“陆嫣？”他轻唤了一声，可无人回应。

她走了吗？

沈括眉心微蹙，走到座位边，看到了那张微皱的病历单的个人资料页，父亲的原单位赫然在目，他的心蓦然一惊。

她看到了。

医生从其他病房出来，对沈括说：“哎，你回来了，赶紧在病历单上签个字。”

沈括拿出笔，机械地在单子上写上了自己的名字，交给医生。

医生进办公室的时候，没忘回头对他说：“刚刚那女孩是你朋友吧，看着脸色不太对劲。”

沈括按了按眉心，闭上了眼睛。

思绪飘到了初一那年，第一次和陆臻见面时。他穿着一身红色的球衣走进教室，宛如一团灼灼燃烧的火焰。

沈括敏锐地注意到，他的球鞋的颜色也很好看，鞋尖擦得干干净净，连鞋带里都没有一点儿灰。

他一进教室，便吸引了全班同学的注意力。

年幼的沈括不知道，原来男孩子也可以穿得那样鲜艳，那么干净。而自己永远只有黑灰色的几件衣裳，毛糙的运动鞋黑乎乎的，上面的灰尘怎么洗都洗不掉，灰尘像是侵入了每一缕纤维似的。

他说自己叫陆臻，还拍了拍胸脯，朗声说陆简是他爸，满脸的荣耀与自豪。

班上的同学不认识陆简，于是他说：“南京路后面麦田对面的大烟囱你们知道吧，那就是我爸开的。”

这下同学们都知道了，南京路的大烟囱里面每天都会冒出滚滚的黑烟，看起来好像很厉害的样子。

同学们顿时对陆臻高看了一眼。

年少时，谁都有崇拜的人，陆臻最崇拜的便是他的父亲。而角落里，沈括垂下了头，眸光渐渐黯淡了下去。他最崇拜的人也是父亲，可是麦田对面的大烟囱，那是让父亲每天咳嗽、生重病的源头。

陆臻被老师安排到沈括身边，和他当同桌，陆臻坐下来后，便从包里摸出一罐饮料递给他，开朗地笑道："以后就是兄弟了。"

桌下，沈括双手紧紧攥成了拳头，拇指的指甲都快按进血肉里了。

陆臻完全没有察觉到少年的变化，拉开了易拉罐，递给沈括："以后有事儿，招呼一声就行，我叫陆臻，我爸是……"他话音未落，沈括接过了易拉罐，站起身，直接自陆臻的脑袋上浇下。

谁都没有想到，这个看上去如此沉默的少年竟会做出这般出格的举动！

冒着气泡的饮料从陆臻的头上浇下来，顺着他的头发丝滴落，胸襟前也湿了一大片。

陆臻噌地站起身，抬脚便踹翻了面前的桌子……

沈括不甘示弱，恶狠狠地瞪着他，满眼憎恶与仇恨。

沈括从来没有那样恨过一个人，真的，从来没有。

从那日起，两个死对头的梁子便结下了。

沈括觉得，自己这辈子都不会原谅陆臻，不会原谅陆家，不会原谅任何一个陆家的人。

在后来无比漫长的岁月里，沈括开始在陆臻身上花心思了，不再如第一次那般明目张胆地对付他。

他的复仇计划宛若一张蜘蛛网，缓慢铺开，陆臻就如同一只笨拙的大甲壳虫，虽然有力气，但始终挣脱不开沈括设计的网。

他让老师不再喜欢陆臻，也让陆臻渐渐对学习失去兴趣，开始朝吊车尾的方向发展，让他暴躁、让他愤怒……

复仇的火焰在沈括的心里烧灼着，日日夜夜地折磨着他。

他计划把战线拉得更长，十年二十年，他都愿意等。

怎样毁掉一个人，无非是在他的巅峰时刻，将他从顶峰推入悬崖，毁掉他的自信，毁掉他的尊严与灵魂。

沈括的心思很深，他不随便爱一个人，更不随便恨一个人，既然恨了，那就是深入骨髓的。

可是很奇怪，直到现在，他都清楚地记得，那个阳光恣肆的少年坐到他身边，说“以后就是兄弟”时，那清澈明亮的眼神。

其实沈括心里知道不该恨陆臻，可是不恨他，自己就不知道该恨谁了。

陆嫣是一个意外，沈括没想到她会这样突然地闯入他的生命中，打乱了他全盘的计划……陆臻是她的家人，她张开双臂守护家人的样子，就像他守护自己的父亲一样。

沈括生平第一次心软了。有这第一次心软，一生都会对她心软。

陆嫣推着车，头重脚轻地回了家，家里人似乎没有发现她一夜未归，陆臻依旧在房间里看书，陆简西装革履，在镜子前系领带，准备去参加论坛峰会。

瞥见陆嫣失魂落魄地进屋，陆简有些讶异：“小嫣，这么早你这是……”

“晨练。”

陆简似乎没有怀疑，给自己系好领带，拿着公文包准备出门，奔驰车也已经候在了车道旁。

“您认识一个叫沈建旬的人吗？”陆嫣上楼的时候，忽然回头问道。

陆简换了鞋，随口说：“谁？”

“您以前的一位员工，他是我朋友的爸爸……”

“哦，没印象，陆氏的员工，管理层的我大概都能叫出名来，但下面的工人太多了。”

是啊，太多了，他怎么会记得工厂里一个工人呢？

陆嫣明白，这事，谁都怪不了。

国内早期重工业的发展属于先污染后治理，都是这么走过来的。

时代要发展，历史的车轮碾过势必会留下黑色的痕迹。可是沈括差点儿没有爸爸了啊！

陆嫣回到房间，躺在床上，将脸埋进枕头里，很快，枕头也湿了。她很难过。

手机忽然响了，她吸吸气，摸出手机，侧头看短信，湿漉漉的眼睫毛还粘在眼皮上。

沈括发来的信息，不长，只有两个字：“别哭。”

（未完待续）

番外

小剧场

陆嫣恍然想起了，很久远的曾经，被沈括关在沈宅时，她曾偷偷溜进他的书房，想找到一些沈括陷害陆臻破产的证据，帮助陆臻渡过难关。

而她无意中，在抽屉里看到了沈括父亲的黑白遗像。

遗像上的男人，面带微笑，眼底有光。

遗像之下，便是那张病历表，只是她当时，没有细看病历表。

沈括桌上、包括抽屉里所有的东西，都收拾得整整齐齐，只要被碰过，他都看得出来。

那晚，他真的很生气，陆嫣从来没见他这般愤怒过，眼睛都红了。

他揪着陆嫣的手，将她拉扯到书房门边："你想找什么？来，我让你找。"

陆嫣吓得眼泪直流，哭着说："对不起，以后不敢了。"

"陆嫣，我现在让你住在家里，不伤害你，好吃好喝，但不代表我原谅了，不要……给我欺负你的理由。"

她瑟缩在墙角，宛如一只受惊的小兔子——

"对不起。

"真的对不起。"

沈括按了按眼角，愤怒之余，望向她，亦是满心悲伤……

良久，他冷静了下来，蹲下身，与她对视了半晌："不哭了。"

陆嫣轻轻颤栗着，点头，还是哭。

沈括用指尖轻轻擦拭了陆嫣眼角的泪花，心疼地说——

"陆嫣，如果一切能重来，多好。"

图书在版编目（CIP）数据

深情可抵岁月长 / 春风榴火著 . -- 南京 : 江苏凤凰文艺出版社，2021.6（2024.2 重印）
ISBN 978-7-5594-5806-3

Ⅰ . ①深… Ⅱ . ①春… Ⅲ . ①长篇小说 – 中国 – 当代 Ⅳ . ① I247.5

中国版本图书馆 CIP 数据核字 (2021) 第 067061 号

深情可抵岁月长

春风榴火 著

责任编辑　王昕宁

特约编辑　薛天舒

营销统筹　夏君仪

装帧设计　吴思龙 @4666 啊

责任印制　刘　巍

出版发行　江苏凤凰文艺出版社

南京市中央路 165 号，邮编：210009

网　　址　http://www.jswenyi.com

印　　刷　天津鑫旭阳印刷有限公司

开　　本　880 毫米 × 1230 毫米 1/32

印　　张　12

字　　数　380 千字

版　　次　2021 年 6 月第 1 版

印　　次　2024 年 2 月第 7 次印刷

书　　号　ISBN 978-7-5594-5806-3

定　　价　45.00 元